AF716963

Amy Baxter

Someone like you – Scott & Olivia

Die Autorin

Amy Baxter ist das Pseudonym der erfolgreichen Liebesroman- und Fantasyautorin Andrea Bielfeldt. Mit einer Fantasy-Saga begann sie 2012 ihre Karriere als Selfpublisherin und hat sich, dank ihres Erfolgs, mittlerweile ganz dem Schreiben gewidmet. Zusammen mit ihrer Familie lebt und arbeitet sie in einem kleinen Ort in Schleswig-Holstein.

Weitere Infos findest du unter http://amybaxter.de/, http://andrea-bielfeldt.de/ und über Facebook.

Amy Baxter

Someone like you

Scott & Olivia

be HEARTBEAT

beHEARTBEAT

Vollständige ePub-to-Print-Ausgabe des in der Bastei Lübbe AG erschienenen eBooks »Someone like you« von Amy Baxter

beHEARTBEAT by Bastei Entertainment in der Bastei Lübbe AG

Textredaktion: Clarissa Czöppan
Covergestaltung: Manuela Städele-Monverde unter Verwendung von Motiven © Kiselev Andrey Valerevich/shutterstock
Satz: 3w+p GmbH, Rimpar
Druck: Books on Demand GmbH, Norderstedt

ISBN 978-3-7413-0103-2

www.be-ebooks.de
www.lesejury.de

MIX
Papier aus verantwortungsvollen Quellen
Paper from responsible sources
FSC® C105338

Give up your heart left broken
And let that mistake pass on,
Cause the love that you lost
Wasn't worth what it cost
And in time you'll be glad it's gone

Roads Untravelled – Linkin Park

Playlist

Roads Untravelled – Linkin Park
Talking to Myself – Linkin Park
Legendary – Welshly Arms
Something Just Like This – Coldplay & The Chainsmokers
Creep – Radiohead
Radioactive – Imagine Dragons
It's Been Awhile – Staind
My Songs Know What You Did In The Dark – Fall Out Boy
Angels Fall – Breaking Benjamin
What About Us – Pink
With Arms Wide Open – Creed
Walk on Water – 30 Seconds to Mars
Dusk Till Dawn – ZAYN ft. Sia

Link zur Playlist:
https://www.youtube.com/playlist?list=PLp0AExZP6bVGnORcHe50j3NjyKxNVjrKg

Olivia

»Kann ich helfen?«

Das Klingeln des Glöckchens über der blinden Glastür war noch nicht verstummt, als eine tiefe Stimme mich in dem schummrigen Raum willkommen hieß. Kleine Staubpartikel flirrten durch die Luft, aufgewirbelt vom Öffnen der Tür. Hastig wandte ich meinen Blick von dem düster wirkenden Totenschädel ab, der mit leuchtend roten Augen auf einer Säule in Augenhöhe direkt neben der Eingangstür stand, und sah auf.

»Äh … Ich bin wegen eines Tattoos hier«, gab ich wenig geistreich zurück und fixierte mein Gegenüber, das sich hinter dem Tresen erhob. Wenn der Totenschädel mich verschrecken sollte, dann schaffte dieses Exemplar es, mich zum Bleiben zu überreden.

In einem solch düsteren Ambiente hatte ich eher einen dickbäuchigen Schmierlappen erwartet, der über und über mit Tattoos übersät war, abgefuckte Lederklamotten trug und spärliches Haar auf dem Kopf hatte. Aber was mir hier begegnete – damit hatte ich nicht gerechnet.

Oh mein Gott!

Dunkle Haare, oben länger als an den Seiten und aus der Stirn gegelt. Ein gestutzter Vollbart bedeckte einen Teil seines Gesichts, verbarg aber nicht die markanten Züge. Braune Augen unter breiten Augenbrauen musterten mich neugierig, die geschwungenen Lippen öffneten sich etwas und zogen damit meinen Blick auf sich.

Ich zuckte zusammen, als ein Räuspern mir signalisierte, dass ich ihn angestarrt hatte.

Eine Augenbraue meines Gegenübers hob sich gekonnt und mit fragendem Ausdruck nach oben. »Wegen eines Tattoos?«

Mir entging nicht, wie er mich nun unter die Lupe nahm. Einmal rauf, einmal runter. Langsam und unverhohlen. Ich straffte die Schultern und reckte das Kinn in die Höhe. Auch wenn ich innerlich zitterte, bemühte ich mich, abgeklärt zu wirken. Ich hatte es schließlich nicht anders gewollt. Jetzt musste ich da durch. Ich holte tief Luft und dachte zum bestimmt dreihundertneunzigsten Mal: Was hast du dir nur dabei gedacht?

»Wenn ihr's nicht draufhabt, suche ich mir eben einen anderen Laden. Kein Problem, ich bin da flexibel«, gab ich zurück und tastete hinter mir schon nach dem Türgriff, um sofort kehrtzumachen. Das Ganze war sowieso eine total bescheuerte Idee. Ich sollte das nicht tun! Auf keinen Fall. Schon gar nicht hier. Aber der tätowierte Riese schüttelte den Kopf und verzog seine Lippen zu einem amüsierten Lächeln, während im Hintergrund *Talking to Myself* von Linkin Park spielte. Eigentlich nicht meine Musikrichtung, aber durch die vielen Besuche im *Skinneedles* kannte ich mittlerweile auch solche Songs. Die liefen da nämlich rauf und runter.

»Was? Nein! Du siehst nur nicht aus, wie …« Er lachte leise auf und fuhr sich mit der Hand durch seine Haare, strich sie sich aus dem Gesicht, doch ein paar Strähnen fielen ihm gleich wieder in die Stirn. »Das war nicht sehr professionell, was?«

Ich seufzte, grinste gequält und hielt die Türklinke hinter dem Rücken weiter fest umklammert. Das kalte Metall in meinen Fingern gab mir das Gefühl, dass ich mich immer noch umentscheiden konnte. Doch irgendwas in dem Blick von diesem Mann sagte mir: Bleib!

Mir war klar, dass ich nicht unbedingt wie die typische Tattoo-Braut aussah, schon gar nicht in dem Business-Kostüm, das ich noch nicht geschafft hatte gegen legere Freizeitkleidung auszutauschen. Zwar trug ich einen Mantel darüber, aber allein die High Heels und die teure Handtasche verrieten mich wohl.

Ich war nach meinem letzten Klienten von meinem Büro im South of Market District direkt rüber nach Stockton hier in den Tattoo-Shop gefahren. Raus aus der Stadt und so weit wie möglich weg vom *Skinneedles.* Niemand von meinen Freunden sollte wissen, was ich vorhatte. Selbst Carrie, meine beste Freundin, hatte keinen blassen Schimmer, was ich in diesem Moment hier tat. Und das sollte auch so bleiben. Dafür hatte ich meine Gründe.

Ich hatte im Internet recherchiert und mich kurzentschlossen für diesen Shop entschieden. Dass er so düster sein würde, damit hatte ich allerdings nicht gerechnet. Die Bilder auf der Webseite waren wohl schon älter. Der einzige Tattoo-Shop, den ich jemals von innen gesehen hatte, war das *Skinneedles.* Und das war hiermit absolut nicht zu vergleichen. Außer dem Gebimmel beim Türöffnen hatten sie nichts gemein. Ich hatte nicht mal auf den Namen dieses Shops geachtet, mir nur die Adresse rausgesucht und war losgefahren. Normalerweise war ich nicht so spontan. Aber gut. Nun war ich hier und hatte dafür fast zwei Stunden Fahrt mit dem Auto durch endlose Blechlawinen auf mich genommen. Ich sollte dem Tattoo-Typen wenigstens eine Chance geben, oder?

»Ja, ich weiß«, antwortete ich daher auf seine Worte und zeigte an mir runter. »Hab's noch nicht in was Bequemes geschafft.«

Er kam um den Tresen herum und neigte den Kopf ein winziges bisschen zur Seite. Ein leises Lächeln legte sich auf sein Gesicht. »Nichts für ungut, okay? Ich bin Scott. Und normalerweise verschrecke ich meine Kunden nicht in den ersten fünf Minuten.« Er wirkte nicht wirklich zerknirscht deswegen, eher neugierig. Auf mich? Das brachte mich wieder in die Spur. Ich neigte den Kopf ebenfalls etwas und lächelte zurück.

»Erst beim Tätowieren?«

Er lachte rau auf und zuckte mit den Schultern. »Bisher hat sich niemand beschwert.« Er streckte mir die Hand entgegen, als er vor mir stand. Seine Fingernägel waren kurz und gepflegt, Schmuck trug er nicht, außer einem schlichten Silberring am kleinen linken Finger. Das gefiel mir. Ich mochte diese Hipster nicht, die den Frauen in Sachen Glitzer den Rang abliefen. Allerdings war das Exemplar vor mir nicht mein Beuteschema. Wir kamen aus völlig verschiedenen Welten. Aber ich war ja auch nicht wegen ihm hier, sondern wegen eines Tattoos.

Zögernd ergriff ich seine Hand. Sein Händedruck war kräftig und behutsam zugleich. Mein Blick fiel auf ein Tattoo, das an der Unterseite seines Handgelenks begann, und ich konnte nicht anders, als es fasziniert zu betrachten.

Direkt über dem Puls entsprang aus einer Wurzel ein Baum, wie aus einer Quelle. Ich folgte mit meinem Blick dem Stamm, der über seinen sehnigen Unterarm wuchs. Ein Arm, der sicher fest zupacken konnte. Auf halber Höhe bedeckten kahle Äste seine Haut, wuchsen über den Oberarm und verschwanden unter dem Ärmel des T-Shirts. In den feinen Linien des Stammes befand sich, wie eingeritzt, der Buchstabe L. Wofür der wohl stand? Mein Blick wanderte höher über seine Schulter, den untätowierten Hals, über sein Kinn, die vollen Lippen, die gerade Nase, bis er direkt von diesen dunklen Augen aufgefangen wurde.

Er hielt meine Finger immer noch fest, länger als nötig verweilten sie zwischen seinen, und sein Blick ging mir unter die Haut und ließ mich für einen Augenblick vergessen, weswegen ich hergekommen war.

»Alles in Ordnung?«, hörte ich seine Stimme wie aus weiter Ferne. Jäh wurde ich ins Hier und Jetzt katapultiert.

Ich räusperte mich und riss meinen Blick von ihm los. »Olivia. Liv. Ja, Liv ist okay«, stammelte ich. Was war nur mit mir? Wieso brachte mich die Berührung eines wildfremden Mannes so durcheinander, dass ich nicht mehr klar denken konnte? Das war mir ja noch nie passiert. Seit wann war ich denn so auf den Mund gefallen?

»Okay, Liv. Was kann ich also für dich tun?«, fragte er, als unsere Hände sich voneinander lösten.

Wieder atmete ich tief durch. Jetzt oder nie! »Ich möchte ein Tattoo«, platzte ich heraus, bevor ich es mir anders überlegen konnte.

»Sowas in der Art dachte ich mir schon«, antwortete er mit einem Schmunzeln. Seine Augen funkelten amüsiert, und am liebsten hätte ich mich auf der Stelle in Luft aufgelöst. Aber bevor eine Nebelwolke mich ins unsichtbare Nichts ziehen konnte, sprach er weiter. »Und hast du schon eine Ahnung, was genau du möchtest, oder brauchst du ein paar Anregungen?« Scotts dunkle Augen fixierten mich.

Mir wurde ziemlich warm, ein Prickeln zog sich von den Fingerspitzen meinen Arm hoch und floss von dort aus in meinen ganzen Körper. Ich bemühte mich, meinen Blick wieder von seinem loszureißen und meiner Stimme einen möglichst festen Klang zu verleihen.

»Ich … weiß, was ich möchte.« Na, das hat ja super geklappt. Ich hörte mich schlimmer an als ein Frosch im Stimmbruch.

»Prima. Dann lass uns darüber sprechen. Komm, setzen wir uns.« Er zeigte auf den Tresen, hinter dem er eben noch gesessen hatte und vor dem drei Barhocker standen, die auch schon mal bessere Tage gesehen hatten. Wie alles in diesem Laden eigentlich. Den Totenschädel am Eingang eingeschlossen.

»Hast du denn Zeit?« Irgendwie hatte ich ja gehofft, dass ich mich sofort unters Messer, oder besser – unter eine Tätowiermaschine – legen durfte. Aber jetzt war ich doch leicht verunsichert.

»Hab ich. Aber wie es aussieht, bist du dir nicht ganz sicher. Oder?«

Verdammt! Er konnte Gedanken lesen.

»Sorry, aber du siehst etwas unschlüssig aus.«

»Oh …« Wo war meine Selbstsicherheit hin? »Nein, ich … Ich bin mir sicher. Es ist nur …«

»Ja?«

»Das ist völlig neues Terrain. Gib mir etwas Zeit, mich daran zu gewöhnen, ja?«

Er grinste verständnisvoll. »Ich habe heute keine Termine mehr und gehöre ganz dir.«

Ich nickte gedankenverloren. Das Studio war bis auf uns beide leer. Mein Blick schweifte über die Einrichtung. Es war so ganz anders eingerichtet als das *Skinneedles.* Dunkle Farben beherrschten den kleinen Raum, Bilder von Tattoos und Totenschädeln hingen an den dunkelgrauen Wänden, schwarz lackierte Regale standen vereinzelt daran. Es roch leicht süßlich, vermutlich irgendeine Räucherstäbchenmischung. War ich hier wirklich richtig? Gut aufgehoben für mein erstes Tattoo? Arbeiteten die hier sauber?

Ich sah Scott an. Er passte in diese Räume, aber irgendwie wirkte er auch wie ein Fremdkörper darin. Er war Tätowierer, das war nicht zu übersehen, seine Arme waren fast lückenlos mit Bildern gefüllt. Schwarz überwog, ab und an mal ein Klecks Farbe dazwischen. Aber für dieses dunkle Loch fand ich ihn irgendwie … zu freundlich, zu gepflegt. Zu sympathisch.

Abwartend sah er mich an und warf mir einen fragenden Blick zu. Ich presste kurz die Lippen aufeinander. Wenn ich jetzt nicht über meinen Schatten sprang, würde ich es nie tun. Ich hatte mir diesen Laden ausgesucht, weil er weit weg von Haight-Ashbury lag, weil er anders war. Hier würde mich niemand vermuten. Niemand würde davon erfahren. War es nicht genau das, was ich wollte?

»Ich bin mir sicher.«

Einen Wimpernschlag später nickte er. »Okay. Dann los.« Er ging vor mir her, mein Blick fiel auf seinen Hintern. Die enge schwarze Jeans stand ihm gut. Ich blickte auf seinen breiten Rücken, der unter einem ebenfalls schwarzen T-Shirt verborgen lag, und von da wieder auf das dunkle Geäst auf seinem rechten Arm. Ich erkannte, dass sich darin noch weitere kleine Bilder verbargen. Vögel, Schmetterlinge, Sterne und Tribals passten sich in das Geflecht aus finsteren Linien ein, als würden sie genau dorthin gehören, und waren die einzigen Farbakzente in diesem toten Baum. Sein ganzer Arm war ein einzigartiges Kunstwerk, und ich fand es wirklich wunderschön.

Jake hatte mal gesagt, jedes seiner Tattoos habe eine Bedeutung. Jedes stand für einen Abschnitt seines Lebens. So wie es bei meinem sein würde. Welche Hintergründe mochten Scotts Bilder auf seiner Haut haben?

»Setz dich«, bot er mir nochmals an und zeigte auf den Barhocker neben sich. Ich versuchte, in dem engen Bleistiftrock so elegant wie möglich auf den Hocker zu rutschen. Mir entging nicht Scotts Blick auf meine Beine. Ich verkniff mir einen blöden Spruch, wobei ich gerade sowieso keinen parat gehabt hätte. Seine Gegenwart schüchterte meine sonst viel zu große Klappe eher ein. Ich rief mir stattdessen ins Gedächtnis, dass ich wegen eines Tattoos hier war, und nicht wegen ihm.

Scott wusste nichts von meinen Gedanken und holte einen Block samt Bleistift unter dem Tresen hervor, der viel kleiner war als der im *Skinneedles.* »Also? Was genau stellst du dir vor?«

Ich zog mir die Handtasche aus braunem Leder auf den Schoß und nahm ein zusammengefaltetes Blatt Papier aus meinem Planer. Nachdem ich es auseinandergefaltet und die Knicke darin glatt gestrichen hatte, schob ich es ihm über den Tresen. »Das hier.«

Scott nahm das Blatt entgegen und besah es sich in aller Ruhe. Ich war nicht besonders gut im Zeichnen, aber ich hoffte, dass er erkennen würde, was es darstellen sollte.

»Luna. Ein schöner Name. Willst du mir dazu was erzählen?« Scotts Stimme klang sanft, seine Augen waren weiterhin auf die Zeichnung geheftet.

Ich schluckte. »Nicht zwingend.«

Er hob den Blick, fixierte mich, dann nickte er. »Okay, kein Problem. Wo soll es hin?« Sofort hatte seine Stimme wieder einen geschäftsmäßigen Ton angenommen.

»Hier.« Ich zeigte auf die linke Seite meines Unterleibs, seine Augen folgten meinen Fingern.

»In der Größe?« Er sah auf.

»Ja.« Ich hatte das Bild etwa fünf mal fünf Zentimeter groß angelegt. Eine reine Bleistiftskizze, die ich schon jahrelang mit mir herumtrug, immer mit dem Gedanken, sie mir irgendwann auf die Haut bringen zu lassen.

»Ein gutes Maß für die empfindliche Stelle. Dein erstes Tattoo?« Wieder zog seine Augenbraue sich leicht nach oben.

»Ja.«

Er nickte wissend, als wäre ihm die Antwort schon vorher klar gewesen. Natürlich, schließlich hatte er selbst gesagt, ich sähe nicht wie jemand aus, der Tattoos besaß.

Er starrte noch eine gute Minute auf die Skizze in seinen Händen, ich betrachtete derweil den Ring an seinem kleinen Finger. Dann hob er den Kopf und sah mich an. »Ich mache Tattoos, die individuell sind. Das, was ich dir steche, werde ich so nie wieder stechen. Es ist dein Tattoo und deine Geschichte dahinter. Ich möchte, dass du das weißt.«

Ich schluckte. Mit solch persönlichen Worten hatte ich nicht gerechnet. Ich wusste zwar, dass auch im *Skinneedles* keine Tattoos von der Stange gemacht wurden, sondern jedes individuell auf den Kunden zugeschnitten war. Aber in

Scotts Aussage lag mehr. Und ich wusste nicht, was ich davon halten sollte. Darum nickte ich nur, zum Zeichen, dass ich ihn verstanden hatte.

»Okay. Was hältst du von Farbe?«, fragte er.

»Etwas Farbe wäre schön.«

»Passt auch besser zu dir«, beschloss er. »Lass mich eben eine Reinzeichnung machen, dauert nur einen Moment. Ich möchte die Details etwas hervorheben.«

Er erhob sich, lächelte und sah mir in die Augen. Seine Iris war so dunkel, trotzdem leuchtete sie, als er mich ansah. Ein Schauer durchlief meinen Körper.

»Klar«, gab ich mit belegter Stimme zurück.

»Möchtest du was trinken?«

»Nein. Danke.« Obwohl mein Mund staubtrocken war wie die Wüste Gobi, hatte ich keinen Durst. Ich war einfach nur nervös und wollte es so schnell wie möglich hinter mich bringen.

Er nickte kurz, bevor er aufstand, an mir vorbei um den kleinen Tresen herumging und im hinteren Teil des Ladens verschwand. An dessen Wand stand ein großer Leuchttisch, an dem er nun das Licht anknipste. Ich sah, wie er mein Bild darauf befestigte, ein Transparent darüberlegte und sich in die Zeichnung vertiefte. Es dauerte tatsächlich keine zehn Minuten, bis er zu mir zurückkam.

Als er mir seine Vorlage zeigte, musste ich den Kloß, der sich in meinem Hals gebildet hatte, mit Gewalt herunterschlucken. Ich betrachtete die Linien, die er so fein und detailliert gezeichnet hatte, eine halbe Ewigkeit lang. Dann sah ich auf und direkt in seine braunen Augen.

»Es ist perfekt«, flüsterte ich.

Er nickte stumm. Er konnte nicht wissen, wofür dieses Tattoo, das ich mir ausgesucht hatte, stand. Er hatte keine Ahnung, was ich durchgemacht hatte, wie sehr ich mit mir gerungen hatte, um diesen Schritt zu gehen. Was es mir bedeutete, es bald immer bei mir zu haben. Und ich würde es ihm auch nicht erzählen. Aber ich spürte, dass er ahnte, wie wichtig es für mich war. Und in diesem Moment wusste ich, dass ich mir keinen besseren Tätowierer dafür hätte suchen können.

Er war perfekt.

Scott

»Woher kommst du?«, fragte ich, während Olivia aus ihren schwarzen High Heels schlüpfte und den Bund ihres engen Rocks öffnete, um ihn dann samt Slip so weit hinunter zu schieben, dass die Stelle über ihrer Leiste freigelegt war. Mein Blick blieb kurzzeitig an dem Stück nackter, glatter und gebräunter Haut hängen.

Als Tätowierer hatte ich schon so manches an nackter Haut gesehen, Stellen tätowiert, die der Träger nicht jedem zeigen würde. Somit war ich einiges gewöhnt. Von straffer über welke Haut, tätowierte oder jungfräuliche, alte und junge Haut. Livs Haut war straff, jungfräulich und jung. Sie selbst allerdings passte überhaupt nicht in diese Gegend, schon gar nicht in diesen Shop.

Ich stellte sie mir irgendwo im South of Market District in einem der gläsernen Bürogebäude hinter einem mächtigen Schreibtisch vor, von dem aus sie Geschäfte in der ganzen Welt tätigte. Und am Abend dann in einer dieser angesagten noblen Bars, Cocktails oder Champagner schlürfend. Sie roch nach Geld und Erfolg, und ich war mir sicher – sie wusste, was sie wollte. Und nahm es sich.

»South Beach«, gab sie zurück, verzog dabei ihre rot geschminkten Lippen und blickte mich unter ihrem Pony heraus verlegen an, fast so, als wollte sie sich für ihre Herkunft entschuldigen.

Skeptisch sah ich sie an. »Warum so ein weiter Weg?« Von South Beach nach Stockton brauchte man sicher über eine Stunde. Ich konnte mir nicht vorstellen, dass sie durch Empfehlung von einem ihrer Freunde oder Kollegen auf uns gestoßen war. Der Ruf des Shops hier war nicht unbedingt der beste. Einer der Gründe, warum wir den Laden heute Abend für immer schließen würden. Dieses Tattoo würde das letzte sein, das ich in diesen Räumen stach. Wenn sich hinter Liv die Tür schloss, würde sie verschlossen bleiben.

Sie klemmte eine Strähne ihrer dunklen, kinnlangen Haare hinters Ohr und zuckte mit den Schultern. »Ich war gerade in der Nähe.« Sie fixierte einen Punkt hinter mir an der Wand, als sie mir antwortete. Mir war klar, dass sie damit auswich. Ich beließ es dabei. Obwohl es mich schon irgendwie interessierte, warum eine Frau wie sie ausgerechnet hierherkam, um sich ein Tattoo stechen zu lassen. Aber den Grund dafür würde ich wohl nicht erfahren.

Nachdem sie sich vor den Spiegel gestellt hatte, zog ich mir ein paar Gummihandschuhe über und griff nach dem Desinfektionsspray, um die Haut zu desinfizieren. Dann nach einem Einwegrasierer, wobei Liv mich erstaunt ansah. »Ist nötig, ich brauche nackte Haut, okay?«

Sie nickte stumm, sah mir zu, wie ich die empfindliche Stelle über ihrer Leiste rasierte.

Das war schon ein intimer Akt, aber das gehörte nun mal zu meinem Job. »Ich hab das Bild auf Transferpapier gebracht. Das lege ich jetzt auf, dann kannst du gucken, ob es richtig platziert ist, bevor ich loslege«, erklärte ich ihr den nächsten Arbeitsschritt. Mein Gefühl sagte mir, dass sie überhaupt nicht wusste, was auf sie zukam. Ich wollte ihr zumindest ein wenig die Angst nehmen, indem ich ihr die einzelnen Schritte erklärte.

»Okay.«

Ich legte ihr die Zeichnung auf die linke Seite, knapp über die Leiste, und strich mehrmals darüber. Dann zog ich das Papier ab. Jetzt saßen die Linien korrekt auf ihrer Haut, und fragend sah ich sie an.

Liv besah sich die Stelle im Spiegel, ihr Gesichtsausdruck wechselte von hart zu weich. Was auch immer dieses Tattoo für einen Hintergrund hatte – für sie bedeutete es eine Menge. Ich hatte schon zu viele Bilder auf Haut gebracht, ich erkannte, wenn jemand eine besondere Geschichte damit verband. Das war bei Liv definitiv der Fall.

»Sieht gut aus.« Ihre Stimme klang belegt.

»Okay. Dann kann es ja losgehen.«

Ich bat Liv, sich auf die Liege zu legen, die ich für sie im hinteren, abgetrennten Bereich vorbereitet hatte. Während sie es sich bequem machte, füllte ich die Farben in kleine Töpfchen und machte dann meine Tätowier-Maschine startklar. Ich nutze eine Paul Rogers Spulenmaschine, ein ziemlich schweres Teil, aber mit ihr kam ich am besten klar. In den sechs Jahren, die ich nun als Tätowierer arbeitete, hatte sie mich noch nie hängen lassen. Wir waren ein eingespieltes Team, und sobald ich sie in der Hand hatte und sie in meinen Fingern vibrierte, war ich in meinem Element.

»Ich bin so weit. Und du?« Aufmerksam sah ich Liv an. Sah, wie sie ihre Kiefer aufeinanderdrückte, sie war angespannt.

»Leg los.«

Ich atmete durch, dann schmiss ich die Maschine an. Das vertraute Surren war Musik in meinen Ohren, Liv jedoch zuckte anhand des lauten Geräuschs kurz zusammen. Ich warf ihr einen aufmunternden Blick zu, dann setzte ich die Nadel an und begann, die Konturen auf ihrer Haut nachzuziehen.

»Shit, ich wusste nicht, dass es so schmerzhaft ist«, presste sie zwischen zusammengebissenen Zähnen hervor.

»Du hast dir auch eine besondere Stelle für dein erstes Mal ausgesucht«, gab ich schmunzelnd zurück.

»Hab ich das? Ist das erste Mal nicht immer … besonders?«

Ich horchte auf, setzte die Maschine ab und sah sie an. »Ist es das?«

Sie zuckte nur leicht mit den Schultern, ihr Blick war herausfordernd. »Sagt man das nicht?«

»Mag sein …« Ich senkte den Kopf und machte mich erneut an die Arbeit. Was war das? Wollte sie mich tatsächlich anbaggern? Ich grinste in mich hinein, konzentrierte mich dann aber wieder auf das Bild vor mir. Ein Flirt mit ihr machte keinen Sinn, darum ließ ich mich besser erst gar nicht darauf ein.

»Wie lange tätowierst du schon?«, fragte sie nach einer Weile. Mir war klar, dass sie sich irgendwie von den Schmerzen ablenken musste und deswegen das Gespräch suchte.

»Sechs Jahre.«

»Immer hier?«

»Nein.«

»Woher kommst du?«

»San Francisco.«

»Was hat dich nach Stockton verschlagen?«

»Arch hat mir ein gutes Angebot gemacht.«

»Arch? Ihm gehört der Shop?«

Ich nickte.

»Und wo ist er jetzt?«

»Hat was zu erledigen.« Ich kam mir vor wie bei einem Verhör und hatte keine Lust, ihr zu erzählen, dass Arch im Knast saß, weil er hier im Shop Drogen vertickt hatte. Ebenso wenig, dass ich nur noch hier war, um den Laden zu schließen, danach meine Sachen zu packen und mich auf den nächsten Job in New York vorzubereiten. In vier Monaten ging es los, bis dahin würde ich mich schon irgendwie durchschlagen.

»Und was machst du?«, lenkte ich ab. Smalltalk war nicht so mein Ding, aber besser wir sprachen über sie als über mich.

»Ich bin Anwältin.«

»Welches Gebiet?«

»Nachlassverwaltungen.«

»Das heißt was genau?«

»Ich regele die Erbangelegenheiten, wenn sich die Hinterbliebenen nicht einigen können oder es nicht sicher ist, was dem Verstorbenen gehört – und somit in die Erbmasse einfließt – oder den Angehörigen.«

»Hört sich kompliziert an.«

»Ist es manchmal auch.«

»Spannend.«

Sie lachte leise. »Ja, absolut. Man lernt viel über Menschen. Ist bei dir bestimmt nicht anders, oder?«

Wieder lenkte sie von sich ab. Ich schmunzelte.

»Ist das deine Maschine vor der Tür?« Ich nickte. Meine Harley Softail Breakout war eine Sonderanfertigung, die ich mir vor einigen Jahren gegönnt hatte. Es waren nur wenige Exemplare gebaut worden. Die Temperaturen in Kalifornien boten sich an, um das ganze Jahr damit zu fahren. Selbst jetzt im Winter waren sie noch erträglich. Schnee gab es in der Gegend rund um San Francisco eher nicht, aber für die regnerischen Tage hatte ich noch einen Pick-up in der Garage stehen.

»Heißer Ofen.«

»Fährst du auch?«

»Gott, nein!«

»Angst?«

»Nein. Nur kein Interesse an Motorrädern.«

»Noch nie draufgesessen?«

»Nein.«

»Du würdest es mögen.«

»Das bezweifle ich.«

»Was fährst du?«

»Einen Lexus.«

Ich stieß einen leisen Pfiff aus. »Nobel geht die Welt zugrunde.« Ein Lexus war nicht weniger exklusiv als meine Harley.

»Nur ein Gebrauchsgegenstand. Ich bin viel unterwegs und brauche ein Auto, auf das ich mich verlassen kann.« Wieder dieser entschuldigende Tonfall. Ich zog eine Augenbraue in die Höhe, als ich ihr einen kurzen Blick zuwarf. Mein erster Eindruck hatte mich also nicht getäuscht. Wir kamen aus verschiedenen Welten. Ich konzentrierte mich wieder auf das Tattoo und hoffte, dass sie jetzt genug gequatscht hatte. Ein frommer Wunsch, wie sich kurz darauf herausstellte.

»Und? Hast du die Weihnachtstage gut hinter dich gebracht?«

»Jepp.«

»Mit so einem Familiending oder so?«

Mir fiel auf, wie sie auf meinen kleinen Finger schielte, an dem der schmale Silberring steckte. Ich biss die Zähne aufeinander. Das war definitiv nichts, worüber ich sprechen wollte. Schon gar nicht mit ihr. Ich war einfach nur froh, dass alles vorbei war und das neue Jahr angefangen hatte.

»Wie bist du auf das Tattoo gekommen?«, lenkte ich ab, ohne auf ihre Frage einzugehen. Ich spürte, wie sie kurz die Luft anhielt.

»Scott, ich …« Sie brach ab, hoffte, dass ich auch so verstand, dass sie nicht darüber reden wollte. Offensichtlich hatten wir beide so unsere Geheimnisse, die wir nicht preisgeben wollten.

Ich hob kurz den Kopf und sah sie an. »Dann sind wir jetzt quitt, richtig?« Sie bedeutete mir stumm, dass sie verstanden hatte. Ich nickte ebenfalls, und schweigend machte ich mich wieder an die Arbeit.

Nach etwa eineinhalb Stunden stellte ich die Maschine aus. »Geschafft. Wir sind fertig.«

Liv öffnete die Augen. Den Rest der Sitzung über hatte sie sie geschlossen gehabt. Jetzt warf sie mir einen unsicheren Blick zu. Vermutlich war sie es nicht gewohnt, dass ihr jemand so über den Mund fuhr. Aber ich hatte in der Regel keine Hemmungen: Wer mir zu nahe kam, musste damit leben, dass ich ihn von mir stieß. Vielleicht war ich zu direkt gewesen, aber ich würde diese Frau schließlich nicht wiedersehen, es konnte mir also egal sein, was sie von mir und meinen Manieren hielt.

»Steh auf und sieh es dir an«, sagte ich, als ich die Spulenmaschine beiseitegelegt und Livs Haut gesäubert hatte.

Zögernd nickte sie. Dann erhob sie sich langsam, hielt ihren Rock fest und trippelte mit kleinen Schritten zum Spiegel rüber. Ich zog mir die Gummihandschuhe aus und warf sie in den Müll. Dann beobachtete ich Liv über den Spiegel hinweg.

Ihre Augen waren auf das Tattoo geheftet, dessen Konturen sich rot gerändert von ihrer gebräunten Haut abhoben.

Sie hatte sich einen Schmetterling gewünscht, dessen Flügel aus zwei kleinen Fußabdrücken bestanden. Die Enden der Fühler ähnelten Tränen. Die Umrisse waren in Schwarz gehalten, unter den Schmetterling und drum herum hatte ich feine farbige Splashes im Aquarellstil gelegt, die ineinander verliefen. Zwischen den Flügeln, als Schmetterlingskörper, stand ein Name: Luna.

Sofort, als sie mir ihren Entwurf gezeigt hatte, hatte ich ein Bild dazu im Kopf gehabt, es im Detail zu Papier gebracht und anschließend auf ihrer Haut verewigt. Ein sehr schönes Bild. Schlicht und emotional.

»Es ist noch schöner, als ich es mir vorgestellt habe.« Sie sah mir über den Spiegel hinweg in die Augen, und ich erkannte ein feuchtes Glitzern darin. Was hatte das Tattoo zu bedeuten, dass es sie zum Weinen brachte?

Dann drehte sie sich zu mir um. »Es ist perfekt … Danke, Scott.«

Olivia

»Sie dürfen die Braut jetzt küssen.«

Ich tupfte mir verstohlen mit einem Taschentuch die Augen, während Kyle Peg küsste und alles um mich herum in Begeisterungsstürme ausbrach. Auch wenn ich nicht wirklich auf diesen ganzen Hochzeitszauber stand – gerührt war ich trotzdem. Peg sah so bezaubernd aus und gleichzeitig so anders, dass ich sie fast nicht wiedererkannt hätte. Ihre blonden Haare waren zu einem schlichten Knoten aufgesteckt, um den herum kleine rote Rosen drapiert saßen. Passend zu dem Strauß, den sie in den Händen hielt. Das Kleid war sicher keins von der Stange, der weiße Chiffon schmiegte sich so schmeichelnd um ihre schlanke Figur, dass man meinen konnte, sie wäre darin zur Welt gekommen.

»Sind sie nicht süß?« Carrie stieß mir ihren Ellenbogen in die Rippen.

»Au! Ja, aber deswegen -«

»Oh, guck mal!« Carrie lachte auf und zeigte auf das Brautpaar. Kyle hatte Peg hochgehoben, und die lange Schleppe ihres weißen Kleids schleifte über den roten Teppich, als er sie zwischen den Stuhlreihen durch an uns vorbeitrug. Als der Rock sich dabei vorne etwas hochzog, gab er einen Blick auf ihre Schuhe frei. Peg trug knallrote Chucks zu ihrem stilvollen Brautkleid. »Sie ist so verrückt!« Carrie ließ mich erneut ihren spitzen Ellenbogen in den Rippen spüren. Wenn sie so weitermachte, würde dort morgen ein blauer Fleck prangen.

»Aua!« Ich trat einen Schritt zur Seite, rieb mir über die Stelle und verzog den Mund.

»Ach, nun zieh nicht so ein Gesicht. Nimm dir ein Beispiel an den beiden.«

»Ja, ja …« Die zwei waren ein tolles Paar, und ich gönnte ihnen ihr Glück wirklich von Herzen. Aber dass Steve mir im letzten Moment eine Absage erteilt hatte, nagte immer noch an mir. Bisher waren wir einmal miteinander ausgegangen, aber noch nicht zusammen im Bett gelandet. Das hatte ich heute Nacht nachholen wollen und ihn als meine Begleitung für diesen Tag auserkoren. Auf einem Event, bei dem ich von Pärchen umgeben sein würde, hatte ich auf keinen Fall allein erscheinen wollen. Aber nein! Er musste mir ja einen Strich durch die Rechnung machen, weil sein Hund krank war. Angeblich. Ich hatte ihn gleich nach dem Telefonat aus meinem Telefonbuch gelöscht.

Und war prompt zu spät zur Hochzeitsfeier von Kyle und Peg erschienen, die in ihrem Haus in Sea Cliff stattfand. Meine Laune war also auf dem absoluten Höhepunkt. Ich hätte mich am liebsten gleich nach dem Gratulieren wieder davongemacht, aber selbst mir war klar, dass ich wenigstens bis nach dem Essen bleiben musste. Meine schlechte Stimmung musste ich dann wohl mit einigen Gläsern Champagner bekämpfen.

Wie aufs Stichwort hielt mir ein Kellner mit einer bodenlangen Schürze ein Tablett unter die Nase, kaum, dass wir im festlich geschmückten Garten angekommen waren. Stehtische mit weißen Hussen und schlichten Blumengestecken verteilten sich auf dem akkurat gemähten Rasen, Sitzgruppen aus Rattanmöbeln und Heizpilze unter weißen Pavillons fanden sich auf dem ganzen Grundstück, das sich bis an die Klippen erstreckte, von denen man einen gigantischen Ausblick aufs Meer hatte. Das Wetter meinte es gut mit dem Paar. Die Sonne strahlte mit ihnen um die Wette, und es wehte nur ein lauer Wind vom Wasser herüber. Auf den Sofas lagen Decken, frieren sollte hier heute niemand. Dezente Musik dudelte aus Lautsprechern im Hintergrund und untermalte die Stimmen und das Lachen der über hundert Gäste.

Kyles ehemalige Kollegen aus der Footballmannschaft, den San Francisco 49ers, konnte man nicht übersehen. Sie waren eindeutig die kräftigsten und größten Kerle hier. Allerdings waren sie, wie ich es auf den ersten Blick erkennen konnte, alle in Begleitung gekommen. Die restlichen Gäste waren Freunde, Arbeitskollegen und Familienmitglieder der beiden. Oder besser gesagt von Kyle, denn seit dem Tod ihrer Mom hatte Peg keine Familie mehr, außer ihrer Stiefschwester Linda. Und Doyle, deren Sohn, der nun, da Peg und Kyle verheiratet waren, nicht nur Pegs Neffe, sondern gleichzeitig auch ihr Stiefsohn war.

Ich erkannte Kyles Eltern, die zusammen mit Linda und Doyle beim Brautpaar standen. Ich freute mich für Kyle und Peg, dass sie so gut mit der Situation zurechtkamen, und auch, dass Kyle sich, wie es aussah, mit seinen Eltern wieder ausgesöhnt hatte. Doyle trug den gleichen Anzug wie sein Dad, nur ein paar Nummern kleiner. Und beide hatten Chucks dazu an. Gott, dieses Zeichen nach außen war echt süß. Doyle war wirklich niedlich, doch der Anblick des kleinen Mannes versetzte mir einen Stich, und ich musste den Blick abwenden, um die plötzlich aufkeimende Traurigkeit in mir zu stoppen.

Ich schnappte mir ein Glas Champagner und hätte es am liebsten sofort runtergestürzt, um den schalen Geschmack meiner Erinnerungen wegzuspülen, aber ich hielt mich zurück. Als alle Gäste versorgt waren, schlug Kyle mit einem Löffel mehrmals laut an sein Glas. Schlagartig wurde es still um uns herum, und die Gesichter der Gäste richteten sich neugierig auf ihn und seine wirklich bezaubernde Braut.

»Als ich Peg gefragt habe, ob sie meine Frau werden will, habe ich nicht halb so viel Blut und Wasser geschwitzt wie heute. Ich war bis zum letzten Moment nervös, hatte echt Schiss, dass du es dir noch anders überlegen würdest.« Peg knuffte ihn liebevoll, Gelächter ertönte. »Aber dass wir heute ganz offiziell unsere Hochzeit feiern, ist ein guter Start in eine gemeinsame Zukunft. Und ich kann es kaum erwarten, den Rest meines Lebens mit dir zu verbringen. Auf dich, Peg. Ich liebe dich.« Er hob sein Glas, und während wir auf das glückliche Paar anstießen, sahen die beiden sich tief in die Augen, bevor sie in einem langen Kuss versanken. Alle jubelten, ließen die zwei hochleben. Ich sah weg. So viel Glück konnte ich kaum ertragen.

Kyle hatte Peg im Stadion beim Super Bowl einen wirklich rührenden Heiratsantrag gemacht. Und Peg hatte Ja gesagt. Natürlich hatte sie das. Sie war schon seit ihrer Jugend in diesen Kerl verliebt, und jeder von uns hätte sie für bescheuert erklärt, wenn sie einen Rückzieher gemacht hätte. Die beiden hatten danach keine Zeit verschwendet, und schon eine Woche später waren die Einladungen zur Hochzeit ins Haus geflattert. Ich fragte mich, wann sie wohl einen runden Bauch haben würde. So schnell, wie die zwei mit allem waren, sollte mich das auch nicht mehr wundern.

»Ich habe mich schon die ganze Zeit auf diese Feier gefreut. Ach, es ist so schön für die beiden«, flüsterte Carrie neben mir mit verklärtem Gesichtsausdruck und drehte versonnen eine Haarsträhne um den Finger.

»Bei deinem Glück fängst du nachher den Brautstrauß.«

Sie schaute mich an, ihre Augen leuchteten aufgeregt. »Meinst du? Ach, das wäre …« Sie faltete ihre Hände und hob sie an ihr Kinn. »Das wäre toll, ja.«

Ich verdrehte nur die Augen und nahm einen großen Schluck vom Champagner. Ich verstand nicht, warum man diesen Bund fürs Leben so überstürzen musste. Wozu sollte man ihn überhaupt eingehen? Ich sah keine Vorteile darin, wenn, dann höchstens steuerliche. Und an die große Liebe … glaubte ich schon lange nicht mehr. Aber gut – es war der Tag von Kyle und Peg, und meine persönlichen Belange hatten hier nichts zu suchen. Also setzte ich ein mittlerweile eingefrorenes Lächeln auf und schluckte meinen Frust herunter.

Während Kyle uns zum Trinken, Essen und Feiern aufrief, schweifte mein Blick lustlos über die Gäste. Wie ich es vermutet hatte, waren sie alle pärchenweise hier aufgeschlagen. Und somit würde es, wie vorausgesehen, ein einsamer Abend werden. Mit viel Alkohol und einem kalten Bett.

Und dann blieb ich an einem paar dunkler, fast schwarzer Augen hängen.

Ach du heilige Scheiße! Ich hatte schon einmal in diese Augen gesehen. Allerdings hatte ich nicht damit gerechnet, sie jemals wiederzusehen. Und schon gar nicht hier. Fast hätte ich ihn nicht erkannt. Seine dunklen Haare waren wieder nach hinten gegelt, der Bart gestutzt. In dem schwarzen Anzug mit weißem Hemd und einem Paar Hosenträgern darüber sah er so gar nicht mehr wie ein typischer Tätowierer aus. Sein Outfit aber stand ihm verdammt gut, ich mochte Männer, die Wert auf ihr Äußeres legten. Er sah heiß aus. Heißer noch als in Jeans und T-Shirt. Ich reckte meinen Hals, als er sich umdrehte und von mir wegbewegte.

Dank seiner Größe aber konnte ich ihn gut im Blick behalten. Dass er so groß war, hatte ich gar nicht mehr in Erinnerung. Er überragte die meisten Anwesenden um einige Zentimeter. Er hätte gut zu den Footballspielern gepasst, auch wenn er nicht ganz so breitschultrig daherkam. Aber das gefiel mir. Ich mochte Männer, die trainiert, aber auch definiert waren. Plumpe Muskeln, womöglich noch durch Amphetamine aufgepumpt, waren zum Abgewöhnen. Und die Typen, die in dem Fitnessstudio bei mir um die Ecke Gewichte stemmten, konnte man mir nackt um den Bauch binden. Selbst dann würde sich bei mir nichts regen.

Aber Scott war ein ganz anderes Kaliber. Er war eigentlich nicht der Typ Mann, für den ich mich interessierte. Meist fand ich die Kerle, mit denen ich für kurze Zeit etwas anfing, in angesagten Clubs oder Bars in dem Viertel, in dem ich arbeitete. Keinesfalls in einem dunklen Tattoo-Shop. Aber Scott passte meines Erachtens überhaupt nicht in diese düstere Atmosphäre seines Studios, und wie es aussah, konnte er auch anders. Ich beobachtete ihn, sah, wie er mit Peg und Kyle sprach und sich dann wieder in meine Richtung bewegte, als er den Kopf hob und mir direkt in die Augen sah.

Ich war etwas erschrocken, fühlte mich ertappt, als er mich so zielgerichtet ansah, als hätte er gewusst, dass ich noch immer wie angewurzelt hier stand und ihn nicht aus den Augen ließ. Aber Angriff war die beste Verteidigung, und so neigte ich den Kopf etwas, hob mein Glas und prostete ihm zu. Kurz verengten sich seine Augen, auf seinem Gesicht bemerkte ich eine stumme Frage. Dann schien er mich zu erkennen. Seine vollen Lippen verzogen sich, eingerahmt von seinem gepflegten Bart, zu einem angedeuteten Lächeln, und er hob ebenfalls sein Glas.

»Kommst du?« Carrie stupste mich an und unterbrach somit den Blickkontakt zwischen Scott und mir.

»Äh, ich … Ich komme gleich nach«, murmelte ich und hoffte, dass Scott nicht schon wieder im Gewühl verschwunden war.

Sie folgte meinem Blick in seine Richtung. »Wer ist das?«

«Keine Ahnung. Aber mit etwas Glück finde ich das gleich heraus.« Auf keinen Fall würde ich Carrie erzählen, dass er mein Tätowierer war.

Sie nickte langsam und schmunzelte. »Okay. Wir halten dir einen Platz frei.«

»Klar. Danke.« Während die Masse um mich herum sich in Bewegung setzte, um das Buffet zu stürmen, blieb ich stehen und suchte wieder den Blick von Scott, aber alles, was ich sah, war seine Rückenansicht. Kyle stand bei ihm, die Hand auf Scotts Rücken gelegt, und lachte kurz darauf. Dann ging er. Scott wandte sich wieder zu mir um, unsere Blicke fanden sich sofort. Woher hatte er gewusst, dass ich noch hier stand? Und als die Menge sich lichtete, kam er auf mich zu. Sein Anzug saß perfekt über den breiten Schultern, die Hosenträger über dem Hemd lockerten die Eleganz etwas auf. Die schwarzen Schuhe glänzten, und jeder seiner Schritte verströmte pures Testosteron. Keine dreißig Sekunden später stand er vor mir.

»Liv, richtig?« Seine Stimme klang nach Zigaretten und Whisky, seine Augen waren dunkler, als ich sie in Erinnerung hatte.

»Hundert Punkte.«

»Ich hätte nicht gedacht, dich hier wiederzutreffen.«

»Das Gleiche schoss mir auch gerade durch den Kopf.«

»Zu wem gehörst du? Zur Braut oder zum Bräutigam?«

»Zu Peg. Und du?«

»Ein alter Kollege von Peg.«

Ich sah auf den Ansatz eines Tattoos, welches unter dem leicht geöffneten Kragen hervorblitzte und das an meinem Tag im Studio halb unter einem T-Shirt versteckt gewesen war. »Hat sie das gemacht?«

»Nein. Und wie geht es deinem Tattoo?« Seine Mundwinkel verzogen sich fast unmerklich, während sein Blick zu meinem Unterleib wanderte.

Ein merkliches Kribbeln darin war meine stumme Antwort auf seine Frage, und aus einer Laune heraus sagte ich: »Ich würde ja sagen: Finde es doch heraus. Aber dafür kennen wir uns wohl zu wenig.«

Seine linke Braue hob sich überrascht. »Da könnten wir Abhilfe schaffen.«

»Willst du mich auf deine Tanzkarte setzen?«

»Ich tanze nicht. Aber wie wäre es für den Anfang mit einem Drink?« Er sah auf mein mittlerweile leeres Glas.

»Gentleman's Agreement?«

»So in etwa.« Sein intensiver Blick brachte meinen Unterleib nun zum Pochen und den Rest meines Körpers dazu, ihm zu folgen. Seite an Seite schlenderten wir ohne weitere Worte den gepflasterten Weg zur Bar hoch. Ich hatte auch nicht das Bedürfnis zu reden. Mein Bedürfnis war ein ganz anderes. Ich nahm es als gutes Omen, ihn hier getroffen zu haben. Und auch er schien einem Flirt nicht abgeneigt, sendete eindeutige Signale aus, was die ganze Sache einfacher machte. Wenn auch nicht unbedingt aufregender.

»Einen Single Malt und …?« Er sah mich fragend an, wobei seine linke Augenbraue sich leicht anhob. Sexy.

»Champagner, bitte.«

Während der Barkeeper unsere Gläser füllte, standen wir ziemlich nah beieinander. Scotts herber Geruch gefiel mir, und ich fragte mich unwillkürlich, wie er beim Sex riechen mochte. Ob er überall tätowiert war? Wie sich seine Muskeln wohl anfühlten? Wie wäre es, ihn in mir zu spüren? Halleluja! Mein Höschen wurde allein beim Gedanken daran feucht. Ich war Steve in diesem Augenblick mehr als dankbar, dass er mich versetzt hatte. Sowas nannte man dann wohl Schicksal.

Scott hob sein Glas und ließ es an meines klirren, dabei sah er mir tief in die Augen. »Auf eine unerwartete Begegnung.«

Ich lächelte nur vielsagend und hob den Champagner zum Mund. Sein Blick fixierte mich über den Rand seines Drinks hinweg, und ich hatte alle Mühe, mir nicht anmerken zu lassen, wie sehr ich darunter erzitterte. Dieser Mann hatte etwas an sich, das mich nicht nur scharf werden ließ, sondern auch dafür sorgen könnte, dass ich mich vergaß. Ich war kein Kind von Traurigkeit, hatte schon viele Affären und One-Night-Stands gehabt. Doch noch nie hatte ich nach so kurzer Zeit ein solches Verlangen gespürt. Er gab mir das Gefühl, etwas Verbotenes zu tun. Ich fühlte mich auf eine verrückte Weise verrucht.

»Ich mag dein Kleid«, sagte er unvermittelt und musterte meinen Körper so intensiv, dass ich mir unter seinem Blick so gut wie nackt vorkam.

»Danke.« Ich war froh, dass ich mich im letzten Moment doch noch für das langärmlige Seidenkleid in einem dunklen Rot und mit tiefem Rückenausschnitt entschieden hatte. Der Stoff war leicht auf der Haut, der Rock war eng an Po und Oberschenkeln, floss dann aber in weichen Wellen fast bis zum Boden. Glücklicherweise war es warm genug, dass ich das passende Jäckchen dazu tragen konnte statt eines Mantels, der das Beste verdeckt hätte.

Scott beugte sich näher zu mir und brachte seinen Mund an mein Ohr. Unhörbar für alle anderen, aber laut genug für mich raunte er mir ins Ohr: »Aber ich wette, ohne siehst du noch viel schärfer aus.«

Ein Schauer aus tausend kleinen Nadelstichen lief mir über die Haut, als ich seine Worte hörte. Es wurde doch aufregend. Ich hielt die Luft an und merkte, wie meine Knie weich wurden.

»Legst du immer so ein Tempo vor?« Ich hatte nicht erwartet, dass er *so* schnell zur Sache kommen würde.

»Die Nacht ist kurz.« Wieder streifte sein Atem über meine Haut, bevor er sich ein Stück zurückzog und mich abgeklärt ansah. »Und du siehst nicht aus, als würdest du deine Zeit verschwenden wollen.«

In Anbetracht seiner Arroganz fehlten mir die Worte. Es verstrichen einige Sekunden, bis ich wenigstens ein paar wenige herauspressen konnte. »Wie kommst du darauf?«

»Die beiden stimmen mir zu.« Sein Blick wanderte zu meinen Brustwarzen, die sich bereits aufgestellt hatten und sichtbar durch den dünnen BH und das Kleid drückten. Ich atmete tief durch, mir entging das Schmunzeln des Barkeepers nicht, der sich nach einem scharfen Blick von Scott aber sofort mit gesenktem Kopf den nächsten Gästen zuwandte.

Ich jedoch fühlte mich in seinem Blick gefangen, mit dem er mich gleich darauf bedachte, und stürzte aus lauter Verlegenheit den Rest Schampus meine trockene Kehle herunter.

Allerdings war das Perlen des Getränks nichts gegen das Kribbeln zwischen meinen Schenkeln. Was passierte hier? »Vielleicht ist mir ja auch nur kalt«, gab ich zurück und merkte noch beim Sprechen, dass das Zittern meiner Stimme mich verriet.

Scott fixierte mich mit einem durchdringenden Blick. Ich hätte mich nur zu gern daraus gelöst, aber ich hatte keine Chance. Er lächelte. Wissend, dass er gewonnen hatte. »Ich habe ja noch den ganzen Abend Zeit, das herauszufinden. Komm, lass uns was essen gehen.«

Er gab mir keine Gelegenheit, mich zu sammeln, sondern nahm mir das leere Glas aus der Hand und legte den Arm um meine Hüften. In der Regel mochte ich es nicht, wenn ein Mann mich auf diese besitzergreifende Weise dirigieren wollte. Aber bei Scott war das anders. Er berührte mich auf eine Art, die energisch und erotisch zugleich war. Und ich musste mir eingestehen: Hätte er es nicht getan, wäre ich enttäuscht gewesen.

Ich genoss es also, dass er mich in den Bereich des Gartens lenkte, wo das Buffet aufgebaut war und sich runde Tische mit weißen gestärkten Decken unter der schlichten Blumendekoration und Kerzen, Besteck und Gläsern bogen. Wir füllten unsere Teller mit Fisch, Fleisch und verschiedenen leckeren Beilagen und steuerten dann auf den Tisch zu, an dem bereits Carrie und Jake, Joyce und Eric und Nolan Platz genommen und zu essen angefangen hatten. Ich machte Scott kurz mit den anderen bekannt, bevor ich mich setzte. Scott stellte seinen Teller ab und zog mir dann den Stuhl zurück. Nicht nur ich war überrascht. Ich bedankte mich mit einem Lächeln und nahm mit wackeligen Knien Platz.

Als seine Hand wie zufällig meinen Nacken streifte, ging mir die kurze Berührung bis in die Zehenspitzen. Ich hoffte, dass niemand etwas bemerkte, womöglich Fragen stellte – ich würde keine einzige beantworten können. Außer seinem Vornamen, dass er Whisky trank, Tätowierer in einem abgefuckten Laden in Stockton war und mich innerhalb kürzester Zeit total kirre gemacht hatte, wusste ich nichts von ihm. Für mich persönlich hätten diese Infos auch gereicht. Ich hatte noch nie das Bedürfnis gehabt, viel mehr über meine Affären zu erfahren. Zumindest nicht, indem ich mit ihnen darüber redete. Und ich war schockiert, als ich in eben diesem Moment erkannte, dass ich über Scott gerne mehr gewusst hätte. Und tatsächlich hoffte, dass sich im Laufe des Abends noch die Gelegenheit dazu ergeben würde.

»Du warst Tätowierer bei Arch, oder?«, fragte Eric zwischen zwei Bissen, nachdem die üblichen Begrüßungsfloskeln abgearbeitet waren.

Ich staunte, wie gut die Leute in der Szene offensichtlich übereinander Bescheid wussten. Ich war doch extra nach Stockton rausgefahren, weil ich gedacht hatte, dass den Shop niemand meiner Freunde kennen würde. Wie man sich irren konnte.

»Warst?«, warf Jake fragend ein.

»Der Laden ist zu. Lief nicht mehr besonders gut«, gab Scott zurück.

Jake runzelte die Stirn. »Falls du mal was Neues suchst, weißt du ja, wo du uns findest.«

Scott grinste nur und nippte an seinem Rotwein, den die Kellner zum Essen ausgeschenkt hatten.

»Und du bist mit Peg befreundet? Wie lange kennt ihr euch schon?« Carrie beugte sich interessiert zu ihm rüber.

»Ein paar Jahre. Wir haben eine Zeit lang bei Arch zusammen gearbeitet.« Ach, daher kannten die beiden sich. Gut zu wissen.

»Und worauf hast du dich spezialisiert?«, hakte Jake nach. Ich wusste von Carrie, dass er noch immer auf der Suche nach einem Tätowierer für seinen Shop war.

»Black-and-Grey, Watercolour, Cover ups«, gab Scott zurück.

»Watercolour?« Jake zog neugierig die Stirn in Falten. »Der Stil hat was.«

»Finde ich auch. Ich mag es, was Neues auszuprobieren und etwas zu machen, was mich von den anderen unterscheidet.«

Er sagte das mit so einer Überzeugung, dass ich ihm auch geglaubt hätte, wenn ich es nicht bereits am eigenen Leib erfahren hätte. Auch mein Tattoo hatte er in diesem Stil gestochen, und ich hätte mir kein schöneres wünschen können. Jake wusste nichts davon, und ich würde mich hüten, Scotts Können mit meinem Tattoo zu bezeugen.

Während des Essens ging es vorwiegend um Tattoos und die anstehende Convention in Pasadena, die Jake und Eric besuchen wollten. Ich schaltete ab, weil mich das ganze fachliche Gequatsche über Farben, Techniken und Maschinen nicht die Bohne interessierte. Carrie, Joyce und sogar Nolan hörten gebannt zu. Das Einzige, was mich vom Gähnen abhielt, waren die Berührungen von Scotts Bein an meinem unter dem Tisch, die mir jedes Mal kleine Stromschläge durch den Körper jagten. Man hätte meinen können, sie seien nicht beabsichtigt gewesen, aber als ich seinen Blick auffing, wusste ich es besser.

Als wir eine gute Stunde später das Dessert hinter uns gebracht hatten, knackte es in den Lautsprechern. Kurz darauf ertönte Rileys Stimme, der jetzt das Paar auf die Tanzfläche rief. Riley Edwards war Pegs bester Freund, Single und dazu der extrem gut aussehende und charmante Sänger der Newcomer-Band Obsidian, die seit einigen Monaten die Charts stürmte. Trotz seines Tour-Stresses hatte er es sich nicht nehmen lassen, zu Pegs Hochzeit anzureisen. Es sah so aus, als würde er den DJ unterstützen und im Laufe des Abends ein paar Songs zum Besten geben. Gemeinsam mit Eric.

»Hey, sie wollen tanzen. Los, kommt!« Carrie schnappte sich Jake, der ihr mit einem Augenrollen folgte. Joyce ließ sich von Eric mitziehen, und Nolan ging ihnen hinterher. Nolan war, seit ich Carrie kannte, einer meiner engsten Freunde. Er war Tanztrainer und besaß ein eigenes Tanzstudio. Er war allein gekommen, sein derzeitiger Freund Taylor hatte, wie so oft, wenn eine Feier anstand, nicht frei bekommen und musste arbeiten.

»Und was ist mit dir?« Scott war ebenfalls aufgestanden und neben mich getreten. Ich drehte mich zu ihm um und sah, dass er mir seine Hände hinhielt. Als der Ärmel seines Hemds etwas hochrutschte, konnte ich die Baumwurzeln seines Tattoos erkennen. An dem kleinen Finger der linken Hand saß der Silberring als einziges Schmuckstück.

Ich ergriff seine Hände, sie waren warm und umschlossen meine kräftig und sanft zugleich. Mein Blick fand seinen, und ich ließ mich von ihm auf die Beine ziehen. Durch den Schwung landete ich an seiner harten Brust.

»Hm, du riechst gut«, murmelte er in mein Haar und legte wie selbstverständlich eine Hand auf meinen unteren Rücken.

Seine Finger brannten sich durch die Seide in meine Haut, und ich spürte ein Feuer in mir auflodern. Wieder zog sich mein Unterleib zusammen, süß und verlangend. Ich wusste nicht, ob ich lachen oder weinen sollte. Was stellte dieser Kerl nur mit mir an? Ich hatte in seiner unmittelbaren Nähe kaum mehr die Kontrolle über meinen Körper, der ihm sehnsuchtsvoll entgegenzustreben schien. Und das war absolut neu für mich.

Während Peg und Kyle sich nach *Legendary* von Welshly Arms ihrem Tanz hingaben, bildeten die Gäste einen Kreis um das Paar. Die verliebten Blicke, die sie sich zuwarfen, waren kaum zu ertragen. Eng aneinandergeschmiegt bewegten sie sich zu ihrem Lied, schienen alle Leute um sich herum ausgeblendet zu haben und hatten nur Augen füreinander.

»Sie passen wirklich gut zusammen«, flüsterte Scott mir zu. Er stand hinter mir, und seine Präsenz war mehr als deutlich. Die Hitze, die sein Körper ausstrahlte, ging auf meinen über, und ich schmolz förmlich dahin, als er mir beide Hände auf die Hüften legte und mich unmerklich näher an sich zog. Ich spürte seine stahlharte Brust an meinem Rücken, mein Po drückte sich leicht gegen seinen Schritt, und ich fühlte, wie sich etwas in seiner Hose regte. Das Wissen, ihn allein mit dieser minimalen Berührung so weit gebracht zu haben, ließ mich erschaudern und verwirrte und faszinierte mich gleichermaßen.

Nachdem die Musik verklungen war und das Brautpaar sich aus seinem innigen Kuss gelöst hatte, rief die Stimme des DJs über die Lautsprecher erschreckend gut gelaunt alle Junggesellinnen dazu auf, sich am Ende der Tanzfläche aufzustellen.

»Ach herrje«, seufzte ich und versuchte, mich rückwärts und ungesehen an Scott vorbeizuschieben, um diesem bescheuerten Brauch zu entgehen. Das Letzte, was ich wollte, war, womöglich den Brautstrauß zu fangen. Aber noch bevor ich überhaupt einen Schritt zurücktreten konnte, hatte Carrie mich auch schon am Handgelenk gepackt und zog mich auf die Tanzfläche zu den anderen Frauen, die sich alle bereits kichernd in freudiger Erwartung aneinanderdrängten. Ich verdrehte die Augen und versuchte, mich loszumachen, aber meine Gegenwehr prallte einfach an ihr ab.

»Vergiss es, Liv. Los komm«, dirigierte Carrie mich zwischen die anderen und grinste aufgeregt.

Während Peg sich am gegenüberliegenden Ende der Tanzfläche mit dem Rücken zu uns in Position brachte, schob ich Carrie sanft weiter nach vorne und zog mich dann in die letzte Reihe zurück. Dort machte ich mich so unsichtbar wie möglich. Als ich mich umsah, fing ich Scotts amüsierten Blick auf. Ich hätte ihm den Mittelfinger gezeigt, aber das Kribbeln in meinem Unterleib bei seinem Anblick hielt mich davon ab. Ich war in seinem Blick gefangen und kam erst wieder frei, als mir ein Ellenbogen gegen die Schulter gerammt wurde und die Damen alle nach vorne stürmten. Das Nächste, was ich mitbekam, war ein lauter Jubelschrei.

Carrie! Sie hatte tatsächlich den Brautstrauß gefangen.

»Was hab ich gesagt?«, fragte ich, als ich zu ihr trat. Peg kam ebenfalls zu uns und umarmte Carrie herzlich.

»Hättest du mich nicht nach vorn geschubst ...«, schimpfte sie halbherzig in meine Richtung, aber als sie ihre Nase in dem kleinen Strauß vergrub, konnte auch das Bouquet aus roten Rosen das glückliche Leuchten in ihren Augen nicht verbergen. Ich war gespannt, was Jake dazu sagen würde.

Die Musik setzte wieder ein, und jetzt rief der DJ alle Paare auf, miteinander zu tanzen. Ich seufzte still und wollte zurück zu unserem Tisch gehen, aber wie aus dem Nichts stand Scott hinter mir und legte seine Hände auf meine Hüften.

»Darf ich bitten?«, flüsterte er fragend an meinem Ohr.

»Ich dachte, du tanzt nicht?«

Er verstärkte den Druck seiner Hände, und mit einer geschmeidigen Bewegung drehte er mich zu sich herum. Jetzt standen wir so eng beieinander, dass kein Blatt mehr zwischen uns gepasst hätte, und die Wölbung in seiner Hose war nun deutlich zu spüren. Ich traute mich kaum zu atmen, als er eine Hand auf dem Ansatz meines Hinterns platzierte und die andere seitlich auf meinen Rippen. Sein Daumen verharrte gefährlich nahe an meiner Brust. Die Intimität seiner Berührungen ließ mich erschaudern.

Ich sah zu ihm auf.

»Ich habe keine andere Wahl.« Er sah mich an und zog mich noch näher an sich. Sein Schwanz presste sich hart gegen meinen Bauch. Und ich wusste in jener Sekunde, dass dies nicht die einzige Annäherung in dieser Nacht bleiben sollte.

Scott

Liv war heiß. Sehr heiß. Ein sexy Körper in einem hautengen Kleid, mit endlos langen Beinen, schmaler Taille, festen Brüsten. Ihre roten Lippen umspielte ein Lächeln, das mir deutlich zeigte, worauf dieser harmlos begonnene Flirt hinauslaufen würde.

Als ich sie auf der Party erkannt hatte, war ich mir nicht sicher gewesen, ob ich sie hatte anquatschen sollen. Aber ihre Signale waren eindeutig gewesen, und da ich auf Partys ungern allein blieb, nahm ich ihre unausgesprochene Einladung an. Schon vor vier Wochen im Shop, als ich ihr das Tattoo gestochen hatte, hatte sie mir gefallen. Aber wir kamen aus völlig verschiedenen Welten, ein Flirt hatte für mich keinen Sinn gemacht. Doch dass wir uns auf der Party wiedergetroffen hatten, sah ich als Zeichen an, sich auf ein unverbindliches Abenteuer einzulassen.

Ich hielt mich den ganzen Abend an ihrer Seite auf, je mehr Zeit verstrich, umso sicherer war ich mir, dass diese Nacht eine ganz besondere werden würde. Auch wenn Liv anfänglich einen auf schüchtern gemacht hatte, ahnte ich, dass sie das im Bett nicht sein würde. Als ich sie beim Tanzen an mich gezogen hatte, war sie wie Wachs in meinen Händen gewesen. Sie hatte sich geschmeidig in meinen Armen führen lassen und sich hungrig gegen meinen Schwanz gedrängt, der da schon bereit gewesen war. Und jetzt, wenige Stunden nach dieser stummen Absprache, waren wir auf dem Weg in ihr Apartment, und ich konnte es kaum erwarten, sie flachzulegen. Ich war begierig darauf, sie durch die Nacht zu führen. Nach meinen Regeln.

Meine Hand lag auf ihrem Oberschenkel, und meine Finger strichen ab und zu über ihren Schoß, als uns das Taxi nach South Beach in ihre Wohnung brachte. Ihr Zucken zeigte mir, dass auch sie es kaum mehr erwarten konnte.

Im Fahrstuhl drückte sie den Knopf für die oberste Etage.

»Zehn Stockwerke Zeit für einen Kuss«, raunte sie mir zu und brachte ihre roten Lippen nah an meine.

Ich drehte den Kopf zur Seite. »Nein.«

»Bitte?« Die Fragezeichen schwebten zwischen den Wänden des Aufzugs hin und her. Ihre graublauen Augen mit den langen dunklen Wimpern verengten sich, während sie ihre Lippen aufeinanderpresste und sich in meinem Arm versteifte. Klar, damit hatte sie nicht rechnen können, und ich versuchte, sie zu beschwichtigen.

»Liv … wir können in dieser Nacht alles miteinander anstellen, was du willst. Ich verspreche dir, du wirst auf deine Kosten kommen. Und das nicht nur einmal. Aber wir spielen nach meinen Regeln. Und die oberste davon lautet – ich küsse nicht.«

»Was? Wieso nicht?« Ihre roten Lippen waren jetzt leicht geöffnet, ungläubig sah sie zu mir auf. Sie war trotz der hohen Absätze noch fast einen halben Kopf kleiner als ich.

Ich schüttelte den Kopf. »Überleg es dir. Mehr kann ich dir nicht anbieten.« Ich hätte kein Problem damit gehabt, wieder zu gehen, wenn sie mit meiner Forderung nicht einverstanden gewesen wäre. Auch wenn mein Schwanz eine andere Sprache sprach.

Sie legte den Kopf schief und sah zu mir auf. »Und welche Regeln muss ich noch befolgen?«

»Du musst gar nichts«, stellte ich klar.

»Welche Regeln?«, forderte sie eine Antwort.

Ich packte ihre Hüften fester und drehte sie mit Schwung um, sodass sie nun mit dem Rücken zur Wand stand. Erstaunt quiekte sie auf. »Regel Nummer zwei: keine Missionarsstellung. Das ist langweilig. Regel Nummer drei: Mindestens ein Blowjob. Darauf stehe ich. Regel Nummer vier: Hast du Spielzeug, dann benutzen wir es. Und Regel Nummer fünf«, ich griff nach dem Stoff ihres Kleids, zog es hoch und brachte meine Hand zwischen ihre Beine. Wie von selbst öffnete sie ihre Schenkel und ich fuhr mit den Fingerspitzen in ihren Slip. Als ich ihre glatte Spalte berührte, keuchte sie auf und krallte sich mit den Fingern in meine Schultern.

»Was ist Regel Nummer fünf?«

»Regel Nummer fünf: Wir schlafen nicht miteinander, sondern wir ficken. Und das nur diese eine Nacht. Aber in dieser einen Nacht werde ich dich so hart nehmen, dich so befriedigen, dass du danach für Wochen genug hast.« Während ich sprach, schob ich zwei Finger in ihre heiße Mitte und sah sie dabei an. Ihre Augen weiteten sich, sie war erschrocken, aber noch mehr erregt. Ich spürte die Nässe, die sich um meine Finger sammelte, und bewegte sie in ihr. Vor und zurück, rein und raus, immer wieder. Erneut keuchte sie auf, diesmal lauter, biss sich auf die Lippen und versuchte sich an einem Lächeln.

»Ich glaube, damit kann ich leben«, wisperte sie, während sie sich meinen Fingern entgegendrängte.

»Das wirst du müssen«, flüsterte ich nahe an ihrem Mund.

»Aber Küssen am Körper ist erlaubt?«

»Überall, außer auf den Mund.«

»Wunderbar. Denn ich werde deinen Schwanz lutschen, dass du wochenlang genug hast«, versprach sie mir. Das Rucken des Fahrstuhls kündigte die Endstation an.

Ich zog meine Finger aus ihr. Mit einem leisen Geräusch glitten die Türen auseinander. »Wo lang?«, fragte ich heiser.

»Komm.« Sie ging vor mir bis ans Ende des Flurs und öffnete die Wohnungstür.

Als sie hinter uns ins Schloss gefallen war, drückte ich sie im Halbdunkel an die Wand und kniete mich vor sie, griff unter ihr Kleid und zog ihr den Slip runter. »Ausziehen«, befahl ich ihr.

Irritiert sah sie auf mich runter. »Ich habe auch ein großes, bequemes Bett.«

»Ich will dich hier.«

»Aber -«

»Regel Nummer sechs: Genieße die Nacht und sieh uns dabei zu.« An der Wand gegenüber hing ein großer Spiegel, auf den ich nun deutete. Sie nickte stumm, stieg aus dem Hauch von Nichts, und ich schob ihr Kleid so weit hoch, dass ihr Schoß nass und glänzend vor mir lag. Ich griff nach ihren Händen und bedeutete ihr, den Stoff oben zu behalten. »Ich sagte doch, du bist ohne Kleid noch viel heißer.«

Sie stöhnte auf, als ich ihre Knie weiter auseinanderdrückte. Sie presste sich mit dem Rücken fester gegen die Wand, den Blick abwechselnd auf mich und in den Spiegel gerichtet, und stand mit gespreizten Beinen auf ihren High Heels vor mir. Was für ein Anblick! Ich konnte mich kaum mehr beherrschen, wollte sie gleich hier auf der Stelle nehmen, mich in sie stoßen und ficken, bis ich endlich Erlösung fand. Aber ich zügelte mich. Erst würde ich mich um ihre willige Pussy kümmern.

Mein Blick schweifte ab auf das Tattoo. »Es steht dir fantastisch«, raunte ich, strich über die Innenseiten ihrer Schenkel nach oben und legte ihre Spalte frei. Nass, glänzend und geschwollen lag sie vor mir, und als ich mit der Zunge über ihre Klit leckte, schrie Liv auf und krallte ihre Finger in mein Haar.

»O Gott …«

»Ja, lass dich gehen, komm zu mir«, raunte ich und versenkte die Zunge in ihrem heißen Eingang. Verdammt, das fühlte sich gut an! Ich leckte und saugte an ihr, bis sie fast in die Knie ging, sich mir entgegendrängte. Sie war hungrig, und ich würde ihr geben, wonach sie verlangte. Sie kam mir so weit entgegen, dass ich meine Hände zu Hilfe nehmen musste, um sie zu halten. Meine Zunge ließ ich dafür schneller über ihre Klit streichen. Sie schmeckte gut, süß, verdorben und voller Verlangen. Und als ich dann an ihr saugte, kam sie schneller, als ich vermutet hatte.

»Oh, Gott! Ja! Jaaaaaa!« Sie explodierte mit einem langen, lauten Schrei. Ich saugte weiter an ihr, leckte, lutschte und knabberte an ihrer Klit, bis sie nur noch wimmern konnte. Ihre Säfte liefen aus ihr heraus, als ich mich zurückzog, ihre Beine zitterten. Ich richtete mich auf, zog sie an mich und hob sie hoch. Erschöpft legte sie ihre Arme um meinen Hals und murmelte etwas, das ich nicht verstand.

»Was auch immer, aber jetzt ab ins Bett mit dir.«

Ich trug sie durch den Flur. An den Wänden spendeten kleine LEDs schummriges Licht.

»Rechts rum«, dirigierte sie mich erschöpft, ihr Kopf lag an meiner Schulter, ihre Brust hob und senkte sich schnell, während sie nach Atem rang. Ich trat in das Schlafzimmer. Was das große Bett betraf, hatte sie nicht gelogen. Sachte stellte ich sie davor ab, griff an ihren Rücken und öffnete ihr Kleid. Mit einem raschelnden Geräusch rutschte es ihr über die Schultern und fiel auf den Boden. Ich drückte sie sanft runter und legte sie auf der schwarzen Bettwäsche ab. Ihre Brust hob und senkte sich, sie atmete schwer, ihre Lider waren halb geöffnet, und sie lächelte, als ich begann, mich auszuziehen.

»Ich vermute, du siehst ohne Anzug auch viel schärfer aus«, flüsterte sie, immer noch außer Atem.

»Warte, bis du alles gesehen hast.« Ich ließ die Hosenträger schnalzen, schälte mich aus meinem Hemd, dann aus der Hose. Als ich mir die Shorts von den Hüften schob, stellte sich mein Ständer auf. Ihr Blick wanderte an mir runter. Dann kicherte sie.

»Du hast zwei verschiedene Socken an.«

»Ich bin eben anders als die anderen.«

»Du bist absolut heiß. Komm her …« Sie beugte sich mit einem einladenden Lächeln nach hinten, stützte sich mit den

Armen auf der Matratze ab und spreizte die Beine. Ich konnte meine Augen kaum von ihrer glänzenden Pussy abwenden. Zwei Sekunden später kniete ich zwischen ihren gespreizten Schenkeln. Ich wollte nichts mehr, als mich in ihr versenken, aber ich zügelte meine Gier. Sie war willig, und die Nacht war lang.

Meine Hand strich über ihre Wange, hinunter über ihren Hals und zwischen ihren Brüsten entlang, dann zu ihrem Rücken. Ich öffnete den BH und zog ihn aus. Achtlos landete er auf dem Fußboden. Sie machte Anstalten, sich die High Heels von den Füßen zu streifen.

»Lass sie an«, stoppte ich sie.

»Regel Nummer sieben?«

»Du lernst schnell«, raunte ich, griff ihr an die Titten und umkreiste ihre Nippel mit der Zunge. Sie reckte sich und drückte ihren Oberkörper durch. Ich umfasste ihre Mitte und zog sie an mich. Ich presste die Lippen auf ihre Brust und saugte an ihrer Brustwarze, während meine Finger sich an ihrem Bein entlangtasteten und sich an der Innenseite ihres Schenkels immer weiter nach oben schoben.

Sie stöhnte auf, als meine Finger langsam über ihren glatten Hügel in ihre triefend nasse Mitte glitten und sich noch mal darin versenkten. Tiefer und tiefer, bis ich sie endlich gefunden hatte, die kleine Erhebung am Ende. Sobald ich anfing, ihren G-Punkt zu stimulieren, zuckte Liv unkontrolliert und stöhnte laut auf.

»Gott, was tust du?«

»Muss ich dir das wirklich erklären?«

»Nein, aber … o Gott …« Sie krallte ihre Fingernägel in die Laken und bäumte sich unter mir auf.

Blitzschnell löste ich mich von ihr. »Hast du Gummis hier?«

»Warte.« Mit glasigen Augen sah sie mich an, lehnte sich zurück und griff mit zitternden Händen nach der Schublade ihres Nachtschranks. Sie holte eine Handvoll Kondome heraus. »Soll ich oder willst du selbst?«

Ungeduldig riss ich ihr eines der Päckchen aus der Hand, öffnete es und holte das Gummi heraus. »Rot?«

»Ich habe auch noch blau, grün und orange. Mal sehen, wie ausdauernd du bist.« Sie ließ die restlichen Kondome auf das Laken fallen. Ich lachte rau und stülpte mir so schnell ich konnte das Gummi über meinen prallen Schwanz. Ich packte ihre Hüften, zog Liv an den Bettrand, strich mit der Spitze über ihre Klit und entlockte ihr damit ein Wimmern. Mein Daumen umkreiste ihren Lustpunkt, während ich zwei Finger in sie schob. Und als ich erneut ihren geschwollenen G-Punkt fand, stöhnte sie laut. Ich massierte ihn, sie erzitterte, ihr weißer Saft lief an ihrem Schenkel hinunter. *Heilige Scheiße! Ich will sie. Jetzt! Ich bin sowas von bereit!*

Ich zog die Finger aus ihr heraus, legte ihre Beine über meine Schultern, umfasste ihre Kniekehlen, dirigierte mich direkt an ihre Spalte und schob mich mit einem lauten Stöhnen in ihre enge Muschi. *Endlich!*

Sie grub ihre Hände tiefer in die Laken, bog ihren Rücken durch. Lustvoll stöhnte sie auf, als ich erneut heftig in sie stieß.

»Nimm mich! Fester! Mehr! Fick! Mich!«, trieb sie mich an, Ungeduld und Gier in ihrer Stimme.

»Kannst du haben, Honey.« Ich drückte ihre Beine weiter nach hinten und drang so tief in sie ein, sah zu, wie mein Schwanz bis zum Schaft in sie tauchte. Rein und raus, rein und raus. Gott, war das geil. Sie war so eng, massierte mich so fest, wie ich es jetzt brauchte. Ihre Muschi lag offen vor mir, ich konnte meinen Blick nicht von ihr abwenden, brachte eine Hand in ihren Schritt und rieb über ihre Klit. Ein lautes, lustvolles Aufschreien kam aus ihrem Mund. Immer wieder stieß ich zu, ihre Lider flatterten, ihre Lippen bebten, ihre Finger krallten sich in das Laken. Ich fickte sie noch härter und brachte sie dazu, lauthals zu schreien.

»Oh, Gott, jaaaaa … Ich bin da …!«

Ich spürte ihren Orgasmus anrollen. Ihre Pussy zuckte, zog sich immer enger um meinen Schwanz, zuckte stärker und presste damit auf einen Schlag alle Säfte aus ihm heraus. Mit einem letzten Stoß und einem lauten Ächzen ergoss ich mich in das Gummi. Ich sah in ihr Gesicht, wie sie dalag, weit für mich geöffnet, mit bebenden Hüften, bis die Erlösung sie übermannte. Keuchend brach sie zusammen.

Mein Puls raste, mein Atem rasselte. Schon lange hatte ich nicht mehr so einen Höhenflug erlebt. Und das, obwohl ich selten ohne Befriedigung blieb, wenn ich mit einer Frau ins Bett ging. Und in den letzten Jahren waren das einige gewesen. Allerdings lief es immer nach demselben Schema ab. Wie auch jetzt. Aber trotzdem war es anders. Liv war anders. Sie war willig und hungrig.

Ich ließ Livs Beine los und stützte die Hände auf die Bettkante. Nach einer Weile öffnete sie schwerfällig die Augen. Sie lag nach Atem ringend rücklings auf dem Bett, ich fühlte, wie mein Penis schlaffer wurde, befreite mich aus ihr und zog das Kondom ab.

»Verdammt, war das gut«, murmelte sie immer noch atemlos. »Ich bin gespannt, was du noch draufhast.«

Ich zuckte ungerührt mit den Schultern und erhob mich. »Lass dich überraschen. Wir werden sehen, was die Nacht noch bringt. Aber jetzt hab ich Durst.«

»Ja, ich auch. Warte, ich hole uns Champagner. Man muss die Feste feiern, wie sie fallen. Oder möchtest du lieber Whisky?« Ich verneinte. »Lauf nicht weg.«

Nur auf High Heels ging sie aus dem Raum, ihr Hintern wackelte aufreizend. Eine Tür klappte, dann rauschte Wasser. Sie war im Bad, machte sich sauber. Kurz darauf klapperten ihre Schritte auf den Fliesen des Flurs. Ich hörte etwas klirren, wenig später kam sie mit einer Flasche und zwei Gläsern zurück. Ich schnappte mir den Schampus und öffnete den Drahtverschluss, während sie ihr Handy aus der Handtasche holte, darauf herumtippte und so nach wenigen Sekunden leise Musik aus versteckten Boxen den Raum erfüllte. Sofort wollte sich der Korken lösen, ich drückte ihn runter.

»Du hast nicht zufällig daran rumgespielt?«

Sie biss sich auf die Unterlippe und grinste aufreizend. »Ich spiele lieber an dir rum …«

»Dazu wirst du gleich Gelegenheit haben.« Ich zog den Daumen vom Korken, er schoss blitzartig raus und knallte gegen die Wand hinter dem Bett, wobei Liv in den Genuss einer Champagnerdusche kam. Sie quietschte lachend auf.

»Scheiße! Ich bin ganz nass …«

Ich heftete meinen Blick auf ihren Schritt und verzog meine Lippen zu einem vielsagenden Grinsen, während ich mir die Gläser schnappte und uns einschenkte. Die Pfütze auf dem Teppichboden ignorierte ich und reichte ihr ein Glas. Der Champagner tropfte über ihre Brüste den flachen Bauch hinunter, über das Tattoo auf ihre gebräunten Schenkel. Sie waren lang und wohlgeformt. Ich fragte mich, wie viele Männerkörper sie wohl bereits umschlungen hatten. Andererseits wollte ich von ihren Geschichten nichts wissen. Es war nur Sex. Nicht mehr, nicht weniger. Für alles andere war ich nicht gemacht. Und ich war überzeugt, dass es ihr genauso ging. Wir hatten diese eine Nacht und würden sie auskosten.

Ich stand vor ihr, ihr Gesicht auf Höhe meiner Hüften. Sie prostete mir aufreizend zu. Ihre Finger legten sich auf meinen Oberschenkel und bewegten sich hoch zu meiner rechten Hüfte, unter deren Knochen mein Lieblingstattoo begann: Ein Wikingerschiff auf hoher See, das von Wellen verschlungen wird. Wild und rau. So wie mein Leben.

»Steht das sinnbildlich für deine Ausdauer?«, fragte Liv mich mit einem frechen Grinsen. Ihre Lippen waren immer noch aufreizend rot.

»Finde es doch heraus«, forderte ich sie auf. Ihr Blick senkte sich, ihre ebenfalls rot lackierten Nägel traten langsam den

Rückzug an, strichen über das Schiff wieder zurück und packten dann sanft meinen Schwanz. Sie stellte ihr Glas ab, kniete sich vor mich, und als sich ihre Lippen darumlegten, schloss ich die Augen. Coldplay & The Chainsmokers sangen *Something Just Like This.* Und dann, als ich verstand, was sie sangen, durchbrach ein Gedanke die Dunkelheit, den ich lieber im Dunkel gelassen hätte: *Just something I can turn to somebody I can kiss ... Nein!* Erschrocken keuchte ich auf, riss die Augen wieder auf und ließ mein Glas fallen. Ich griff in Livs Haar und löste mich aus ihrem Mund. Dann stieß ich sie zur Seite, drehte sie auf den Bauch und packte ihre Hüften. Blitzschnell zog ich mir ein Gummi über, und bevor sie reagieren konnte, hatte ich schon hart von hinten in sie gestoßen.

»Oh, ja, Scott! Gib's mir! Fick mich!«

»Worauf du dich verlassen kannst!« Und nichts anderes tat ich, um die Erinnerungen zurück in die dunkle Hölle zu schicken, aus der sie gekommen waren.

Olivia

»Morgen ... Schon wieder auf den Beinen?«

Vor zwei Minuten war ich aus der Dusche gestiegen und hatte mich gerade in meinen Bademantel gewickelt, als es an der Tür geklingelt hatte. Obwohl ich wenige Freunde hatte, die mich spontan besuchten – und noch weniger, die sich das an einem Sonntag trauen würden, öffnete ich mit einem Stoßseufzer die Tür.

Ich verdrehte die Augen, als sich wie erwartet Carrie mit einer Tüte duftender Croissants an mir vorbeischob und direkt in meine Küche steuerte.

»Es ist bereits Nachmittag! Bist du etwa gerade erst aufgestanden? Ich war schon joggen, und jetzt habe ich Hunger. Und Kaffeedurst«, plapperte sie drauflos.

»Hast du kein Zuhause?«

»Jake schläft noch, und mir war langweilig.«

»Was ein Glück, dass du mich hast«, gab ich mit einem übertriebenen Stoßseufzer zurück, aber mein Sarkasmus lief wie immer bei ihr ins Leere.

Die Freundschaft zwischen Carrie und mir bestand bereits einige Jahre, in meiner Küche kannte sie sich fast besser aus als ich. Ich kochte in der Regel nicht selbst, das Einzige, was hier heißlief, war der Kaffeeautomat. Ja, ich war kaffeesüchtig, und meine Freundin nutzte jede Gelegenheit, sich auf einen frisch gebrühten Kaffee bei mir einzuladen. Egal an welchem Tag oder zu welcher Stunde. Einer der Nachteile, wenn man direkt an dem Strand wohnte, an dem sie mit Vorliebe joggen ging.

»Lass das, ich hab keinen Hunger«, maulte ich leicht angenervt, als sie die Brötchentüte vor meiner Nase schwenkte.

»Oh, hat da jemand schlechte Laune?«

»Oh, hat da jemand zu gute Laune?«, äffte ich sie nach.

Sie grinste nur. An Carrie schienen meine unterirdischen Stimmungslagen abzuperlen wie Wassertropfen an einer Scheibe. Beneidenswert.

»Zu wenig geschlafen oder zu viel?«, fragte sie und warf mir einen feixenden Blick zu, während sie sich eine Tasse aus dem Küchenschrank holte und unter den Kaffeevollautomaten stellte. Nachdem sie ein paar Knöpfe gedrückt hatte und das Mahlwerk anfing zu rattern, drehte sie sich zu mir um und beäugte mich mit schief gelegtem Kopf. Als sich ihre Lippen zu einem amüsierten Grinsen verzogen, verdrehte ich die Augen.

»Was?«

»Untervögelt siehst du eigentlich nicht aus. Eher das Gegenteil.«

»Na, du musst es ja wissen …«

»Du bist megakratzbürstig, hast Ringe unter den Augen, kommst jetzt erst aus der Dusche und bewegst dich, als hättest du einen Marathon hinter dir. Da ich aber aus sicherer Quelle weiß, dass du niemals freiwillig einen Marathon laufen würdest, tippe ich auf ausgedehnten Matratzensport.« Sie nahm sich ein Wasser aus meinem Kühlschrank und trank direkt aus der Flasche. Dabei ließ sie mich nicht aus den Augen.

Schulterzuckend sah ich sie an. »Das heißt was?«

»Fazit – du hattest eine ziemlich kurze Nacht, die du nicht allein verbracht hast, sondern mit Scott Cunningham.«

»Cunningham? Ah, so heißt er also.«

»Bis zu den Nachnamen seid ihr wohl gar nicht gekommen, was?«

Ich rümpfte die Nase. »Ich will ihn ja auch nicht heiraten!«

»Wenn du ihn heiraten würdest, müsstest du nicht mal deine Initialen ändern, Miss Clark.«

»Du hast den Brautstrauß gefangen – nicht ich.«

»Ja, das habe ich. Aber lenk nicht vom Thema ab. Also? Wie war er?« Carrie grinste glücklich, schnappte sich ihren Kaffee und setzte sich mit einem erwartungsvollen Lächeln an den Tisch. Sie zog die Beine auf den Stuhl, nahm sich ein Croissant aus der Tüte und krümelte die Tischplatte voll.

Ich atmete tief durch und zwang mich, nicht laut aufzulachen. »Du weißt schon, dass du in meiner Küche sitzt und ich dich jederzeit rauswerfen könnte, wenn du zu frech wirst?«

»Würdest du aber nicht tun. Du kannst nämlich kaum an dich halten und platzt fast, weil du mir unbedingt im Detail beschreiben willst, was in der letzten Nacht hier abgegangen ist.«

»Nichts.«

Carrie lachte auf. »Erzähl das deinem Friseur. Die ganze Wohnung riecht nach Sex!«

Ich schnupperte verhalten. Verdammt, sie hatte recht. Ich hatte vergessen, die Fenster aufzureißen, und Scotts Geruch drang gleich noch intensiver in meine Nase.

»Und du … riechst nach Schweiß«, konterte ich lahm, was sie vergnügt quieken ließ.

Obwohl meine Freundin gerade eine Runde am Strand gelaufen war, sah sie taufrisch aus und roch kein bisschen nach Schweiß. Sie war durchtrainiert und topfit und sah selbst in ihrer Joggingklamotte toll aus – was man von mir in diesem Moment nicht gerade behaupten konnte. Ich war so platt und durchgevögelt, dass nicht mal die Dusche meine Lebensgeister hatte wiedererwecken können. Vielleicht half ja ein weiterer Kaffee. Der dritte an diesem Tag, und dabei war ich gerade mal eine Stunde wach.

Ich war müde, und mir taten immer noch die Knochen weh, denn Scott hatte mich nicht geschont. Allein beim Gedanken daran, was seine Finger mit mir angestellt hatten, wie seine Zunge mich verwöhnt hatte, während sein Bart auf den Innenseiten meiner Schenkel gekratzt hatte, zog sich mein

Unterleib sehnsuchtsvoll zusammen. Obwohl ich bezweifelte, dass ich ernsthaft zu einem weiteren Orgasmus fähig gewesen wäre, so wund wie ich war. Er hatte mich fünfmal innerhalb von wenigen Stunden dazu gebracht, voller Ekstase seinen Namen zu schreien. Das hatte bisher noch keiner geschafft. Halleluja!

Mit seiner Regel, ihn nicht auf den Mund zu küssen, war ich gut klargekommen. Die anderen Regeln hatten wir auch umgesetzt. Nach dem Blowjob hatte er mich gefickt, wie ich noch nie von einem Mann gefickt worden war. Scott war wie ein Sturm über mich hinweggefegt, hatte dennoch genau gewusst, was ich brauchte, und es mir gegeben. Hart und wild. Seine Zunge hatte jedes Mal treffsicher meinen empfindlichsten Punkt gefunden, sein praller Schwanz hatte mich ausgefüllt, wie es noch kein Mann zuvor gekonnt hatte. Ich glaubte, ihn immer noch in mir zu spüren, dabei war er schon seit Stunden nicht mehr in mir.

Er war so ganz anders als die Männer, mit denen ich bisher geschlafen hatte. Scott küsste nicht und stellte Regeln auf. Ich hatte keine Ahnung, was seine Gründe dafür waren, und auch nicht nachgehakt. Er hatte mir garantiert, ich würde trotzdem auf meine Kosten kommen. Und verdammt, ja! Das war ich. Er hatte nicht zu viel versprochen. Untervögelt war ich also wirklich nicht. Die letzte Nacht würde ich so schnell nicht vergessen. Und – wie er es vorausgesagt hatte – lange davon zehren können.

»Ist er noch da?« Carrie reckte ihren Hals, um einen Blick in Richtung Schlafzimmer zu erhaschen.

»Wen meinst du?«, fragte ich betont unschuldig.

Sie lachte auf und schüttelte den Kopf. »Tu doch nicht so scheinheilig. Du bist nicht die Jungfrau Maria. Willst du mir etwa weismachen, dass du und Scott euch gestern Abend vor der Haustür getrennt habt? Womöglich nur mit einer freundschaftlichen Umarmung?« Sie wollte sich wegschmeißen vor

Lachen. Kein Wunder. Der Gedanke, dass wir nicht übereinander hergefallen waren, war tatsächlich abwegig. Schon auf der Feier hatten wir unsere Finger kaum voneinander lassen können. Wir waren so scharf aufeinander gewesen, dass es kein Wunder war, dass Scott mich schon im Flur genommen hatte.

Ich nahm meinen Becher und setzte mich zu Carrie an den Tisch. Dann schlug ich die Beine übereinander. Statt darauf etwas zu erwidern, grinste ich halbherzig, aber für Carrie war das Antwort genug. Sie war meine beste Freundin, sie kannte mich.

»Leugnen zwecklos«, setzte sie noch hinterher, stopfte sich ein Stück Croissant in den Mund und schob mir die Tüte rüber. »Nimm dir ruhig eins. Ich schätze mal, du brauchst die Kalorien jetzt mehr als ich. Bei dem Sport von letzter Nacht …«

Carrie führte ihre Tasse zum Mund und trank einen Schluck, während sie mich taxierte. Dann verzogen sich ihre Lippen zu einem fetten Lächeln. »Du siehst verändert aus.«

»Verändert? Inwiefern?« Ich sah an mir hinunter. Gut, ich saß nackt, nur mit einem Bademantel bekleidet, hier, aber Carrie sah mich nicht zum ersten Mal so. Was also meinte sie mit ›verändert‹?

»Deine Augen … sie leuchten irgendwie.«

Ich senkte den Kopf und rieb mir mit Daumen und Zeigefinger die Nasenwurzel. »Ich bin nur müde.«

»Kein Wunder.« Wieder grinste sie. »Na los, erzähl schon. Wie war er? Ich will alles wissen!«

Ich lachte auf. »Dein Ernst?« Noch nie hatte Carrie etwas von meinen sexuellen Abenteuern hören wollen, hatte immer abgewunken, wenn ich zu sehr ins Detail gegangen war, sich die Ohren zugehalten. Warum jetzt? »Ist es bei dir und Jake schon so langweilig im Bett, dass du Tipps brauchst? Oder war er nicht so begeistert von dem Brautstrauß?«, stichelte ich.

»Gott, nein! Bei uns läuft alles super, glaub mir. Und was den Brautstrauß angeht – es ist ein Brauch, nichts weiter.«

»Ja, ja, wer's glaubt. Du würdest Jake doch am liebsten sofort heiraten.«

»Vom Fleck weg«, gab sie zu.

»Und was hindert dich?«

»Hallo? Er ist der Mann.«

»Du meinst also, er sollte dir den Antrag machen?«

»Findest du nicht?«

»Ist das nicht egal?«

»Mir nicht. Außerdem weiß ich überhaupt nicht, wie Jake zum Thema Heiraten steht. Er hat gestern kein Wort über den Strauß verloren.«

Ich zuckte mit den Schultern. »Jake verliert nie viele Worte.« Ich war mir ziemlich sicher, dass Jake bereits an einem Antrag feilte, die beiden somit das nächste Brautpaar sein würden und es nur noch eine Frage der Zeit wäre, bis die Einladung zu ihrer Hochzeit ins Haus flatterte. Vielleicht könnte ich dann mit Scott hingehen? Blödsinn! Ich schnaubte und schüttelte den Kopf.

»Was ist los?«

»Nichts, hab nur gerade an etwas gedacht.«

»An Scott?« Carrie grinste erneut und sah mich neugierig an. Ich streckte ihr die Zunge raus. »Scott ist heiß. Und echt nett«, setzte sie hinterher.

»Nett ist die kleine Schwester von Scheiße«, gab ich zurück und nippte an meinem Kaffee.

»Also ist er mehr als nett?«, hakte sie nach. Ich stöhnte auf.

»Seit wann willst du hören, was ich -«

»Du weichst mir aus. Hast du dich etwa verknallt?« Sie warf sich im Stuhl zurück und verschränkte die Arme vor ihrer Brust.

Ich runzelte die Stirn. »Wie kommst du denn auf das schmale Brett?«

»Scott hat dir den Kopf verdreht.«

»So ein Quatsch!«, widersprach ich erneut, doch Carrie winkte ab.

»Liv, ich kenne dich schon eine ganze Weile, und noch nie, nie, nie hast du nach einer Nacht so sehr abgelenkt. Sonst hast du nie genug damit prahlen können, was der Typ so draufhatte. Dass du mir jetzt ausweichst, ist doch eindeutig.«

»Hallo? Du bist doch diejenige, die sich sonst immer die Ohren zuhält und rot bis unter die Haarspitzen wird, wenn ich Insiderinformationen preisgebe. Ich habe eben aus der Vergangenheit gelernt. Du solltest dich freuen. Ich will dich nur schonen und nicht neidisch machen.«

Sie streckte mir die Zunge raus. »Neidisch? Pffff … Jetzt nicht mehr. Also? Erzähl schon!« Neugierig beugte sie sich vor. Ich schüttelte ermattet den Kopf. Ein unangenehmes Ziehen breitete sich vom Nacken bis zur Stirn aus.

Ja, es wäre ein Leichtes gewesen, ihr im Detail zu beschreiben, was Scott und ich in dieser Nacht miteinander angestellt hatten. Jede einzelne seiner Berührungen hatte sich mir eingebrannt wie die Farbe meines Tattoos in meine Haut. Ich brauchte nur die Augen zu schließen, schon fühlte ich seine Hände wieder auf meinem Körper und hatte seinen Geruch wieder in der Nase. Eigentlich wäre nichts dabei gewesen, Carrie davon zu erzählen. Sie würde sich nach wenigen Sätzen sowieso angewidert abwenden und sich die Ohren zuhalten. Sie war beim Sex nicht so experimentierfreudig wie ich, obwohl ich aus Erfahrung wusste, dass Jake nicht die Missionarsstellung bevorzugte. Genau wie Scott …

»Es war nichts Besonderes. Ich will dich nicht langweilen«, antwortete ich daher vage.

Carrie nickte nachdenklich, ohne mich aus den Augen zu lassen. Ich versuchte, ihrem Blick standzuhalten, aber versagte nach einigen Sekunden kläglich. Dann seufzte ich.

»Du hast dich verknallt.«

Ich lachte erneut. »Nein. Ich habe ihn gefickt. Er hat mich gefickt. Hat seinen prallen Schwanz in mich -«

»Jaaaaa, schon gut, schon gut!« Carrie hielt sich die Ohren zu und rollte mit den Augen. »Zu viele Details.«

»Sag ich doch.«

Sie nahm die Hände von den Ohren. »Seht ihr euch wieder?«

»Nein.« Entrüstet schüttelte ich den Kopf. »Es war eine einmalige Sache.«

Irgendwann am Morgen war ich eingeschlafen, erschöpft und zutiefst befriedigt. Als ich vor einer guten Stunde aufgewacht war, war das Bett neben mir leer gewesen. Das Einzige, was noch von unserer Nacht übrig war, war sein Geruch, der in der Bettwäsche und scheinbar in der ganzen Wohnung haften geblieben war.

In der Regel war ich froh, wenn ich am nächsten Morgen allein aufwachte oder – wenn wir bei ihm gelandet waren – der Kerl noch schlief und ich mich ungesehen aus dem Staub machen konnte. Ich war für den Morgen danach nicht gemacht. Ich wollte Sex. Nicht mehr, nicht weniger. Keinen gemeinsamen Kaffee oder Smalltalk zum Frühstück. Das war nicht mein Ding, und das klärte ich im Normalfall auch vorher ab, schlief nur mit Männern, die keine weiteren Erwartungen an mich hatten. Ich nahm mir, was ich wollte, solange ich es wollte.

Aber als ich im kalten, leeren Bett die Augen aufgeschlagen hatte, hatte ich einen kleinen Anflug von Enttäuschung tief in meinem Inneren gespürt. Und das verwunderte mich, verunsicherte mich durch Carries Worte sogar. Ich schluckte und schob die wirren Gedanken beiseite. Doch Carrie ließ es natürlich nicht darauf beruhen.

»Warum nicht?«

»Carrie, es war nur eine Nacht, kein Auftakt zu einer Beziehung. Dafür bin ich auch nicht gemacht, wie du weißt.«

»Menschen ändern sich, Liv.«

»Ich mich nicht. Ich bin egoistisch, kaffeesüchtig und giere nach Sex. Nach gutem Sex. Und guter Sex funktioniert nur so lange, wie man etwas Neues am anderen entdeckt.«

»Das kann man auch, wenn man eine Beziehung hat.«

Ich stöhnte auf. »Schätzchen, wie lange bist du mit Jake jetzt schon zusammen?«

»Monate, Stunden oder Sekunden? Wie genau willst du es wissen?«

Ich schlug die Hände über dem Kopf zusammen. »Danke, reicht schon. Und du willst mir weismachen, dass du immer noch Neues an ihm entdeckst?«

»Ja, jeden Tag. Aber selbst wenn das mal irgendwann vorbei ist … Was ist verwerflich daran, wenn man Vertrautes mag?«

»Im Job, im Straßenverkehr und meinetwegen auch in der Familie vielleicht. Und beim Kaffee.«

»Ach, Liv …« Carrie lächelte mich mitleidig an. »Warum bist du nur so kalt? Lass doch einfach mal deine Gefühle zu.«

Ich zuckte kurz unter ihren Worten zusammen. Doch dann hob ich mein Kinn an und sah ihr in die Augen. »Welche Gefühle? Ich habe keine Gefühle für Scott. Außer rein sexueller Natur. Wir haben vorher geklärt, dass es eine einmalige Sache sein wird.« Ich schüttelte den Kopf und sah Carrie an. »Süße, ich freue mich wirklich sehr, dass du und Jake … dass ihr die große Liebe gefunden habt. Ich wünsche euch von Herzen, dass ihr für immer so glücklich bleibt, heiratet, einen Haufen … Kinder bekommt und zusammen steinalt werdet. Aber all das ist nichts für mich, okay? Leben und leben lassen. Ich hab dich wirklich lieb, aber lass mich einfach mein Leben leben, wie ich es für richtig halte, ja? So, und jetzt muss ich dich leider rauswerfen, denn ich muss mich langsam mal fertig machen. Ich muss noch ins Büro.«

»Heute?« Ungläubig sah sie mich an.

»Ja.« Das war gelogen, und sie wusste es. Aber sie wusste auch, wann es besser war zu gehen.

»Okay. Dann …« Sie stand auf, und ich folgte ihr bis zur Eingangstür.

Nach einer kurzen Umarmung verabschiedete Carrie sich, und ich schloss die Tür. Dann lehnte ich mich mit dem Rücken an das glatte Holz und sank zu Boden. Carrie war glücklich, ich gönnte es ihr. Aber die große Liebe zu finden und zu halten war kein Lotteriespiel. Das hatte ich bereits am eigenen Leib erfahren. Und um nichts in der Welt wollte ich diesen Schmerz noch einmal erleben.

Scott

Die kleine Glocke bimmelte, als ich die Tür öffnete. Das Erste, was mir ins Auge stach, war der riesige schwarze Tresen mit dem metallenen Schriftzug des Shops. *Skinneedles.* Das Nächste die grüne Wand zu meiner Rechten, auf der San Franciscos Skyline samt einer Spulenmaschine in 3D-Optik aufgebracht worden war. Wer das gemalt hatte, hatte es verdammt noch mal drauf! Davor standen schwarze Ledersofas über Eck und daneben ein Kühlschrank mit kalten Getränken. Im Hintergrund lief Rockmusik. Perfekt, das war genau mein Ding.

»Scott!« Peg streckte ihren Kopf hinter der Wand hervor, vor der der Tresen stand. Erst jetzt begriff ich, dass das Ganze eine Art Raumtrenner war, hinter dem offensichtlich die Arbeitsplätze verborgen lagen. Das gefiel mir. Ich mochte es nicht, wenn man während des Tätowierens auf dem Präsentierteller saß.

»Was machst du denn hier?« Mit einem freudigen Grinsen im Gesicht fiel Peg mir um den Hals. »Iiiihhh, du bist ganz nass.« Sie quiekte auf, als sie in den Genuss der Regentropfen auf meiner Lederjacke kam, und strich sich über die nackten Arme. Ihr graues T-Shirt hatte feuchte Flecken abbekommen, ihre Finger wischte sie an ihren engen Jeans ab.

»Passiert, wenn es regnet.« Die ersten Monate des Jahres waren hier in San Francisco die mit den meisten Regentagen. Auch wenn die Temperaturen selten unter fünf Grad sanken, war es ungemütlich. Ich wäre auch lieber im Bett geblieben, aber ich hatte Jake zugesagt, heute vorbeizukommen. Und was ich versprach, hielt ich in der Regel auch.

»Ach du …« Sie boxte mir gegen die Schulter, ich jaulte lachend auf. Wir kannten uns schon eine ganze Weile, genaugenommen waren wir bis kurz vor ihrem Einstieg im *Skinneedles* noch Kollegen gewesen. Wie ich hatte auch sie bei Arch gearbeitet, sich dann allerdings mit ihm angelegt und war gegangen. Das Beste, was sie hatte machen können, nachdem Arch sich ihr gegenüber wie ein sexistischer Vollidiot aufgeführt hatte.

«Aber was machst *du* eigentlich hier? Ich hatte gedacht, ihr genießt auf den Bahamas euren Honeymoon?«, fragte ich.

Peg winkte ab. »Verschoben. Doyle kommt uns über die Frühlingsferien besuchen.«

Doyle war Kyles Sohn, den er gemeinsam mit Pegs Stiefschwester Linda aus einer kurzen Beziehung während der Highschool hatte. Die beiden wohnten in New York, aber waren oft hier in der Stadt zu Besuch, damit sich zwischen Kyle und Doyle eine Vater-Sohn-Beziehung entwickeln konnte. Ich fand das großartig, und obwohl ich mit Kindern absolut nichts am Hut hatte, bewunderte ich die vier für ihr harmonisches Miteinander. Leicht stellte ich mir das trotzdem nicht vor.

»Das ist ein guter Grund.«

Ich zog die Jacke aus, schloss meine Arme um sie und drückte sie kurz an mich. Dann schob ich sie auf Armeslänge von mir fort und sah sie an. »Du siehst immer noch glücklich aus.«

Sie grinste breit – nein, sie strahlte wie ein Hundert-Watt-Baustrahler – und nickte, sodass ihr Zopf auf dem Oberkopf hoch und runter wippte. »Das bin ich auch, glaub mir.«

»Kyle tut dir gut.«

»Sehr sogar.« Ihr Lächeln wurde noch breiter, und ihre Augen funkelten.

»Das freut mich, Peg. Du hast es verdient.« Ich mochte Peg sehr, sie war ein toller Kumpel, und bei ihr hatte ich nie das Bedürfnis gehabt, sie ins Bett zu kriegen. Und das, obwohl sie echt heiß war und ich in der Regel nichts anbrennen ließ. Aber bei Peg wusste ich sofort – sie hatte etwas Besseres verdient als eine flüchtige Affäre mit einem wie mir. Und wie es aussah, hatte sie ihr Glück nun endlich gefunden.

Kyle war echt in Ordnung. Ich hatte ihn nur kurz auf der Hochzeitsfeier der beiden kennengelernt, ihn aber sofort gemocht. So, wie er mit Peg umging, sie umsorgte und ihr kitschigerweise jeden Wunsch von den Augen ablas, war mir klar, dass er sie liebte. Aufrichtig liebte. Und das war es, was Peg verdient hatte.

»Danke.«

»Wie … geht es dir sonst?« Ich wusste, dass Pegs Mom vor kurzer Zeit verstorben war.

Ein nachdenklicher Zug legte sich auf ihr Gesicht. »Es wird. Sie fehlt mir, aber ich weiß, dass es ihr jetzt besser geht. Das ist alles, was zählt.«

Ich legte den Arm um sie und drückte sie an mich, sie schmiegte sich an meine Brust, kurz hörte sie auf zu atmen, dann hob sie den Kopf. »Danke, dass du fragst.« Der traurige Ausdruck in ihrem Gesicht war wieder verschwunden und machte dem gewohnten Lächeln Platz. »Aber was machst du hier? Darf ich dir endlich ein neues Tattoo stechen?« In Klein-Mädchen-Manier klatschte sie aufgeregt in die Hände.

Ich lachte auf und schüttelte den Kopf. »Sorry, Sweety, aber daraus wird nichts. Ist Jake da?« Stimmen im Hintergrund und das vertraute Brummen von mindestens zwei Tätowiermaschinen verrieten mir, dass wir nicht allein waren.

»Ja, ist er. Was hast du mit ihm zu besprechen?«

Ich zwickte ihr spielerisch in die Nase. »Sei nicht immer so neugierig.«

Peg versuchte sich an einem Schmollmund, scheiterte aber kläglich. »Er ist hinten, ich sag ihm Bescheid.« Sie wandte sich von mir ab und verschwand hinter der Trennwand. Ihr kleiner Hintern wackelte dabei so aufreizend, dass ich Kyle fast um sie beneidet hätte. Aber auch nur fast. Die beiden gaben ein klasse Paar ab, und ich quälte mich kurz mit dem Wissen, dass ich eine Frau nie so glücklich machen könnte wie er Peg. Aber das war okay, ich hatte mich mittlerweile damit abgefunden.

Ich hörte Peg leise reden, dann eine der Maschinen verstummen. Kurz darauf kam sie mit Jake an ihrer Seite zurück.

»Scott, hey.« Er zog sich die Gummihandschuhe aus, strich sich die Haare aus dem Gesicht und reichte mir die tätowierte Hand. »Willkommen im *Skinneedles.*«

»Danke.«

»Äh …?« Peg sah uns nacheinander stirnrunzelnd an.

»Peg kann dir schon mal alles zeigen, okay? Du bleibst doch?«

»Klar.«

»Okay. Ich muss weitermachen, wir reden später.« Er zeigte in die Richtung, aus der er gekommen war, und verschwand auch gleich darauf wieder in den hinteren Bereich. Auch kein Mann vieler Worte. Wir würden uns verstehen.

»Warte … Was …?« Peg sah Jake entgeistert nach, wandte sich dann mit einem Stirnrunzeln zu mir um. »Was genau soll ich dir zeigen?«

»Den Laden? Meinen Arbeitsplatz?« Ich schmunzelte, als sich Verwunderung in ihrem Gesicht abzeichnete.

»Arbeitsplatz?«

Ich legte den Arm um ihre Schulter. »Ja, Kollegin. Überraschung gelungen?«

Ihr Kopf ruckte hoch, und mit großen Augen sah sie mich an. »Du fängst hier an?« Ich nickte. »Wie geil ist das denn bitte?!« Peg drehte sich so, dass sie ihre Arme um meinen Nacken schlingen konnte, und drückte mir einen Kuss auf die Wange. Doch dann wurde ihr Blick ernster. »Was ist mit Arch?«

»Er sitzt ein. Seine Geschäfte sind aufgeflogen«, antwortete ich leise.

»Geschieht ihm recht.«

»Ja, es wurde Zeit, dass Ruhe einkehrt.« Ich hatte lange weggeguckt, mich nicht um Archs Drogengeschäfte gekümmert, wollte nicht mit reingezogen werden. Er hatte nie mit mir darüber gesprochen, aber mir war klar gewesen, dass der Laden nicht einzig zum Tätowieren da gewesen war. Arch hatte ihn als Drogenumschlagplatz genutzt. Aber vor ein paar Wochen hatte irgendeines seiner Junkie-Vögelchen gesungen und ihn an die Cops verraten. Jetzt war der Laden dicht. In der Szene waren die Tätowierer eng vernetzt, vermutlich wusste Jake um die Hintergründe, um Archs Geschäfte, war aber diskret genug, mich nicht darauf anzusprechen.

»Ich bin froh, dass du hier bist.«

»Freu dich nicht zu früh, ich bleibe nicht lange.«

Sie zog sich etwas zurück und runzelte die Stirn. »Was heißt das?«

»Ich gehe im Sommer nach New York.«

Sie formte ein stummes »Oh«, ließ mich los, und ihre Hände sanken herab.

»Hey, das ist eine tolle Chance für mich«, rechtfertigte ich mich. »Arts & Sons haben mir einen Job angeboten. Wenn ich den nicht annehme, wäre ich schön blöd.«

»Oh, wow!« Jetzt weiteten sich ihre Augen noch mehr, ich lachte auf. Arts & Sons war in der Tattooszene ein Begriff. Als wir noch gemeinsam bei Arch gearbeitet hatten, hatten wir mehr als einmal rumgesponnen, uns abzusetzen und bei Tommy anzuheuern. Nur leider war das nicht so einfach. Tommy war einer der Cracks in der Szene und konnte sich seine Leute aussuchen, die seinem Ruf dann mit Kusshand folgten. Und soweit ich wusste, hatte auch Jake dort gearbeitet, bevor er nach San Francisco gekommen war, um seinen eigenen Shop zu eröffnen. Ich hoffte, einiges über die Arbeitsweise und Tommy selbst von ihm zu erfahren, um mich vorzubereiten.

Tommy Stetson hatte den Shop in Brooklyn vor Jahren aufgebaut und vor Kurzem unter der Hand einen neuen Tätowierer gesucht, der sich mit Porträts und Cover-ups auskannte. Und Watercolour. Genau mein Metier. Ich hatte Glück gehabt, dass meine Kontakte in der Szene ziemlich breit gestreut waren, sodass ich sofort Wind von dem Job bekommen und Tommy angerufen hatte. Per Mail hatte ich ihm meine Mappe geschickt, und dann hatten wir Nägel mit Köpfen gemacht. In wenigen Monaten würde ich San Francisco hinter mir lassen und nach New York gehen.

Ich war froh, der Stadt, die mich so fest in ihren Klauen hatte, bald den Rücken kehren zu können. Am liebsten hätte ich schon gestern die Biege gemacht, aber ohne Job in einer neuen Stadt, das musste ich mir auch nicht geben. Da war Jakes Angebot auf der Feier von Peg gerade richtig gekommen. »Unterstütze uns so lange im *Skinneedles*«, hatte er gesagt, und ich hatte eingeschlagen. Und Peg nun damit überrascht.

Ich freute mich auf die Zeit mit ihr an meiner Seite. Schon bei Arch waren wir ein gutes Team gewesen. Es würde spaßig werden mit ihr. Und die anderen schienen auch ganz in Ordnung zu sein. Auf Pegs Feier hatte ich sie schon kurz kennengelernt. Und selbst wenn nicht – es waren nur vier Monate. Ich brauchte das Geld, war fest entschlossen zu gehen, es gab nichts mehr, was mich hier hielt. Die Zeit bis dahin würde ich mir so angenehm wie möglich gestalten.

»Also, falls Tommy noch einen Job freihat …«

»Würdest du ihn nicht annehmen«, fiel ich ihr ins Wort.

Sie legte den Kopf schief, dann grinste sie. »Richtig. Komm, ich zeig dir den Shop.«

Peg führte mich rum, zeigte mir den hinteren Bereich, brachte mich in den Innenhof und erklärte mir, dass hier ab und an Musik-Sessions mit Eric und Riley stattfanden. »Mach dich auf ein paar Drinks nach Feierabend gefasst.« Wieder drinnen wies sie mir den freien Arbeitsplatz auf der rechten Seite zu, der von den Saloontüren abgeschirmt war. Sie hatte ihr Abteil neben mir, Jake und Eric gegenüber. Das gefiel mir total, jeder hatte seinen eigenen Bereich, niemand konnte einem bei der Arbeit auf die Nerven gehen. Ich hatte beim Tätowieren gerne meine Ruhe, ließ mich ganz auf den Kunden ein, dessen Bild ich auf seine Haut brachte. Da brauchte ich keine Ablenkung durch Kollegen.

Wir gingen zurück in den Eingangsbereich, Peg zog uns zwei Colas aus dem Kühlschrank, und wir setzten uns auf eines der Ledersofas. Sie zeigte auf die Wandmalerei und erklärte mir, dass sie von Joyce stammte, die mittlerweile auch hier im Shop das Tätowieren lernte. Sie war eigentlich Streetart-Künstlerin und immer von Auftrag zu Auftrag, von Stadt zu Stadt getingelt, aber dann hier hängengeblieben. Wegen Eric. Eric war ihr Freund, der ebenfalls im *Skinneedles* als Tätowierer arbeitete. Beide hatten erst vor einigen Monaten zusammengefunden und waren seitdem ein Paar. Die zwei hatte ich nur kurz auf der Feier kennengelernt, bevor ich mich den Rest des Abends mit Liv vergnügt hatte.

Liv.

Wie war sie eigentlich mit dem Shop verbunden? Darüber hatten wir gar nicht gesprochen. Sie war eine Freundin von Peg, hatte sie gesagt, aber ich war mir ziemlich sicher, dass sie mit der Tattoo-Szene nichts zu tun hatte. Ich erinnerte mich an ihren Besuch im Studio bei Arch, und schon schweiften meine Gedanken ab und zurück zu unserer Nacht nach der Hochzeit. Verdammt, sie war heiß, und instinktiv hatte sie bei mir die richtigen Knöpfe gedrückt. Dass sie eine Frau mit Erfahrung war, hatte ich ja vorher schon geahnt, aber dass sie so experimentierfreudig war, hatte ich total genossen. Die Nacht war wild gewesen, und die Kratzspuren auf meinem Rücken würden noch eine Weile brauchen, bis sie endgültig verheilt wären.

Aber ich würde sie nicht wiedersehen, wir passten überhaupt nicht zusammen. Außerdem war eine Beziehung nicht gerade das, was mir vorschwebte. Das hatte ich von vornherein geklärt. Und ich glaubte auch nicht, dass Liv auch nur im Entferntesten daran interessiert war. Ich war gegangen, als sie noch geschlafen hatte, und weder hatten wir Nummern ausgetauscht noch uns für ein weiteres Treffen verabredet. Wir hatten fantastischen Sex miteinander gehabt, der sich nicht wiederholen würde. Aus Erfahrung wusste ich, dass eine Wiederholung nur Schwierigkeiten brachte. Und aus dem Grund war es besser, sie aus meinen Gedanken zu streichen. Was mir auch nicht schwerfallen sollte.

»Sag mal, wieso bist du eigentlich von der Party so schnell verschwunden?« Konnte Peg Gedanken lesen?

»Schnell? Es war halb drei, Sweety«, warf ich ein und rutschte auf dem Sofa herum.

»Echt? Okay. Ich hab an dem Abend mein Zeitgefühl total verloren.«

»War ›ne tolle Party.«

»Absolut. Du hattest Spaß mit Olivia, oder?«

Ich antwortete ihr nur mit einem Stirnrunzeln.

»Ach, komm schon, Scott. Ich kann eins und eins zusammenzählen …« Grinsend nahm sie mich unter die Lupe.

»So? Und mit welchem Ergebnis?« Meine Stimme klang rau. Ich hatte nicht geahnt, dass unser Flirt auf der Feier so offensichtlich gewesen war. Obwohl, wenn ich den Abend im Nachhinein betrachtete, dann hatten wir seit dem ersten Tanz kaum die Finger voneinander lassen können.

»Dass zwischen euch was gelaufen ist. Stimmt's?« Abwartend sah sie mich an.

Ich schüttelte ergeben den Kopf. »Steck deine Nase nicht immer in Dinge, die dich nichts angehen, Peg.«

»War nur eine Frage.« Sie hob wie zur Abwehr die Hände.

»Und ich hab nur geantwortet.«

»Warum so zickig? Hast du deine Tage, oder was?« Ihre Augenbrauen zogen sich zusammen, und mit scharfem Blick wies sie mich zurecht. Sie nahm kein Blatt vor den Mund. Das mochte ich so an ihr.

Ich grinste beschwichtigend. »Sorry, Sweety, war nicht so gemeint. Und um deine Neugierde zu befriedigen: Ja, wir hatten eine tolle Nacht zusammen. Aber nein – es läuft nichts zwischen uns.«

»Gibt es immer noch niemanden an deiner Seite?«, fragte sie ohne Vorwarnung und sah mich aus ihren dunkel geschminkten Augen offen an.

Ich wehrte ab. »Guck mich nicht so mitleidig an. Ich brauche niemanden. Ich komme klar.«

»Everybody needs somebody ...«, zitierte sie mit einem sanften Lächeln. Ich runzelte die Stirn.

»Ich komme klar«, wiederholte ich. »Außerdem bin ich in vier Monaten eh hier weg. Eine Frau wäre nur ein Klotz am Bein. Und hey – nur weil du jetzt so scheiße glücklich bist, musst du nicht versuchen, mich unter die Haube zu bringen, klar?«, neckte ich sie.

Wieder hob sie abwehrend ihre Hände, streckte mir diesmal aber die Zunge heraus. »Ja, ja, schon gut. *The lonesome rider* ... Ich hab's gerafft. Wie dem auch sei – ich freu mich irre darauf, die nächsten Monate wieder mit dir zusammenzuarbeiten.«

»Ich mich auch, Sweety. Vier Monate sind eine lange Zeit.«

»Vier Monate können ein Fliegenschiss sein, wenn ... Ach, egal. Aber wer weiß, was die Zeit dir hier bringt. Im *Skinneedles* geschehen manchmal merkwürdige Dinge ...« Sie zwinkerte mir zu, und ich wusste, was sie im Hinterkopf hatte. Peg würde mich mit Argusaugen beobachten und versuchen, mich zu verkuppeln. Mit wem auch immer. Aber den Zahn würde ich ihr schon ziehen.

»Wir werden sehen«, sagte ich daher nur.

»Ja, das werden wir. Mit Sicherheit.«

Wir hoben unsere Colaflaschen und ließen das Glas aneinanderklirren. Wie zur Besiegelung einer Wette. Aber diese Wette würde ich gewinnen. Denn worauf ich mich mit Sicherheit nicht einlassen würde, wäre eine Frau, die mir zu nahe kam.

Olivia

»Hallo, Jake!«

Drei Tage nach Kyles und Pegs Hochzeit betrat ich das *Skinneedles*, um Carrie einen Besuch abzustatten. Ich musste – und wollte – mich für meinen Rauswurf am Sonntagmorgen entschuldigen. Sie konnte nichts für meine Launen, konnte nicht wissen, warum ich so empfindlich reagiert hatte. Es war nicht fair gewesen, sie mithilfe einer Lüge loszuwerden. Aber in dem Moment war ich zu nichts anderem in der Lage gewesen. Nicht oft, aber manchmal, überkam es mich einfach, und ich konnte dann nichts gegen die Klauen aus der Vergangenheit ausrichten, die mich so plötzlich packten, dass ich wusste – ich brauchte jetzt Luft. Und am Sonntag war es mal wieder so weit gewesen. Und Carrie hatte es abbekommen.

Ich war nur froh, dass sie meinen Ausbruch danach nicht mehr mitgekriegt hatte, denn sonst hätte sie ihr Frage- und Antwortspiel mit Sicherheit fortgesetzt. Aber vielleicht hätte das auch geholfen? Nein! Ich wollte nicht in der Vergangenheit wühlen, nichts an die Oberfläche holen, was mich aufs Neue verletzen konnte. Cory war Geschichte. Nur den Schatten würde ich so schnell nicht entfliehen.

Ich versuchte, meine Gedanken mit einem leichten Kopfschütteln loszuwerden und mich auf die Gegenwart zu konzentrieren.

Jake stand hinter dem Tresen des Shops. Seine dunklen Haare machten wie immer den Eindruck, als wäre er gerade mit den Fingern hindurchgefahren. Sein enges T-Shirt betonte seine breite Brust und ließ die Tattoos an seinen Armen erkennen. Und sein Blick war wie gewohnt skeptisch. Er begrüßte mich auch heute mit einer leichten, für Außenstehende vielleicht kaum spürbaren Distanz. Aber ich kannte das schon und wusste auch, warum unsere Beziehung immer noch so angespannt war.

Seit unserer kleinen Affäre vor einigen Monaten, bevor Carrie und er zusammengekommen waren, war das Verhältnis zwischen uns nicht ganz bereinigt. Ich hatte mich damals auf ihn eingeschossen gehabt, hatte ihn unbedingt gewollt, mit Haut und Haaren. Aber dann hatte er mich ziemlich schnell merken lassen, dass ich zwar ein netter Zeitvertreib, aber nicht ernst zu nehmen war. Er hatte sich für Carrie entschieden, und da waren bei mir alle Sicherungen durchgebrannt: Ich hatte Mist gebaut.

Zwar war mir danach, als Phil gestorben war und Carrie mich gebraucht hatte, ziemlich schnell klar geworden, dass ich mich ihm und meiner Freundin gegenüber echt mies verhalten hatte. Ich hatte mich geschämt und mit ihr auch über alles geredet, aber mit Jake … Mit ihm hatte ich noch nicht gesprochen. Komisch eigentlich, wenn man bedachte, dass ich beruflich täglich Gespräche führte, in denen es um Strategien oder Machtkämpfe ging, ich also sehr erprobt mit Gegnern aller Art war. Doch bei Jake … Ja, ich schämte mich. Noch immer.

Oberflächlich gesehen war unser Verhältnis ganz okay. Freundschaftlich, doch irgendwie auch distanziert. Wie mit einem Ex, der im gleichen Freundeskreis geblieben ist, den man aber ans andere Ende der Welt wünscht. Nicht, weil man ihn nicht ausstehen kann, sondern weil er einem – noch immer – zu nahe geht.

Es war nicht so, dass ich noch irgendwelche Gefühle für Jake hatte, außer freundschaftliche. Ich glaube sogar, ich hatte ihm gegenüber nie wirklich tiefergehende gehabt. Es war mehr dieses Haben, Besitzen, Macht ausüben gewesen, was mich nicht hatte aufgeben lassen. Ich hatte einfach kein Nein akzeptieren wollen. Und als Carrie dann gekommen war … Mein Verhalten war unentschuldbar. Aber ich musste es trotzdem versuchen. Es war an der Zeit für ein Gespräch.

»Carrie ist im Büro«, sagte er und zeigte mit dem Daumen hinter sich, ohne mich wirklich anzusehen. Er schien in den Terminkalender vertieft zu sein, auf seiner Stirn machten sich Falten der Nachdenklichkeit breit.

Ich hörte Eric und Joyce im Hintergrund miteinander herumalbern und hoffte auf einen ruhigen Moment.

»Jake, kann ich dich kurz sprechen?«, fragte ich, bevor ich es mir wieder anders überlegen konnte, und ich betete, dass meine Stimme mich nicht im Stich ließ.

»Was gibt's?« Aus seinen braunen Augen warf er mir einen kurzen, skeptischen Blick zu. Ich trat näher, ging um den Tresen herum und legte meine Hand auf seinen tätowierten Unterarm, auf dem ein düsterer, auf schwarze und graue Rosen gebetteter Totenschädel zu sehen war. Er zuckte nicht zurück, aber ich hätte wetten können, er hätte es gerne getan. Dafür war er jedoch zu hart. Doch ich merkte, wie sein Puls sich beschleunigte und wie er die Lippen aufeinanderpresste.

»Ich weiß, es ist jetzt ein ziemlich ungünstiger Zeitpunkt, aber …« Ich zeigte auf den Kalender, der seine Aufmerksamkeit bis eben gefordert hatte, und unterbrach mich kurz, um mich zu sammeln. »Ich möchte mich bei dir entschuldigen, Jake. Ich weiß, das hätte ich schon viel früher tun sollen, aber … Ich habe großen Mist gebaut, damals … Und ich habe mich nie bei dir dafür entschuldigt. Das möchte ich jetzt nachholen.« Ich sah ihm fest in die Augen. »Ich war ein Biest. Ein Miststück. Eine Bitch. Was auch immer. Ich war nicht fair, und ich schäme mich dafür. Ich bin nicht stolz darauf und …« Ich schluckte, unterbrach kurz den Blickkontakt, den Jake konsequent aufrechterhielt, während ich sprach, und nahm all meinen Mut zusammen, um es zu Ende zu bringen. »Es tut mir leid, und bitte glaube mir, wenn ich sage, dass ich mich für dich und Carrie freue.«

Jake sagte nichts. Seine Finger rieben über sein Kinn, er sah jetzt über meine Schulter hinweg, als würde er da die Bedeutung von meinen Worten finden. Ich starrte abwartend und stumm auf die Spitzen meiner Schuhe. Und ich spürte tatsächlich einen Anflug von Angst, dass er mich zurückweisen, meine wirklich ernst gemeinte Entschuldigung nicht annehmen würde. Was dann? Wie würde ich damit umgehen? Würde ich weitermachen können wie bisher? Ich war nicht der Mensch, der seine Gefühle offen ausdrückte. Ich behielt lieber alles für mich, machte alles mit mir selbst aus. Und sich zu entschuldigen, Fehler einzugestehen, ehrlich zu sich selbst zu sein – das war noch immer etwas, das ich nicht gut beherrschte. Ich betete, dass Jake es nicht verkomplizieren würde.

»Angenommen.« Mein Blick ruckte hoch und fand seinen. Dann spürte ich seine Hand auf meinem Arm. »Lass uns Freunde sein, Liv. Okay?«

Ich wusste, dass Jake kein Mann vieler Worte war, daher war ich mit diesem einfachen Satz absolut zufrieden. Er bedeutete nämlich alles.

»Danke, Jake.« Ich glaubte, dass er meine grenzenlose Erleichterung darüber hören konnte, aber das war okay. Ich war erleichtert. Sehr sogar.

Er nickte stumm und drückte meinen Arm noch einmal kurz, bevor er sich abwandte und den Blick wieder auf den Kalender richtete, der vor ihm ausgebreitet lag.

Dann hörte ich eine Tür zufallen und Carries Stimme. »Jake?« Drei Sekunden später war sie schon um die Trennwand herumgetreten und sah uns verblüfft an. »Liv? Ich wusste nicht, dass du …«

»Ich habe mich gerade bei Jake entschuldigt«, kam ich ihrer Frage zuvor. Die Fragezeichen standen ihr deutlich ins Gesicht geschrieben.

»Oh. Okay …«

Jake hob kurz den Kopf und lächelte Carrie an. »Alles in Ordnung?«

»Ich … ja, ich hab da nur jemanden am Telefon, der mit dir sprechen möchte. Einen Tommy.«

Jakes Augenbrauen zuckten hoch. »Tommy? Okay, ich bin dann mal weg. Ladys …« Er ging hinter mir vorbei, und als er zu Carrie trat, gab er ihr einen Kuss. Die Atmosphäre um die beiden herum fing an zu knistern. Ich sah schnell weg, so viel Sex in der Luft war kaum zu ertragen.

Ich hatte mich entschuldigt, ehrlich entschuldigt und alles bereinigt. Wir starteten bei null. Trotzdem war es immer noch komisch, die beiden so innig direkt neben mir zu sehen. Sie strahlten diese Art von Verliebtheit aus, die einen nur neidisch machen konnte. Ich seufzte still in mich hinein.

Dann hörte ich Jakes schwere Schritte, und kurz darauf fiel die Tür zum Büro ins Schloss.

Ich sah auf und fing dann den dankbaren Blick meiner Freundin auf.

»Danke. Ich weiß, Jake sagt das nicht so offen, aber ich weiß, es bedeutet ihm viel, dass du dich entschuldigt hast.«

»Ich hätte das schon viel früher machen sollen, aber …«

»Ich weiß, dass du es nie böse gemeint hast, Liv …«

Ich traute mich kaum, ihr in die Augen zu sehen. Denn ganz richtig lag sie mit ihrer Vermutung nicht. Ich hatte es zu dem Zeitpunkt genauso gemeint, ich hatte die beiden auseinanderbringen wollen, hatte ihnen ihr Glück nicht gegönnt, obwohl es offensichtlich gewesen war, dass Jake sie wollte und nicht mich. Ich war eine verdammte Bitch gewesen.

»Carrie, ich -«

»Liv, lass es gut sein. Lass uns vergessen, was war, und nach vorne schauen. Nur …«

»Was?«

»Ich frage mich noch immer, was dich so verletzt hat. Ich weiß, dass du nicht darüber reden willst, sonst hättest du es schon längst getan, aber …« Sie wartete kurz, ob ich ihr vielleicht ins Wort fallen würde, aber ich ließ sie ausreden. »Ich bin für dich da, wenn du mich brauchst. Du bist meine Freundin, und nichts, was du getan hast, ändert daran etwas. Ich hoffe, das weißt du?« Gott, sie war einfach zu gut für diese Welt. Warum konnte ich mir nicht eine bis zehn Scheiben von ihr abschneiden? Carrie sah immer nur das Gute im Menschen, versuchte, jeden so zu nehmen, wie er war. Sie stand für ihre Freunde ein und steckte Enttäuschungen weg, als wären sie nichts.

Ich dagegen hatte mir angewöhnt, immer die Oberhand zu behalten. Beruflich wie privat. Ich beneidete sie darum, loslassen und sich voll und ganz auf ihr Gegenüber konzentrieren zu können, mal die Kontrolle abzugeben und zu vertrauen. Auch wenn ich bei unserem letzten Gespräch etwas anderes gesagt hatte.

Langsam nickte ich. »Danke, Carrie.« Irgendwann würde ich ihr vielleicht alles erzählen. Zumindest redete ich mir das ein, gegen das schlechte Gewissen, weil ich sie nie ganz an mich heranließ.

Statt einer Antwort umarmte sie mich.

»Hat Jake schon was zum Brautstrauß gesagt?«, flüsterte ich, nachdem ich den dicken Kloß in meinem Hals heruntergeschluckt hatte. Ich war echt neugierig, doch meine Freundin schüttelte nur stumm den Kopf.

Die Glocke über der Tür bimmelte, als wir uns voneinander lösten, und Carrie drehte sich um. Ich stand mit dem Rücken zur Tür, während sie sich schon mit einem strahlenden Lächeln dem neuen Gast zuwandte. »Hey, Scott!«

Scott? Ich verspannte mich sofort. Eine Vielzahl von Bildern schoss mir durch den Kopf, Erinnerungen an Gerüche kamen in mir hoch, und mein Puls jagte tausend verschiedene Empfindungen gleichzeitig durch meinen Körper. Von *Nein, das ist unmöglich und überhaupt nicht gut!*, bis *Ja, ich habe doch gehofft, ihn wiederzusehen!* Verdammt! Mit diesem Chaos in mir kam ich nicht klar. Sowas kannte ich nicht, wusste nicht damit umzugehen. Das war nichts, was ich unter Kontrolle hatte. Und das gefiel mir ganz und gar nicht.

Und als ich die Stimme hörte, die ihr antwortete und mir einen gewaltigen Schauer über meinen ganzen Körper laufen ließ, wusste ich, dass nichts unmöglich war.

»Hey, Carrie. Wie geht's?«

Gänsehautalarm! Ich zwang mich zu atmen. Ich traute mich kaum, mich umzudrehen. Niemals hätte ich gedacht, ihn wiederzusehen. Und schon gar nicht hier. Aber ich hatte es insgeheim gehofft. Wo auch immer. Warum auch immer. Ein Teil von mir, tief in mir vergraben, hatte sich gewünscht, ihm wieder über den Weg zu laufen, eine Wiederholung einzuläuten.

»Liv?«

Ich knirschte unmerklich mit den Zähnen, setzte mein geübtes Lächeln auf und straffte die Schultern. Dann drehte ich mich um.

»Scott! Was für eine Überraschung. Du hier?« Ich merkte, dass meine Stimme lange nicht so fest klang wie sonst, und verfluchte mich dafür. Ich war doch kein Teenager mehr. Also bitte …

Eine Augenbraue zog sich gemächlich in die Höhe, als er mich anlächelte. »Bist du auf den Geschmack gekommen und hast den Shop gewechselt?«

»Shop gewechselt?«, hakte Carrie nach. Mist! Sie wusste nichts von meinem Ausflug nach Stockton und schon gar nichts von meinem Tattoo. Dann hätte ich ihr auch den Grund nennen müssen, und dafür war ich nicht bereit.

Bevor Scott auf ihre Frage antworten konnte, platzte ich dazwischen. »Carrie und ich sind befreundet. Ich bin öfters mal hier. Einfach nur so.« Jetzt klang meine Stimme fester, fast geschäftlich. Scotts Augen verschmälerten sich augenblicklich, sein Kopf neigte sich kaum merklich zur Seite.

»Na dann.«

Ich presste die Lippen aufeinander, spürte den fragenden Blick meiner Freundin auf mir. Ich wusste gerade nicht, wer von uns beiden verwirrter war.

»Dann sehen wir uns also öfter hier?« Seine Stirn legte sich leicht in Falten.

Ich lachte kurz auf. Viel zu hoch, viel zu künstlich. »Wenn du vorhast, auch ständig wegen eines Kaffees hier herumzulungern, dann vielleicht«, meinte ich, worauf Carrie mir ihre Hand auf den Arm legte.

»Scott arbeitet jetzt hier«, klärte sie mich auf und warf mir einen kurzen Seitenblick zu.

Ach du Scheiße! Sie hatte ja keine Ahnung, was diese Information mit mir machte. Mein Puls raste, und ich spürte mein Herz gegen die Rippen hämmern. *Liv! Reiß dich zusammen! Es war nur eine Nacht! Es hat nichts bedeutet. Und wird sich nicht wiederholen. Regel Nummer fünf.*

»Ah, okay …«, war alles, was ich herausbrachte, während ich in Scotts schokoladenfarbenen Augen ertrank. Wehrlos stand ich da und ließ es geschehen, dass in meiner unteren Körperhälfte ein Sturm tobte, der jeden Hurrikan im Staate Kalifornien Lügen gestraft hätte. *Verdammt!*

»Jake ist im Büro, aber du kannst dir ja schon mal deinen Platz einrichten«, hörte ich Carries Stimme wie aus weiter Ferne.

Es dauerte noch einen Moment, bis ich begriff, dass Scotts Blick sich von meinem gelöst hatte. Als ich wieder zu mir kam, starrte ich ins Leere. Scott war weg, und stattdessen spürte ich, wie Carrie mich prüfend ansah.

»Shop gewechselt? Warst du etwa in Stockton? Und wieso trittst du geistig ins Abseits, nur weil Scott Cunningham hier auftaucht?«

War ja klar, dass sie darauf rumreiten würde. Ich winkte ab. »Ich war nicht geistig weggetreten. Nur in Gedanken.«

»Im Shop, den du gewechselt hast?«

»Mann, Carrie … Ich war in der Gegend bei einem Kunden und hatte nur nach dem Weg fragen wollen.«

Ihre Augenbrauen schossen nach oben. »Du hast ein Navi.«

»Kaputt.«

Sie legte ihren Kopf schief. »Handy?«

»Akku leer.«

»Ja, klar.« Sie tippte sich mit dem Finger an die Stirn und zeigte mir eindeutig, was sie von meiner grandiosen Ausrede hielt.

»Glaub es oder lass es«, fuhr ich sie schärfer als beabsichtigt an und sah erschrocken nach hinten zu den einzelnen Abteilen. Ein amüsiertes Funkeln lag in den Augen meiner Freundin, als sie ihren Finger auf ihre Lippen legte und ebenfalls zu den Kabinen sah.

Die Wände der Tätowier-Plätze gingen nicht bis zur Decke, jedes Wort konnte er hören. Er würde sich über mich kaputtlachen. Viel schlimmer – er würde womöglich denken, ich sei an ihm interessiert. Das fehlte mir noch.

Ich hoffte, dass die Musik hinten lauter war als hier vorne, dass er sich auf das Einrichten seiner Kabine konzentrierte und unser Frauengespräch ihm sowas von egal war. Wenn er uns hören würde, wäre das mehr als daneben. Mir selbst war mein Verhalten schon unsagbar peinlich. Wo war die taffe Businessfrau, die auch noch so harte Geschäftspartner mit Coolness in die Knie zwang? Ich war versucht, mich umzusehen, wusste aber, dass ich sie nicht finden würde. Sie war wie vom Erdboden verschluckt und hatte mich sitzen lassen. Bitch!

Das Rasen meines Pulses und das heftige Hämmern meines Herzens waren Beweis genug dafür, dass Scotts unerwartetes Auftauchen mich nicht kaltließ. Und dabei hatte er nicht eine Miene verzogen, als er mich erkannt hatte. Sein Herzschlag hatte sich vermutlich kein bisschen beschleunigt. Und meiner sollte das auch nicht tun! Es war nur Sex gewesen, verflucht!

Aber verdammt guter Sex.

Na und? Wiederholung ausgeschlossen.

Sicher?

Ja!

Warum?

Weil er genau das gesagt hat.

Er, aber nicht du.

Halt die Klappe!

Ich wandte mich ab, versuchte, meiner Sinne Herr zu werden, und richtete meinen Blick fest auf den Kalender, in dessen Wirrwarr ich nicht wirklich etwas erkennen konnte. Allerdings war eine freie Spalte darin, in der noch keine Termine standen, aber ein Name oben drüber: Scott.

Scott arbeitete tatsächlich im *Skinneedles.* Ich würde mich von nun an von hier fernhalten müssen, wenn ich nicht wollte, dass ich mich erneut wie ein schüchterner Teenager verhielt.

»Heute Abend feiern wir Scotts Einstand. Mit Bier und Pizza. Du bist herzlich eingeladen.« Ich sah aus dem Augenwinkel, wie Carrie mir zuzwinkerte.

»Wie schön, dass ich zu deinem Amüsement beitragen kann. Können wir jetzt bitte das Thema wechseln?«, flüsterte ich zurück.

»Ach, Liv. Ich freue mich einfach. Endlich zeigst du mal, dass mehr in dir steckt als nur eine kalte Bitch. Sorry, aber du weißt, wie ich das meine.«

Ich wusste genau, wie sie das meinte, ja. Ich war eben kein Mensch, der sein Herz auf der Zunge trug. Dafür war ich zu sehr verletzt worden, und nichts und niemand sollte mir jemals wieder zu nahe kommen. Und damit fuhr ich gut. Auch wenn ich mittlerweile merkte, dass ich immer mehr abstumpfte. War nur Sex vielleicht doch nicht das Wahre? Egal. Ich wollte nicht weiter darüber nachdenken, schon gar nicht darüber sprechen. Hier, wo Scott, der Mann, mit dem ich die bisher beste Nacht meines Lebens gehabt hatte, uns zuhören konnte. Ich musste hier raus, erstmal wieder zu mir finden.

»Ich weiß noch nicht, ich habe eigentlich eine Verabredung heute. Aber ich melde mich, okay?« Hastig drückte ich Carrie einen Kuss auf die Wange und schob mich an ihr vorbei. Ihren verblüfften Gesichtsausdruck ignorierte ich, und erst, als ich das *Skinneedles* weit hinter mir gelassen hatte, beruhigte sich mein Herzschlag allmählich. Doch in meinem Kopf herrschte ein Durcheinander, von dem ich nicht wusste, wie ich es jemals wieder entwirren sollte. Scott war hier. In unmittelbarer Nähe, und ich würde erneut lügen müssen, wenn ich sagte, er sei mir egal.

Scott

»Noch ein Bier?« Peg hielt mir eine Flasche entgegen, die ich bereitwillig nahm.

Wir saßen im Innenhof des *Skinneedles.* Glücklicherweise hatte San Francisco seinen Dauernieselregen eingestellt. In der Mitte des geräumigen Hofs stand eine große Schale, in der ein Feuer brannte, und darum herum waren ein paar Bänke aufgestellt, auf denen sich alle aus dem Team versammelt hatten. Der kleine Brunnen unter dem Baum plätscherte leise vor sich hin. Hinterhofromantik.

Jake saß mit Carrie gegenüber von mir, er hatte seinen Arm um sie gelegt und spielte mit ihren dunklen Haaren, ihre Beine lagen auf seinem Schoß. Sie sahen sehr innig miteinander aus. Eric saß mit Joyce rechts von uns und gab auf der Gitarre ein paar Songs zum Besten. Wenn es mit dem Tätowieren mal nicht klappte, konnte er immer noch Sänger werden. Seine Stimme klang gut, und ich beobachtete, wie seine Freundin Joyce ihm schon den ganzen Abend an den Lippen hing. Von Peg wusste ich, dass Joyce damals ziemlich eifersüchtig auf sie gewesen war, weil sie sich so gut mit Eric verstand, den sie noch von früher kannte. Mittlerweile hatten die Mädels sich angefreundet, und die Streitigkeiten waren Geschichte. Eric und sein Schneewittchen, wie er sie aufgrund ihrer hellen Haut und ihrer fast schwarzen Haare nannte, schienen schwer verliebt zu sein. Das passte irgendwie zu dieser Hinterhofromantik.

Im Skinneedles *geschehen manchmal merkwürdige Dinge …*

Ich wandte meinen Blick ab und sah Peg an, die sich jetzt neben mich auf die Bank plumpsen ließ. Einzelne Haarsträhnen lösten sich aus ihrem Zopf und fielen in ihr Gesicht, und in ihren Augen spiegelte sich das Feuer.

»Er singt gut«, raunte ich und nickte in Erics Richtung.

»Absolut! Er hat in L.A. eine kleine Band gehabt und viel Musik gemacht. Schade, dass Riley nicht dabei ist. Die beiden zusammen sind der Hammer, glaub mir.«

Von Riley hatte ich schon einiges gehört, er war Pegs bester Freund und mittlerweile ein Star in der Musikbranche. Bisher hatte ich es nicht geschafft, ihn kennenzulernen, auf ihrer Hochzeit war ich nicht dazu gekommen, ihm Hallo zu sagen, hatte ihn nur kurz auf der Bühne gesehen.

»Ich hoffe, ich komme irgendwann mal wieder in den Genuss.«

»Er ist gerade auf Tour, weswegen er auch nicht hier ist. Wenn du länger als die popeligen vier Monate bleiben würdest, könntest du ihn auf jeden Fall kennenlernen.« Sie grinste, ich trank einen Schluck von meinem Bier. »Wie war dein erster Tag?«, fragte sie dann.

»Ziemlich entspannt. Ich hatte ein paar Vorgespräche, und morgen werde ich mein erstes Tattoo hier im Shop stechen.« Wir stießen mit unseren Flaschen an, und ich trank noch einen Schluck.

»Ich bin froh, dass du hier bist.« Ich legte kurz meinen Arm um sie und drückte sie an mich.

»Kommt Kyle noch?«, wollte ich wissen.

»Nein, Doyle schläft übers Wochenende bei uns, und sie wollen einen Männerabend machen.« Sie betonte ›Männerabend‹ mit einer extra tiefen Stimme, sodass ich grinsen musste.

»Mit Bier und Popcorn?«

»Ich befürchte es.« Sie kicherte leise.

»Wie kommst du mit Doyle klar?«

Peg lehnte sich zurück und schloss die Augen. »Er ist toll. Und ich glaube, er mag mich auch. Weißt du, Scott …« Sie drehte den Kopf und sah mich an. »Ich habe mich nie für Kinder interessiert, vielleicht auch, weil meine Jugend nicht so einfach war und ich wusste, wozu Kinder in dem Alter in der Lage sein können. Aber mit Kyle an meiner Seite kann ich mir alles vorstellen.«

»Sogar Kinder?«

Sie lächelte versonnen. »Ja, sogar Kinder. Eins haben wir ja schon, aber ich hätte wirklich gern ein eigenes. Irgendwann.«

Das überraschte mich nicht. Ich wusste nicht viel über ihre Herkunft oder ihre Jugend, konnte mit dem, was sie gerade in den Raum geworfen hatte, nicht viel anfangen, da wir bisher nie so persönliche Gespräche geführt hatten. Aber ich war davon überzeugt, dass sie irgendwann eine gute Mutter sein würde. Sie trug so viel Liebe und Herzlichkeit in sich, dass es locker für eine ganze Armee von Kindern reichen würde. Ich lächelte ebenfalls und drückte ihre Hand.

»Ich freu mich für dich.« Und das meinte ich ehrlich.

»Ich weiß. Und ich hoffe, du findest irgendwann auch jemanden, mit dem du -«

Ich entzog ihr meine Hand und versteifte mich. »Peg, bitte …« Ich hatte wenig Lust, jetzt weiter auf diesem Thema herumzukauen. »Ich habe meine Gründe, okay?« Eindringlich sah ich sie an. Gott, warum musste alle Welt davon ausgehen, dass man nur zu zweit zufrieden sein konnte?

Ein paar Atemzüge später nickte sie ernst. »Okay.«

Wir tranken schweigend unser Bier weiter und hörten Eric zu, der gerade *Creep* von Radiohead anstimmte. Ich erkannte den Song beim ersten Gitarrenklang und schluckte. Dieser Song katapultierte mich von jetzt auf gleich in die Vergangenheit zurück, und ich verfluchte Eric dafür, dass er ausgerechnet dieses Lied spielte. Denn wie immer brannten sich die Zeilen qualvoll in mein Herz …

But I'm a creep, I'm a weirdo. What the hell am I doing here? I don't belong here ...

Fuck! Ich merkte, wie mir plötzlich alles zu eng wurde. Ich brauchte Luft. Luft zum Atmen. Und obwohl ich wusste, dass es nichts nützen würde, sprang ich auf. Peg erschrak, und ich murmelte etwas von »Pinkeln und Bier« holen, bevor ich mich in Bewegung setzte und durch die Terrassentür in den Shop trat, um den quälenden Zeilen zu entfliehen.

Erics Gesang verfolgte mich, ich versuchte hoffnungslos, ihn auszublenden, bog ins kleine Bad ab, lehnte mich gegen die Wand, schloss die Augen und atmete den Schmerz weg. So, wie ich es schon unzählige Male zuvor getan hatte, wenn diese Welle auf mich losgerollt war. Ob das jemals aufhörte? Ob ich irgendwann meinen Frieden finden würde? Ich bezweifelte es, und der Gedanke daran, dass mich der Schmerz bis ans Ende meines Lebens begleiten würde, schien so vertraut, dass ich paradoxerweise ruhiger wurde. Vielleicht, weil ich wusste, dass es nicht schlimm war, mich in diesem Moment einfach davon zu lösen – er würde ja wiederkommen. Dann, wenn ich allein war. Und dazu mit voller Wucht. So wie es immer war.

Ich atmete noch ein paar Mal tief durch und vertrieb damit das Bild vor meinem inneren Auge. Als ich die Augen öffnete, bemerkte ich, dass ich mit dem Finger meine Lippen berührte. Ich ließ die Hand fallen, schüttelte den Kopf und trat aus dem Klo. Aus dem Kühlschrank in der Küche holte ich noch ein paar Flaschen Bier und ging zurück in den Hof.

Erics Gesang war verstummt, und ich hörte ein Lachen, das mir bekannt vorkam. Zögernd trat ich aus der Tür und blickte in die Runde. Und erkannte den dunklen Pagenkopf sofort. Liv stand mit dem Rücken zu mir und umarmte gerade Carrie. Ich starrte auf ihren Hintern, der in den engen Jeans verdammt knackig aussah. Und dass ich wusste, dass er sich auch verdammt gut anfühlte, machte es nicht besser. Ich musste mich zwingen, meinen Blick von ihr zu lösen und nicht wie angewurzelt in der Tür stehen zu bleiben.

Liv war unglaublich sexy, aber wir hatten unseren Spaß bereits miteinander gehabt. Ich wusste nicht, wie ich es finden sollte, sie innerhalb weniger Tage schon das dritte Mal wiederzusehen. Ich hoffte nicht, dass sie mir hinterherlief. Das würde nur in einer Enttäuschung für sie enden. Aber schnell merkte ich, dass ich mir darüber wohl keine Gedanken machen musste, denn direkt neben ihr stand ein dunkelhaariger Kerl, der lässig den Arm um sie gelegt hatte. Ich meinte, ihn bereits auf der Hochzeit von Kyle und Peg gesehen zu haben, war mir ziemlich sicher, dass er ebenfalls an unserem Tisch gehockt hatte.

Ich ging langsam zurück zur Bank, auf der ich noch bis vor wenigen Minuten gesessen hatte. Im nächsten Moment stand Liv vor mir und lächelte mich mit ihren wie immer rot geschminkten Lippen an. Neben ihr der Dunkelhaarige, der mich mit einem interessierten Grinsen musterte.

»Hey, Scott. Nolan, das ist Scott. Er arbeitet jetzt auch im Skinneedles.«

Nolan und ich begrüßten uns mit Handschlag, wobei ich nicht umhinkam, mich zu fragen, aus welchem Grund er ihre Begleitung war. Auf der Party waren sie noch kein Paar gewesen, sonst hätte Liv mich wohl kaum mit zu sich genommen. Vögelte sie nach einem bestimmten Muster der Reihe nach? Letztlich sollte mir das egal sein, trotzdem musterte ich ihn kurz. Er sah sehr gepflegt aus, war in etwa genauso groß wie ich, und unter der offenen Lederjacke lag sein Shirt eng an seiner Brust. Seine Augen funkelten, als er mich ebenfalls – allerdings unverhohlen – unter die Lupe nahm.

»Du tätowierst also hier?«

»Du auch?«, wollte ich wissen und warf einen Blick auf seine langen, schlanken Finger.

Nolan hob die Hände wie zur Abwehr. »Glaub mir, ich mache andere schöne Dinge mit diesen Händen.«

Liv kicherte, ich sah kurz zwischen den beiden hin und her und nickte stumm. Mehr brauchte ich wohl nicht zu wissen.

Nolan hob die Augenbrauen, dann drehte er sich mit einem belustigten Grinsen und einem Kopfschütteln um und steuerte direkt auf die Bank zu, auf der Peg saß. Er begrüßte sie mit einer herzlichen Umarmung und einem Kuss auf die Wange, bevor er sich neben sie fallen ließ. Na super. Dieser Typ schien ja Everybody's Darling zu sein.

Livs Lachen verstummte, als ihr Blick erst auf die letzte freie Bank und dann auf mich fiel.

»Bier?« Ich hielt ihr eine von den beiden Flaschen entgegen, die ich geholt hatte. Sie lächelte dankbar, nahm sich eine und steuerte schließlich auf den freien Platz zu. Ich folgte ihr und setzte mich neben sie, den Blick in die Flammen gerichtet. Ich spürte trotz des Feuers ihre Wärme, war mir ihrer Anwesenheit mehr als bewusst. Ich überlegte, ob ich mich darüber ärgern oder freuen sollte. Wenn ich mir ins Gedächtnis rief, was wir bereits miteinander angestellt hatten, war es merkwürdig, jetzt so zu tun, als wäre nie etwas zwischen uns gelaufen. Trotzdem war ich erstaunlich befangen, schwieg einfach und starrte in die Flammen, die ruhig vor sich hin flackerten.

»Wie geht's dir?«, fragte sie mich nach einer Weile, während Erics Stimme im Hintergrund sang und alle anderen wie gebannt an seinen Lippen hingen und den Refrain von einem Song mitsangen, den ich nicht kannte.

»Gut.«

Sie nickte langsam. »Und … wie kommt es, dass du jetzt hier arbeitest? Im *Skinneedles* meine ich.«

»Hat sich so ergeben.«

»Gefällt's dir hier denn?«

»Ist okay.«

Sie hob die Hände. »Okay, okay. Ich hab's verstanden.« Aus dem Augenwinkel sah ich, wie Liv sich zurücklehnte, ein Bein über das andere schlug und einen Schluck von ihrem Bier trank.

Ich seufzte stumm, dann lehnte ich mich ebenfalls zurück und sah sie an. »Liv, es war eine tolle Nacht mit uns, aber wir werden das auf keinen Fall wiederholen.«

Ihr Kopf flog herum, und mit einem amüsierten Schnauben sah sie mich an. »Du glaubst ernsthaft, dass ich deswegen gekommen bin? Um dich anzumachen?«

Ich zog eine Augenbraue in die Höhe, als sie auflachte. Mich auslachte?

»Ich hoffe nicht. Eigentlich war ich davon ausgegangen, dass wir beide alt genug sind, um damit umzugehen.«

»Du leidest eindeutig an Selbstüberschätzung, Scott. Das mit uns war eine einmalige Sache, die auch ich nicht wiederholen will. Regel Nummer fünf. Habe ich verstanden. Du brauchst also keine Angst zu haben, dass ich gleich auf deinen Schoß hüpfe. So nötig habe ich es dann doch nicht.« Sie verzog ihre roten Lippen und schüttelte ungläubig den Kopf.

Wäre Liv eine Zufallsbekanntschaft, wäre ich vielleicht nicht abgeneigt gewesen, noch mal mit ihr ins Bett zu gehen, schließlich war die Nacht wirklich gut gewesen. Aber ich würde sie in den nächsten Monaten vermutlich öfter sehen, als mir lieb war. Sie war eine Freundin meines Chefs, ging hier im Shop ein und aus. Da stand eine Affäre nur im Weg und verkomplizierte alles. Es war gut, dass sie das genauso sah.

»Also war das gerade eine Abfuhr?«

»Hätte es denn eine Abfuhr gebraucht?« Ihre Augen funkelten im Licht des Feuers, und ihre roten Lippen verzogen sich zu einem spöttischen Grinsen. Kurz blitzte das Bild eben dieser Lippen, wie sie meinen Schwanz gelutscht hatten, vor meinen Augen wieder auf … Ich schloss kurz die Lider, um diesen Anblick zu vertreiben.

»Nein, sicher nicht«, gab ich rauer als beabsichtigt zurück.

»Na wunderbar. Dann sind wir uns ja einig.« Ihr Tonfall war schnippisch, doch sie lächelte, führte ihr Bier zum Mund und trank, ohne mich weiter zu beachten. Es war wohl alles gesagt.

Nolan stand auf und verschwand an uns vorbei in den Shop, nicht ohne mir ein Augenzwinkern zuzuwerfen. Ich runzelte die Stirn. Was stimmte mit dem Typen nicht? Langsam ging er mir auf die Nerven. Diese Sunshine-Nummer, die er hier abzog, war nichts für mich. Ich glaubte nicht, dass wir jemals Freunde werden würden.

Olivia ergriff die Gelegenheit aufzustehen – ohne weiter etwas zu mir zu sagen – und sich zu Peg zu setzen. Flüchtete sie gerade vor mir? Ich behielt sie im Blick, doch sie beachtete mich kein Stück, zeigte mir die kalte Schulter. Kurz darauf waren die beiden bereits in ein Gespräch vertieft, lachten und stießen mit ihren Bieren an. Ich war abgeschrieben. Gut so.

Wenig später bewegte sich das Holz der Bank neben mir. Ich wandte meinen Blick von Peg und Liv ab und erkannte im Halbdunkel, dass Nolan sich zu mir gesetzt hatte.

»Was dagegen, wenn ich dir Gesellschaft leiste?« Ich zuckte nur mit den Schultern. »Und? Hast du dich hier gut eingefunden?«

»Ja.«

»Woher kommst du?«

»Stockton.«

»Du verstärkst das Team also ab sofort?«

»So sieht's aus.«

»Ach herrje, ein Mann weniger Worte.« Ich hörte ihn leise auflachen.

»Ach herrje, noch einer, der gerne quatscht«, imitierte ich ihn.

Er lachte nun schallend auf. »Ich unterhalte mich gerne und weiß auch gern, mit wem ich es zu tun habe.«

»Keine Angst, ich mache niemandem sein Revier streitig.« Mein Tonfall war leicht genervt. Ich wusste nicht, warum mir dieser Typ auf den Zeiger ging, aber ich hatte wenig Bock, ihm meine Lebensgeschichte zu servieren, nur weil er Langeweile hatte.

»Apropos Revier: Ich will ja nicht neugierig sein, aber … Liv und du … läuft da was?«

Ich sah ihn irritiert an. »Ich dachte, sie wäre mit dir hier?«

Er grinste so breit, dass ich seine weißen Zähne sehen konnte. »Wir sind nur Freunde.«

»Klar.«

»Herrje, bist du schwer von Begriff. Ich fische am anderen Ufer«, sagte er mit einem amüsierten Blick.

»Oh …« Er war schwul? Das war mir nicht aufgefallen, ich hatte bisher durch meinen Job im Studio einige Schwule getroffen, aber Nolan war irgendwie anders. Wie ein typisch Schwuler kam er mir nicht vor. Er hatte so gar nichts Tuntiges an sich.

»Irgendwelche Vorurteile?«, konfrontierte er mich sogleich mit meinen eigenen Gedanken.

»Was? Nein. Nein, ich -«

»Keine Panik. Du bist gar nicht mein Typ.«

»Beruhigend.« Das war es tatsächlich irgendwie.

Und als hätte Nolan auch diese Gedanken erraten, rollte er mit den Augen. »Ich weiß nicht, warum alle Welt glaubt, dass Schwule und Lesben sich gleich auf den oder die Nächstbesten stürzen. Du nimmst doch auch nicht jede, die dir vor die Flinte läuft, oder?«

Darauf wusste ich tatsächlich nichts zu sagen. Nolan grinste erneut und nickte bestätigend. »Außerdem bin ich in festen Händen. Und glücklich. Aber was ist nun mit dir und Liv?« Er zeigte leicht in Livs Richtung, die immer noch mit Peg herumalberte.

»Nichts. Wir … sind nur Bekannte«, gab ich zurück, ohne meine Augen von Liv abzuwenden, deren Gesicht sich in dieser

Sekunde erneut hob und in meine Richtung schwenkte. Kurz trafen sich unsere Blicke über dem Feuer, dann sah sie weg, auf den Boden. Wurde sie wirklich rot? Ich nippte an meinem Bier, beobachtete sie weiter, während Eric einen neuen Song zum Besten gab. Doch Liv sah mich nicht noch einmal an. Was bestimmt auch besser war. Ich hatte keinen Plan, warum ich sie anstarrte. Dabei hatte ich doch ganz klar die Grenze gezogen.

Nolan sagte nichts mehr dazu, schweigend tranken wir unser Bier, und ich zwang mich, meinen Blick von Liv fernzuhalten, bevor gleich der Nächste kommen und mich über meine Beziehung zu Liv befragen würde. Sie schienen hier alle ein Auge aufeinander zu haben. Gruselig.

Nach einem weiteren Bier und einem kurzen Geplänkel mit Jake und Eric, der seine Gitarre nun abgelegt hatte, ging ich zum Klo. Als ich zurückgehen wollte, bog Liv um die Ecke, sodass ich fast in sie hineingerannt wäre.

»Uups …« Ich stoppte gerade noch rechtzeitig, aber ihre Hände lagen schon auf meiner Brust, um sich abzufangen. Heiß brannten sie sich durch mein T-Shirt in meine Haut. Gleichzeitig, wie aus einem Reflex heraus, hatte ich ihre Schultern umfasst. Ihr Gesicht war meinem so nahe, ich spürte ihren Atem an meinem Hals, und als sie den Kopf hob, um mich anzusehen, erkannte ich Unsicherheit in ihrem Blick. Ich roch ihr Parfüm, es war süßlich, aber nicht aufdringlich, sah in ihre graublauen Augen, die verwirrt zu mir hochsahen, fühlte ihren durch das Feuer erhitzten Körper.

»Sorry, ich …«, stammelte sie.

Ich sagte nichts, war nicht in der Lage, meinen Blick von ihr zu lösen. Diese roten Lippen … Wieder hatte ich Bilder im Kopf, fühlte ihre Finger auf mir, ihren Körper an meinem … Mein Puls beschleunigte sich, zwischen meinen Lenden zuckte es.

»Wir sollten das nicht tun …«, hörte ich sie flüstern, begleitet von einem überraschten Blick aus weit aufgerissenen Augen.

Und erst da merkte ich, dass wir uns zu nah waren, mein Gesicht dem ihrem viel zu nahe war. Dass es ein Leichtes gewesen wäre, den Kopf ein Stück zu senken, um sie jetzt einfach zu küssen.

Das brachte mich wieder zur Besinnung.

Fuck! Ich küsste nicht! Ich war nicht auf der Suche nach jemandem, den ich küssen konnte! Und daran würde auch *sie* nichts ändern.

Wie aus einem Traum aufgewacht, trat ich hastig einen Schritt zurück. Der Druck auf meiner Brust ließ nach, die Hitze verschwand, und es fühlte sich kalt an. Liv hatte ihre Hände zurückgezogen und brachte damit den Abstand zwischen uns, den ich so dringend brauchte. Ich bekam wieder Luft. Luft zum Atmen. Das hätte niemals passieren dürfen!

»Wir -«

»Ich -« Wir sprachen gleichzeitig, und ich verstummte, ließ ihr den Vortritt.

»Ich wollte nicht … das war keine Absicht«, sagte sie mit belegter Stimme.

»Kein Problem.« Ich hörte mich nicht viel besser an.

Sie runzelte kurz die Stirn, senkte den Blick, als könnte sie es nicht ertragen, mich anzusehen. War es Enttäuschung oder Erleichterung, die in ihren Augen aufblitzte? Es war zu dunkel, um ihre Reaktion ablesen zu können. Wollte ich es überhaupt wissen?

Was war nur in mich gefahren? Vor einer Stunde hatte ich klargestellt, dass sich das zwischen uns nicht wiederholen würde, und dann wäre ich fast schwach geworden? Fuck! Ich war so ein Idiot! Wie stand ich denn jetzt da? Nicht sehr glaubwürdig, oder? Ich sollte gehen, sehen, dass ich hier verschwand. Doch bevor ich dazu kam, hielt sie mich zurück.

»Scott?«

»Hm?« Was denn noch?

»Ich meinte es ernst, als ich sagte, dass das keine Absicht war. Ich habe keinen Bock, dass du denkst, ich würde dir hinterherlaufen, okay?« Ich war leicht überrumpelt von ihren Worten, hatte keine Antwort parat. »Wie gesagt, wir hatten Spaß. Belassen wir es dabei«, schloss sie schließlich. Mittlerweile hatte ihre Stimme einen forscheren Ton angenommen. Sie war sich sicher, meinte das, was sie sagte.

Ich nickte langsam. »Nichts anderes hatte ich im Sinn.«

»Wunderbar.« Sie drehte sich um und verschwand dann im Bad. Als die Tür ins Schloss fiel, lehnte ich mich gegen die Wand, verfluchte mich dafür, überhaupt in diese Situation gekommen zu sein. Aber als Liv plötzlich vor mir gestanden, mich berührt hatte, ich ihre Hände auf der Brust gespürt und in ihre Augen gesehen hatte – da war wohl eine meiner Sicherungen durchgebrannt. Ihr Geruch, ihr Lächeln, ihr Blick … all das hatte Bilder von unserer Nacht in meinem Kopf hervorgerufen und direkt eine Etage tiefer gesendet. Ich wusste nicht, ob ich wirklich einen Schritt weitergegangen wäre, wenn sie uns nicht davor bewahrt hätte. Aber ich war verdammt froh, dass es nicht dazu gekommen war.

Ich schluckte. Als ich die Klospülung im Bad hörte, sammelte ich mich und ging zurück in den Hof. Auf keinen Fall wollte ich immer noch hier stehen, wenn sie rauskam. Ich würde nicht auf sie warten.

»Nein!«, hörte ich Carrie auflachen, als ich um die Ecke bog. Sie stand mit Peg und Jake zusammen.

»Scott!« Jake sah mich und winkte mich zu sich. Ich folgte seinem Wink und versuchte, mich auf ihn zu konzentrieren, auszublenden, was eben geschehen war.

»Was gibt's?«

»Carrie will sich weder von mir noch von Eric tätowieren lassen. Peg hat die nächsten Wochen keine Zeit. Also dachte ich an dich. Wie sieht's aus? Watercolour wäre doch perfekt für sie.«

Carrie funkelte ihren Freund böse an. »Jake! Ich will auch nicht, dass du über mich redest, als wäre ich nicht da. Und nein – ich will kein Tattoo. Weder von dir noch von Eric, Peg oder sonst wem. Sorry, Scott. Nimm's nicht persönlich.«

»Angst?«, neckte ich sie und war froh um die Ablenkung.

»Nein! Ich … ich will nur kein Tattoo. Punkt.«

»Du bist die Frau des Chefs und noch Tattoo-Jungfrau?« Ich zog zweifelnd meine Augenbrauen hoch. Das konnte ich mir beim besten Willen nicht vorstellen.

»Was ist schlimm daran?«

»Hey, das ist nicht schlimm«, wehrte ich ab, »tut aber auch nicht weh.«

»Das sagst du.« Sie grinste gequält.

»Ich habe Erfahrungen mit Tattoo-Jungfrauen. Ich kann echt zärtlich sein«, neckte ich sie und schnappte mir ein Bier vom Tisch. Jake lachte rau, Peg kicherte hinter vorgehaltener Hand. Nur Carrie runzelte die Stirn und sah leicht angefressen in die Runde.

»Nimmt mich hier eigentlich irgendwer ernst?«

Jake schlang seine Arme um sie und küsste sie auf die Schläfe. »Ich. Immer, Baby.«

»Ich auch!«, warf Peg ein und hob die Hände. Dann fiel Carries Blick auf mich.

Ich hob ebenfalls die Hände und seufzte übertrieben. »Sicher. Aber ich meinte es auch ernst. Frag Liv, wenn du mir nicht glaubst.«

»Was sollst du mich fragen?« Wie aus dem Nichts stand Liv plötzlich neben mir.

»Liv? Wieso? Hey, hast du etwa ein Tattoo?« Carrie stellte sich vor ihre Freundin und neigte den Kopf. »Ist nicht wahr. Los, zeig«, forderte sie.

Ich sah Liv an, und augenblicklich verdunkelte sich ihre Miene. »Nein. Ich hab keins. Blödsinn!«, widersprach sie und starrte mich wütend an. Ich verstand sofort, dass ich da in ein ganz blödes Fettnäpfchen getreten war. Offensichtlich wusste niemand von Livs Tattoo. Und wie es aussah, hatte das wohl auch so bleiben sollen. Mist! Ich holte Luft, um mit irgendeiner Ausrede zu punkten, aber Liv schnitt mir das Wort ab.

»Leute, ich pack's dann mal. Sorry, aber ich muss morgen früh raus. Carrie, Jake, danke für den netten Abend. Bye, Scott.« Sie verabschiedete sich von ihren Freunden mit einer freundschaftlichen Umarmung. Mich überging sie. Ich konnte gar nicht so schnell reagieren, wie sie verschwunden war. Carrie und Jake winkten ihr nach, ich dagegen starrte noch auf die Tür, durch die sie so überstürzt abgehauen war. Da hatte ich wohl Mist gebaut.

»Woher weißt du von einem Tattoo?« Carrie stupste mich am Arm an, ich riss meinen Blick von der Tür los.

»Nein, so war das nicht gemeint. Wir hatten uns nur über Tattoos unterhalten, und ich habe es – so glaube ich doch – geschafft, sie davon zu überzeugen, dass ein Besuch im Studio tausendmal angenehmer ist als beim Zahnarzt«, rasselte ich eine fadenscheinige Erklärung runter.

Carrie runzelte die Stirn, dann nickte sie. »Ach so. Ich dachte schon.« Sie wandte sich mit einem Lächeln ab und setze sich auf Jakes Schoß, der sich bereits neben Eric gesetzt hatte.

Na, toll, Scott. Das hast du ja prima hinbekommen. Ich verfluchte mich für meine Worte. Liv würde ihre Gründe haben, warum sie ihr Tattoo vor ihren Freunden verheimlichte. Ich hoffte, dass Carrie mir meine Ausrede abgenommen hatte.

Plötzlich legte sich eine Hand auf meine Schulter. Ich fuhr herum. Neben mir stand Nolan. Mit einem Grinsen im Gesicht. »Nur Bekannte, ja?« Er zwinkerte mir zu, bevor er seinen Griff löste und sich zu Peg auf die Bank begab.

Na toll.

Olivia

»Hey. Wow … Du siehst toll aus!«

Steve stand vor meiner Tür und sah mit leuchtenden Augen an mir hinunter und wieder rauf. Sein Blick blieb etwas länger als nötig am Dekolleté des tief ausgeschnittenen Kleides hängen. Ich dagegen starrte auf sein Outfit, das meinem nicht ansatzweise das Wasser reichen konnte.

Steve hatte gestern Abend angerufen, um mich um ein neues Date zu bitten. Seinem Hund gehe es jetzt endlich besser und er sei für alle Schandtaten bereit. Als er mich gefragt hatte, was ich gerne unternehmen würde, hatte ich nur gesagt: »Überrasch mich.« Ich hatte wirklich geglaubt, er würde sich ins Zeug legen, nachdem er mich als Begleiter zur Hochzeit von Kyle und Peg so hatte hängenlassen. Aber weit gefehlt.

Er trug Jeans und Lederjacke, ein knitteriges Hemd über einem labberigen T-Shirt und dazu dreckige Boots. Und damit nicht genug – neben ihm saß ein Hund, der wohl eher ein Kalb hätte werden sollen. Sein Fell war braun, durchzogen von Dreck. Mit treudoofen Augen starrte er mich an, während die Regentropfen unerbittlich auf den Marmor des Eingangsbereichs vor meiner Wohnung tropften.

»Äh …?« Ich zeigte auf das riesige Ungetüm und sah dann Steve an. Er hob nur hilflos die Hände.

»Ja, es regnet. Leider. Ich musste noch mal raus mit ihr und wollte nicht zu spät kommen. Ich hoffe, du hast eine Regenjacke?«

Ich öffnete den Mund, klappte ihn gleich darauf aber wieder zu. Hatte ich mich verhört? Ich versuchte es erneut.

»Bitte was?«

»Regenjacke. Ich dachte, wir drehen mit Coco noch eine große Runde durch den Park. Sie liebt es, im Regen herumzutoben und durch die Pfützen zu springen.« Wie zur Zustimmung jaulte der Hund kurz auf, bevor er anfing, laut zu hecheln und zu den Regentropfen auch noch Sabber auf dem Marmor zu verteilen.

»Coco?«

»Ja, von Coco Chanel.« Steve grinste dümmlich.

»Ernsthaft?« Ich konnte mir nicht vorstellen, dass ein Mann seinen Hund – dieses Riesenbaby – nach einer Designerin benannte.

»Meine … Ex-Freundin war Fan von ihr.«

»Coco?«, fragte ich noch mal. Er nickte. Ich schluckte. Dann sah ich von Hund zu Herrchen.

»Du glaubst ernsthaft, dass ich mit dir und diesem Kalb, das die Erinnerung an deine Exfreundin in sich trägt, bei diesem Wetter eine Runde durch den Park drehe?« Wieder nickte er, doch diesmal schon etwas geknickter. »Steve, als ich sagte ›Überrasch mich‹, meinte ich, führ mich zum Essen aus oder ins nächste Nobelhotel, um mich zu ficken. Meinetwegen auch von hinten, wie einen Hund.« Ich wusste nicht, ob ich lachen oder weinen sollte. Aber was ich ganz sicher wusste, war, dass ich mit Steve und seinem Ex-Abklatsch keine Runde durch den Park spazieren würde. »Sorry, Steve, aber ich glaube, wir haben unterschiedliche Vorstellungen von Überraschungen. Vielleicht ist es besser, du und … deine Coco … geht alleine. Und ruf mich nicht mehr an.«

Als hätte Coco meine Worte verstanden, jaulte sie erneut und sah mich mit einfältigem Blick bittend an. Als würde sie flehen, dass ich sie mit diesem Trottel von Herrchen nicht allein lassen solle. Armes Vieh.

»Aber, Liv -«

»Olivia. Und nein, Steve, es passt einfach nicht. Viel Spaß im Park.« Ich trat zurück in meine Wohnung und schloss die Tür zwischen uns. Dann wartete ich, bis ich Schritte und den Aufzug wieder nach unten fahren hörte.

Oh mein Gott! War der Kerl denn total bescheuert? Ich warf einen Blick in den großen Spiegel, der fast die ganze Wand des Flurs einnahm, und begutachtete mein Outfit. Ich hatte mich für das schwarze Kleid mit dem tiefen Ausschnitt entschieden, das ich eigentlich schon auf der Hochzeit von Kyle und Peg hatte tragen wollen. Doch nachdem Steve mich so kurzfristig abserviert hatte, war ich mir als Single darin overdressed vorgekommen. Heute aber hatte ich gewollt, dass er mich aus diesem Kleid schälte und danach aus meiner seidenen Unterwäsche. Der Slip war sogar Ouvert. Ich hatte mir ausgemalt, wie er schon im Auto in mich eindringen würde. Gott, ich war so geil gewesen.

Das allerdings hatte sich mit einem Schlag verflüchtigt. Und schuld daran war Coco Chanel. Aber sollte ich mir von diesem Vieh meinen Spaß verderben lassen? Andere Mütter haben auch hübsche Söhne, pflegt meine Mutter gerne zu sagen. Und recht hat sie!

Die Frage war: Was nun also mit dem angebrochenen Abend anstellen? Ich war zu aufgebrezelt, um allein auf dem Sofa abzuhängen oder mir womöglich die Akten meiner Klienten vorzunehmen und zu arbeiten. Und echt angepisst. Ich hatte an diesem Abend Spaß haben wollen. Aber – das ging auch ohne Steve. Außerdem hatte ich Hunger.

Ich nickte mir im Spiegel entschlossen zu, überprüfte noch mal mein Make-up, schnappte mir meine Handtasche, einen Regenschirm und den Schlüssel und machte mich auf den Weg.

Eine halbe Stunde später saß ich bei einem Glas Rotwein an der auf Hochglanz polierten Bar des Michael Mina in der California Street und wartete auf einen freien Tisch. Hinter dem Tresen herrschte geschäftiges Treiben, Kellner in Uniformen flitzten fast unsichtbar mit Tabletts voller Getränke hin und her, und der Barmann mixte mit stoischer Ruhe und großer Show Cocktails. Im Hintergrund dudelte leise Musik, die das Klappern der Teller im Restaurant hinter mir dämpfte.

Immer wieder glitt mein Blick zu der Ecke des Tresens, an der ein einsamer Cowboy bei einem Whisky saß. Er war mir aufgefallen, weil ich ihn im ersten Augenblick mit Scott verwechselt und mein Puls eine Zeit gebraucht hatte, um wieder auf Normalspeed runterzufahren. Der Gedanke an diesen tätowierten Kerl machte mich irre. Ich bekam ihn kaum aus dem Kopf. Besonders das ungeplante Zusammentreffen vor der Toilette des *Skinneedles* steckte mir noch immer in den Knochen. Dabei war das nun schon drei Tage her, und eigentlich war ja auch nichts passiert, aber ich wurde das Gefühl nicht los, dass etwas passiert wäre, wenn ich nicht im letzten Moment die Kurve bekommen hätte. Und das machte mich fertig.

Ich verstand mich selbst nicht. Sobald ich an Scott dachte, an seine Berührungen, seinen Blick … durchfuhr mich ein Gefühl, das ich so noch nicht erlebt hatte. Zumindest nicht so intensiv. Aber ich erinnerte mich daran, und genau das machte mir zu schaffen. Ich wollte das nicht!

Seitdem mied ich den Shop. Ich wollte mir die Peinlichkeit eines Wiedersehens ersparen. Noch nie hatte ich mich so geschämt wie in diesem Augenblick, in dem er sich von mir zurückgezogen hatte, als hätte ich eine ansteckende Krankheit. Ich hatte die Abwehr in seinen Augen gesehen. Ich war mir sicher, dass es Abscheu gewesen war. Er hatte mich in seinem Bett gehabt, ein zweites Mal würde es nicht geben, so viel war klar. Ich hatte nicht vorgehabt, ihm erneut zu verfallen, aber als er so nah bei mir gestanden, mir tief in die Augen gesehen hatte, war der Wunsch nach einem Kuss so mächtig gewesen, dass ich mich fast hätte hinreißen lassen. Ich war so froh, dass ich es geschafft hatte, mich zu beherrschen.

Was war nur mit mir los? Eine Frage, die seit dem ersten Zusammentreffen mit Scott ständig durch meinen Kopf geisterte. Ich hatte vorher noch nie so viele Gedanken an einen Mann verschwendet, mit dem ich eine Nacht verbracht hatte.

Warum dann jetzt? Warum er? Ich begriff es einfach nicht. Wir hatten unseren Spaß gehabt – das reichte doch. Das hatten wir beide bereits klargestellt. Und außerdem – ein Mann, der nicht auf den Mund küsst – der kann doch nicht ganz sauber sein.

Aus Frust hatte ich mich deswegen auf das Date mit Steve eingelassen, obwohl ich vorher schon geahnt hatte, dass es nicht funktionieren würde. Aber Ablenkung half bei mir meistens.

Während ich mich darauf vorbereitet hatte, hatte ich mir eingestehen müssen, dass ich voll auf Sex programmiert war. Ich hatte nicht mehr gewollt, als mit Steve Sex zu haben. Nicht, weil ich scharf auf Steve gewesen war. Sondern weil ich mir erhofft hatte, mich dadurch von Scott abzulenken. Aber nachdem dieser Plan – dank Coco Chanel – in die Hose gegangen war, brauchte ich eine Alternative. Der Mann an der Bar.

Ich sah auf und bemerkte, dass er mich beobachtete. Ich lächelte, er hob sein Glas und prostete mir zu. Ich tat es ihm gleich, und nachdem wir unsere Gläser wieder abgesetzt hatten, stand er auf und kam auf mich zu. Wow, er war größer, als es im Sitzen den Anschein gehabt hatte. Seine Beine waren lang, sein Oberkörper schien drahtig zu sein, zumindest saß das Hemd sehr eng unter dem Jackett über der breiten Brust. Die dunklen Haare waren akkurat in Form gebracht worden, und ein kleiner Schnitt an seinem Hals verriet mir, dass er sich erst vor kurzem den Bart gestutzt hatte. Zudem sah sein Anzug teuer aus, und er roch gut. Ich atmete tief ein, als er vor mir stand.

»Auch allein hier?«, sprach er mich an. Seine Stimme war dunkel, und er hatte einen leichten Ostküstenakzent.

»Nicht gerade der einfallsreichste Satz, um eine Frau anzusprechen, oder?« Ich zwinkerte ihm zu.

Er grinste und fuhr sich mit der Hand durch die akkurate Frisur. »Ich bin nicht geübt in solchen Dingen«, gab er zu.

»Das hätte ich jetzt auch gesagt.«

»Soll ich lieber noch mal von vorne anfangen?«

»Und das wäre wie?«

Er streckte mir die Hand hin. »Hallo, ich bin Hugh. Ich bin allein hier und dachte mir, es wäre angenehmer, einer bezaubernden Frau Gesellschaft zu leisten, als einsam an der Bar zu sitzen. Wie wäre das?« Er legte fragend seine Stirn in Falten.

Ich lachte leise auf und klopfte auf das helle Polster des Barhockers zu meiner Rechten. »Ich bin Olivia und freue mich sehr über Gesellschaft.«

Gespielt melodramatisch stieß er die Luft aus und griff sich an die Brust. »Gott sei Dank! Ich weiß nicht, wie ich diese Schmach sonst verkraftet hätte.« Er lächelte, und seine Augen funkelten spitzbübisch, als er sich neben mich setzte, ohne den Blick zu lösen. Er hatte schöne dunkle Augen. Fast so schön wie Scotts. Scott! *Verdammt, Liv! Reiß dich zusammen, sonst wird das hier nie was.*

Ich lächelte eisern, während ich die Erinnerung an Scott und an all das, was er in dieser einen Nacht mit mir angestellt hatte, in die hinterste Ecke meines Bewusstseins stopfte.

»Warum sitzt eine so schöne Frau wie du allein an der Bar des besten Restaurants der Stadt?«, wollte er wissen.

»Mein Date ist geplatzt«, sagte ich so, als hätte ich die U-Bahn verpasst.

»Hat er dich etwa sitzen lassen?« Entrüstet schnaubte Hugh auf.

»Ich ihn. Coco Chanel war schuld.« Er runzelte fragend die Stirn. Ich winkte ab. »Nicht der Rede wert. Aber gut so, sonst …« Ich ließ den Satz unvollendet, aber wenn er nicht völlig abgeneigt war, dann würde er wohl wissen, wie er weitergegangen wäre.

»… wären wir uns nicht begegnet«, schloss er.

Ich nickte leicht. »Und warum sitzt du hier wie bestellt und nicht abgeholt?«, wollte ich nun wissen.

»Bis eben habe ich mich noch geärgert, dass mein Flug nach Chicago gestrichen wurde, aber jetzt nehme ich das als Wink des Schicksals, dass die Airline mir ein Hotelzimmer zur Verfügung gestellt hat …«

Okay, er trug ein bisschen dick auf, aber egal. Er sah gut aus und wollte dasselbe wie ich. Ablenkung, Zeitvertreib, Sex. Unverbindlichen Sex. Er kam aus einem anderen Teil des Landes – ihn würde ich sicher nicht wiedersehen. Daher ließ ich zu, dass seine Finger über meine strichen, während er mir irgendwas von einem Geschäftstermin in der Stadt erzählte, den er gehabt hatte.

Wir plauderten ungezwungen, flirteten miteinander. Hugh war charmant, und ich glaubte zu wissen, dass der Abend mit ihm nach meinen Vorstellungen verlaufen würde.

»Miss? Ihr Tisch ist nun frei. Darf ich Sie begleiten?« Ein Kellner in Frack und Fliege stand wie aus dem Nichts neben uns und unterbrach abrupt unseren angeregten Flirt. Verwirrt starrte ich ihn an.

»Bitte?«

»Willst du … essen?«, fragte Hugh mich und drückte meine Finger fester.

Ich schüttelte wie mechanisch den Kopf. Den Hunger, den ich hatte, konnte kein Steak stillen.

Hugh grinste wissend, erhob sich und wandte sich an den Kellner. »Danke, wir haben es uns anders überlegt.« Der nickte stumm und verschwand so lautlos, wie er gekommen war. Hugh nahm meine Hand. »Wollen wir gehen?«

Ich zögerte nicht. »Sehr gern.«

Hugh zahlte und übernahm auch meine Rechnung. Hand in Hand verließen wir das Restaurant. Es fühlte sich merkwürdig an, so geplant, aber nichts anderes war es ja auch. Draußen hielt Hugh ein Taxi an. Doch bevor ich einstieg, hielt ich ihn kurz zurück.

»Hast du einen Hund?«

Irritiert blickte er mich an, dann schüttelte er den Kopf. »Nein. Aber ich kann dich von hinten nehmen, wenn du es so lieber magst.«

Ich biss mir auf die Lippen, um nicht laut loszulachen, dann nickte ich. »Von hinten ist prima. Ich mag es hart.«

Wieder sah er mich eindringlich an. »Wunderbar. Ich nämlich auch.«

Und noch während der Fahrt strich seine Hand über meinen Oberschenkel. Ich bemühte mich, das Kribbeln der Vorfreude heraufzubeschwören, das mich sonst ereilte, wenn ich die Nacht mit einem Mann verbringen wollte. Aber es gelang mir nicht so recht. Ich hatte in den letzten Jahren mit vielen Männern geschlafen, allerdings noch nie mit einem Wildfremden. Bisher hatte ich die Kerle, mit denen ich mitgegangen war, zumindest etwas länger gekannt. Diesmal war alles anders. Aber vielleicht würde mir Hugh über die Verwirrtheit in meinem Kopf hinweghelfen. Aber was, wenn er ein Verrückter war? Jemand, der Gott weiß was mit Frauen anstellte? Ich verneinte innerlich. Nein, meine Menschenkenntnis hätte vorher Alarm geschlagen. Mein Bauchgefühl sagte mir, dass er nichts anderes als ich im Sinn hatte. Ich hoffte, dass ich mich darauf verlassen konnte.

Das Airporthotel in San Francisco gehörte der gehobenen Kategorie an, und wir fuhren mit dem Aufzug ganz nach oben. Während er mich küsste, stolperten wir durch den Flur zu seinem Zimmer. Dabei stellte ich mir vor, dass es Scott wäre, der seine Lippen auf meine presste. Ich flüsterte Hughs Namen, um mich zu erinnern, mit wem ich hier war.

»Olivia«, stöhnte er in meinen Mund. Er öffnete die Tür, und wir fielen engumschlungen in das dunkle Zimmer.

»Möchtest du noch was trinken?«, flüsterte er mir heiser ins Ohr, wobei er mich rückwärts zum Bett dirigierte, seine Hände waren überall.

»Später«, gab ich zurück. Ich wollte ihn jetzt. Ich brauchte es jetzt. Hart und heftig. Er offensichtlich auch, denn bevor ich es mich versah, hatte er sich aus Schuhen, Jackett und Hose geschält. Nur noch mit Shorts bekleidet drückte er mich bäuchlings aufs Bett, riss mir das Kleid hoch und packte meinen Hintern.

»Ich mag Ouvert«, raunte er heiser, und ich spürte seine Zunge an meiner feuchten Klit. Und während er mich fingerte und an mir leckte, schob sich immer wieder das Gesicht von Scott vor mein inneres Auge.

Ich riss die Augen auf, versuchte mich ins Hier und Jetzt zu beamen, Scott aus meinen Gedanken zu vertreiben, aber nichts half. Und dass Hugh mit der Zunge ungefähr so viel draufhatte, wie ein Fisch auf dem Trockenen schwimmen konnte, half mir auch nicht wirklich. Ich merkte, wie ich immer mehr die Lust verlor. Hugh mochte nett sein, aber er war nicht der, den ich wollte.

Und als er kurz im Bad verschwand, um Kondome zu holen, raffte ich meine Sachen in Windeseile zusammen und flüchtete aus dem Hotelzimmer.

Olivia

»Ernsthaft?« Carrie starrte mich mit großen Augen an, als wäre ich ein Alien auf Invasionskurs.

Wie so oft war sie nach dem Joggen am South Beach bei mir eingekehrt, um sich in aller Herrgottsfrühe einen Espresso abzuholen. Sie saß mit angezogenen Knien auf dem Stuhl am Küchentisch und pustete sich eine dunkle Haarsträhne aus dem Gesicht, die sich aus ihrem Zopf gelöst hatte. Jetzt hielt sie die Kaffeetasse zwischen ihren Händen und runzelte die Stirn, während ich ihr eine kurze Zusammenfassung der Farce des gestrigen Abends gab.

»Leider ja. Ich fürchte, das Glück hat mich verlassen«, endete ich mit einem Stoßseufzer.

Carrie prustete los. »Coco Chanel … Ich wäre zu gerne dabei gewesen.«

»Glaub mir, es war nicht ansatzweise so amüsant, wie es sich anhört.«

»Und dieser Hugh konnte dich nicht …?«

»Befriedigen? Keine Ahnung, ob er es gekonnt hätte. Ich bin gegangen, bevor es zum Äußersten gekommen ist.«

»Warum?«

Ich schnaubte. »Wenn ich das wüsste. Ich konnte einfach nicht.«

»Kann es sein, dass ein gewisser Scott Cunningham daran schuld ist?«

Ich hätte widersprechen können, aber dann hätte ich mir das ganze Gespräch hier auch sparen können. »Ich hatte die ganze Zeit sein Gesicht vor Augen. Frag mich nicht, warum, aber ich hab ihn nicht aus meinem Kopf gekriegt. Ich verstehe mich selbst nicht mehr.« Das war so … verrückt! Absolut verrückt war das.

»So fängt es an …«

»Was auch immer du meinst – das ist Blödsinn.«

»Nein, ernsthaft. Ich hab das selbst durchgemacht. Jake und ich … wir waren wie Feuer und Wasser, ich dachte, es würde irgendwann ein Blutbad geben, weil wir nicht miteinander, aber auch nicht ohneeinander konnten. Aber dann … Na ja, du kennst die Geschichte. Manchmal ist der steinige Weg der richtige.«

»Ach, komm mir doch nicht wieder mit deinen Kalendersprüchen«, wehrte ich ab.

Carrie lachte nur. »Wenn sie doch wahr sind?«

Ich schüttelte nur stumm den Kopf. Die halbe Nacht hatte ich nicht geschlafen, hatte immer wieder an Scott gedacht. Irgendwann musste ich eingeschlafen sein und hatte wirres Zeug von ihm geträumt. Er hatte sich in meine Gedanken gebrannt, unmöglich, ihn daraus zu verscheuchen. Ich hatte es versucht, wirklich. Aber kaum hatte ich etwas Ruhe gefunden, erinnerte mich irgendwas wieder an ihn, und schon war er wieder drin in meinem Kopf. Selbst Jake hatte das nicht geschafft. Bei Jake war es nur mein angekratztes Ego gewesen, das keine Ruhe gegeben hatte. Aber bei Scott? Ich sollte ihn schleunigst aus meinem Kopf verbannen. Ich war kaputt, ein gebranntes Kind, und ich glaubte nicht daran, dass es da draußen einen Mann gab, der mich kitten, wieder alle Scherben an ihren Platz setzen konnte. Warum also ausgerechnet der Mann, der mit Regeln nur so um sich schmiss und sie dann fast selber brach? Nein. Niemals!

Ich nippte an meinem Kaffee und versuchte erfolglos, die Schmach der letzten Tage aus dem Gedächtnis zu streichen.

»Was hatte es eigentlich mit dem Tattoo auf sich?«, wechselte Carrie aus heiterem Himmel das Thema. Ruckartig hob ich den Kopf und runzelte die Stirn. Ich hatte befürchtet, dass sie mich damit konfrontieren würde, nachdem Scott seine Klappe nicht hatte halten können.

»Hat Scott nichts erzählt?«, fragte ich vorsichtig.

Sie hob die Schultern. »Er meinte, ihr hättet nur eine generelle Grundsatzdiskussion gehabt, dass ein Besuch im Tattoo-Studio angenehmer sei als beim Zahnarzt.«

»Äh … ja, ja, da war was. Genau. Wir hatten … darüber gesprochen«, erwiderte ich lahm und fragte mich im selben Moment, warum Scott mich in Schutz genommen und nichts von meinem Tattoo erzählt hatte. Damit hatte ich nicht gerechnet. Ich war sauer gewesen, weil er es herausposaunt hatte, und war gegangen, weil ich nicht darüber hatte sprechen und nicht hatte anwesend sein wollen, wenn das zum Thema geworden wäre. Sollte er es meinetwegen erzählen, aber erklären wollte ich nichts. Doch wie es aussah, hatte er seine Klappe gehalten. Überraschung.

»Okay …« Ich sah meiner Freundin an, dass sie weder mir noch Scott wirklich glaubte.

»Ach, scheiß drauf!« Ich stand auf, öffnete den Verschluss meiner Jeans und zog sie samt Slip so weit runter, dass Carrie einen Blick auf mein Tattoo werfen konnte. Jetzt, nach fast sechs Wochen, waren die roten Ränder des Tattoos verschwunden, die Wunde war abgeklungen, und es saß so perfekt auf meiner Haut, als wäre es schon immer da gewesen. Die Farbverläufe aus pastelligem Blau, Grün und Pink leuchten fröhlich und standen damit im krassen Gegensatz zur Geschichte des Tattoos.

»Oh … wow …«

Ihr Blick wanderte von meiner Leiste zu meinem Gesicht und zurück. Ungläubig, erstaunt. Und irgendwie voller Respekt.

Scott hatte meine Vorstellung von einem schlichten Tattoo zu einhundert Prozent umgesetzt. Jedes Mal nach dem Duschen stellte ich mich vor den Spiegel, um das Bild zu betrachten, berührte es mit den Fingern und dachte darüber nach, was aus mir geworden wäre, wenn alles anders gelaufen wäre. Leichter machte es das nicht, aber es gab mir zumindest das Gefühl, nicht zu vergessen.

»Das ist … großartig! Wer hat es gestochen?«

»Scott.«

Ihr Kopf flog hoch. »Tatsächlich?«

Ich musste lachen, dann nickte ich. »Ja, du hast richtig gehört. Scott hat es mir gestochen. Vor sechs Wochen. Ich war wirklich in seinem Shop in Stockton.«

»Daher wusste er es also.« Sie schüttelte erstaunt den Kopf. »Warum hast du es dir nicht von Eric oder Jake stechen lassen? Oder von Peg? Warum bist du nach Stockton rübergefahren?«

»Weil ich nicht wollte, dass sie wissen, warum …« Ich brach ab und schüttelte den Kopf. Dann zog ich mit einem Ruck den Reißverschluss der Jeans wieder zu, um das Tattoo zu verbergen. Es hatte mich schon genug Überwindung gekostet, es Carrie überhaupt zu zeigen. Allerdings auch nur, weil mir klar war, dass sie nicht lockergelassen hätte. Dass Scott sich dermaßen verplappert hatte, ohne dass er es hatte wissen können, hatte sie hellhörig werden lassen.

»Wer ist Luna?«, hakte sie nach einer Weile nach. Ich stopfte das Shirt in den Bund der Jeans und nestelte schweigend daran herum, um nicht antworten zu müssen.

Ihr Gesichtsausdruck veränderte sich, und ihr nachdenklicher Blick traf mich, als ich hochsah. »Willst du drüber reden?«

Ich schluckte, dann schüttelte ich langsam den Kopf. »Nein.« Was hätte ich ihr auch erzählen sollen? Dass das, was damals passiert war, mein Leben verändert hatte? *Mich* verändert hatte? Und das unwiderruflich? Konnte ich das? Wollte ich sie wirklich an meinem Schmerz teilhaben lassen? Sie war meine beste Freundin, ich hatte keine Geheimnisse vor ihr. Bis auf dieses. Ich senkte den Kopf, sah auf meine Schuhspitzen und schnaubte geräuschlos. »Nein«, wiederholte ich.

Ich hörte, wie sie die Tasse auf dem Tisch abstellte. »Du weißt, dass ich für dich da bin, wenn du mich brauchst.« Ich nickte stumm. »Manchmal hilft es, sich alles von der Seele zu reden«, versuchte sie es noch einmal.

Ich presste die Lippen aufeinander, merkte, wie der Schmerz in mir nach oben kriechen, endlich ausbrechen wollte. Aber ich erlaubte es ihm nicht, sondern verbannte ihn mit Gewalt runter in die Tiefen meiner Seele. Dort war er gut aufgehoben. Erstmal. Ich wusste, dass er sich schon bald dagegen wehren und mit aller Macht an die Oberfläche drängen würde. Aber bitte dann, wenn ich allein war. Nicht jetzt.

»Wieder so ein Kalenderspruch«, meinte ich, um mich lockerer zu machen.

Carrie grinste schief, dann wurde sie ernst. »Ich trage auch so einiges mit mir herum, das ich bisher niemandem anvertraut habe. Glaub mir, ich weiß, wie es ist, wenn man darunter am liebsten zusammenbrechen möchte, es aber immer wieder schluckt und den Kopf oben hält, nur um den Schein zu wahren. Den Schmerz nur an die Oberfläche lässt, wenn es gar nicht mehr anders geht. Nur dann, wenn man allein ist und niemanden anderen daran teilhaben lässt.« Carrie sah mich nicht an, während sie sprach, sondern starrte auf ihre Fingernägel. Mit den letzten Worten, die meinen eigenen Gedanken glichen, war ihr Gesicht blasser geworden.

Ich setzte mich zu ihr an den Tisch und nahm vorsichtig ihre Hand. Es war etwas anderes, jemandem Trost zu spenden, als selbst Trost zu empfangen. Ich war nicht besonders gut darin, mir helfen zu lassen. Andersrum war es einfacher. Ich wäre mit Sicherheit auch eine gute Psychiaterin geworden.

»Was ist passiert?«, fragte ich leise.

Carrie holte noch einmal Luft, dann platzte es wie auf Knopfdruck aus ihr heraus. »Du weißt ja, dass ich in unterschiedlichen Heimen aufgewachsen bin, dass ich keine Ahnung habe, wer meine Eltern sind. Vermutlich irgendwelche Junkies, aber das ist eigentlich auch egal. Worum es geht …« Sie holte tief Luft, so, als würde das helfen, den Schmerz rauszulassen. Und mit dem Ausatmen sprach sie auch weiter. »In dem letzten Heim lernte ich Bella kennen. Wir waren uns ziemlich ähnlich, verstanden uns gut und wurden enge Freundinnen in den Jahren, die wir zusammen dort eingesperrt waren. Eigentlich waren wir eher wie Schwestern. Ich liebte sie. Sehr. Wir halfen uns und passten aufeinander auf. Besonders, wenn …« Ihre Stimme brach, und ich sah das verräterische Glitzern in ihren Augen. Ich wartete still, bis sie weitersprach. »Ich bin damals aus dem Heim abgehauen, in dem ich zuletzt gelebt habe. Der Erzieher … Alvin … er hat mich und Bella … Er kam nachts zu mir ins Zimmer und … Scheiße!« Carrie entzog mir ihre Hand und sprang auf. Sie trat ans Fenster, drehte mir den Rücken zu, aber ich sah, wie ihre Schultern bebten, hörte, wie ihr Atem rascher ging. *Verdammt, was hat sie durchgemacht?* Ich hatte eine Ahnung, hoffte aber, dass es sich nicht bestätigen würde. Ich spürte ihre Angst, als wäre es meine eigene.

Es dauerte eine Weile, bis sie sich gesammelt hatte und weitersprechen konnte. Jedoch starrte sie dabei noch immer aus dem Fenster aufs Meer. »Alvin hat uns betatscht. Ich war dreizehn, bekam gerade Brüste und meine Tage. Erst stand er nur in meinem Zimmer, beobachtete mich wohl, wenn ich schlief. Ich war eines Morgens wach geworden und hatte ihn gesehen. Nur in einer Unterhose bekleidet hatte er am Fußende meines Betts gestanden und auf mich heruntergesehen. Dabei hatte er seine Hand in seiner Hose. Ich stellte mich schlafend, betete, dass er wieder verschwinden würde. Das tat er auch irgendwann. Ohne mich anzufassen. Seine Besuche wurden immer häufiger. Irgendwann spürte ich, wie eine Hand sich unter meine Bettdecke schob und mich berührte. Ich tat wieder so, als merkte ich nichts, biss mir auf die Lippen, bis es blutete, damit ich ja keinen Laut hervorbrachte. Doch irgendwann weckte er mich dabei. Und wollte mehr. Er drohte mir, wenn ich es irgendjemandem erzählen würde, würde er mir Schmerzen zufügen, die ich niemals vergessen würde. Ich hatte Angst, Liv, verstehst du? Ich hatte solche

Angst.« Tränen liefen über ihre Wangen, sie schniefte und wischte sich über das Gesicht. »Ich traute mich erst nicht, Bella davon zu erzählen, doch auch sie veränderte sich. Und da wurde mir klar, dass ich nicht die Einzige war, die er besuchte. Bella gab zu, dass er auch zu ihr kam, und je älter wir wurden, desto mehr begriffen wir, dass wir das irgendwie unterbinden mussten. Aber wir wussten auch, dass uns niemand glauben würde. Alvin hatte einen guten Stand bei der Heimleitung. Er kam mit allen gut zurecht, mit den Erzieherinnen und mit den Kids. Er war beliebt. Niemand würde uns glauben, man würde uns bestrafen, weil man uns verdächtigen würde zu lügen. Und die Angst vor Alvin war ja auch noch da. Ich traute ihm nicht über den Weg. Uns blieb nur die Flucht. Eines Tages, als alle Kinder auf einen Ausflug gingen, meldeten Bella und ich uns krank und blieben im Heim. Bevor wir davonliefen, habe ich noch mein Tagebuch verbrannt. Darin stand zu viel, an das ich mich nicht mehr erinnern wollte. Ich zündete es im Papierkorb an, und als das Feuer aus war, verschwanden wir. Ich wollte an die Westküste, Bella nach New York. Sie meinte, es sei besser, wenn wir uns trennen würden, damit wir vergessen könnten. Ich habe sie nie wiedergesehen.« Carrie verstummte, und ich hörte den Schmerz in ihrer Stimme.

»Oh, Süße …« Meine Stimme zitterte, auch ich hatte Tränen in den Augen, musste den Kloß in meinem Hals runterschlucken, um atmen zu können. »Das … es tut mir so leid.«

Langsam drehte sie sich zu mir um. Ihre Augen glänzten, und sie schniefte leise.

»Ja, mir auch. Ich wüsste gerne, was aus Bella geworden ist. Sie war die Einzige, der ich vertraut habe. Bis ich Phil kennengelernt habe. Und dich«, setzte sie mit einem winzigen Lächeln hinterher. »Ich hab dich lieb, Liv. Und egal, was dir passiert ist – ich würde dich nie verurteilen oder dich drängen. Du sollst nur wissen, dass du nicht allein bist, okay? Und dass es guttut, wenn man nicht allein ist. Ich sehe Alvin noch immer fast jede Nacht in meinen Träumen. Und wenn ich dann schweißgebadet aufwache und Jake mich fragt, was los ist … Ich habe es ihm nie gesagt, weil ich Angst habe, dass er mich verurteilt.«

»Das wird er nicht!«, widersprach ich sofort. »Carrie, er liebt dich. Er würde alles für dich tun, das weißt du. Niemals wird er dich verurteilen für das, was du durchgemacht hast. Eher wird er sich auf die Suche nach diesem perversen Schwein machen und ihm die Eier abreißen.«

»Ja, das weiß ich mittlerweile. Und ich weiß auch, dass ich mit ihm reden werde. Jetzt, wo ich es bei dir losgeworden bin, wird das nächste Mal einfacher werden. Danke, dass du mir zugehört hast.«

Ich stand auf und nahm sie in den Arm. Wir umarmten uns schweigend, klammerten uns aneinander und ließen zu, dass wir den Schmerz der anderen fühlen und ein kleines bisschen lindern konnten.

»Danke«, flüsterte Carrie und zog sich langsam zurück.

Während ich ein paar Knöpfe an der Kaffeemaschine drückte und das Mahlwerk in Bewegung setzte, ging sie kurz ins Bad und ließ mir Zeit, um nachzudenken. Carrie hatte mir von sich erzählt, und ich wusste, dass sie das nicht getan hatte, um hinter mein Geheimnis zu kommen. Sie hatte sich mir geöffnet, weil sie mir vertraute und weil es sie erleichtert hatte, sich alles von der Seele zu reden. Wem wollte ich denn noch etwas vormachen? Mir? Es war an der Zeit, reinen Tisch zu machen. Carrie war meine Freundin. Wem sollte ich davon erzählen, wenn nicht ihr?

Als der Duft von frisch gemahlenem Kaffee durch die Küche zog und Carrie zurückkam, füllte ich unsere Becher erneut und setzte mich wieder an den Tisch. Ich atmete tief durch.

»Luna … ist meine Tochter. War …«

Carries Augen weiteten sich ungläubig, bevor sie sich für einen Moment schlossen. Sie schüttelte den Kopf. Dann sah sie mich an. »Deine Tochter?«

Mir war klar, wie absurd sich das in ihren Ohren anhören musste. Trotzdem bejahte ich.

»Deine …? Aber … Wo …?«

»Sie ist gestorben«, brachte ich hervor und hoffte, meine Stimme würde nicht brechen. »Es ist schon ein paar Jahre her.«

Carrie schlug sich die Hand vor den Mund. »Oh nein! Liv …« Doch bevor sie aufspringen konnte, wehrte ich ab.

»Nein! Schon okay. Bitte nicht. Es … ich komme klar.«

Carrie stutzte, verharrte in der Bewegung, doch dann nickte sie und sank auf den Stuhl zurück. In ihren Augen spiegelten sich Mitgefühl und Schmerz. Etwas, das ich nur schwer ertragen konnte, doch ich erinnerte mich an meine Gefühle, als sie mir ihre Geschichte erzählt hatte. Sie litt ebenso mit mir wie ich mit ihr. Ich grub meine Fingernägel in die Handflächen und hoffte, der Schmerz würde mich wieder in die Spur bringen.

»Wie …?«

»Eine Fehlgeburt. In der zwölften Schwangerschaftswoche.« Ich hörte mich an wie ein Arzt, der eine Diagnose runterleierte. Dabei war das reine Selbstbeherrschung. Der Schmerz brannte so stark in mir, dass ich nur noch sterben wollte.

»Aber … woher -«

Ich stoppte sie, wusste genau, was sie fragen wollte. »Ich habe es gleich gewusst, Carrie. Ich war mir sofort sicher, dass ich schwanger war. Und genauso wusste ich, tief in mir, dass es ein Mädchen wird. Auch, wenn man bis zum … Man hat noch nichts gesehen, aber ich wusste es. Tief in mir«, wiederholte ich.

»Ich glaube es auch. Ein Mädchen passt einfach zu dir«, sagte Carrie leise und sah mich aus traurigen Augen an.

Ich glaubte zu wissen, dass es ihr zwar leidtat und sie mit mir litt, aber sie nicht nachempfinden konnte, wie es mir ging.

Schließlich hatte das Baby nie geatmet, nie geschrien, nie gelebt. Und doch hatte ich ihm einen Namen gegeben. Weil sie zu mir gehörte. Sie war in mir gewesen, zwölf lange Wochen lang, war gewachsen, hatte sich entwickelt. Laut der Frauenärztin konnte sie bereits gähnen, am Finger saugen und die Stirn runzeln. Die Organe und das Gehirn hatten begonnen zu funktionieren. Dinge, die für uns selbstverständlich sind – für sie aber der Anfang von allem war. Sie war auf dem Weg gewesen, ein kleiner Mensch zu werden, hatte aber das Ziel nie erreicht. Ich habe nie erfahren, ob sie tatsächlich ein Mädchen gewesen war. Ich hatte nie die Möglichkeit gehabt, sie im Arm zu halten. Oder mich von ihr zu verabschieden.

»Liv, das tut mir so leid.« Carries Augen füllten sich mit Tränen, ich schüttelte den Kopf, sah weg, konnte den Anblick ihrer Trauer nicht ertragen. Blinzelte, um nicht selbst in Tränen auszubrechen. Ich hatte schon lange nicht mehr deswegen geweint. Jahre, um genau zu sein.

»Bitte, nicht. Es ist … Ich komme klar, wirklich. Bitte …« Ich wollte nicht weinen. Was hätte es geändert? Ich hatte im Laufe der Jahre schon zu viele Tränen vergossen, aber der Schmerz war immer noch da. Es änderte nichts. Gar nichts.

»Wenn ich irgendwas für dich tun kann, egal was …«

»Danke, Süße. Dass du da bist, ist Hilfe genug. Und … Mit dem Tattoo habe ich sie immer bei mir. Mag sich komisch anhören, aber seitdem ich ihre Fußabdrücke auf meiner Haut habe, fühle ich mich nicht mehr ganz so allein.«

»Ich finde es wunderschön.«

»Verstehst du jetzt, warum ich damit nicht ins *Skinneedles* gekommen bin?«

Carrie nickte.

»Ich will es auch nicht an die große Glocke hängen. Ich habe das Tattoo für mich gemacht. Und für Luna. Für niemanden sonst. Scott hat sich einfach nur verplappert. Er kennt die Geschichte dahinter nicht. Keiner kennt sie. Außer du jetzt.«

»Ich verstehe … Von mir erfährt keiner was und … tut mir leid, dass ich so neugierig war.«

»Das braucht dir nicht leidzutun. Es war längst überfällig, mal darüber zu reden. Aber mehr muss jetzt auch nicht sein, okay?« Wieder nickte sie, mit einem traurigen Ausdruck auf dem Gesicht. »Ja, es tut weh. Aber wer weiß, ob ich überhaupt eine gute Mutter gewesen wäre. Ich meine – ich bin egoistisch und egozentrisch. Windeln wechseln, Essen kochen …« Ich schnaubte kurz und blickte in meine blitzblanke Küche, die mehr ein Ausstellungsstück als Gebrauchsgegenstand war. »So bleiben mir Elternabende, Teenager-Liebeskummer und der Horror, irgendwann Oma genannt zu werden, jedenfalls erspart.«

Carrie verzog die Mundwinkel. »Du bist warmherzig, witzig und hast das größte Herz auf diesem Planeten. Du wärst sicher eine wundervolle Mom.«

»Wir werden es nie erfahren.«

Sie sah mich an, ich sah all das Mitgefühl in ihrem Blick, sah die Tränen in ihren Augen, die ich hätte weinen sollen. Aber ich konnte nicht. Nicht mehr. Dann nickte sie stumm. Ich sah sie dankbar an. Dankbar, weil sie nicht weiter darauf herumhackte, mir nicht sagte, dass ich noch jung sei und noch alle Zeit der Welt hätte, um Kinder zu bekommen und glücklich zu werden. Denn das würde niemals passieren. Ich hatte Carrie nicht alles erzählt, und das, was ich ihr verschwiegen hatte, musste sie auch nicht wissen. Es reichte, wenn einer traurig darüber war.

Scott

Ich hatte verpennt, und nun war es kurz vor vier am Nachmittag. Ich hatte mich gestern noch mit ein paar Freunden in einem Club getroffen, und die Nacht war länger geworden als geplant. April und ich hatten uns irgendwann im Morgengrauen abgeseilt und waren zu ihr gefahren. Ich hatte gedacht, mich dadurch ablenken zu können, aber obwohl April echt heiß und alles andere als prüde war, hatte sie nicht verhindern können, dass ich dabei Liv vor Augen gehabt hatte. Ich hatte versucht, Spaß zu haben, sie aber letztendlich doch nur wie mechanisch gevögelt.

Als ich gegen Mittag zu Hause gewesen war, hatte ich mich nur kurz aufs Ohr legen wollen. Und den Wecker nicht gehört. Nach einer schnellen Dusche war ich dann auf meinem Bike zum Shop gerast.

Radioactive von Imagine Dragons schallte mir entgegen, kaum dass ich das Studio betrat. Gott, ich war absolut nicht in der Verfassung für so laute Musik. Ein Blick auf die Uhr zeigte mir an, dass mein erster Termin der neuen Woche schon seit drei Minuten hier sein musste. Und richtig. Sam saß bereits auf einem der Sofas und grinste mir zu.

»Hey, Scott! Na? Ausgeschlafen?« Sie stand auf und begrüßte mich mit einer freundschaftlichen Umarmung und einem Kuss auf die Wange.

»Geht so.«

»Oh, oh … Habe ich gestern Nacht noch was verpasst?«

Ich verzog das Gesicht und winkte ab. »Alles halb so wild. Bin gleich bei dir, okay?«

»Keinen Stress. Ich hab nichts weiter vor.« Sie zwinkerte mir zu.

»Hey …«, hörte ich eine vertraute Stimme hinter mir.

Ich erstarrte kurz, als ich mich umdrehte. Liv lehnte an der Trennwand und hielt einen Becher Kaffee in der Hand, über dessen Rand sie mir einen undefinierbaren Blick zuwarf.

»Hey.« Was wollte sie schon wieder hier? Hatte sie kein Zuhause? Ich nickte ihr kurz zu, bevor ich zu Carrie an den Tresen ging.

Carrie sah mich beiläufig an und blickte zur Sofaecke. »Das Mädchen sagt, sie hätte einen Termin bei dir«, raunte sie mir zu und warf einen Blick in den Terminplaner. »Aber hier steht nichts.« Fragend schaute sie mich an.

»Kann es auch nicht. Hab ich gestern Abend ausgemacht«, gab ich ebenso leise zurück.

Carrie schien überrascht. »Ah … okay …«

»War doch in Ordnung, oder? Ich hab ja keinen anderen Termin, richtig?«

Sie schüttelte den Kopf. »Nee, passt. Wie heißt sie?« Sie zückte den Stift, um Sams Namen in meine Spalte zu schreiben und mich für die nächsten vier Stunden auszustreichen. So lange würde ich mindestens brauchen für das, was sie sich vorstellte.

Als ich nach hinten wollte, um meine Sachen zu verstauen und meinen Arbeitsplatz vorzubereiten – etwas, das ich schon vor mindestens einer halben Stunde hätte machen sollen –, musste ich an Liv vorbei. Auf der Stelle stieg mir ihr Duft in die Nase.

»Scheint ja wirklich eine harte Nacht gewesen zu sein.« Sie schnalzte leise mit der Zunge, und nur für den Bruchteil einer Sekunde fanden sich unsere Blicke, aber das reichte, um sowas wie Ärger in ihren Augen aufblitzen zu sehen. Oder war es Enttäuschung?

»Geht dich das irgendwas an?«, gab ich zurück und ging an ihr vorbei, ohne ihr eine Möglichkeit zu einer Antwort zu lassen.

Ich hatte Liv seit meinem Einstand letzte Woche nicht mehr gesehen. Ob ich zu scharf reagiert hatte? Mit Sicherheit hatte ich das, aber ich war müde und hatte wenig Bock auf diese Art von Stress. Und ich hatte zu wenig Zeit, um mir jetzt weitere Gedanken darüber zu machen, was sie mit ihren Worten bezwecken wollte. Andererseits – vielleicht war sie einfach sauer, weil ich die Sache mit ihrem Tattoo ausgeplaudert hatte? Und sofort stellte sich bei mir das schlechte Gewissen ein. Fuck! Ich hatte es echt drauf, es auf ganzer Linie zu verkacken. Aber für Reue war keine Zeit. Zumindest nicht jetzt. Ich hatte Kundschaft, und die ging vor.

In Windeseile präparierte ich die Liege, indem ich sie mit Folie abdeckte, stellte die Farben bereit, die ich brauchen würde, und die passende Anzahl von Töpfchen und bereitete meine Maschine vor. Dann ging ich wieder nach vorne, um alles Weitere mit Sam zu besprechen. Ich spürte, wie sich Livs Blick währenddessen in meinen Rücken bohrte.

»Ich bin so froh, dass du endlich Ja gesagt hast«, sagte Sam, und ihr Lachen war ansteckend. Die Müdigkeit verflog, und ich bereute es nicht, ihr für heute einen Termin gegeben zu haben.

Sam setzte sich neben mich auf das Sofa. Ihre lila Haare leuchteten mit den Piercings in ihrem Gesicht um die Wette. Ich hatte Sam gestern im Club wiedergetroffen. Sie war mit Brad zusammen, einem alten Kumpel von mir. Sam war cool. Sie scherte sich nicht darum, was andere von ihr dachten, und strahlte eine unglaubliche Lebensfreude aus. Sie studierte Medizin, weil sie die Welt ein bisschen besser machen wollte.

Sam wusste, dass ich mich auf Watercolour spezialisiert hatte, und bequatschte mich schon ziemlich lange, ihr ein Tattoo zu stechen. Bisher hatte ich nie die Zeit dazu gefunden, aber im *Skinneedles* war ich nicht so ausgelastet, wie ich es bei Arch gewesen war. Die Vorlage dafür hatte sie schon fertig, sie hatte sie mir auf ihrem Handy gezeigt.

»Okay, ich muss das nur ausdrucken und noch auf die Matrize übertragen. Dann kann es losgehen. Magst du was trinken, während du wartest?«

»Gern.«

Ich holte uns zwei Colas aus dem Kühlschrank und gab ihr eine davon. »Dauert nicht lange, zwanzig Minuten oder so«, meinte ich.

Sie zog ein Buch aus ihrem Rucksack. »Kein Problem, ich habe was zum Lesen dabei.«

»*Fifty Shades of* ... dein Ernst?«

»Na klar. Solltest du auch mal lesen, da kannst du noch was lernen.«

»Glaub mir, Schätzchen. Wenn hier einer was lernen kann, dann der Typ von mir.«

Sie lachte laut auf und schüttelte den Kopf. »Aufreißer! Du stehst auf BDSM?«

Ich winkte grinsend ab. »Das, meine Süße, wirst du nie herausfinden.«

Sam war mein vierter Termin in diesem Studio, und das Leuchten in ihren Augen spiegelte die Vorfreude auf ihr Tattoo wider. Und ich freute mich wirklich drauf, es ihr auf die Haut zu bringen.

Leider hatte ich in Stockton nicht oft die Gelegenheit bekommen, sowas zu stechen. Die Klientel dort war düsterer gewesen als hier, hatte nach Schädeln und Schriftzügen in Black-and-Grey verlangt, Farbe hatte ich nur in den seltensten Fällen gebraucht. Ein Grund mehr, dankbar zu sein, dass ich jetzt hier im *Skinneedles* gelandet war. Ich liebte Farben. Vielleicht weil mein eigenes Leben dunkel war.

Ich brauchte eine gute halbe Stunde, um die Vorlage zu übertragen, dann holte ich Sam ab. »Fertig. Lass uns starten.«

Sam stellte sich einen Löwenkopf im Aquarellstil vor, aber wie sie mir sagte, hatte sie bisher niemanden gefunden, der ihre Vorstellung hatte umsetzen können. Bis jetzt.

Der Löwe stand für ihren Kampfgeist. Sie wollte sich nicht mit der Lethargie der Gesellschaft mitziehen lassen, nicht damit abfinden, was auf dieser Welt geschah. Die Farbverläufe sollten die Flexibilität eines jeden Einzelnen aufzeigen. Denn jeder hatte das Zeug dazu, die Welt ein bisschen besser zu machen. *»Every breath you take is a new change«*, hatte sie gesagt und mir ihr Tattoo mit eben diesem Schriftzug auf ihrem Arm gezeigt.

Ich ging mit ihr an meiner Seite an Liv vorbei, die immer noch am Tresen stand und mit Carrie quatschte. Dabei fing ich ihren Blick auf. Diesmal erkannte ich tatsächlich Verärgerung darin. Was zum Teufel hatte die Frau für ein Problem? Sam hatte sich bei mir untergehakt. Na und? Hallo? Wir hatten Sex miteinander gehabt. Nicht mehr, nicht weniger. Wenn sie nicht damit klarkam, dann war das ihr Ding, nicht meins. So weit die Theorie. Dennoch spürte ich ein Unbehagen in mir wachsen, ahnte mittlerweile, dass sie sauer auf meine unbedachte Äußerung wegen ihres Tattoos war. Ich sollte das in Ordnung bringen, mich zumindest entschuldigen, aber ihr kalter Blick hielt mich davon ab und brachte mich zugleich auf die Palme. Trotzdem konnte ich nicht verhindern, dass die kurze Berührung unserer Schultern mich für einen Moment elektrisierte.

»Sam, geh schon mal vor, da hinten, erste Tür rechts. Ich bin gleich bei dir.« Entgegen meinem Vorsatz musste ich das jetzt aus der Welt schaffen. Sam nickte und ging, ich drehte mich zu Liv um. »Kann ich kurz mit dir reden?«

Sie schien erstaunt über meine Bitte, aber bevor sie antworten konnte, war Carrie schon abgeschwirrt und hatte uns allein gelassen. Ich stellte mich vor Liv, die mich mit großen Augen ansah.

»Hätte ich gewusst, dass dein Tattoo so ein großes Geheimnis ist, dann hätte ich meine Klappe gehalten. Sorry«, presste ich heraus.

Liv schürzte die Lippen, wie sie es immer tat, wenn ihr etwas nicht passte. »Und hätte ich gewusst, dass du mit jeder Frau flirtest, die du tätowierst, hätte ich mich niemals auf dich eingelassen.« Ihre Augen huschten für eine Millisekunde zur Seite, in die Richtung, in die Sam verschwunden war.

Ich grinste und trat unmerklich näher. Sie stand mit dem Rücken zur Wand und hatte keine Möglichkeit zurückzuweichen.

»Eifersüchtig?«

»Ha! Wovon träumst du denn nachts?« Obwohl sie ein selbstsicheres Lächeln auf den Lippen hatte, erkannte ich in ihren Augen genau das Gegenteil.

»Ich bin mir nicht sicher, ob du das wissen möchtest.«

Sie schnaubte, strich sich eine Haarsträhne hinters Ohr. »Glaub mir, das möchte ich ganz sicher nicht.«

Ich stützte meine Arme rechts und links neben ihrem Kopf ab und beugte mich zu ihr. Verschreckt sah sie zu mir auf. Sie trug hohe Absätze, aber war damit noch immer einen halben Kopf kleiner als ich. »Wo ist dein Problem, Liv? Ich dachte, wir hätten das alles geklärt.«

Sie straffte die Schultern und reckte das Kinn. »Haben wir. Und das hat damit rein gar nichts zu tun«, verteidigte sie sich.

»Warum glaube ich dir das jetzt nicht?«

Sie lachte leise. »So wichtig bist du mir nicht, dass ich dich anlügen müsste. Das habe ich dir schon mal gesagt.«

Ich musterte sie lange. Sie hielt den Blick eine Weile, dann wich sie aus, sah an mir vorbei. »Dann sind wir uns ja einig.«

»Sind wir«, bestätigte sie kühl.

Ich legte einen Finger unter ihr Kinn und zwang sie, mich anzusehen. »Ich will keinen Stress mit dir, Honey.« Und tatsächlich meinte ich, was ich sagte.

Ihr Blick war nur schwer zu deuten, und bevor sie mir antworten konnte, tauchte unverhofft Carrie wieder neben uns auf und fuhr dazwischen.

»Ich unterbreche euch Turteltauben ja nur ungern, aber könnt ihr euren Flirt vielleicht auf später verlegen? Wir haben Kundschaft.« Sie sah von mir zu Liv und wieder zurück.

»Es ist alles geklärt.« Ich ließ Livs Kinn los und warf ihr noch einen letzten Blick zu, dann wandte ich mich ab, um zu Sam zu gehen.

»Alles klar?« Sam beäugte mich skeptisch, als ich durch die Schwingtür in die Nische trat.

»Alles bestens.«

Während Sam sich das Shirt auszog und den BH so weit herunter, dass ich Platz für das Tattoo hatte, streifte ich mir die Gummihandschuhe über und bemühte mich, meine Konzentration auf meine Arbeit zu lenken.

Sam stellte sich aufrecht vor mich, dann begann ich, ihren Rücken zu desinfizieren. Danach legte ich die Zeichnung, die ich vorher auf Matrize gebracht hatte, auf ihre Haut und drückte sie an. Nachdem ich sie abgezogen hatte und die blauen Linien ihr Schulterblatt bedeckten, machte ich mit meinem Smartphone ein Foto davon und zeigte es ihr.

»Sitzt alles richtig?«

»Wow! Das sieht jetzt schon mega aus«, freute sie sich.

Ich grinste ebenfalls. »Warte erst, bis es fertig ist.«

Sam legte sich bäuchlings auf die Liege. Ich füllte die Farben in die Töpfe und schmiss meine Maschine an.

Es war nicht Sams erstes Tattoo. Auf ihrem Körper hatten sich bereits einige Künstler verewigt. Während ich begann, die Konturen zu stechen, erzählte sie mir einiges dazu.

»Ich bin vor meinem Studium einige Zeit durch Europa gereist. Und in jedem Land habe ich mir ein Tattoo stechen lassen. Der Schmetterling auf dem Schulterblatt stammt aus Italien und steht für meine Reiselust. Das war mein erstes. Dann habe ich noch einen Elefanten auf dem Oberschenkel.«

»Warum einen Elefanten?«

»Der spiegelt meinen Dickkopf wider«, gab sie lachend zu. »Ich habe ihn mir in Ungarn stechen lassen.«

Je länger ich ihre Haut bearbeitete, umso stiller wurde sie. Darüber war ich nicht traurig, ich quatschte nicht gerne während der Arbeit, konnte mich besser konzentrieren, mich auf das Bild unter meinen Händen einlassen, wenn ich schwieg. Meist schottete ich mich dabei durch Musik über Kopfhörer ab, aber heute war mir irgendwie nicht danach. Ich ließ mich von der Musik im Shop berieseln, ab und an hörte ich Eric reden, der ebenfalls gerade tätowierte.

Obwohl ich mir geschworen hatte, nicht an sie zu denken, war in meinem Kopf nur ein einziger Gedanke: Liv. Und ich begriff nicht, wieso sie mich nicht losließ.

Ich wusste, sie war eifersüchtig, das konnte sie noch so oft abstreiten. Ich hatte es in ihren Augen gesehen. Sie war sauer, weil Sam und ich so vertraut miteinander umgingen, ich mich von ihr aber fernhielt. Aber dazu hatte sie kein Recht, ihr stand es überhaupt nicht zu, über mich und mein Leben zu urteilen, nur weil ich sie gevögelt hatte. Ich wischte die Bilder ihres nackten Körpers vor meinem inneren Auge fort. *Fucking hell! Reiß dich zusammen, Scott!*

Nach vier Stunden tunkte ich ein letztes Mal die Nadel in die Farbe. Kurz darauf stellte ich die Maschine ab. Das vertraute Surren verstummte. Ich half Sam auf, gab ihr einen Handspiegel und führte sie raus aus meiner Nische zum großen Spiegel auf den Flur.

»Krass! Wow!« Ich hatte Joyce nicht kommen hören und fuhr erschrocken herum. Sie stand mit einem Haufen Briefe in der Hand vor uns.

Sam grinste sie an, dann drehte sie sich mit dem Rücken so, dass sie ihr Tattoo über den kleinen Spiegel im großen betrachten konnte. Es bedeckte ihr linkes Schulterblatt. Ich war zufrieden mit meiner Arbeit und gespannt, was sie dazu sagen würde.

»Oh mein Gott …« Es dauerte eine Weile, bis Sam ihre Sprache wiederfand.

Joyce hob den Daumen und grinste. »Ich wusste nicht, wie gut du tätowieren kannst, Scott. Das ist echt der Wahnsinn.«

»Danke.«

»Es ist wirklich absolut fantastisch geworden!« Sam grinste bis über beide Ohren, und ich war froh, dass es ihr gefiel. Ich hatte den Löwen mit dunklen Akzenten herausgearbeitet, damit er in den Farbverläufen nicht unterging. Dadurch, dass wir uns kurzfristig noch für eine Pfote dazu entschieden hatten, strahlte das Tier Stärke und Eleganz gleichermaßen aus.

Joyce verabschiedete sich mit den Briefen in Jakes Büro. Ich hörte sie noch kurz mit Carrie reden, als ich Sams Tattoo versorgte. Nachdem ich sie über die Nachbehandlung aufgeklärt hatte, bezahlte sie vorn bei Carrie. Liv war mittlerweile gegangen. Und wider Erwarten war ich etwas enttäuscht darüber.

»Ich werde dich weiterempfehlen, Scott. Du bist echt unglaublich.«

Ich deutete eine leichte Verbeugung an. »Danke, Sam. Grüß Brad von mir.«

»Wenn ich zu Wort komme.«

»Leg ›nen Zettel hin.«

Sie lachte. Wir umarmten uns zum Abschied kurz, dann schloss sich die Tür hinter ihr.

»Da war aber jemand glücklich«, bemerkte Carrie mit einem Schmunzeln.

Ich drehte mich zu ihr um und lehnte mich an den Tresen. »Ja, sie war zufrieden. Ich hab's fotografiert und das Go von ihr, dass wir es online stellen dürfen.«

»Super. Schick's mir rüber, ich mach's fertig.«

Nachdem ich Carrie das Bild geschickt hatte, ging ich nach hinten und räumte meinen Platz auf. Als ich fast damit durch war, kam Carrie zu mir.

»Sag mal, hast du noch Termine frei?«

Ich sah sie an und runzelte die Stirn. Dann ging mir ein Licht auf. »Für dich?«

Sie zuckte mit den Schultern, auf ihren Lippen lag ein zaghaftes Lächeln. »Vielleicht?«

Die Überwindung, zu mir zu kommen und mich auf ein Tattoo anzusprechen, stand ihr ins Gesicht geschrieben. Ich wusste ja, dass sie Angst hatte vor einem Tattoo, und ich musste aufpassen, sie nicht zu verschrecken. Ich setzte mich auf die Liege. »Was schwebt dir vor?«

»Ich mag deinen Stil. Ich mag die Farbverläufe, die Akzente, die du damit setzt. Die filigranen Linien dazwischen … Ich habe da schon seit einer Weile etwas im Kopf und …«

Ich zog wartend die Augenbrauen nach oben. »Und?«

Sie griff in die hintere Tasche ihrer Jeans und holte ein gefaltetes Blatt Papier heraus. »Joyce hat es gezeichnet«, sagte sie leise und reichte es mir.

Ich faltete es auseinander und besah mir die Zeichnung. Sie war gut. Mehr als gut sogar. Eine Tänzerin, nackt, nur mit Ballettschuhen bekleidet, in einer Pose, die mir schon beim Hinsehen Schmerzen bereitete. Sie bog den Rücken durch, streckte sich nach hinten, den Kopf im Nacken, den Blick nach oben gerichtet, streckte die Arme hoch und spreizte elegant die Finger. Sie stand still, aber aus der Position heraus konnte man die Bewegung, die Anmut und Kraft erahnen, die dieses Standbild erforderte. Der Schatten war aus Farbklecksen geschaffen, Vögel flogen um sie herum, deren Flugbahnen ebenfalls durch Farbverläufe gekennzeichnet waren.

»Wow …«, raunte ich und strich mir über den Bart. Dann hob ich den Kopf. Carrie kaute nervös auf ihrer Unterlippe. »Du tanzt?«

»Ja. Ich … tanze, ja.« Sie lächelte verlegen.

»Es ist toll. Und ich glaube, es passt perfekt zu dir.«

»Meinst du?«

Ich nickte und gab ihr das Blatt zurück, doch sie wehrte ab. »Nein. Ich … würdest du …?«

»Wo soll es hin?«

Sie strich sich über die linken Rippenbögen bis zur Taille. »Ich dachte, hier würde es vielleicht schön aussehen?«

»Das glaube ich auch.«

»Also … machst du es?«

»Wenn du es wirklich möchtest? Klar.«

Ich sah, wie sich ihre Anspannung löste, als sie ausatmete. »Danke. Danke, Scott. Aber bitte erzähle es niemandem. Schon gar nicht Jake.« Wieder zog ich die Augenbrauen hoch. »Es soll eine Überraschung werden. So …« Sie lächelte und zeigte auf die Tänzerin auf dem Blatt. »So hat er mich zum ersten Mal gesehen.«

»Nackt?«

Carrie lachte auf und schüttelte den Kopf. »Nein, natürlich nicht. Aber … Ich war eines Nachts tanzen, am Strand. Allein. Hatte alles um mich herum vergessen und einfach nur getanzt.« Wieder lächelte sie versonnen. »Und als ich fertig gewesen war, hatte er plötzlich dagestanden und Beifall geklatscht. Und … ich hatte mir vorher nie Gedanken über ein Tattoo gemacht, aber ich weiß jetzt, dass es perfekt passt. Für mich. Für Jake. Für uns.«

Und während Carrie so versonnen vor mir stand und die Geschichte zu ihrem Bild erzählte, flackerte die Erinnerung an Liv in mir auf. Ich sah den Schmerz, die Verletzlichkeit in ihrem Blick, als sie ihr Tattoo das erste Mal gesehen hatte. Das Tattoo, von dessen Hintergrund sie mir nicht hatte erzählen wollen. Was zum Teufel hatte diese Frau nur so verletzt? *Wer* hatte sie so verletzt? Und der Wunsch, ihr die Tränen fortzuwischen, wuchs immer weiter, ohne dass ich etwas dagegen tun konnte.

Scott

Nachdem Carrie als Letzte gegangen war, setzte ich mich an den Leuchttisch und brachte ihre Zeichnung auf Matrizenpapier. Und während ich die sanften Schwünge der Tänzerin nachzog, dachte ich nach.

Carrie hatte sich nie Gedanken über Tattoos gemacht, bis sie Jake getroffen hatte. Jetzt war es ihr Geschenk an ihn, sich ihre Gefühle und die Erinnerung an ihr erstes Zusammentreffen auf ihre Haut bringen zu lassen. Ich fand den Gedanken und die Geschichte dahinter sehr schön, aber sie zeigte mir auch, dass man vor gewissen Dingen nicht weglaufen konnte. Sie holen dich ein, egal wann und wo. Irgendwann ist der Zeitpunkt, an dem du dich ihnen stellen musst.

Ich hatte mir seit Jahren keine Gedanken mehr über Gefühle gemacht. Seit das mit Lea passiert war, war ich tot. Innerlich. Aber mittlerweile hatte ich mich an ein Leben im Dunkeln gewöhnt. Es war okay. Der Schmerz verließ mich nicht, aber er überrollte mich weniger intensiv als noch vor ein paar Jahren. Er kam nicht mehr so oft mit voller Wucht. Ich hatte gelernt, damit zu leben. Doch nach dem Gespräch mit Carrie fragte ich mich, ob ich mich nicht selbst belog. Mir etwas vormachte, vormachen konnte, weil ich mich nicht damit auseinandersetzte. Wie lange konnte ich noch mit der Last leben? Ich wusste es nicht, aber mir war auch klar – wenn ich irgendwann darunter zusammenbrechen würde, dann hatte ich es auch verdient.

Ich schreckte auf, als die Glocke über der Tür bimmelte, weil sie mit Schwung aufgerissen wurde. »Hey, Scott. Kannst du mal mit anfassen?«

Jake stand in der Tür und schob gerade einen Keil darunter, um sie offen zu halten.

»Klar.« Ich stand auf und ging raus. Vor der Tür parkte ein Pick-up, auf dessen Ladefläche eine alte dreiflammige Standlaterne lag.

»Gut, dass du noch da bist. Ich wüsste sonst nicht, wie ich das Ding hier reinkriegen sollte.«

Jake kletterte auf die Ladefläche und packte am Lampenschirm an, ich am Fuß. Gemeinsam zogen wir die Laterne Stück für Stück vom Pick-up. »Verdammt, ist das Teil schwer«, ächzte ich, als wir es durch die Tür schleppten.

»Gusseisen, circa hundertfünfundzwanzig Kilo soll sie wiegen. Extrem alt. Ich musste sie einfach haben.«

»Gefühlt wiegt sie das Doppelte. Wohin?«

Er wies mit einem Nicken rechts neben den Tresen. »Da hin.«

Wir wuchteten die Laterne in die Ecke der Trennwand und stellten sie vorsichtig auf. Sie war gute drei Meter hoch und passte perfekt in den Shop. »Funktioniert die noch?«

»Na klar.« Er zog das Kabel lang und steckte es in eine der Steckdosen hinterm Tresen. Langsam füllten sich die drei Leuchten mit Leben.

»Sieht gut aus.«

Jake nickte, wischte sich die staubigen Finger an den Jeans ab und ging zum Pick-up, um ihn abzuschließen. Als er wieder reinkam, schloss er die Tür ab, schnappte sich zwei Biere aus dem Kühlschrank und reichte mir eins davon.

»Muss noch entstaubt werden, aber ich glaube, als Stilbruch bestens geeignet.«

»Absolut«, stimmte ich zu.

Wir setzten uns auf die Sofas und tranken schweigend unser Bier, während die Lampe das Studio erleuchtete.

»Du arbeitest noch?« Jake nickte zum Leuchttisch, auf dem ich die Zeichnung von Carrie vorsichtshalber mit einem Block abgedeckt hatte.

»Ja, ist für ›ne Freundin.«

»Nächstes Wochenende fahre ich zur Golden State Tattoo Expo nach Pasadena. Interesse mitzukommen?«

Jake und Eric hatten auf der Hochzeit von Kyle und Peg schon darüber gesprochen. Ich fand es nett, dass er mich mit einbezog. »Hört sich gut an. Ich bin dabei.«

»Freut mich. Eric kommt auch mit. Wenn das Wetter hält, wollen wir mit dem Bock rüber nach L.A. fahren und dort übernachten. Pasadena wird hoffnungslos überfüllt sein.«

»Ist ›ne ordentliche Tour, aber ein guter Plan.« Von San Francisco nach L.A. wären es gute fünf bis sechs Stunden Fahrt. Mit Pausen eher mehr. Von dort bis nach Pasadena fuhr man noch mal eine halbe Stunde. Ich freute mich jetzt schon auf die Tour.

»Eben. Wir starten Freitagmittag. Am Abend werden wir Hank besuchen, einen alten Freund meines Vaters. Eric hat bei ihm gearbeitet, bevor er zu uns kam. Samstag dann die Convention, und abends kannst du dich auf einen Gig im Hot Chocolate freuen.«

»Hört sich nach einer Menge Spaß an.«

Jake grinste und prostete mir zu. »Verlass dich drauf.«

Nach einer Weile richtete er wieder das Wort an mich. »Carrie hat mir das Tattoo gezeigt, das du heute gestochen hast. Ich bin nicht leicht zu beeindrucken, aber du hast es geschafft. Kein Wunder, dass Tommy dich in seinem Team haben will.«

»Was soll ich sagen …« Ich freute mich wirklich über Jakes Lob.

»Sag Ja, ich möchte dir nämlich einen festen Job anbieten.« Er drehte seinen Kopf und sah mich an. »Ich meine es ernst. Du passt gut ins Team, dein Stil ist einzigartig. Ich möchte dich hierbehalten.«

»Oh, wow … Jake, das ist echt nett, aber …« Ich fühlte mich ein wenig überrumpelt.

»Denk drüber nach, okay?«

Worüber sollte ich nachdenken? Ich hatte ein Angebot von Tommy Stetson. Das war das Beste, was mir passieren konnte, das konnte ich nicht einfach ausschlagen. Aber ich wollte Jake nicht vor den Kopf stoßen, also nickte ich langsam, auch wenn ich wusste, dass es da nichts zu überlegen gab.

»Ich habe gehört, du und Liv …?« Fragend sah er mich an.

»Liv und ich was?« Woher wusste er davon? Ging sie jetzt schon damit hausieren, dass wir miteinander in der Kiste waren?

»Glaub mir, das, was da zwischen euch läuft, ist lange kein Geheimnis mehr.«

»Da läuft nichts«, wehrte ich ab.

»Schon klar.« Er lachte leise. »Das hab ich mir bei Carrie damals auch einreden wollen.«

»Und jetzt hat sie den Brautstrauß gefangen«, unkte ich.

Jake rollte mit den Augen, konnte sich ein Grinsen aber nicht verkneifen. »Ich bin unendlich dankbar, dass ich Carrie habe.«

»Ihr passt gut zueinander.«

Wieder grinste er, doch dann wurde er ernst. »Was Liv angeht …« Er unterbrach, ich sah ihn fragend an. »Sie ist …«

»Speziell?«, half ich ihm aus.

»Das auch. Aber ich meinte eher, sie ist verletzlicher, als man auf den ersten Blick denkt.«

Ich dachte an ihr Tattoo und nickte. »Ja, den Eindruck habe ich auch.«

»Es geht mich auch gar nichts an.«

»Schon okay. Ich … Wir haben eine Nacht miteinander verbracht, ich wusste zu dem Zeitpunkt nicht, dass ich sie hier ständig wiedersehen würde. Das macht es kompliziert.«

»Kompliziert wird es nur, wenn du nicht weißt, was du willst.« Er trank sein Bier aus, erhob sich und holte zwei neue.

»Ich weiß, was ich will.«

»Und das wäre?«

»Keine Affäre. Keine Klette und schon gar keine Beziehung.«

»Das ist das, was du nicht willst. Aber was *willst* du?«

Ich kniff die Augenbrauen zusammen. »Was meinst du?«

Jake schnaubte. »Glaub mir, ich hab die Weisheit nicht mit Löffeln gefressen, aber ich kann dir eins sagen: Wenn du nur auf das guckst, was du nicht willst, verpasst du das, was du wirklich willst. Selbst wenn es sich direkt vor deiner Nase befindet.«

»Hast du den Spruch aus einem Abreißkalender?«

»Aus ›nem Glückskeks.«

Nun musste ich doch schmunzeln. »Na, dann sollte ich wohl darauf hören.«

»Unbedingt.«

Als wir unser Bier ausgetrunken hatten, stand Jake auf. »Ich geh nach oben. Zieh einfach hinter dir zu, wenn du gehst, okay?«

»Klar, mach ich. Bis dann.«

Jake verschwand über den Innenhof zu seiner Wohnung im oberen Stockwerk. Mittlerweile war es weit nach Mitternacht, und ich überlegte, ob ich nach Hause fahren oder noch die Zeichnung für Carrie fertigmachen sollte. In meiner Wohnung wartete niemand auf mich, müde war ich auch nicht. Also konnte ich auch noch hierbleiben und arbeiten. Carrie würde sich sicher freuen, wenn ich ihr morgen die fertige Vorlage präsentierte. Und in der Stille des Shops könnte ich mir vielleicht darüber klar werden, was ich eigentlich wollte.

Olivia

Nachdem Carrie mich gefragt hatte, ob ich einen Platz hätte, an dem ich trauern könne, hatte ich verneinen müssen. Ich trauerte für mich allein. An jedem Ort der Welt war der Schmerz des Verlustes bei mir.

Daraufhin hatte Carrie mir von dem kleinen Bereich auf dem Friedhof erzählt, der Sternenkindern gewidmet war.

Bis vor einigen Jahren durften Babys mit einem Gewicht von weniger als 500 Gramm, die vor oder während der Geburt gestorben waren, nicht regulär bestattet werden. Sie galten nicht als vollständiger Mensch, als Person, wurden nicht registriert. Irgendwann hatte es eine Familie gegeben, die eine Petition dazu ins Leben gerufen und so eine Gesetzesänderung bewirkt hatte. Seitdem haben die Sternenkinder die Möglichkeit, als Person anerkannt und regulär beigesetzt zu werden. Ich hatte damals, als ich Luna verloren hatte, nichts davon gewusst, da es noch nicht so verbreitet gewesen war. Jetzt war es für eine Bestattung zu spät. Aber hier auf dem Friedhof gab es die Möglichkeit, eine Gedenkstätte für die Kinder einzurichten. Dort gab es Plätze, an denen man einen Stein ablegen und somit ein Grab, eine Trauerstätte, einen Ort schaffen konnte, um immer wieder an diesen zurückzukehren. Legal und öffentlich. Für Mütter wie mich.

Ich fand die Idee gar nicht so schlecht, konnte mich aber nicht dazu durchringen, dorthin zu gehen. Ich hatte Angst. Angst, dass ich dort begreifen würde, dass Fehl- oder Totgeburten öfter vorkamen, als man denken sollte, und es einfach nur eine willkürliche Laune der Natur gewesen war, mir Luna zu nehmen.

Ich war also skeptisch, las mich im Internet durch verschiedene Foren, in denen Mütter ihre Geschichten erzählten. Aber dann hatte Carrie gestern Nachmittag mit einem Klumpen Speckstein vor meiner Tür gestanden und mir den Floh ins Ohr gesetzt, etwas daraus zu fertigen. Sie hatte das Bild eines kleinen Mondes auf einer Säule vor Augen. Mir war klar, dass ich genau das machen und ihn dann dort auf dieser Gedenkstätte platzieren wollte.

Heute war es so weit. Ich hatte den Wagen auf dem Platz vor dem Friedhof geparkt und saß seit bestimmt fünf Minuten mit dem Stein auf meinem Schoß stocksteif da, unfähig, mich zu rühren. Verdammt, ich hatte wirklich Angst davor, diesen Bereich zu betreten. Wäre Carrie nicht bei mir gewesen – ich weiß nicht, ob ich diesen Schritt je getan hätte.

Beruflich hatte ich viel mit dem Tod zu tun, oder besser gesagt mit den Hinterbliebenen. Ich wusste um das Procedere, um die Trauer und dass es für viele Angehörige wichtig war, einen Ort zu haben, an den man gehen konnte, um mit seinen Lieben zu sprechen und um sie zu trauern. Doch ich lebte nun schon seit sechs Jahren damit, dass Luna nie auf die Welt gekommen war, trauerte auf andere Art und hatte statt eines Grabsteins auf einem Friedhof ein Tattoo auf meiner Haut. Reichte das nicht? Brauchte ich mehr?

Carrie legte irgendwann ihre Hand auf meinen Arm. »Komm, Liv. Lass uns einen schönen Platz für Lunas Stein aussuchen.« Ihre Worte drangen an mein Ohr, durchbrachen meine Gedanken und erreichten auch das Vernunftzentrum in meinem Gehirn. Sie meinte es ja nur gut. Es wäre dumm, den schönen Stein nicht hier zu platzieren. Dafür hatte ich ihn schließlich angefertigt. Und selbst wenn ich nicht damit klarkäme – ich musste ja nicht wiederkommen. Aber ich wollte meine Freundin auch nicht vor den Kopf stoßen. Sie gab sich solche Mühe, mir zu helfen. Also nickte ich stumm und stieg aus dem Wagen aus.

Vor uns erstreckte sich der kleine, vom Friedhof abgetrennte Bereich, auf dem ich bereits von weitem verschiedene Steine und Figuren erkennen konnte. Carrie hakte mich unter, und ich ließ mich von ihr durch den weißen Bogen führen, auf dem der Name des Teils des Friedhofs stand, den wir jetzt betraten: Sternenkinder. Daneben war eine Art Gedenktafel angeschlagen, auf der zu lesen war: »Weil sie den Himmel erreicht haben, noch bevor sie das Licht der Welt erblickten.« Ich bekam Gänsehaut und wusste im selben Moment, dass ich hier genau richtig war.

Neben den vielen Gräbern mit den weißen Grabsteinen, die geordnet auf dem Friedhof angelegt waren, brachte dieses Fleckchen Farbe ins Spiel. Statt einfacher Grabsteine fand man hier Figuren, Bilder, Steine in allen Variationen und Farben. Das Teilstück war ein paar hundert Quadratmeter groß und durch einen weißen Holzzaun vom Rest des Friedhofs abgegrenzt. Durch die vielen Büsche und Bäume wirkte dieser Ort wie eine kleine Oase in der Wüste.

Es gab einzelne Parzellen, jede etwa einen Quadratmeter groß, in denen man sich seinen Platz einrichten konnte. Die Stücke waren parallel zueinander ausgerichtet und liefen in Reihen über das ganze Grundstück. Es waren mehr als zehn in jeder Reihe, was mich sehr erschreckte. So viele Sternenkinder bedeuteten die gleiche Anzahl trauernder Eltern. Sie alle hatten mein Mitgefühl.

Ich sah mich weiter um, und mein Weg führte mich zur rechten Ecke ganz hinten. Dort stand eine Trauerweide direkt am Zaun zum Friedhof. Sie war mindestens acht Meter hoch, und ihre weit ausladenden Äste waren noch kahl, erst in wenigen Wochen würde sie austreiben und das Grün aus ihr herausschießen. Ohne Zögern steuerte ich auf sie zu und war unglaublich froh, als ich sah, dass um sie herum noch jede Menge Plätze frei waren. Vermutlich hielt das Laub, das jeden Herbst auf den Boden fiel, die Leute davon ab, die Nähe zum

Baum für ihre Gedenksteine zu wählen. Ich liebte diesen Baum jetzt schon und konnte mir nichts Schöneres vorstellen, als im Herbst an diesen Ort zu kommen und den Stein inmitten von bunt verfärbten Blättern zu sehen.

»Hier ist es perfekt«, sagte ich.

Carrie lächelte. »Das stimmt. Im Sommer ist es ein schöner, schattiger Platz. Und wenn die Sonne durch das Blätterdach funkelt, sieht es bestimmt wunderbar aus.«

Ich nickte, dann ging ich langsam in die Knie. In einer Entfernung von einem knappen Meter vom Stamm der Weide setzte ich Lunas Stein sanft auf dem Rasen ab. Dann strich ich mit der Handfläche über das Gras, in dessen Spitzen noch der Tau des Nebels hing, und platzierte Lunas Mondstein mittig in der kleinen abgesteckten Parzelle. Der Gedanke, nicht wieder hierherzukommen, hatte sich verflüchtigt. Dieser Ort, friedlich unter der Weide gelegen, die ihre Zweige wie schützende Arme über Luna ausbreitete, war wie geschaffen, um sich hier aufzuhalten. Ich nahm mir vor, Blumen anzupflanzen, um ihren Ort bunt und fröhlich zu gestalten. So, wie sie es gewesen wäre, wenn sie hätte leben dürfen.

Ich merkte, wie meine Augen feucht wurden, als ich dem Stein seinen festen Platz zugewiesen hatte. Es fühlte sich so endgültig an, als würde ich nun Abschied nehmen. Als würde ich einen lieben Menschen zu Grabe tragen. So wie meinen Dad vor vielen Jahren.

Ich sah, wie Carrie neben mir in die Hocke ging. Sie legte mir eine Hand auf meine Schulter. Die Berührung war tröstlich. Ich ließ meinen Tränen und dem ganzen Schmerz, den ich so viele Jahre unterdrückt hatte, stumm freien Lauf. Carrie legte eine einzelne Sonnenblume, die sie mitgebracht hatte, vor Lunas Stein. Dann weinte sie still mit mir.

Nach einer Weile drückte sie meine Schulter und raunte mir zu, dass sie mich jetzt allein lassen und am Auto warten würde. Ich registrierte es mit einem Nicken.

Irgendwann setzte ich mich einfach auf den Rasen, strich immer wieder mit der Hand über den Stein und begann zu begreifen, warum Carrie mich hergebracht hatte.

Es heißt, dass Tote nicht ruhen, nicht ihren Frieden finden und ins Licht gehen können, wenn die Angehörigen sie nicht loslassen. Sich an sie klammern und nicht verstehen wollen, dass sie nicht mehr da sind. Sie fühlen sich dann verpflichtet zu bleiben und auf sie aufzupassen, ihnen Trost zu spenden. So lange, bis man sie gehen lässt.

Ich hatte mich nie mit einem Gott verbunden gefühlt, aber immer an ein Leben nach dem Tod geglaubt. Daran, dass wir uns auf der anderen Seite alle wiedersehen und ein neues, gemeinsames Leben führen würden. Das hat mir die Angst vor dem Tod genommen, die ich als kleines Mädchen gehabt hatte, als mein Vater plötzlich schwer krank geworden war. Ich hatte große Angst gehabt, ihn zu verlieren, aber die Vorstellung, dass ich ihn drüben, auf der anderen Seite, auf jeden Fall wiedersehen würde, hat mich besser damit zurechtkommen lassen, als er dann wirklich gestorben war.

All diese Gedanken zogen an mir vorüber, und ich begann, mit Luna zu sprechen.

»Ich weiß, du bist ein starkes Mädchen. Stärker, als deine Mom es je sein wird. Aber vielleicht ist es wirklich besser so. Du bist jetzt hier, hast deinen festen Platz und kannst in Frieden ruhen, kannst jetzt auf die andere Seite fliegen und neu beginnen. Und ich dich hier besuchen, wann immer ich will. Komm gut auf die andere Seite. Und grüße mir deinen Opa. Flieg jetzt, kleine Luna. Ich liebe dich, mein Engel.«

Ich weiß nicht, wie lange ich einfach nur so dagesessen hatte, aber als ich mich erhob, spürte ich die Steifheit in all meinen Gliedern. Und als ich langsam den Rückweg zum Auto antrat, merkte ich, dass eine Last von meinen Schultern gefallen war. Ich hatte losgelassen. Luna war jetzt frei, ihre Seele konnte nun fortfliegen. Sie aber würde für immer in meinem Herzen weiterleben. Und in meinem Tattoo. Für immer.

Scott

Ich wachte auf, als die Sonne mich durch das Fenster blendete. Ich blinzelte, griff nach der Decke und zog sie mir über den Kopf. Aber auch nach mehreren Minuten schaffte ich es nicht, wieder einzuschlafen. Ich hatte mal wieder vergessen, die Rollos runterzuziehen. Selber schuld. Wie spät war es eigentlich? Ich tastete nach meinem Handy, das irgendwo auf dem Fußboden neben dem Bett lag, und zog es unter die Decke. Das Display leuchtete auf, ich kniff die Augen wieder zusammen. Fuck, war das hell.

Es war kurz nach eins. Mittag durch. Ich war erst um fünf Uhr in der Früh ins Bett gefallen, hatte demnach tatsächlich knapp acht Stunden am Stück gepennt. Das kam selten vor. Und musste reichen. Ich schlug die Decke zurück, schwang die Beine aus dem Bett, legte den Kopf in beide Hände und rieb mir die Augen.

Bevor ich ins Bad ging, schlurfte ich in die Küche meines Appartements und stellte einen Kessel mit Wasser auf den Herd. Ich brühte meinen Kaffee am liebsten frisch auf. Alles andere war Plörre.

Nach der Dusche trank ich den Kaffee im Stehen, zog mir frische Klamotten an und machte mich auf den Weg. Während der Fahrt zum Friedhof konnte ich das Gähnen nur mühsam unterdrücken.

Ich hatte noch bis halb fünf im *Skinneedles* am Zeichentisch gehockt. Nicht, weil ich so lange an dem Übertrag von Carries Zeichnung gesessen hatte. Damit war ich um zwei Uhr fertig geworden. Ich hatte einen neuen Entwurf gemacht. Eine Idee für ein neues Tattoo aufgegriffen, die mir beim

Nachdenken wie von allein gekommen war. Nachdem Jakes Worte zusammen mit zwei weiteren Bieren ihre volle Wirkung entfaltet hatten.

Nach gut einer Stunde stellte ich mein Bike neben einem Lexus auf einem der Parkplätze des großen Friedhofs ab und trat durch das weiße Eingangstor. Anfangs war ich jeden Tag hergekommen. Immer in den späten Abendstunden, wenn der Friedhof verlassen war und ich nicht damit rechnen musste, einem bekannten Gesicht zu begegnen. Gesichtern, die mich hassten und mir die Schuld an dem gaben, was geschehen war. Ich versteckte mich nicht vor der Schuld – sie hatten ja recht. Ich versteckte mich vor den Blicken, in denen die Trauer und das Unverständnis über das Geschehene zu lesen war und die ich nicht ertragen konnte. Doch mittlerweile hatte jeder der Trauernden seinen Rhythmus gefunden. Die einen kamen in der ersten Tageshälfte, ich in der zweiten.

Langsam ging ich den gepflegten Sandweg zwischen den Gräbern entlang. Ich war ihn schon so oft gegangen, dass ich allein durch die Veränderungen im Boden unter meinen Schuhen erkannte, wann ich abbiegen musste. Nach wenigen Minuten erreichte ich den weißen Grabstein, auf dem ein kleiner Engel wachte.

Ich kniete mich nieder und berührte mit einer Hand den Stein. »Hey … Ich weiß, ich bin ein bisschen früh, aber ich hoffe, es stört dich nicht.«

Es hatte sich zu einem Ritual entwickelt, mit Lea zu sprechen. Sie konnte mir zwar nicht antworten, aber mir tat es gut, ihr von meinem Tag zu erzählen. »Ich hab dir was mitgebracht.« Ich griff in die hintere Tasche meiner Jeans und holte das Blatt raus, das ich gestern Nacht bearbeitet hatte. Nachdenklich besah ich mir die Linien, die ich wie im Rausch gezeichnet hatte.

»Ich hoffe, dass es dir gefällt«, flüsterte ich und lehnte das Stück Papier gegen den Grabstein. Dann setzte ich mich davor und starrte auf die Zeichnung.

Im Himmel, mitten in den Wolken, saß ein Mädchen mit schwarzen eingeklappten Engelsflügeln auf einer Schaukel. Den Kopf gesenkt, die Beine überkreuzt. Über ihrem Kopf strahlte die Sonne wie ein Heiligenschein, in dessen Mittelpunkt zwei Adler in die Höhe stiegen.

Es war das perfekte Tattoo, und es würde gut auf meinen linken Oberarm passen. Dort war noch ausreichend Platz, und ich hatte es unbewusst der Größe angepasst.

»Ich musste an dich denken, als ich es gezeichnet habe«, sagte ich leise zu Lea. »Und irgendwann …« Ich saß im Schneidersitz vor dem Grab und ließ meine Finger über die Grashalme streichen, zupfte hier und da einen ab, nachdenklich in die Ferne starrend. »Irgendwann lasse ich es mir stechen.«

Ja, irgendwann vielleicht … Noch war ich nicht so weit, wenn ich es überhaupt jemals sein würde. Ich glaubte nicht daran.

Jeden beschissenen Tag in den letzten Jahren hatte ich den Schmerz so angenommen, wie er gekommen war. Nie hatte ich mich dagegen gewehrt oder versucht, ihm zu entkommen. Ich wusste, dass es sein Recht war, mich heimzusuchen. Ich hatte es nicht anders verdient und würde auch jeden weiteren Tag, jede Stunde, jede Minute und jede beschissene Nanosekunde in meinem jämmerlichen Dasein damit leben.

Ja, es hatte tatsächlich Tage gegeben, an denen ich mich danach gesehnt hatte, dem ein Ende zu bereiten. Aus dem Sumpf zu fliehen, nicht mehr darüber nachzudenken und einfach abzuhauen. Lea einfach zu folgen, um wieder bei ihr zu sein. Aber tief im Inneren wusste ich, dass das feige wäre und nicht die Strafe, die ich verdiente. Ich verdiente den Schmerz, verdiente es, tagtäglich daran erinnert zu werden, was hätte anders laufen können, wenn ich nicht so ein egoistischer Dreckskerl gewesen wäre. Aber es gab keinen Weg zurück. Ich konnte die Uhr nicht zurückdrehen. Nichts konnte das, was geschehen war, ungeschehen machen. So sehr ich auch gebettelt und gefleht hatte. Es hatte nichts geändert. Und würde auch nie etwas ändern. Die Vorwürfe waren berechtigt, bewahrten mich auch davor, irgendwann zu vergessen. Lea zu vergessen …

Also fand ich mich damit ab, nahm die Schuld auf mich und blieb einfach der Dreckskerl, der ich damals gewesen war. Dass ich nicht mehr von meinem Leben zu erwarten hatte, machte mir nichts. Ich saß einfach meine Zeit ab. So lange, bis ich endlich in die Hölle fahren durfte, wie es mir bestimmt war.

Ich blieb fast eine Stunde bei Lea, redete in Gedanken mit ihr, erzählte ihr von meinem neuen Job, von Jake und der bevorstehenden Convention und versprach ihr, sie danach wieder zu besuchen. Und davon, dass ich bald nach New York gehen würde, sie dann nicht mehr regelmäßig besuchen könne. Aber dass sie der Grund sei, der Stadt nicht endgültig den Rücken zu kehren.

»Ich komme wieder. Ich lasse dich nicht allein. Niemals. Ich liebe dich.«

Bevor ich aufstand, nahm ich die Zeichnung wieder an mich, faltete sie klein zusammen und steckte sie in meine Brieftasche. Dann legte ich zum Abschied meine Hand auf den Stein und ging.

Ich nahm den Weg, den ich gekommen war, schritt zwischen den Steinen hindurch, ohne auf die Namen darauf zu achten. Wäre Lea nicht hier begraben gewesen, hätte ich diesen Ort nicht betreten. Ich hasste Friedhöfe, sie machten mich depressiv. Jeder Gang hierher war schwer, und auch wenn ich mir vor vier Jahren angewöhnt hatte, Lea regelmäßig zu besuchen, übermannte mich jedes Mal die Erleichterung, wenn ich den Rückweg antrat.

Ich wusste, wenn ich einmal sterben würde, wollte ich verbrannt werden, und meine Asche sollte über dem Ozean verstreut werden. Wenigstens im Tod wollte ich Freiheit. Etwas, das ich seit vier Jahren nicht mehr gefühlt hatte.

Als ich zurück auf den Hauptweg kam, sah ich in einiger Entfernung eine Frau. Mit dunklen Haaren auf Kinnlänge. Liv? Halluzinierte ich jetzt schon? Nein, Blödsinn. Und wenn sie es war? Egal. Ich wollte sie nicht sehen. Seit ihrem merkwürdigen Auftritt gestern im Shop erst recht nicht. Trotzdem sah ich genauer hin, verfolgte, wie die Frau in dem abgezäunten Bereich Richtung Ausgang lief. Ja, tatsächlich. Das war Liv. Ich erkannte sie am Gang. Sie hatte die Hände in die Manteltaschen gesteckt, die Schultern hochgezogen und den Kopf gesenkt. Ich blieb stehen, wollte ihr hier nicht begegnen, auf dem Friedhof. Sie würde Fragen stellen, die ich nicht beantworten wollte. Auf keinen Fall. Aber – was machte *sie* hier? Ich hatte sie noch nie hier gesehen. Und was war das für ein Bereich, aus dem sie kam?

Ich hatte mich hier bisher nie genauer umgesehen, an dem Abschnitt war ich immer nur vorbeigelaufen, hatte nie darauf geachtet, nie nachgesehen, was sich hinter dem Zaun verbarg. Dass Liv sich dort aufhielt, machte mich neugierig. Also wartete ich, bis sie durch den ersten Bogen getreten und dann durch den Ausgang des Friedhofs verschwunden war.

Ich hörte eine Autotür zuschlagen, dann einen Motor aufheulen. Wenige Sekunden später knirschte der Kies auf dem Parkplatz, und das Auto fuhr los. Kurz darauf wurde es langsam wieder still.

Ich ging weiter, hin zum Bogen aus weißem Stein, der den Bereich vom Rest des Friedhofs abtrennte, blieb zögernd davor stehen und sah auf den eingemeißelten Schriftzug: Sternenkinder.

»Was auch immer das ist.« Ich trat auf die Gedenktafel zu, die links neben dem Torbogen angeschlagen war.

Weil sie den Himmel erreicht haben, noch bevor sie das Licht der Welt erblickten.

Meine Kehle schnürte sich zu, als ich glaubte zu verstehen, was dies für ein Ort war. Ich ging weiter, den Blick auf die bunten Steine und Figuren geheftet, die in gleichen Abständen auf dem Rasen ihren letzten Platz gefunden hatten.

»Ben, 5.8.2014«, las ich von einem blau marmorierten Stein ab, der die Form eines Teddys hatte und etwa dreißig Zentimeter hoch war. Auf dem Platz daneben war eine runde Platte im Gras eingelassen worden. »Janine, 6.12.2015«

Das waren Todesdaten, so viel war klar. Aber es gab keine Geburtsdaten. Ich ging weiter, und je mehr Steine ich sah, desto mehr begriff ich. Sternenkinder waren Babys, die nie zur Welt gekommen waren. Und sie alle lagen hier begraben.

Wessen Baby hatte Liv hier besucht?

Wer war Luna?

Scott

»Das war dein Mädchen?«

Eric und ich standen vor dem Hot Chocolate in L.A., ich mit offenem Mund. Staunend betrachtete ich die Wandmalereien, die Joyce im letzten Jahr hier angefertigt hatte. Bevor sie nach San Francisco gekommen und dortgeblieben war.

Sie hatte ein lebensecht wirkendes Ensemble von Stars aus alten Hollywoodfilmen auf die Wand gebracht. Von Marilyn Monroe auf dem Lüftungsschacht über Humphrey Bogart am Klavier bis hin zu Charly Chaplin und Laurel und Hardy in ihren typischen Rollen. Es war grandios.

Eric schlug mir mit der Hand auf die Schulter. Seine Brust war stolzgeschwellt, und auf seinem Gesicht lag ein fettes Grinsen. »Japp. Das war mein Schneewittchen.«

»Halt sie bloß fest, Kumpel. Die Frau hat's drauf.«

»Nichts anderes hab ich vor. Glaub mir, Joyce gebe ich nicht mehr her.«

»Gut so.«

Eric war schwer verliebt, und auch wenn ich ihm sein Glück gönnte – die beiden passten wirklich wie Arsch auf Eimer zusammen –, es nervte mich plötzlich, dieses vollkommene Glück in seinen Augen sehen zu müssen. Deshalb war ich auch froh, als Jake und Hank zu uns stießen.

Hank war ein alter Freund von Jakes verstorbenem Vater gewesen, Eric hatte einige Jahre in seinem Studio in Santa Monica tätowiert. Bis Hank ihn zu Jake geschickt hatte, um sich weiterzuentwickeln, wie er sagte. Ich mochte Hank sofort. Mit seinem Bart à la ZZ Top, dem schütteren grauen Haar und den vielen Tätowierungen auf seiner sonnengegerbten

Haut sah er aus wie der typische Tätowierer. Sein raues Lachen war ansteckend, und seine offene Art hatte mich gleich für ihn eingenommen.

»Wollt ihr hier festwachsen?« Hank stellte sich zwischen Eric und mich und legte seine Arme auf unsere Schultern. »Ich weiß nicht, wie es euch geht, aber ich für meinen Teil habe verdammten Durst.«

»Dann lass uns ein Bier trinken«, stimmte Eric zu.

»Das ist mein Junge.« Hank haute Eric auf die Schulter und ging zu Jake, der bereits fast am Eingang der Bar stand.

Eric schmunzelte. »Er führt sich immer noch auf wie mein Dad.«

»Hab ich was verpasst?«

»In den Jahren, in denen ich bei ihm gearbeitet habe, hat sich sowas wie eine Vater-Sohn-Beziehung zwischen uns entwickelt. Ich hab vieles von ihm übernommen, mich angepasst. Vielleicht zu sehr. Deswegen war es ihm auch so wichtig, dass ich von hier abhaue«, erklärte er mir. »Aber irgendwie scheine ich ihm doch zu fehlen.« Eric grinste, zuckte mit den Schultern und folgte Hank.

Im Hot Chocolate herrschte ausgelassene Stimmung. Kleine Gruppen von Feiernden standen vor der Tür, tranken ihr Bier, lachten und unterhielten sich laut. Hier in L.A. war es wärmer als in San Francisco. Von nassem Winter keine Spur. Hier überwog die typisch kalifornische Sonnenseite. Aber durch den fehlenden Wind vom Meer spürte man auch die Abgase, den Smog in der Luft viel stärker.

Während wir Hank zur Theke folgten, wurde er ständig von irgendjemandem angesprochen.

»Hi, Freddy!«, begrüßte Hank einen großen farbigen Mann, der mit einem breiten Grinsen hinter dem Tresen stand. Hank stellte uns vor. »Freddy gehört das Hot Chocolate. Und wie ich sehe, läuft der Laden immer noch, was?«

»Bei so gutem Personal kein Wunder.« Er zwinkerte der blond gelockten Bedienung zu, und sie zwinkerte zurück, bevor sie mit einem Tablett Cocktails wieder in der Menge verschwand. »Also, was wollt ihr trinken, Jungs? Bier? Oder einen unserer Special-Cocktails?«, fragte Freddy uns. Einstimmig entschieden wir uns für Bier, und er rief seinen Barmann zu sich. »Alex, versorg die vier mit Bier und allem, was sie sonst noch trinken wollen. Geht aufs Haus.«

»Geht klar, Chef.«

Kaum ausgesprochen, standen auch schon vier gefüllte Gläser vor uns.

»Cheers!« Wir stießen an, und während die anderen sich mit Freddy unterhielten, ließ ich meinen Blick durch die Bar schweifen.

Freddy schien eine Leidenschaft für alte Hollywoodschinken zu haben. An der dunklen Holzvertäfelung hingen eingerahmte Schwarz-Weiß-Fotos von ehrwürdigen Schauspielgrößen und Plakate von Filmklassikern. Die Stimmung und Atmosphäre im Hot Chocolate war allerdings alles andere als gediegen und verstaubt. Es war voll, wie zu erwarten an einem Freitagabend. Hank war wohl mit Abstand der Älteste hier. Die meisten anderen Gäste waren in meinem Alter und viele davon ebenfalls tätowiert. Die Tanzfläche vor der kleinen Bühne im hinteren Teil der Bar war brechend voll. Kein Wunder. Die Band, die dort Rock und Blues spielte, war echt gut. Eric hatte nicht zu viel versprochen, als er das Hot Chocolate angepriesen hatte.

»Wer sind die?«, fragte ich Freddy und zeigte auf die Band, auf die wir hier vom Tresen aus einen guten Blick hatten.

»Das ist meine Hausband, Shut Up And Sing. Die Sängerin ist Holly. Sie ist neu dabei«, erklärte Freddy.

»Sie ist gut.«

Er grinste, dass seine weißen Zähne blitzten. »Ja, sie macht sich ganz gut.«

»Und ist mit Sicherheit vergeben. Guck dir an, wie sie den Gitarristen anschmachtet, wenn er nicht hinguckt.« Eric stieß mir in die Seite und feixte.

»Stimmt, jetzt wo du's sagst.«

»Du wirst es überleben.«

»Ich steh eh nicht auf blond.«

»War klar.«

Ich schaute Eric fragend an.

»Olivia.«

»Alter! Was meinst du damit?«, fuhr ich ihn schärfer als beabsichtigt an.

Eric hob abwehrend die Hände und wäre sicher einen Schritt zurückgetreten, wenn er Platz gehabt hätte. »Woowoow … Ruhig Brauner. Ist nicht zu übersehen, dass zwischen euch was läuft.«

»Zwischen uns läuft nichts.« Ich griff nach meinem Bier und spülte die Halbwahrheit die Kehle runter. Was hätte ich sonst sagen sollen. Ich wusste ja selbst nicht, was das zwischen Liv und mir war.

Er musterte mich und schmunzelte. »Und ob da was läuft. Ihr wisst es nur noch nicht.« Meine Worte. Fuck!

»Bullshit!« Waren jetzt plötzlich alle schlauer als ich? Erst Peg, dann Jake, nun auch noch Eric. Was für eine Verschwörung lief hier eigentlich? Wieso fühlte sich jeder dazu berufen, mir zu sagen, dass Liv und ich zusammengehörten?

»Du wirst dich an meine Worte erinnern …«

Ich schüttelte langsam den Kopf. »Ich will dir ja nicht zu nahe treten, Eric, aber nur, weil du in einer festen Beziehung bist, heißt das noch lange nicht, dass du jetzt der Mega-Checker bist, was zwischenmenschliche Beziehungen angeht.«

»Du trittst mir nicht zu nahe, Scott. Und der Mega-Checker war ich auch schon vorher. Glaub mir – du und Olivia, ihr seid die Einzigen, die nicht raffen, was Sache ist.« Danach hob er sein Bier und prostete mir zu.

Kurz war ich versucht zu widersprechen, aber wer sich verteidigt, klagt sich an, oder wie war das? Genauso gut hätte ich auch gegen eine Wand reden können. Eric war sich ziemlich sicher, und ich würde ihn kaum vom Gegenteil überzeugen können.

»Du siehst Gespenster«, sagte ich daher nur und widmete mich meinem Bier.

Alex versorgte uns den ganzen Abend über mit Getränken, und wir unterhielten uns über die anstehende Tattoo-Convention. Über das Gespräch mit Eric dachte ich nicht weiter nach. Nachdem wir als Absacker noch ein paar Shooter von Alex serviert bekommen hatten, machten wir uns gegen Mitternacht auf den Weg ins Hotel. Hank hatte zwar angeboten, dass wir bei ihm unterkommen könnten, aber Jake hatte gemeint, wir sollten dem alten Mann lieber nicht zur Last fallen. Wobei ich glaubte, der alte Mann hätte uns alle in die Tasche stecken können.

Am nächsten Morgen erwischte mich der Kater wie ein Vorschlaghammer. Nach sieben Stunden auf dem Bock und einem langen Abend in der Bar hätte ich gut noch ein paar Stunden weiterschlafen können, aber Jake bestand darauf, dass wir bereits am Mittag, zur Eröffnung der Convention, da sein sollten. Er wollte sich dort mit einigen alten Bekannten aus der Szene treffen, die aus New York extra nach Pasadena gekommen waren, um ihre Shops und ihr Können zu präsentieren.

»Tommy wird auch da sein«, meinte er, als wir beim Frühstück saßen. Jake und Eric hauten rein, ich hielt mich an meinem Kaffee fest. Irgendeiner der Schnäpse gestern Abend musste schlecht gewesen sein, mir war jedenfalls nicht nach Nahrungsaufnahme in fester Form.

»Ich weiß. Werde ihm mal einen Besuch abstatten«, gab ich zurück.

»Mach das. Hast du dich schon entschieden?« Mir entging nicht, wie Erics Blick zwischen uns hin und her ging wie bei einem Tennismatch.

»Nein.«

Jake nickte stumm.

Eine Stunde später betraten wir die heiligen Hallen von Pasadena. Die Golden State Expo war eine der größten Conventions in

Kalifornien mit einem großartigen Rahmenprogramm auf den verschiedenen Bühnen. Von Musik über Feuerschlucker, Bikeshows bis hin zum Poledance und Strip gab es hier so einiges, was man sich ansehen konnte. Ich war vor drei Jahren schon mal hier gewesen. Da hatte ich Tommy das erste Mal bei der Arbeit zugesehen, als er einem Mädel den Rücken tätowiert hatte. Das Tattoo hatte mich so begeistert, dass ich ihn von da an vergöttert hatte. Er war einfach einer der Besten in der Szene, und bald würde ich für ihn arbeiten.

Ich hatte Jake nicht die Wahrheit gesagt. Ich hatte mich entschieden. Aber wollte ich uns das Wochenende damit verderben, ihm abzusagen?

Jake und Eric zogen los, um sich mit irgendwelchen Leuten zu treffen, ich machte mich auf die Suche nach Tommy.

Ich zog durch die Hallen und versuchte mich zu erinnern, wo Tommy damals seinen Stand gehabt hatte. Das stete Summen der verschiedenen Tattoomaschinen begleitete mich. An jedem Stand wurde mittlerweile tätowiert, gezeichnet, oder es wurden Termine besprochen. Überall dröhnte Musik aus den Lautsprechern. Unter anderen Umständen hätte mir die Geräuschkulisse nichts ausgemacht, im Gegenteil. Aber mit meinem Kater konnte ich das alles nur schwer ertragen.

Im zweiten Stockwerk wurde ich endlich fündig. Arts & Sons besetzte mit fünf Tätowierern fast eine halbe Wand, einer der größten Stände auf der Convention.

»Hey, Süßer, kann ich helfen?« Ein Rotlöckchen mit großen blauen Augen stand wie aus dem Nichts vor mir und lächelte mich an.

Ich lächelte zurück. »Hey, ist Tommy da?«

»Und du bist?«

»Scott. Aus San Francisco.«

»Ah, du bist *der* Scott?«

»Der, der bald in eurem Shop tätowieren wird, ja.«

»Tommy hat schon von dir erzählt. Ich bin Terry, freut mich riesig«, stellte sie sich vor. »Tommy ist …« Sie drehte sich um und verbog sich fast den Hals, um Tommy zu suchen. Dann hatte sie ihn wohl entdeckt und zeigte auf einen Tisch am Ende der Reihe. Mein Blick folgte ihrem Fingerzeig, und ich setzte mich in Bewegung, als ich ihn erkannt hatte. Er war gerade dabei, einen Arbeitsplatz vorzubereiten, als ich ihn begrüßte.

»Hey, Scott!« Er stand auf und kam zu mir. Wir tauschten die üblichen Floskeln aus, bevor er zum Kern der Sache kam. »Du hast es dir nicht anders überlegt, oder?«

»Warum sollte ich?« Es tat gut zu hören, dass er es in Erwägung zog. Also brauchte er mich.

»Weil du hier bist.«

»Ich bin mit Jake hier. Er hat mal bei dir gearbeitet.«

»Burnett?« Ich nickte. »Verdammt, der ist hier? Na, wenn ich den in die Finger kriege …« Er rieb sich seine Hände, grinste dann aber. »Haben noch eine Rechnung offen, aber das wird ohne Blutvergießen über die Bühne gehen. Keine Sorge. Habt ihr einen Stand mit dem Shop hier?«

»Nein. Wir besuchen die Convention privat.«

»Hey, dann hast du Zeit?«

»Den ganzen Tag.«

Er grinste. »Bock auf ein neues Tattoo?«

»Warum fragst du?«

»Es gibt da einen Contest, aber mir ist das Model abgesprungen.«

»Was hast du geplant?«

»Black-and-Grey. Ungefähr so groß.« Er zeigte die Größe eines Footballs an. Ich überlegte kurz, dann nickte ich.

»Wenn du auch mit meinem Motiv einverstanden bist, bin ich dabei.« Ich griff in meine Brieftasche und zog das Blatt Papier mit meiner Zeichnung hervor. Tommy war einer der besten Artists für Black-and-Grey-Tattoos. Ich hatte viele seiner Arbeiten gesehen, war von jedem Tattoo begeistert gewesen, hatte mir einiges von ihm abgeguckt. Aber Tommy hatte seinen unverwechselbaren Stil, den man unmöglich kopieren konnte. Aber das wollte ich auch gar nicht. Und wenn sich jetzt die Möglichkeit ergab, ein Tattoo von meinem Idol auf den Arm gestochen zu bekommen, wäre das eine Ehre für mich.

»Du hast was dabei? Zeig mal her.«

Ich reichte ihm das Blatt und wartete leicht nervös, als er es mit seinem fachmännischen Blick studierte. Als er den Kopf hob, leuchteten seine Augen. »Wo soll es hin?« Ich zeigte auf meinen linken Oberarm, er nickte. »Gebongt. Bleib hier, wir legen gleich los. Dafür brauche ich mindestens … na, so sechs Stunden mit Sicherheit.« Ich rechnete nach. Der Contest war heute Abend um neun, es könnte knapp werden, war aber zu schaffen. »Bist du dir sicher?«, wollte er noch wissen.

»Ich bin mir sicher.«

»Gut. Dann lass mich loslegen. Ich brauche noch etwa eine halbe Stunde. Terry wird uns anmelden. Geh noch was essen oder so, aber sei pünktlich zurück.« Er winkte die Rothaarige zu uns.

Während Tommy mein Bild auf Matrize übertrug, holte ich mir einen Hotdog, damit ich was im Magen hatte, und schickte Jake eine SMS. Eine halbe Stunde später saß ich auf der Liege bei Tommy und wartete, bis er die Vorlage fertig hatte.

Ich sah ihm über die Schulter, und mein Herzschlag beschleunigte sich. Aufregung erfasste mich, als mir bewusst wurde, dass es nicht mehr lange dauern würde, bis das Tattoo sich auf meiner Haut einbrennen, eins mit mir werden würde. Ich schloss die Augen und spürte den leichten Schwung der Schaukel, das Rauschen der Luft, wenn die Flügel sich bewegten, das Krächzen der Adler und die Wärme der Sonne, die von oben auf das Ganze strahlte.

Und in meiner Brust klopfte urplötzlich genau diese Wärme an. Eine Wärme, die ich schon so lange nicht mehr gespürt hatte, von der ich schon gar nicht mehr wusste, dass ich sie überhaupt noch in mir hatte. Aber sie war da. Wenn auch nur als winziger Funke. Und genau dieser Funke war es, der meine Entschlossenheit nur verstärkte.

Ich nickte stumm. Ja. Es war perfekt. Für mich. Und Lea.

Und schon bald darauf begann Tommy, auf meinem Oberarm die ersten Linien meines neuen Lebens zu ziehen.

Scott

Nachdem Jake, Eric und ich gestern erst recht spät aus Pasadena zurückgekommen waren, war ich tot ins Bett gefallen und hatte zwölf Stunden am Stück geschlafen.

Tommy hatte sechs Stunden für mein Tattoo gebraucht und war gerade noch rechtzeitig fertig geworden, bevor die Sieger des Contests gekürt worden waren. Und Tommy hatte gewonnen. Für das beste Black-and-Grey Tattoo der Convention hatte er einen Pokal mit nach Hause genommen. Und ich ein wunderbares Tattoo.

Er hatte das Bild durch seinen ganz eigenen Stil zum Leben erweckt. Man konnte förmlich den Schwung spüren, den die Schaukel aufnahm, um in den Himmel zu schwingen. Die Kraft des Engels auf ihr übertrug sich auch auf meinen Arm. Das Krächzen der Vögel konnte man förmlich hören. Kurz – es war fantastisch geworden, noch besser, als ich es mir vorgestellt hatte. Lea hätte ihre wahre Freude daran gehabt.

Lea.

Ich vermisste sie. Und das würde sich vermutlich auch niemals ändern.

»Riley!«

Pegs schriller Schrei holte mich aus meinen Gedanken. Sie juchzte in einer solchen Lautstärke auf, dass ich erschrak und mit dem Stift den Entwurf verriss, an dem ich gerade arbeitete.

»Fuck!« Ich griff nach dem Radiergummi, um Schadensbegrenzung zu betreiben. Ich hatte heute nur einen Termin gehabt, und der war schon längst erledigt. Aber zu Hause wartete niemand auf mich, hier im Shop fühlte ich mich wohl, also blieb ich und zeichnete an ein paar neuen Ideen für meine Mappe. Doch als ich mitkriegte, dass Eric und Jake ebenfalls nach vorne gingen, konnte ich meine Neugier nicht mehr zügeln. Ich wollte Riley nun auch endlich mal kennenlernen. Auf der Party von Peg und Kyle hatte ich kein Wort mit ihm wechseln können.

Ich trat aus meinem Abteil hinaus, in das ich mich verzogen hatte, um meine Ruhe zu haben. Es war ein ruhiger Montag gewesen, und der letzte Kunde, den Eric gestochen hatte, war vor einer halben Stunde gegangen.

Ich gesellte mich zu den anderen. Neben Peg standen zwei Jungs in Lederjacken, der Blonde von ihnen trug eine Gitarre bei sich. Peg kam gleich auf mich zu, als sie mich sah, und packte mich am Ärmel meines Hemds.

»Riley, das ist Scott. Der Gott des Aquarells. Ich hab bei Arch mit ihm zusammengearbeitet, du erinnerst dich, oder?«

Riley runzelte kurz die Stirn, als er mich ansah, dann grinste er. »Hey, klar. Wir kennen uns noch nicht, aber ich hab mir schon viel von dir vorschwärmen lassen müssen«, rief er aus, kam auf mich zu und streckte mir die Hand entgegen.

»Geschwärmt? So, so.« Ich lachte auf und schlug ein.

Er wechselte einen schnellen Blick mit Peg und grinste verschmitzt. »Na ja, bevor Kyle da war, schon.«

»Hey, hör auf, Peinlichkeiten auszuplaudern«, rief sie und boxte ihm gegen den Oberarm.

»Aua«, jaulte er, bevor er sie in den Schwitzkasten nahm und ihr durch die offenen Haare wuschelte. »Das ist übrigens Morten, der Gott am Bass und Keyboard«, stellte er mir seinen Bandkollegen vor, dem ich ebenfalls die Hand gab.

Das Begrüßungsgeplänkel ging noch ein paar Minuten, bevor Jake den Feierabend einläutete.

»Hey, wir haben heute keine Termine mehr. Wie wäre es also mit einem Bier?«

Kurz darauf war die Tür zum *Skinneedles* geschlossen, und wir fanden uns alle im Innenhof ein, Jake packte Holz in den

Feuerkorb, und Carrie verteilte Bier. Dann setzte sie sich auf die Bank neben Joyce und zückte ihr Handy. »Ich sage noch eben No und Liv Bescheid, dass ihr da seid. Sie würden mich lynchen, wenn ich es nicht täte.«

Bei der Erwähnung von Liv musste ich daran denken, wie ich sie letzte Woche auf dem Friedhof gesehen hatte. Ich hatte nach meinem Besuch bei Lea im Internet recherchiert und herausgefunden, was es mit den Sternenkindern überhaupt auf sich hatte. Als ich das verstanden hatte, verstand ich auch Livs Tattoo. Luna. Es musste ihr Kind sein, das tot war und dort auf dem Friedhof lag. Oder ein Kind, zu dem sie einen engen Bezug gehabt hatte.

Auf der einen Seite war ich erschrocken über den Gedanken, dass Liv vielleicht ein Kind verloren hatte. Auf der anderen empfand ich tiefes Mitgefühl. Ich selbst hatte jemanden verloren, den ich geliebt hatte, immer noch liebte, aber das war nicht mein Fleisch und Blut, mein Kind gewesen. Ich konnte also nicht mal ansatzweise nachfühlen, wie es Liv damit gehen musste. Aber vielleicht war meine Vermutung ja auch komplett falsch, und es gab gar keinen persönlichen Bezug. Oder es war die Tochter ihrer Schwester, sofern sie eine hatte. Oder ihre eigene Schwester. Oder, oder, oder … Ich hatte nicht alle Steine gesehen, hatte nicht darauf geachtet, ob es dort eine Luna gab. Aber – wollte ich es überhaupt wissen? War das nicht etwas, was viel zu weit über unser Verhältnis hinausging?

Wir hatten Sex miteinander gehabt. Mehr nicht. Wir waren nicht mal Freunde. Wenn man es genau nahm, konnte man uns höchstens als Bekannte bezeichnen. Musste ich dann wissen, was in ihrer Vergangenheit vorgefallen war? War das nicht viel zu persönlich? Klar war es das. Es ging mich nichts an. Und ich hatte auch nicht den Eindruck gehabt, dass Liv ihre Geheimnisse mit mir teilen wollte. Sonst hätte sie mir beim Tätowieren davon erzählt. Das hatte sie aber nicht. Also sollte ich aufhören, darüber nachzudenken.

Aber das konnte ich nicht.

Um wegzusehen, besaß ich wohl zu viel Empathie. Leider. Und das Bild, Liv auf diesem Friedhof … hatte sich in mir festgebrannt. Irgendwas oder irgendjemand hatte sie verletzt. So wie mich.

Gitarrenklänge rissen mich aus meinen Gedanken. Ich hatte nicht bemerkt, dass Eric und Riley bereits ihre Instrumente in die Hand genommen und begonnen hatten zu spielen. Morten begleitete die beiden, indem er den Rhythmus durch das Trommeln auf der Bank vorgab. Ich riss meinen Blick vom Feuer los, das mittlerweile brannte, und nippte an meinem Bier.

Eric und Riley zusammen seien der Hammer, hatte Peg behauptet. Und sie hatte recht. Ihre beiden Stimmen harmonierten perfekt miteinander, und als sie gemeinsam anfingen zu singen, konnte ich nicht anders, als genauso fasziniert an ihren Lippen zu hängen wie alle anderen. Kein Wunder, dass Riley mittlerweile ein Superstar war. Ich kannte ein paar Songs von Obsidian – die, die im Radio rauf und runter gespielt wurden. Aber jetzt live und in Farbe, so unplugged und unverfälscht, hörte er sich noch besser an.

Warum Eric allerdings das Tätowieren dem Singen vorzog, verstand ich nicht. Klar, er war gut in seinem Job, seine Tattoos waren sauber und hatten Stil, zudem war er immer ausgebucht, hatte sich seinen Namen in der Szene bereits gemacht. Aber singen – damit konnte er doch so richtig Kohle verdienen, berühmt werden, von heißen Bräuten umringt und angeschmachtet werden. Ich grinste in mich rein. Vielleicht wollte er aber genau das nicht. Er hatte Joyce. Die süße Joyce, sein Schneewittchen, die perfekt zu ihm passte und mit der er erst ein Ganzes ergab, wie er nicht müde wurde zu betonen. Im *Skinneedles* war er zu Hause, hier waren seine Freunde, seine Familie. Ja, den Eindruck gewann ich immer mehr.

Je länger ich hier war, umso mehr lernte ich den Zusammenhalt im Team schätzen. Mittlerweile kannte ich schon ein paar Macken meiner Kollegen und wollte sie nicht missen. Jake, der so wortkarg war, dem man aber sofort seine Laune vom Gesicht ablesen konnte. Der sich so hart gab, aber wie Eis in der Sonne schmolz, wenn Carrie in seiner Nähe war. Genau wie Eric. War Joyce nicht dabei, markierte er den Sonnyboy mit der großen Klappe und den coolen Sprüchen, der die Frauenherzen zum Schmelzen brachte. Sobald seine Freundin auf die Bildfläche trat, war er der Mann an ihrer Seite, der für niemand anderen mehr einen Blick hatte. Auch jetzt zogen sie sich gegenseitig mit den Blicken fast aus. Gott, das war ja kaum zu ertragen. Ich wandte meinen Blick ab, richtete ihn wieder ins Feuer.

Doch in dem Moment öffnete sich die Hintertür zum Hof, und Liv kam herein. Ich beobachtete sie über das Feuer hinweg. Ihre Haare hatte sie im Nacken zusammengebunden, statt eines Businesskostüms trug sie Jeans und eine rote Lederjacke über einem engen Shirt. Ihre Füße steckten in Chucks. Ohne die hohen Absätze war sie kleiner, aber nicht minder attraktiv. Natürlicher. Mehr sie selbst. Vielleicht sah ich sie seit der Situation auf dem Friedhof aber auch einfach nur mit anderen Augen.

Sie begrüßte alle nacheinander mit einer kurzen Umarmung, dann stand sie vor mir. Unschlüssig knetete sie ihre Hände vor der Brust und lächelte mich zaghaft an. »Hey …«

Aus einem Impuls heraus stand ich auf und umarmte sie. Kurz, freundschaftlich. So, wie sie es mit allen anderen auch getan hatte. Ich wollte bei ihr keine Ausnahme machen. Aber vorsichtig, mit etwas Abstand. Nahe, aber nicht zu nahe.

Ich spürte, wie sie sich verspannte, für einen Moment, dann berührten ihre Hände zaghaft meinen Rücken. So zurückhaltend, als würde sie nicht wissen, ob sie es durfte oder lieber lassen sollte. So anders als in der Nacht, die wir miteinander verbracht hatten. Nackt und schutzlos hatte sie vor mir gelegen, sich mir geöffnet, mich aufgenommen. Zu keiner Sekunde zaghaft. Nicht so wie jetzt.

Das alles schoss mir innerhalb von Sekundenbruchteilen durch den Kopf, während ich sie umarmte, ihren Duft einatmete. Ich ließ sie nur ungern los.

»Womit habe ich das verdient?«, fragte sie mich, und ich sah das Unverständnis in ihrem Gesicht.

»Mir war danach.«

»Okay …«

Ich setzte mich wieder, und als sie sich suchend nach einem freien Platz umsah, klopfte ich auf das Holz neben mir. »Ich beiße nicht.« Sie erwiderte nichts, nur ein stummes Lächeln konnte ich ihr damit entlocken. Doch sie setzte sich neben mich. »Bier?«, fragte ich und reichte ihr eins vom Tisch rüber, als sie nickte.

Wir stießen an und tranken unser Bier. Ich fing über das Feuer hinweg Carries Blick auf. Sie beobachtete uns. Ich sah weg, fühlte mich ertappt, und als Eric *It's Been Awhile* von Staind anstimmte, bekam ich Gänsehaut.

Riley fiel mit ein. »*And it's been awhile, since I can say that I wasn't addicted. And it's been awhile, since I can say I love myself as well …*«

Ich bekam Gänsehaut, merkte, dass meine Hand, die das Bier hielt, zu zittern begann. Ich warf Liv einen kurzen Blick zu, doch sie starrte wie geistesabwesend ins Feuer. Sie bekam nicht mit, was gerade in mir vorging. Erics Meisterrede kam mir in den Sinn.

Du und Olivia, ihr seid die Einzigen, die nicht raffen, was Sache ist. Du wirst dich an meine Worte erinnern …

Und dann fing ich ganz langsam an zu verstehen, was hier gerade mit mir passierte.

Ich begriff, dass es an mir lag. Daran, dass ich nicht offen zu ihr war. Dass ich ein Spiel spielte, wie ich immer die gleichen Spiele spielte und die Regeln für sie aufstellte. Ich hatte das getan, was ich immer getan hatte – meine Mauer aufrechterhalten, sie vielleicht sogar höher denn je gebaut. Ihr keine Leiter gegeben, keinen Einstieg, keinen Ausweg. Doch jetzt … Ich spürte, wie sie bröckelte, Stein für Stein in den dunklen Abgrund fiel. Seitdem ich Liv so gesehen hatte, allein und verletzlich, seitdem brach etwas in mir, und ich wusste nicht, ob mir das wirklich gefiel. Aber noch weniger wusste ich, wie ich damit umgehen sollte.

Olivia

Ich starrte ins Feuer und beobachtete die Flammen. So, wie ich schon als Kind mit dem Rücken im Gras gelegen und den Blick in den Himmel gerichtet hatte, um die Wolkenbilder zu bestimmen. Doch hier sah ich keine Bilder. Nur flackerndes Feuer. Und es ängstigte mich, denn es bedeutete, dass ich mich nicht auf das Spiel einlassen konnte. Ich versuchte, meine Gedanken einfach treiben, sie an mir vorbeiziehen zu lassen. Nicht an den Mann zu denken, der so dicht neben mir saß, dass sich unsere Knie ab und an berührten. Bemühte mich, nichts darauf zu geben, dass bei jeder von diesen zufälligen Berührungen ein kleines Feuer in meinem Körper aufloderte. Konzentrierte mich auf den Gesang von Riley und Eric, auf das Stimmengemurmel um uns herum, das Lachen von Carrie, wenn Jake sie knuffte. Doch das waren nur Sekundenbruchteile. Den Rest der Zeit verbrachte ich damit, Scotts Geruch aufzusaugen, ihn verstohlen aus dem Augenwinkel zu beobachten und meiner Fantasie freien Lauf zu lassen.

Seit meinem Besuch auf dem Friedhof hatte sich etwas verändert. Ich war entspannter geworden. Luna einen Stein zu widmen und ihr einen festen Platz zu geben war das Beste, was ich hatte tun können. Ich hatte endlich losgelassen, schleppte die schwere Last des Verlustes nicht mehr mit mir herum. Es fühlte sich gut an. Besser. Befreit. Ich war Carrie so dankbar für diesen Anstoß.

Auch sie hatte bemerkt, dass es mir besser ging. Am Samstag, als die Jungs in L.A. zu dieser Convention gefahren waren, hatten wir uns auf einen Drink getroffen. Als sie mich gefragt hatte, ob ich nichts Erfolg Versprechenderes vorhätte als einen Mädelsabend mit ihr, hatte ich im ersten Moment gestutzt. Ich wusste ja, was sie damit gemeint hatte. Sonst war ich am Wochenende meistens auf der Suche nach Abwechslung, besuchte Partys oder Clubs, schleppte ab oder ließ mich abschleppen. Alles nur, um nicht allein zu sein. Doch plötzlich hatte ich keine Lust auf andere Leute um mich herum gehabt. Schon gar nicht auf Männer. Seit der Schlappe mit Steve und dem Kerl aus der Bar, dessen Namen ich schon wieder vergessen hatte. Denn noch immer geisterte Scott in meinem Kopf herum und ließ sich einfach nicht daraus vertreiben.

Als könnte er meine Gedanken lesen, bewegte er sich neben mir. Er rutschte etwas nach hinten und legte seine Unterarme auf seinen Oberschenkeln ab. Dann wandte er mir den Kopf zu. Ich sah, wie das Feuer sich in seinen Augen spiegelte, als ich mich ihm ebenfalls zuwandte.

»Geht's dir gut?«, fragte er. Laut genug, dass ich ihn verstehen konnte, aber zu leise für die Ohren der anderen.

»Ja, alles bestens. Und dir?«, fragte ich automatisch. Ich war etwas befangen, seit ich ihn letzte Woche im Shop so vertraut mit diesem Mädchen hatte umgehen sehen. Fühlte mich auf perfide Weise verletzt. Und dabei hatte ich überhaupt kein Recht dazu. Doch als er mit ihr geflirtet hatte, so selbstverständlich vor meinen Augen, als wäre es ihm völlig egal, dass ich zusah und was ich darüber dachte – da hatte ich zum ersten Mal diesen fiesen Stich in meiner Brust bemerkt. Es hatte sich angefühlt, als hätte man mir ein Messer in die Brust gerammt und würde es genüsslich in meinen Eingeweiden herumdrehen.

Dass ich mich zu einem blöden Kommentar hatte hinreißen lassen, ärgerte mich im Nachhinein sehr. Ich musste mich angehört haben wie eine eifersüchtige Ex-Freundin. Kein Wunder, dass er sich darüber amüsiert hatte. Mit Recht fand er mein Verhalten völlig überzogen und albern. Das war auch der Grund, warum ich eigentlich nicht hatte herkommen wollen. Doch Carrie hatte nicht lockergelassen. Und je länger sie mich bearbeitet hatte, umso alberner fand ich es, ihm aus dem Weg zu gehen. Zumal ich ihn wirklich vermisst hatte. Ja, tatsächlich. Ich hatte keine Ahnung, wann es passiert war, aber es war passiert: Ich hatte ihn vermisst.

»Auch gut«, antwortete er mir und hörte nicht auf, mich anzusehen. Was lag da in seinem Blick? Er hatte mich noch nie so angesehen. Ich kann schwer beschreiben, wie er guckte, aber es fühlte sich an, als versuchte er, in mich einzudringen. Als wollte er wissen, was sich hinter meiner Fassade verbarg. Aber aus welchem Grund? Ich senkte den Blick, auch wenn ich damit das stumme Duell verlor. Aber ich hielt es nicht mehr aus, dass ein einziger Blick so viel Macht über mich hatte. Ich fing an zu zittern und rieb mir die Hände.

»Ist dir kalt?«

Ich presste die Lippen zusammen und verneinte stumm. Mir war nicht kalt. Mir war heiß! Eine Gluthitze schwelte in mir, hervorgerufen durch seine Nähe und seine Blicke. Aber das konnte ich ihm ja wohl schlecht auf die Nase binden.

Er stand auf, stellte sein Bier auf der Bank ab und zog seine dunkle Lederjacke aus, die er ständig trug. Ich war wie erstarrt, als er sie mir um die Schultern legte. »Du zitterst aber«, sagte er leise und zog am Kragen der Jacke, bis sie seiner Meinung nach richtig auf meinen Schultern lag. Als er sie richtete, strichen seine Finger – wie zufällig – über meinen Hals. Eine Berührung wie ein Stromschlag.

»Danke …« Mehr brachte ich nicht heraus.

»Kein Problem.« Scott lächelte, dann setzte er sich wieder neben mich. Sofort wurde mir noch heißer, und ich bemühte mich, das Zittern zu unterdrücken, kuschelte mich tiefer in die Jacke. Sie war warm und schwer. Und mir viel zu groß. Aber ich liebte das Gewicht auf meinen Schultern und dass ich in ihr versank. Verdammt, ich kam mir vor wie ein verknallter Teenager. Dass die Jungs auf ihren Gitarren mittlerweile langsame Rocksongs spielten, führte auch nicht unbedingt dazu, dass sich mein Herzschlag normalisierte. Mein Puls raste, seit Scotts Finger meinen Hals berührt hatten.

»Warst du schon mal im Schnee?«, fragte er, als er sich wieder neben mich gesetzt hatte.

Ich lächelte. »Ja, war ich.«

»Läufst du Ski?«

»Und Snowboard.«

Scott pfiff leise durch die Zähne. »Das hätte ich dir gar nicht zugetraut«, gab er zu.

»Du kennst mich eben nicht sehr gut.«

Er nickte langsam. »Ja, das stimmt.«

Ich drehte mich zu ihm herum. »Läufst du Ski?« Es tat gut, über etwas Unverfängliches zu sprechen, das unser Verhältnis zueinander entspannte.

»Japp.«

»Snowboard?«

»Japp. Wie sieht's mit Après-Ski aus?«

»Ein Muss«, antwortete ich lachend. Scott verstand es, mir die Angst zu nehmen.

»Ich fahre nächstes Wochenende mit ein paar Freunden rüber nach Mammoth Mountain. Warst du da schon mal?«

»Ja, da war ich auch schon mal. Ist toll da. Wir sind früher immer nach Yosemite gefahren.« Die Gebiete lagen recht nah beieinander.

»Früher?«

»Ich stand schon als Vierjährige auf den Brettern.« Als mein Vater noch lebte, haben wir die Weihnachtstage oft im Schnee verbracht. Wir sind immer ins gleiche Skigebiet gefahren, in den Yosemite National Park. Dort habe ich schon früh das Skilaufen gelernt, und als Teenager hab ich dann auf das Snowboard gewechselt, weil es irgendwie cooler war. Einmal habe ich mir, gleich am Anfang der Ferien, nach einem Sturz den Arm gebrochen.

»Das hört sich an, als wärst du ein ebenbürtiger Gegner.«

»Oh, sag das nicht. Ich bin schon ewig nicht mehr gefahren.«

»Das ist doch wie Fahrradfahren. Das verlernt man nicht.«

»Du fährst Fahrrad?«, neckte ich ihn. Ich war im Laufe des Gesprächs lockerer geworden, was zum größten Teil an seiner Art lag, mit mir umzugehen. Er benahm sich auf einmal wie ein Freund, und doch verbot ich mir den Gedanken, dahinter könnte mehr stecken.

»Lieber Ski. Und ich glaube nicht, dass du mich schlagen könntest.«

»Soll das etwa eine Herausforderung sein?«, fragte ich mit hochgezogenen Augenbrauen und hob mein Bier zum Mund.

»Würdest du sie annehmen?«

Ich verschluckte mich an meinem Bier. Hatte er etwa gemeint, er wollte mich dabeihaben? Sofort blitzte das Bild einer einsamen Skihütte vor meinen Augen auf. Kaminfeuer, Bärenfell, heißer Punsch … Ich schüttelte verwirrt den Kopf, nahm eine Hand ans Ohr. »War das gerade sowas wie eine Einladung?«

Nachdenklich legte er den Kopf auf die Seite, als er mich ansah. Wieder ging mir sein Blick durch und durch. Wieder bekam ich Hitzeschübe und war kurz davor, den Blickkontakt zu unterbrechen, weil ich glaubte, einer Finte aufgesessen zu sein. Ich war tatsächlich auf ihn reingefallen. Wie blöd konnte man sein?

»Es ist ein Platz frei geworden, und ich würde lieber mit dir zusammen fahren als allein«, antwortete er schließlich.

Was hatte er gesagt? Abgesprungen? Lieber mit mir als allein? Ich bemühte mich, mir die Enttäuschung nicht anmerken zu lassen, und zwang mich zu einem spöttischen Grinsen. »Daher weht also der Wind. Du brauchst einen Lückenfüller.«

Er fuhr sich mit der Hand durch die Haare. »Nein, das war blöd ausgedrückt. Ich habe nur gedacht, wenn du auch gerne

Ski fährst …« Ich kniff leicht meine Augen zusammen, versuchte, in seinen Kopf zu gucken, zu erfahren, was daran wahr und was eine Lüge war. »Jetzt guck nicht so. Ich …« Wieder raufte er sich die Haare. Er sah mit einem Mal so verlegen aus, dass ich ihn fast ausgelacht hätte, aber etwas in seiner Stimme hielt mich davon ab. »War vielleicht doch eine blöde Idee«, murmelte er.

In meinem Kopf fuhren mehrere Achterbahnen gleichzeitig. Die eine mit der Aufschrift: *Achtung, Falle! Nicht einsteigen. Auf keinen Fall einsteigen!* Auf der nächsten stand: *Ergreif die Chance und finde raus, was passieren kann.* Auf einer anderen wiederum: *Wenn du das machst, ist dir nicht mehr zu helfen.* Und auf wieder einer anderen: *Du willst ihn vögeln? Fahr mit! Nirgends kann man sich näher kommen als in einer einsamen Skihütte.*

Der Versuch, schlau aus dem Chaos in meinem Kopf zu werden, scheiterte kläglich. Ich wusste absolut nicht, was ich von dem Angebot halten sollte. Wusste nicht, was ich von *ihm* halten sollte. Doch bevor ich mir der Worte bewusst wurde, sprudelten sie auch schon aus mir heraus.

»Aber warum? Ich meine … Wir sind uns einig, dass wir keine Wiederholung wollen, oder? Du hast mir klipp und klar gesagt, dass du mich nichts angehst. Ich denke nicht, dass wir dann mehr Zeit als nötig miteinander verbringen sollten. Ich meine, wir kennen uns kaum, hatten eine tolle Nacht zusammen, aber sonst … weiß ich gar nichts von dir. Und du nicht von mir.«

Er sagte nichts darauf, wendete sich von mir ab, sah ins Feuer und hielt sich an seinem Bier fest. Ich hatte gesagt, was wir beide ausgemacht hatten, aber es schien so, als würde ihm das nicht gefallen.

Ich dachte an Carries Worte. Sie hatte schon wenige Stunden nach der Nacht mit Scott gewusst, dass ich mich verknallt hatte. Ich hatte es nicht wahrhaben wollen. Wollte es immer noch nicht. Ich war nicht verknallt! Ich war vielleicht interessiert, aber nicht verknallt. Der Sex mit Scott war gut gewesen. Nein, mehr als gut. Wild und sanft, schnell und langsam. Wie alles hatte auch er zwei Seiten, und die hatte er in dieser Nacht voll ausgelebt. Gott, ich bekam immer noch ein feuchtes Höschen, wenn ich nur daran dachte, was er mit mir angestellt hatte. Und deswegen war ich mir sicher – absolut sicher –, dass es allein der Sex war, der ihn für mich so unwiderstehlich machte. Dass es seine sexuelle Anziehungskraft war, der ich erlag. Nichts anderes.

Aber er machte mich nervös. Seine unmittelbare Nähe wirbelte meine Gedanken durcheinander wie eine Konfettimaschine. Seine Blicke, die zufälligen Berührungen schickten hinterhältige Stromstöße durch meinen Körper und ließen mich erzittern. Von den Haarspitzen bis zu den Zehen. Allein weil er mich körperlich so anzog, wäre ich nur zu gerne mit ihm in den Schnee gefahren, tagsüber Spaß auf der Piste haben und mich nachts von ihm vor dem offenen Kaminfeuer vögeln lassen. Aber das ging nicht. Denn ich wusste, dass die Voraussetzungen für eine gemeinsame Nacht jetzt andere waren. Er würde nicht mehr nur meine Haut berühren. Sondern mein Herz. Und ich durfte mich nicht in dem einen Funken Hoffnung verlieren, dass es mit ihm nun anders sein würde.

So schwer es mir auch fiel, denn ich hatte mich schon viel zu sehr auf ihn eingelassen, musste ich mir eingestehen: Auch er würde die Scherben, in die mein Herz zerbrochen war, nicht wieder zusammensetzen können.

Ich öffnete meinen Mund, um ihm zu sagen, dass ich nicht mitfahren würde. Nicht konnte, nicht wollte. Nicht durfte. Weil da so viel mehr war, was ich bereit zu geben war, aber wusste, dass es nicht gut war. Dass es mich zerbrechen würde. Doch als ich ihn ansah, waren alle Worte, die ich mir zurechtgelegt hatte, wie weggeblasen. Nicht nur Scotts Blick drang durch alle Schichten meines Körpers, sondern auch seine Worte.

»Geh mit mir aus, Liv. Lern mich kennen und lass mich dich kennenlernen.«

Ich war zu verdutzt über seine Worte, als dass ich sofort eine Antwort gefunden hätte. Mein Hirn war wie leergefegt, nachdem es begriffen hatte, was er gesagt hatte. Er kam näher, sah mir in die Augen.

»Vielleicht war Abstand die falsche Entscheidung.«

Olivia

Hast du warme Sachen? Nervös starrte ich auf die SMS von Scott.

Wir hatten Nummern ausgetauscht, und für mich fühlte es sich unglaublicherweise an, als hätte ich den Jackpot geknackt. Und seit ich vor zwei Stunden aufgewacht war, rannte ich in meiner Wohnung rum wie ein aufgescheuchtes Huhn. Nach der Dusche hatte ich mir meine Haare ordentlich frisiert, bis mir eingefallen war, dass Scott mich vielleicht mit dem Bike abholen würde und ich einen Helm tragen müsste. Hatte er nicht bei der ersten Begegnung gesagt, ich würde das Motorradfahren lieben?

Scott hatte mich gestern mit seiner Einladung überrumpelt. Aber ich hatte auch gemerkt, wie viel Überwindung es ihn gekostet hatte, mich so nahe an ihn heranzulassen. Es war ein Sprung über seinen Schatten, den er gemacht hatte, und ich hatte mich entschieden, ihm die Hand zu reichen.

Erst die Einladung zum Skilaufen – wobei ich immer noch nicht wusste, ob er das ernst gemeint hatte – und jetzt ein Tag mit ihm. Wow. Ich hatte keinen Plan, wie seine plötzlichen Sinneswandlungen zustande gekommen waren. Und nun bekam ich auch noch diese kryptische Nachricht auf mein Handy.

Wie warm?, schrieb ich zurück. Er hatte mir nicht gesagt, was er heute vorhatte.

Warm genug für einen Tag draußen.

Ich sah aus dem Fenster, konnte direkt auf das Wasser sehen und auf den Nebel, der sich gerade aus der Stadt verzog und zurück aufs Meer wanderte. Es würde ein schöner Tag werden. Aber kalt, wie mir der Blick auf das Thermometer bestätigte.

Hab ich.

Gut. Bis gleich.

Ich sah auf die Uhr. Verdammt! Ich hatte so lange rumgetrödelt, dass ich gar nicht gemerkt hatte, wie die Zeit verflogen war. Scott würde schon in einer halben Stunde hier sein. Also rannte ich zurück ins Schlafzimmer, um meine Garderobe zu wechseln und mir was Warmes anzuziehen.

Ich entschied mich für Jeans, einen kuscheligen Hoodie, Boots und eine dickere Lederjacke im Bikerstyle. Wer wusste schon, wohin Scott mich bringen würde? Aber die Vermutung, dass er tatsächlich mit dem Bike kommen würde, lag nahe. Im Bad bürstete ich noch mal durch meine Haare und zog mir den Lippenstift nach. Wenigstens etwas Gutes hatte diese Nicht-Küssen-Regel von Scott. Mein Lippenstift würde ewig halten.

Nach nicht mal zwanzig Minuten klingelte es. Ich schlüpfte in meine Jacke, schnappte mir den Schlüssel und mein Portemonnaie – auf eine Handtasche verzichtete ich – und riss die Tür zum Flur auf. Dort prallte ich gegen Scotts Brust.

Ich hatte nicht damit gerechnet, dass er hochkommen würde, sondern gedacht, er würde unten auf mich warten. Umso erschrockener war ich, als ich mich plötzlich in seinen Armen wiederfand.

Er hatte mich abgefangen, so wie schon vor ein paar Tagen im Shop. Ich fühlte seine harte Brust unter meinen Fingern und atmete seinen unverwechselbaren Duft ein. Zedernholz und Tanne. Männlich herb und so natürlich. Für einen kurzen Moment vergaß ich alles um mich herum, war versucht, die Augen zu schließen und mich an ihn zu lehnen. Bis seine raue Stimme mich daran erinnerte, warum er hier war.

»Guten Morgen, Honey. Bist du startklar?«

Ich schluckte, mein Hals war rau wie Schmirgelpapier. Honey. Dieser Kosename war so vertraulich, so intim, als wären wir seit Jahren ein Paar. Dabei waren wir überhaupt kein

Paar! Doch aus seinem Mund klang es so selbstverständlich, dass ich nicht widersprach. Aber es brachte mich dennoch aus dem Gleichgewicht.

»Bin ich«, krächzte ich und zwang mich, einen Schritt zurückzutreten. Aber seine Arme hielten mich fest, und als er sein Gesicht an meins brachte, mir einen leichten Kuss auf die Wange hauchte, wollte ich in seinen Armen zerfließen.

»Sehr gut. Dann lass uns starten.« Er lächelte mich an, seine Augen funkelten spitzbübisch, während in meinem Körper ein Feuer tobte.

»Ja, klar.«

Er ließ mich los, trat einen Schritt zurück, damit ich die Tür schließen konnte. Als sie hinter uns ins Schloss gefallen war, griff er nach meiner Hand. »Auf geht's.«

Ich folgte ihm mit zitternden Knien. Die Selbstverständlichkeit, mit der er mich begrüßt hatte und jetzt meine Hand hielt, erschreckte mich. Aber ich genoss es auch, ihn so nahe bei mir zu wissen.

Vor der Tür suchte ich nach seinem Motorrad, aber da stand nur ein schwarzer Pick-up, auf den er jetzt zusteuerte.

»Wir fahren mit dem Auto?«

»Hast du gedacht, ich komme dich mit dem Cablecar abholen?«

»Das fährt hier nicht«, gab ich zurück.

»Ich weiß. Deswegen das Auto.« Er sprang den letzten Meter zum Wagen, öffnete die Beifahrertür und zwinkerte mir zu. »Hüpf rein.«

Der Einstieg war hoch, viel höher als in meinem Lexus, der tiefergelegt war und in den ich mit meinen engen Röcken gut rein- und wieder rauskam. Hier wäre ich damit schier gescheitert. Ich kletterte also rein und ließ mich in das weiche schwarze Leder fallen. Scott rannte um den Pick-up herum und stieg ebenfalls ein. Dann ließ er den Motor an, und ein sattes Röhren ertönte.

»Wohin fahren wir?«

Wieder zwinkerte er mir zu, grinste und gab Gas. »Lass dich überraschen, Honey.« Gott, dieser Kosename aus seinem Mund strich mir über die Haut wie warme Butter über einen heißen Toast. Es erschreckte mich, aber ich mochte es auch irgendwie, wenn er mich so nannte, konnte aber überhaupt nicht begreifen, warum er es tat. Ich verstand nicht, wieso er mich auf einen Trip mit ihm eingeladen hatte. Ich verstand so vieles nicht.

»Woran denkst du?« Scott warf mir einen kurzen Blick zu.

»Ich hab nur gerade darüber nachgedacht, wohin du uns wohl bringst«, log ich und sah aus dem Fenster.

Wir ließen die Oakland Bridge hinter uns rechts liegen und fuhren über die Embarcadero, was Spanisch war und so viel wie Landungsbrücke bedeutete. Sie verlief an der Ostküste vom AT&T Center an bis nach oben zum Pier 39 entlang der Bucht. Die Gegend kannte ich gut. Ich sah vom Auto aus das Cupid's Span, eine Skulptur im Rincon Park in Form eines Pfeils und Bogens. Wenn ich mal den Kopf frei haben wollte, ging ich dort spazieren, abends, wenn die unzähligen Touristen fort waren.

Wir fuhren weiter, vorbei am Pier 39, der auch heute hoffnungslos mit Touristen überfüllt war, weil sich dort eine Seelöwenkolonie befand. Ich hoffte nicht, dass Scott mit mir zum Fisherman's Wharf fahren würde, um dort Clam Chowder zu essen. Es gab nämlich nichts, was ich mehr verabscheute als diese Fischsuppe, die in Brotschalen serviert wurde. Aber ich konnte aufatmen – er lenkte den Pick-up daran vorbei und hielt erst ein paar Minuten später am Hyde Street Pier. Hier im Maritime National Historical Park war ich noch nie gewesen, ich interessiert mich eigentlich nicht so für Schiffe. Aber als ich in Scotts leuchtende Augen sah, wollte ich auch kein Spielverderber sein.

Wir stiegen aus, und als wir nebeneinander zum Pier gingen, nahm er wieder meine Hand. Stromstöße durchzuckten mich, als seine Finger leicht über meine streichelten. Er führte mich vorbei an der Touristenmeile, wo sich Cafés und Geschäfte aneinanderreihten, in denen man maritimes Zeug kaufen konnte.

»Hast du schon gefrühstückt?«, fragte er mich.

»Nein, aber ich bin nicht so der Fischfreak«, gab ich zu.

»Ich auch nicht. Essen wir später was Anständiges?«

»Guter Plan«, stimmte ich erleichtert zu.

Er zog mich weiter durch die Gassen bis hin zum Wasser. Jetzt wusste ich, warum ich warme Sachen anziehen sollte. Der Wind war eiskalt und zerrte an meinen Haaren. Ich wischte mir ständig die Haare aus dem Gesicht, bis Scott schließlich stehen blieb und eine schwarze Beanie aus seiner Jackentasche zog.

»Hier«, sagte er und streckte sie mir entgegen.

Ich schüttelte den Kopf. Ich würde keine Mütze aufsetzen, damit sah ich total bescheuert aus. Aber andererseits … es war seine. Sie roch bestimmt nach ihm. Sollte ich doch? Ich zögerte einen Moment zu lange. Er verdrehte die Augen, dann löste er seine Finger von meinen, setzte mir die Mütze auf und schob mir auch noch die letzten losen Haarsträhnen darunter. Dann grinste er.

»Steht dir gut.«

»Spinner.«

Er grinste nur, griff wieder nach meiner Hand und setzte den Weg fort.

Mit Mütze war es tatsächlich gleich viel wärmer, und ich hatte freien Blick, ohne ständig die Haare im Gesicht zu haben.

»Warst du schon mal auf der Balclutha?«, fragte er mich und zeigte auf ein Segelschiff, das vor uns vor Anker lag.

Ich verneinte, wusste aber wohl, dass dieses Schiff eine Geschichte hatte. Und während wir näher gingen, erzählte Scott mir, warum wir hier waren.

»Als ich noch zur Schule ging, ich muss so ungefähr acht Jahre alt gewesen sein, machten wir einen Schulausflug hierher. Ich hatte nie etwas für Schiffe übriggehabt, aber als ich erstmal hier war, wollte ich nicht mehr weg.« Scott hielt an und dirigierte mich zu einer Holzbank. Wir setzten uns, und ich sah auf das Schiff, während er weitersprach. »Ich erforschte alles auf diesem Schiff, besah mir das Innere wie das Äußere. Als wir ein paar Stunden später die Heimkehr antreten mussten, war ich so aufgeregt, dass ich auf der Gangway den Halt verlor, stolperte und ins Wasser fiel.«

»Nein!« Ich schlug mir die Hand vor den Mund. Ich hatte damit gerechnet, dass er mir jetzt von der Schönheit des Schiffs vorschwärmen und mich mit Fachausdrücken bombardieren würde. Aber damit ganz sicher nicht.

Er lachte. »Doch. Ich fiel ins Wasser und hatte eine Scheißangst, als ich zwischen diesem Ungetüm und dem Dock gefangen war.«

»Gott, das kann ich mir vorstellen. Das muss schrecklich gewesen sein.«

»Ja, das war es. Es dauerte gar nicht lange, bis mich einer der Dockarbeiter rausgezogen hatte, aber für mich waren es gefühlte Stunden in dieser eiskalten Drecksbrühe. Die Rückfahrt verbrachte ich eingewickelt in eine Decke im Bus. Und schwor mir, nie wieder einen Fuß auf ein Schiff zu setzen. Ich kann zwar schwimmen, wäre auch nicht ertrunken, aber seitdem …« Er schüttelte den Kopf und grinste. »Seitdem kriegt mich niemand mehr freiwillig in ein Gewässer, das größer als ein Pool ist.«

»Oh Gott, ja, das würde mir auch so gehen.«

Scott drehte mir das Gesicht zu. Seine schokobraunen Augen funkelten mich an. »Sollten wir also mal zusammen in den Urlaub fahren, kannst du dir sicher sein, dass es nicht ans Meer geht.«

Darauf wusste ich nichts zu erwidern, viel zu sehr überwältigte es mich, dass er in Erwägung zog, mit mir … Nein, Blödsinn! Das war nichts weiter als ein blöder Spruch, der gerade gut gepasst hatte.

»Wie gut, dass du in die Berge fährst«, erwiderte ich daher nur.

»Wir.«

»Scott, ich …«

Er schüttelte den Kopf. »Ich habe dich hierhergebracht und dir diese Geschichte erzählt, um dir zu zeigen, wer ich bin, Liv. Zwar zeigt das nur einen kleinen Bruchteil von meinem Leben, aber es ist einer, der mich geprägt hat.« Sein Blick war intensiv, als er sprach. Ich bekam Gänsehaut, und das lag nicht am kalten Wind. »Ich bin niemand, der einfach so, freiwillig, ins kalte Wasser springt. Ich bin ein Mann, der keine Überraschungen mag, aber trotzdem keinen Plan für sein Leben hat, kein wirkliches Ziel. Ich habe einfach Schiss davor, mich festzulegen. Aber …« Seine Augen verdunkelten sich. »Vielleicht kann ich ja kleine Schritte machen?«

Seine Worte trafen mich mitten ins Herz. Da saß er, dieser Hüne von einem Mann, der immer so unnahbar und überlegen tat, als würde ihm die Welt da draußen nichts anhaben können. Daran hatte ich mich bereits gewöhnt. Und dann offenbarte er mir auf einmal sein Innerstes. Wie sollte ich damit zurechtkommen? Dazu kam, dass ich meine Gefühle für Scott mittlerweile einschätzen konnte, aber bis eben überhaupt nicht gewusst hatte, wie es andersrum aussah. Ich war mir sicher gewesen, dass wir nichts miteinander anfangen würden, was über eine rein sexuelle Sache hinausging. Zumindest hatte ich mir das einreden wollen. Im Einreden von Dingen war ich normalerweise unschlagbar. Aber natürlich klappte das diesmal nicht. Seit seiner Bitte um ein Date war mir klar geworden, dass es auch ihm längst nicht mehr nur um Sex ging. Es ging um mehr. Und vielleicht wollte ich einfach wissen, um was genau.

»Was ist das hier mit uns? Was soll es werden? Wohin soll uns das Ganze führen?«

»Ich bin nicht einfach, das weiß ich«, sprach er weiter. Sein Blick war bittend. »Ich habe keine Ahnung, was das hier mit uns ist. Keinen Plan, was es werden soll, und weiß auch nicht, wohin es führt. Das Einzige, das ich weiß, ist, dass es knistert, wenn wir zusammen sind.«

Das konnte ich nun wirklich nicht abstreiten. Es knisterte nicht nur, es flackerte, brannte, verbrannte mich.

»Ich will mich nicht verbrennen«, flüsterte ich.

Er legte seine Hände auf meine Wangen und sah mir tief in die Augen. »Das wirst du nicht, Liv. Das schwöre ich dir. Ich verspreche dir, ich habe nicht vor, dir wehzutun. Ich brauche nur Zeit. Zeit ist alles, worum ich dich bitte.«

»Warum?«, wollte ich wissen. Ich musste wissen, aus welchem Grund ich ihm die Zeit geben sollte, um die er bat. Dass ich selbst Zeit brauchte, nicht vertrauen konnte, mich ihm nicht vollständig öffnen konnte, verschwieg ich ihm. Er musste nicht wissen, was in mir vorging. Nicht, bevor nicht auch er ehrlich zu mir war.

»Weil ich es versuchen möchte.«

»Was versuchen?«

»Das mit dir.«

Olivia

Scott stellte die Heizung höher, ohne dass ich ihn darum gebeten hatte. Ein kleines Frösteln meinerseits hatte ihn dazu veranlasst. Er war so aufmerksam, dass es schon fast wieder unheimlich war. Unsere Blicke trafen sich über den Rückspiegel, und er zwinkerte mir zu. Sofort schlug mein Herz Purzelbäume.

Wir waren bereits seit drei Stunden unterwegs, mindestens drei lagen noch vor uns, bis wir im Mammoth Mountain Gebiet ankommen würden. Scott hatte erst Sam und Brad eingesammelt, dann mich von zu Hause abgeholt. Sein Gepäck belief sich auf eine überdimensionale Reisetasche, zwei Paar Carvingski, ein Snowboard, Schuhe und Helm. In meinem Gepäck befanden sich ein Paar Ski weniger und eine etwas kleinere Tasche. Meine Sachen hatten gerade noch so hinten auf die Ladefläche gepasst, die bereits mit den Ausrüstungen der anderen beiden voll gewesen war und die Scott dann mit einem Hardtop überdacht hatte. Im Wagen war Platz für vier Leute, und ich hatte Brad freiwillig den Beifahrersitz überlassen. Ich hatte Schiss davor, die ganze Fahrt über neben Scott zu sitzen, ihm so nahe zu sein, und war froh, es noch etwas aufschieben zu können.

»Besser?«, rief Scott nach hinten. Die Lüftung lief auf Hochtouren, und die warme Luft vertrieb mein Frösteln.

»Ja, danke.«

Er warf mir ein kurzes Lächeln zu, bevor er sich wieder auf die Straße konzentrierte. Ich senkte den Blick und sah zur Seite, aber das war auch nicht besser. Neben mir saß Sam, das Mädchen aus dem Shop, mit dem Scott noch vor ein paar Tagen so vertraut umgegangen war, dass ich tatsächlich auf diesen Eifersuchtstrip gekommen war. Peinlich, peinlich, wenn man bedachte, dass sie die Freundin von Scotts Kumpel Brad war.

Sam schmunzelte, während sie mich musterte.

»Was?«, fragte ich. Ich hatte keine Ahnung, wie sie so drauf war, ob sie genau so locker war, wie ihr Äußeres vermuten ließ. Ihre langen lila Haare waren zu einem Knoten auf dem Kopf gebunden, ihr zierlicher Körper steckte in bunten Leggins und einem übergroßen Hoodie. Ihr hübsches Gesicht brauchte sie nicht hinter Make-up zu verstecken. Dafür hatte sie eine Menge Piercings. Sie wirkte trotzdem natürlich, fröhlich und offen. Scott hatte erwähnt, dass sie Medizin studierte, und mir erzählt, dass sie sich alle untereinander schon lange kannten und sie und Brad schon ewig zusammen waren.

»Oh, nichts. Ich freu mich nur«, gab sie mit einem Lächeln zurück.

»Worüber?«

»Darüber, dass du dabei bist.«

Das überraschte mich. Wir kannten uns gar nicht, aber gut. Vielleicht freute sie sich einfach über weibliche Unterstützung.

»Ich freu mich auch, dabei zu sein«, erwiderte ich daher und fing erneut Scotts Blick auf. Wieder schoss mir das Blut in die Wangen, und alles in mir kribbelte.

Seit er gestern festgestellt hatte, dass die Luft zwischen uns knisterte und wir uns davor nicht verschließen konnten, fühlte ich mich wie elektrisch aufgeladen. Er hatte ausgesprochen, was ich schon die ganze Zeit gedacht hatte: Der Sex zwischen uns war anders gewesen als alles, was ich vorher mit einem Mann erlebt hatte. Und ihm schien es genauso zu gehen. Zumindest ähnlich.

Eigentlich hätte ich diesem Trip nie zustimmen dürfen. In meinem Büro stapelte sich die Arbeit, und faktisch war es unmöglich, mich drei Tage abzuseilen und nicht zu arbeiten. Aber nachdem Scott mich gebeten hatte, ihm eine Chance zu geben, kleine Schritte zu gehen, hatte ich nicht ablehnen können. Ich wollte mit ihm zusammen sein, mit ihm gemeinsam die Luft zum Knistern bringen. Und er mit mir. Das war erstmal alles, was zählte.

Wir passierten gerade den Eldorado National Forest, über uns erhob sich nichts als strahlend blauer Himmel und um uns herum das dunkle Grün der Bäume. Die Berge waren zum Greifen nah. Direkt neben uns ging es steil bergab, aus dem Autofenster konnte ich den Fluss erkennen, der etwa zehn Meter unter uns bergab strömte. Auf der anderen Seite ging es steil nach oben, außer einer rauen Felswand und vereinzelten Bäumen konnte ich nichts erkennen. Ich wollte gar nicht wissen, wie es wäre, wenn man hier ins Schleudern käme. Nicht einmal eine Leitplanke würde uns hier vor einem Sturz in die Fluten bewahren. Gott sei Dank lag hier noch kein Schnee, die Straße war frei, und Scott war ein wirklich umsichtiger Fahrer. Ich fühlte mich sicher.

So sicher, dass ich den Blick kurz wieder auf mein Handy richtete und meine Mails checkte, die seit dem Morgen eingegangen waren. Gerade kam eine Nachricht von meinem Assistenten Sean rein, der mir mitteilte, dass er all meine Termine jetzt auf nächste Woche verschoben hatte.

»Kannst du das Ding nicht mal beiseitelegen?«

Ich sah irritiert auf. »Was hast du gesagt?«

Sam schüttelte grinsend den Kopf und zeigte mit der Hand auf mein Smartphone. »Dein Handy. Seit einer Stunde beschäftigst du dich mit diesem Ding, anstatt die Aussicht zu genießen. Du verpasst echt was.«

Ich stutzte kurz, doch dann lächelte ich. »Stimmt. Du hast recht. Tut mir leid«, sagte ich und warf Sam ein entschuldigendes Lächeln zu. Ich schaltete das Handy aus und legte es in meine Handtasche im Fußraum zurück.

»Kein Problem«, meinte sie lachend.

Scott Miene entspannte sich, und er deutete in Richtung der Straße vor uns. Ich folgte seinem Blick durch die vordere Scheibe. Wir bogen gerade um eine Kurve, und die Strecke führte bergab. Ich sah nach vorne und juchzte auf. Und ich war unglaublich froh, dass ich das Handy weggepackt hatte. »Oh. Mein. Gott!«, stieß ich aus.

»Jetzt weißt du, was du verpasst hättest, oder?« Sam beugte sich nach vorne und legte Brad eine Hand auf die Schulter, die er sofort ergriff, um ihre Finger zu küssen.

Ich konnte meinen Blick nicht von den weißen Bergspitzen abwenden, die sich vor unseren Augen erstreckten. Zwar waren sie noch kilometerweit entfernt, aber sie steigerten die Vorfreude auf ein paar Tage im Schnee. Gemeinsam mit Scott.

Nach einigen Kilometern erreichten wir einen kleinen Parkplatz. »Ich muss mir mal die Beine vertreten und für kleine Königstiger«, sagte Scott, als er den Motor abstellte. Wir stiegen alle aus, Scott und Brad verschwanden, und Sam und ich suchten die Toiletten auf. Das war die erste Pause, die wir machten, und es tat gut, wenigstens für ein paar Minuten dem Autositz und der Enge des Wagens zu entfliehen.

Als wir wieder rauskamen, waren die Jungs immer noch irgendwo hinter den Bäumen verschwunden. Sam und ich schlenderten derweil zum anderen Ende des Rastplatzes und versuchten, von dort einen Blick auf die Berge zu erhaschen. Ich sah, dass der Parkplatz eine Art Aussichtsplattform hatte, und stellte mich an das Geländer, von dem aus ich das ganze Tal überblicken konnte. Herrlich. Gott, ich merkte erst jetzt, wie sehr ich die Berge vermisst hatte. Seit mein Dad gestorben war, waren weder Mom noch ich wieder in Yosemite gewesen. Ich war danach noch ein paar Mal mit Freunden Ski laufen gewesen, in anderen Gebieten, aber das war nicht dasselbe. Das Leben war ohne Dad nicht mehr dasselbe.

Er war jetzt über sechzehn Jahre tot, ich hatte mich an die Leere, die er hinterlassen hatte, gewöhnt. Sofern man sich an sowas gewöhnen kann.

Ich schlang fröstelnd die Arme um meinen Oberkörper, während ich den Blick auf die Berge richtete. Hinter mir hörte ich das Knirschen von Schritten auf dem Sand, hörte Scott mit Brad herumalbern, und sofort raste eine Gänsehaut über meinen Rücken.

Sam ging zu Brad rüber, und Scott blieb hinter mir stehen, ich fühlte seinen Atem in meinem Nacken, als er die Arme um mich legte. Ich erschauderte unter seiner Berührung und griff nach seinen Fingern, die er sofort mit meinen verschränkte.

Ich wusste nicht, wann seine Verwandlung angefangen hatte, aber er ging anders mit mir um. Scott hatte aufgehört, mich zu ignorieren, und angefangen, sich um mich zu bemühen.

Als wir nach der Party bei Kyle und Peg zu mir gefahren waren, hatte ich Lust in seinen Augen gesehen. Und diese Lust, dieses Begehren hatte uns die ganze Nacht begleitet. Doch jetzt lag etwas anderes in seinen Augen. Ich wollte nicht übereifrig klingen, mich nicht selbst belügen, aber wenn ich alle Zeichen richtig deutete, dann lag darin eine Wärme, die ich bei ihm noch nie gesehen hatte. Und das machte mir Angst. Denn wenn diese Wärme wirklich mir galt, dann wusste ich nicht, wie lange ich ihr noch widerstehen konnte. Besonders nicht, wenn sie so dicht hinter mir glühte.

»Der Ausblick ist wunderschön«, sagte ich, ohne ihn anzusehen, weil ich das Schweigen nicht länger ertrug.

»Ist er«, raunte er. Sein Mund musste irgendwo neben meinem Ohr sein, ich spürte, wie sich der Abstand zwischen unseren Körpern verringerte, er mich näher an seine Brust zog. Also versuchte ich, mich zu entspannen, und lehnte mich gegen ihn, wobei ich mich bemühte, meine Atmung unter Kontrolle zu halten. Er hauchte einen Kuss auf mein Haar.

»Guck mal. Wenn du genau hinsiehst, kannst du schon das Gebiet von Mammoth Mountain erkennen.« Er wies an mir vorbei, und ich versuchte, mich auf das zu konzentrieren, was er mir zeigte, aber stattdessen nahmen wieder die Achterbahnen in meinem Innersten Fahrt auf. Diesmal waren es nur zwei: *Nimm ihn an, lass dich fallen*, stand auf der einen. *Geh! Lauf weg, bevor es zu spät ist!* auf der anderen. In welche sollte ich einsteigen? Ich hörte kurz in mich hinein und verstand: Es war schon längst zu spät. Viel zu spät.

Meine Augen schlossen sich, um noch mehr von Scott in mir aufzunehmen, ihn zu riechen, zu fühlen, zu hören, da spürte ich das Kratzen seines Barts an meiner Wange und gleich darauf … seine Lippen – für einen scheuen, vorsichtigen Kuss. Dann ließ er mich los.

»Lass uns weiterfahren. Wir haben noch eine Menge Weg vor uns.« Seine Stimme klang rau, so als hätte er sie lange nicht benutzt. Er wandte sich von mir ab und ich hörte wieder das Knirschen auf dem Sand, als er sich von mir entfernte. Erst als eine Autotür klappte, war ich in der Lage, mich von dem Fleck zu lösen, an dem ich in seinem Arm gestanden hatte. Von dem Ort, an dem Scott mich geküsst hatte. Wenn auch nur auf die Wange. Aber vielleicht war das ein Anfang. Ich wagte kaum, es mir einzugestehen, doch auch wenn es alles nur verkomplizieren würde, sehnte sich jede Faser meines Herzens danach, mehr von ihm zu spüren.

Olivia

Als ich einsteigen wollte, war der Platz auf dem Rücksitz bereits besetzt. Brad hatte sich zu Sam gesellt.

»Es macht dir doch hoffentlich nichts aus?«, fragte er und Sam zwinkerte mir zu.

»Nein, natürlich nicht«, sagte ich, obwohl ich ihn am liebsten aus dem Fond gezerrt hätte. Aber ich lächelte tapfer und stieg vorne ein.

Den Rest der Fahrt verbrachten Scott und ich mehr oder weniger schweigend, während Sam und Brad auf dem Rücksitz herumalberten und ständig knutschten. Ich versuchte mir meine Unsicherheit nicht anmerken zu lassen, aber als mir Scott wie selbstverständlich seine Hand auf den Oberschenkel legte, schossen die Hormone nur so durch meinen Körper. Seine Hand brannte sich durch den Stoff der Jeans in meine Haut ein, und ich bemühte mich krampfhaft, nicht zu erzittern.

Scotts Verhalten brachte mich durcheinander. Ich verstand einfach nicht, wo diese plötzliche Wandlung herrührte. Alles hatte begonnen, als wir im *Skinneedles* am Lagerfeuer gesessen hatten. Ich zermarterte mir das Hirn, fragte mich, was ich getan hatte, dass er sich mir so unerwartet näherte. Aber ich fand keine vernünftige Antwort darauf, außer, dass er mich dieses Wochenende vielleicht einfach nur in seinem Bett haben wollte. Aber gut – von der Bettkante würde ich ihn nicht stoßen. Dafür hatte er es eindeutig zu gut drauf.

Aus den Augenwinkeln beobachtete ich ihn verstohlen. Das rot-schwarz karierte Holzfällerhemd saß locker über dem weißen T-Shirt, dazu passend trug er helle Jeans. Grobe Lederboots vervollständigten sein winterliches Outfit. Ich trug ebenfalls legere Kleidung, Jeans und einen Hoodie. In meiner Tasche lagen neben meinen Skiklamotten noch zwei davon.

Als wir nach weiteren drei Stunden Fahrt und einer Pause endlich an der Skihütte ankamen, stand bereits ein Van in der schneebedeckten Einfahrt.

»Wer ist das denn?« Scott runzelte die Stirn und parkte den Pick-up daneben.

Sam reichte uns unsere Jacken vom Rücksitz. »Ich habe keine Ahnung«, sagte sie. Auch Brad zuckte mit den Schultern.

Scott zog sich mit finsterer Miene seine Jacke über, dann öffnete er die Tür. Seine plötzliche Anspannung verwirrte mich, und ich fragte mich nun auch, wem der Van gehörte. Hatte bereits jemand anderes die Hütte bezogen? Ein Schwall kalter Luft traf mich und brachte klirrende Kälte in den Wagen. Auch Sam und Brad hatten sich ihre Jacken übergeworfen und stiegen aus. Also zog ich mir ebenfalls die Jacke an und kletterte aus dem Pick-up.

Der Schnee knirschte unter meinen Boots, und ich sog die kalte Luft ein. Als ich ausatmete, stieß ich kleine weiße Wölkchen aus. Gott, war das herrlich. Frische Luft gab es in San Francisco ebenso oft wie Regen in der Wüste Arizonas. Von daher beschloss ich, an diesem Wochenende so viel wie möglich davon in meine Lungen zu lassen.

Der Himmel über uns zeigte sich von seiner besten Seite, keine Wolke war zu sehen. Die Sonne versank langsam hinter den Baumspitzen und warf lustige Schatten auf den Schnee. Mittlerweile war es früher Abend, und in weniger als einer Stunde würde es stockfinster sein. Ich hoffte, dass wir nicht noch kurzfristig nach einer anderen Unterkunft suchen mussten, weil es bei der Vermietung eine Doppelbelegung gegeben hatte.

Die Hütte befand sich ein ganzes Stück abseits vom Rummel des Skigebiets am Mammoth Mountain, dort gab es auch

Ferienhäuser und Appartements. Aber ob noch was frei wäre? Auf der Fahrt hierher hatte ich die Schilder zu den Parkplätzen bei den Liften gesehen. Wir waren noch gute zehn Minuten weiter bergauf gefahren, und jetzt standen wir vor einem Haus aus dunklem Holz, das mitten im schneebedeckten Wald lag, der alle Geräusche von außerhalb abschirmte.

Die Hütte hatte zwei Stockwerke. Rechts führte eine steile Holztreppe zum Eingang hinauf, nach vorne raus befand sich eine Veranda, die wahrscheinlich um das ganze Haus herumführte und auf Stelzen befestigt war. Hinter den großen Fenstern war Licht zu sehen, und ich war gespannt, was uns erwarten würde.

»Wartet hier«, wies Scott mich und Sam an und machte sich gemeinsam mit Brad auf den Weg zur Haustür. Ich hörte sie anklopfen, dann sah ich sie eintreten. Und nur eine Minute später trat eine schlanke Frau raus, die uns fröhlich entgegenwinkte. Ihre langen blonden Haare glänzten seidig und fielen wie frisch gewaschen über ihre Schultern, und ihre Haut schien aus Alabaster zu sein, so hell und ebenmäßig war sie. Ihre Augenbrauen wirkten wie aufgemalt, ihr Gesicht wie modelliert, ihre Nägel gemacht. Alles in allem war sie die perfekte Beautyqueen.

Ich selbst trug immer – wirklich immer – Make-up, ging ohne meinen roten Lippenstift und dem passenden Nagellack nicht aus dem Haus. Ich gönnte mir regelmäßig ausgiebige Sitzungen bei der Kosmetikerin und beim Friseur. Doch nach der langen Fahrt und unter dem kurzen, kritischen Blick dieser Frau fühlte ich mich ungeschminkt und wünschte mich plötzlich verzweifelt an einen anderen Ort.

»Hey, Sam!«

Sam wirkte überrascht, als die Blonde auf uns zukam und sie zur Begrüßung in den Arm nahm. »Jolie! Was machst du denn hier?«

»Wir haben uns kurzfristig umentschieden«, erklärte sie. »Kommt rein, wir haben schon ein Feuer gemacht.«

»Ah, super. Ist arschkalt hier.« Sam rieb sich die Hände und steuerte auf die Hütte zu. Ich wollte ihr folgen, aber Jolie hielt mich mit skeptischem Blick zurück.

»Ich bin Jolie. Mir gehört die Hütte. Und wer bist du?« Ich hörte einen Anflug von Feindseligkeit in ihrer Stimme. Was hatte sie für ein Problem mit mir? Wir kannten uns nicht, hatten noch nicht mal die üblichen Begrüßungsfloskeln miteinander ausgetauscht, und schon schien sie mir gegenüber voreingenommen. Ich straffte meine Schultern und wollte gerade eine Antwort im passenden Tonfall geben, da rannte Scott schon die Treppen runter und auf uns zu.

»Sie gehört zu mir, Jolie«, rief er und trat sogleich an meine Seite, legte mir den Arm um die Schultern und zog mich zu sich. Als würde er klarstellen müssen, dass wir zusammen hier waren. Diese Geste erwärmte mein Herz. »Das ist Liv. Liv, das ist Jolie. Eine alte Freundin.« Jolie zog ihre perfekt gezupften Augenbrauen in die Höhe. So als würden ihr Scotts Worte nicht gefallen. Das überraschte mich, aber ich bemühte mich um ein freundliches Lächeln. »Schön, dich kennenzulernen«, sagte ich und war versucht, ihr die Hand zur Begrüßung entgegenzustrecken, aber ihr kalter Blick hielt mich davon ab. Unschlüssig steckte ich meine Hand in die Jackentasche, mit der anderen umklammerte ich Scotts Jacke hinter seinem Rücken, während die beiden sich ein stummes Duell zu liefern schienen.

»Na dann … Kommt rein.« Jolie nickte mir noch kurz zu, dann drehte sie sich um und ging in ihren engen Jeans und dem Poncho grazil zum Haus zurück. Als sie in der Tür verschwunden war, sah ich Scott fragend an.

»Gibt es etwas, das ich wissen sollte, bevor ich mich in die Höhle der Löwin wage?«

Ich spürte, wie Scott neben mir tief einatmete. »Ich wusste nicht, dass die beiden hier sein würden.«

»Wer?«

»Paul und Jolie. Sie sind Freunde, Jolie gehört die Hütte.«

»Ja, das hat sie mir schon unter die Nase gerieben. Aber mal ehrlich – wie Freunde habt ihr euch nicht gerade verhalten.«

Scott fuhr sich mit der Hand durch die Haare. »Es ist … kompliziert.«

»Das ist nicht zu übersehen.« Verdammt, ich hatte Schiss. Zwischen den beiden lief irgendwas, was ich offensichtlich nicht wissen sollte. Ich ahnte, dass dieses Wochenende nicht so harmonisch ablaufen würde, wie ich es mir vorgestellt hatte.

Er drehte sich zu mir und legte die Arme um mich. Dann brachte er seine Stirn an meine und sah mich an. Ich hielt die Luft an, wagte nicht, zu viel von diesem Mann einzuatmen. »Mir wäre es auch lieber, wir wären alleine hier, aber gut. Wir werden uns schon arrangieren. Ich denke, ich kriege das hin. Du auch?«

»Ich weiß nicht, sie scheint mich nicht sonderlich zu mögen«, murmelte ich.

Scott schnaubte und sah zum Haus rüber. »Jolie ist … manchmal kompliziert. Nimm's nicht persönlich, okay?«

»Wenn das so ist …«

Er legte eine Hand auf meine Wange. »Hey, ich bin da, okay? Ich bin mit dir hier. Und ich passe auf dich auf.« Bei seinem Blick wurde mir ganz anders. Er war ernst und durchdringend. Mit seinen Augen formulierte er eine stumme Bitte. Ich konnte nicht antworten, mein Hals war viel zu trocken, also nickte ich nur.

»Dann lass uns reingehen.«

Arm in Arm gingen wir über den bereits festgetretenen Schnee zur Treppe und ins Haus hinein. Ich zog die imaginäre Mauer um mich höher, als er die Tür öffnete.

Hier war es warm, es brannte schon ein Feuer im Kamin, und Sam half Jolie, Lebensmittel aus Körben in Schränken zu verstauen.

»Hey, ihr Turteltauben. Da seid ihr ja endlich!« Sam grinste und zwinkerte uns zu, während sie einen Haufen Nudeln in einen der rustikalen Küchenschränke schichtete. Jolie guckte uns mit dem Arsch nicht an. Wenn sie mich die nächsten beiden Tage ignorieren würde, käme ich wohl damit klar. Sam war lustig, und Scott – er würde schon dafür sorgen, dass sie mir nicht die Augen auskratzte. Warum auch immer sie das wollte.

»Wo sind die Jungs?« Scott sah sich suchend in dem großen Raum um, der als Küche, Ess- und Wohnzimmer zugleich fungierte und dessen Boden mit wundervollen alten Holzdielen ausgelegt war.

»Holz hacken«, kam die Antwort von Jolie.

»Dann gehe ich mal nachsehen, ob ich helfen kann.« Er sah mich eindringlich an. »Kann ich dich allein lassen?«, flüsterte er mir zu.

»Ja, sicher«, antwortete ich bestimmt. Die Blöße, vor dieser Tussi zu kuschen, würde ich mir nicht geben. Ich hatte schon schwerere Kämpfe bestritten und gewonnen.

»Okay. Benehmt euch, Mädels«, bat er, während er dabei Jolie anschaute. Die aber sah mich an, rollte mit den Augen und wandte sich ab. *Bitch.* Sam kicherte und streckte ihm die Zunge raus.

Scott grinste, strich mir noch mal über die Wange, dann durchquerte er den Raum und verschwand durch die Hintertür. Wie es aussah, kannte er sich hier aus, wusste, welchen Weg er nehmen musste. Er war schon öfter hier gewesen, so viel stand fest. Mit Jolie? Ich schüttelte mich innerlich, fühlte mich ohne ihn an meiner Seite etwas verloren. Und trotz des knisternden Feuers im Kamin wurde mir kalt. Aber ich wollte mir die Laune nicht verderben lassen. Schon gar nicht von dieser Bitch. Wir mussten ein ganzes Wochenende miteinander auskommen. Ich für meinen Teil wollte es jedenfalls versuchen.

Also straffte ich meine Schultern und bemühte mich um Gelassenheit. Ich konnte die Mädels wohl kaum hier ackern lassen und aufs Zimmer verschwinden, auch wenn alles in mir danach schrie. Ich zog meine Jacke aus, legte sie über einen der Stühle am großen Esstisch, der zu meiner Linken stand, und schob die Ärmel meines Hoodies hoch.

»Was kann ich tun?«

»Sag bloß, du kannst kochen?«, fragte Jolie mich in abfälligem Ton.

Ich hob mein Kinn. »Willst du es drauf ankommen lassen?«

»Also nicht. Hab ich's mir doch gedacht«, bemerkte Jolie mit spitzer Zunge.

Sam stieß ihrer Freundin in die Rippen. »Kannst du deine Launen vielleicht mal nicht an Olivia auslassen?«

Jolie verdrehte die Augen. Sam schüttelte den Kopf und warf mir einen entschuldigenden Blick zu.

»Du musst Jolie nicht ernst nehmen«, flüsterte sie mir zu. »Sie hat gerade ihre schwierigen fünf Minuten. Das geht auch wieder vorbei. Komm, wir holen die Sachen aus dem Auto. Du kommst alleine klar?«, fragte sie ihre Freundin.

Jolie murmelte etwas für mich Unverständliches, wandte sich ab und begann ein paar Töpfe aus den Schränken zu ziehen. Ich presste meine Lippen aufeinander, damit mir ja keine Unfreundlichkeiten rausrutschten, und griff wieder nach meiner Jacke.

Als wir draußen waren und Sam die Tür hinter mir geschlossen hatte, hakte sie sich bei mir unter. »Mach dir nichts draus. Jolie ist im Grunde ein feiner Kerl, aber manchmal gehen die Pferde mit ihr durch.«

»Ich hoffe, dass sie die schnell wieder einfängt.«

Sam lachte. »Das wird sie. Ganz bestimmt. Ich kenne sie schon ein paar Jahre. Die kriegt sich wieder ein.«

»Wenn du sie so gut kennst, dann kannst du mir sicher auch sagen, was sie gegen mich hat, oder?«, fragte ich.

Sam zuckte mit den Schultern. »Vermutlich hatte sie sich auf ein ungestörtes Wochenende mit Paul gefreut, und wir haben ihr einen Strich durch die Rechnung gemacht.«

Mir lag auf der Zunge zu erwidern, dass sich ihr Unmut in dem Fall wohl nicht nur gegen mich richten würde, aber ich spürte, dass Sam nicht weiter darüber reden wollte. Ich hatte auch nicht vor, sie in eine Zwickmühle zu bringen, in der sie über ihre Freundin lästern musste. Sie und Jolie kannten sich länger, und ich würde es schon überleben.

Hinter dem Haus hörte ich, wie die Axt ins Holz gerammt wurde und die Männer miteinander redeten. Dabei fiel mir ein, dass ich Paul noch gar nicht kennengelernt hatte. Hoffentlich war er nicht genauso ätzend wie seine Freundin. Ich hörte, wie mit Flaschen angestoßen wurde, vermutlich tranken sie ein Bier zusammen. Die Stimmen waren zu undeutlich, um etwas verstehen zu können. Aber ich hörte Scott auflachen, und mein Herz hüpfte bei dem Geräusch.

Wir räumten den Pick-up leer und schleppten die Skiausrüstungen ins Haus, brachten sie in einen extra dafür eingerichteten Raum, dann holten wir die Taschen und trugen sie ebenfalls rein. Jolie war nirgends zu sehen, worüber ich echt froh war. Sam zog mich durch den großen Wohnbereich zur Treppe nach oben. »Komm, ich zeig dir die Zimmer.«

Ich schnappte meine Reisetasche und folgte ihr die schmalen Stufen ins oberste Stockwerk. Vor der dritten Tür links blieb Sam stehen und öffnete sie. »Hier ist euer Zimmer.« Ich musste sie ziemlich erstaunt angesehen haben, denn sie erklärte sich sogleich. »Die Hütte hat nur drei Zimmer. Und da Paul und Jolie unerwartet dabei sind, bleibt jedem Paar eins.«

»Wir sind kein Paar, wir …«

»Ja, schon klar.« Sie schüttelte lachend ihren Kopf, dass der lila Dutt mächtig ins Schwanken kam. Ich beschloss, einfach nicht weiter darauf einzugehen. »Das Zimmer hier geht nach hinten raus und hat wie die beiden anderen auch ein eigenes Bad. Hereinspaziert.«

Mir war bis eben nicht klar gewesen, dass ich mir mit Scott ein Zimmer teilen würde. Und als ich mich umsah, begriff ich, dass wir uns nicht nur den Raum teilen mussten, sondern auch das Bett.

Das Abendessen verlief relativ harmonisch. Nachdem ich mit Sam wieder nach unten gegangen war, hatte ich dann auch endlich Paul kennengelernt. Er war der kleinste der Männer, wenn auch nur knappe fünf Zentimeter zu Scott fehlten. Seine blonden Haare waren kurz geschnitten, und die blauen Augen musterten mich freundlich, als er auf mich zukam. Und wider Erwarten war er total nett. Er hatte mich herzlich begrüßt, den kalten Blick seiner Freundin ignorierend. Ich war ihm dafür sehr dankbar, das brachte etwas Normalität in diese Runde.

Natürlich hatte Jolie allein gekocht. Es gab Penne mit Hähnchen, und ich hätte das niemals so lecker hinbekommen. Nachdem ich ihr Essen gelobt und sie mir daraufhin nur einen weiteren Seitenhieb verpasst hatte, indem sie sich über meine nicht vorhandenen Kochkünste mokiert hatte, war sie von Scott mit einem scharfen Blick zum Schweigen gebracht worden. Am liebsten hätte ich sie über den Tisch gezogen und ihr meine Meinung gesagt, aber ich lächelte tapfer und hielt mich Scott zuliebe – und des lieben Friedens willen – zurück.

Auch wenn ich meine Angelegenheiten normalerweise selbst regelte, war ich froh, dass er für mich in die Bresche gesprungen war. Zumal es nicht wirklich meine Angelegenheit war, sondern seine. Ganz offensichtlich. Wie dem auch war – nun ging sie mir jedenfalls nicht weiter auf die Nerven. Ein paar kalte Blicke waren alles, womit sie mich strafte. Damit konnte ich leben. Paul hingegen war neutral wie die Schweiz. Er war freundlich, richtete ab und an das Wort an mich, hielt sich aber ansonsten von mir fern.

Ich war froh darum, dass Scott mir den Platz neben sich am Tischende zugedacht hatte. Brad und Sam gruben eine lustige Anekdote nach der anderen aus, um die eisige Stimmung am Tisch aufzulockern. Ja, wir lachten, und es wurde auch rumgealbert, aber dennoch spürte ich, wie angespannt alle waren. Jolie versprühte ihr Gift, und die anderen taten krampfhaft so, als bemerkten sie es nicht. Es war so lächerlich. Wie gerne hätte ich meinem Ärger über ihr unmögliches Verhalten Luft gemacht, ihr an den Kopf geworfen, ob sie nicht merkte, dass sie ihren Freunden damit den Abend verdarb, diese aber trotzdem versuchten, ihre Launen auszugleichen. Aber ich hielt mich zurück, hörte nur zu und lächelte, wenn es angebracht war, und konzentrierte mich auf Scott. Ihn so direkt neben mir zu spüren, seinen Geruch in meiner Nase und sein Bein, das ständig gegen meines stieß, war nichts, was ich einfach ignorieren konnte. Ich war mir seiner Nähe mehr als bewusst. Und dessen war er sich wiederum bewusst. Dieser Kerl war noch mein Untergang.

Nach dem Essen halfen alle mit, den Tisch abzuräumen. Aus dem Augenwinkel sah ich, wie Scott Jolie zur Seite zog und auf sie einredete. Sie standen bei der Treppe, die ins obere Stockwerk führte, aber ich konnte nichts hören. Ihrer Miene nach zu urteilen, gefiel ihr nicht, was sie zu hören bekam. Ich vermutete, dass er sie zurechtwies, was ihr Verhalten mir gegenüber betraf.

Nach dem Gespräch verschwand Jolie auch ziemlich schnell die Treppe zu den Zimmern rauf. Wenige Sekunden später knallte eine Tür ins Schloss.

»Ich geh mal nach ihr sehen«, meinte Paul nur und folgte ihr. Scott sah ihm hinterher, dann ging er zum Kamin und legte Holz nach. Seine Haltung war angespannt und strahlte dieses Nicht-anfassen-nicht-ansprechen-Ding aus. Das erkannte selbst ich. Ich zügelte also meine Neugier und half Sam freiwillig in der Küche, während Scott und Brad schweigend bei einem Whisky am Kamin saßen. Paul und Jolie kamen nicht zurück. Gott sei Dank, die Stimmung war so schon mies genug. Die Anspannung, die beim Essen geherrscht hatte, war immer noch greifbar. Am liebsten hätte ich die Fenster aufgerissen und frische Luft reingelassen. Stattdessen griff ich mir ein Handtuch und fragte mich, was zwischen Scott und Jolie ablief, dass sie mir, seiner Begleitung, solche Feindseligkeit entgegenbrachte, dass sogar ihr Freund sauer wurde. Ich begriff es einfach nicht.

Sam wusch das Geschirr ab, ich trocknete es ab. Die Hütte besaß keine Spülmaschine, war nur mit dem Nötigsten ausgestattet. Ich hoffte nur, dass es wenigstens Kaffee gab.

»Ich hätte echt nicht gedacht, dass Jolie sich so ätzend benehmen würde«, murmelte Sam.

»Die Pferde sind wohl schon wieder mit ihr durchgegangen«, gab ich schulterzuckend zurück.

»Ja, vermutlich.« Sie kicherte und säuberte den nächsten Teller im Wasser. »Wenn du und Scott kein Paar seid, was seid ihr dann?«, fragte Sam mich unvermittelt, allerdings mit einem Augenzwinkern, und reichte mir den Teller zum Abtrocknen. Fast hätte ich ihn fallenlassen.

»Ich weiß es nicht«, antwortete ich. Ich mochte Sam. Sie war offen und freundlich und von der ersten Minute an bemüht, mich in diesen elitären Freundeskreis aufzunehmen, was ich echt süß von ihr fand. Außerdem schien sie sich – im Gegensatz zu Jolie – wirklich zu freuen, dass ich mit Scott mitgekommen war. Warum sollte ich mich ihr nicht anvertrauen? Vielleicht konnte sie mir helfen, das Chaos in dieser Clique zu verstehen.

»Bist du hier, um es herauszufinden?«

Ich verzog das Gesicht. »Ich bin hier, weil Scott sagte, es sei jemand abgesprungen, und da ich auch gerne Ski fahre, habe ich die Einladung einfach angenommen«, wich ich aus.

Sam runzelte die Stirn. »Abgesprungen? Soso.«

»Was meinst du?«

Sie ließ die Abwaschbürste ins Wasser gleiten und trocknete sich die Finger an einem Geschirrtuch ab. Dann lehnte sie sich mit dem Rücken gegen die Spüle und sah mich an. »Darf ich ehrlich zu dir sein?«

»Ich bitte darum.« Was war los?

»Scott hat schon ewig kein Mädchen mehr mitgebracht, wenn wir uns mal getroffen haben. Und schon gar nicht hierher. Du musst etwas Besonderes sein, dass er diese Regel gebrochen hat.«

»Ist Jolie deswegen nicht gut auf mich zu sprechen?«

»Nein. Das … liegt nicht an dir. Glaub mir.«

Wer's glaubt. »Was für eine Regel meinst du?« Ich kannte Scotts Regeln, aber konnte mir beim besten Willen nicht vorstellen, dass sie eine von *denen* meinte.

Sie seufzte und behielt die Männer im Auge, die am anderen Ende des Raums vor dem Feuer saßen. Weit genug entfernt, dass sie nichts von dem hören konnten, was wir besprachen. »Ich tippe mal, dass er dir nicht viel von sich erzählt hat, oder?«

»Ich weiß eigentlich gar nichts von ihm.« Außer, dass er keine großen Gewässer mochte, scharf auf mich war, Zeit brauchte und es versuchen wollte.

»Dachte ich mir. Er war schon immer eher der verschlossene Typ. Dann will ich dem auch gar nicht vorgreifen. Dass du hier bist, ist für mich ein Zeichen, dass er dir irgendwann alles erzählen wird. Weil du ihm wichtig bist. Sonst hätte er dich nicht mitgebracht. Du siehst – so schließt sich der Kreis. Was ich aber eigentlich sagen wollte … Er hat sich die *Regel*«, sie betonte das Wort mit Gänsefüßchen in der Luft, »keine Frau an sich ranzulassen, selbst auferlegt. Warum das so ist, und warum er diese Regel bei dir gebrochen hat – das muss er dir selbst erzählen.«

Olivia

Ich zog mir die Bettdecke bis unters Kinn und wagte nicht, mich zu rühren. Ich lag völlig verkrampft mit einem Slip und einem T-Shirt bekleidet unter der Daunendecke, die wir uns ebenfalls teilen mussten. Es gab nämlich nur diese eine!

Scott hatte mir im Badezimmer den Vortritt gelassen, und ich hatte ewig gebraucht, um fertig zu werden. Nicht, weil ich ein so aufwändiges abendliches Kosmetikprogramm absolvierte, sondern weil ich schlicht und ergreifend Schiss hatte, mit so wenig Stoff am Leib in seiner Nähe zu sein.

Seit Sam mich mit diesen geheimnisvollen Worten zurückgelassen hatte, hatte ich es immer noch nicht geschafft, meiner Sinne Herr zu werden. Von welcher Regel hatte sie gesprochen? Was war Jolies Problem? Wieso wusste anscheinend jeder in diesem gottverdammten Haus, was hier vor sich ging, nur ich wurde im Ungewissen gelassen?

Ich hörte das Wasser im Badezimmer rauschen, hörte, wie er sich die Zähne putzte, und als sich wenige Minuten später die Tür öffnete, wusste ich nicht, wo ich hinsehen sollte. Scott trug nur Shorts, und mein Blick fiel auf seinen tätowierten Oberkörper, scannte die einzelnen Bilder auf seiner glatten Haut, verlor sich in meinem Lieblingstattoo, das auf seiner linken Brust gestochen war: der Umriss einer Uhr mit römischen Ziffern, aus deren Mitte ein Motorrad herausschoss. Ich hatte es schon in unserer ersten Nacht bewundert, und mein Blick blieb auch jetzt wieder daran hängen. Aber dann sah ich auf seinem linken Oberarm ein Tattoo, das mir den Atem nahm. Es war neu, er hatte es noch nicht gehabt, als wir vor ein paar Wochen nackt beieinandergelegen hatten. Daran hätte ich mich erinnert. Dieses Bild, dieser Engel auf einer Schaukel, vereinte Stolz und Schmerz, hell und dunkel, Liebe und Trauer. Ich liebte es in dem Moment, in dem ich es sah. Es war wunderschön.

Ich hätte ihn gerne darauf angesprochen, ihn nach der Bedeutung des Bilds gefragt, aber ich traute mich nicht. Ich wollte nichts ansprechen, was vielleicht alles zwischen uns wieder verkomplizieren würde. Scott war nicht redselig, besonders nicht, wenn es um ihn selbst ging. Dass er sich mir am Pier so bereitwillig geöffnet hatte, musste mir erstmal reichen. Er brauchte Zeit. Zeit, um seine Vergangenheit hinter sich zu lassen. Und wenn ich Sams Andeutungen richtig interpretierte, dann trug Scott eine Menge Altlasten mit sich herum. Und ich war die Letzte, die das Recht hatte, in seiner Vergangenheit herumzuwühlen.

Also löste ich meine Augen widerwillig von seinem Arm und ließ ihn höher bis zu seinem Gesicht wandern. Unsere Blicke trafen sich. Er sah irgendwie unsicher aus. So als wüsste er genauso wenig wie ich, wie er mit dieser Situation umgehen sollte. Wie er mit mir umgehen sollte.

Er kam zögernd näher, setzte sich auf die andere Seite vom Bett und schlüpfte unter die Decke. Bei dem Abstand hätten locker noch seine vier Freunde zwischen uns gepasst, aber die Bettdecke ließ so viel Distanz nicht zu – sie reichte bei der Entfernung nicht für uns beide. Hilflos grinsend sah er mich an, dann rutschte er ein paar Zentimeter näher. Ich hätte jetzt nur den Arm ausstrecken müssen, um ihn zu berühren, aber ich wollte nicht diejenige sein, die den ersten Schritt machte.

Scott schien nicht zufrieden mit seiner Position, immer wieder rutschte er hin und her, dann drehte er sich zu mir um. Ich wandte ihm meinen Kopf zu und blickte direkt in seine dunklen Augen.

»Irgendwie doch komisch, oder?«, fragte er nach einer gefühlten Ewigkeit.

»Was genau meinst du?« Ich hätte ihm eine Menge Dinge aufzählen können, die ich komisch fand. Aber das hätte die halbe Nacht gedauert.

»Mit dir zusammen hier, in diesem Bett … Das fühlt sich einfach nur komisch an.« Ich war froh darum, dass der Raum nur schummrig beleuchtet war, denn ich hatte das Gefühl, dass mir all mein Blut in diesem Moment aus dem Gesicht wich.

»Hier gibt es leider keine Couch«, presste ich hervor und bemühte mich um Fassung.

»Hey, das meinte ich nicht.«

»Was dann?«

»Du bist zu weit weg.« Er lächelte zaghaft, dann hob er einladend seinen Arm.

»Du meinst …?« Meine Stimme brach. Und ich hatte gerade wirklich gedacht, er wollte mich doch nicht. Gott, ich war so dämlich.

»Nur, wenn du willst …« Gegen seinen bittenden Blick hatte ich keine Chance. Die Hormone hatten schon längst die Oberhand in meinem Körper übernommen, und so überlegte ich nicht weiter, sondern rutschte zu ihm rüber. Vorsichtig legte ich mich in seinen Arm und meine Hand auf seine Brust. Sofort spürte ich sein Herz unter meinen Fingern schlagen. Täuschte ich mich, oder beschleunigte sich sein Herzschlag gerade?

Er legte seine Hand auf meinen Oberarm, zog mich an sich und atmete dabei geräuschvoll aus. »Gleich viel besser«, murmelte er.

In meinem Blut tanzten die Blutkörperchen Samba und rasten durch meine Adern, dass mir ganz schwindelig wurde. Als seine Finger dann begannen, sanft meinen Arm zu streicheln, wurde mir heiß. Aber als ich spürte, wie seine Lippen mit leichtem Druck über mein Haar streiften, drehte ich beinahe durch.

»Geht's dir gut?«, fragte er leise.

»Jetzt ja«, gab ich zu. Meine Stimme zitterte ein wenig, ich war so aufgeregt, ihn neben mir zu spüren, dass ich kaum einen klaren Gedanken fassen konnte.

»Ich bin froh, dass du mitgekommen bist.«

»Jolie nicht.«

»Oh bitte, Liv …«, stieß er gequält aus.

»Oh bitte, Liv? Du bist nicht derjenige, der mit Blicken aufgespießt wird. Danke, dass du sie wenigstens während des Essens davon abgehalten hast.«

»Es tut mir leid.«

»Du brauchst dich nicht zu entschuldigen.«

»Doch. Hätte ich gewusst, dass sie auch hier sind, hätte ich …« Plötzlich verstummte er.

Ich atmete tief durch, als gewiss war, dass er nicht weitersprechen würde. »Scott … Du hast um Zeit gebeten. Ich gebe sie dir gerne. Aber …« Ich drehte meinen Kopf, sah zu ihm auf und wartete, bis auch er mich ansah. »Ich möchte nicht belogen werden, okay?«

Er sah mich lange und eindringlich an. Ich spürte förmlich, wie sein Blick tiefer und tiefer in mich drang und dann auf mein Innerstes traf, um mich dort zu beruhigen.

»Ich lüge dich nicht an. Du darfst mich alles fragen. Aber ich kann dir vielleicht nicht auf jede Frage eine Antwort geben. Kommst du damit klar?«

Ich horchte in mich hinein. Der Wunsch, Scott hier und jetzt nahe zu sein, war stärker als der Drang, Dinge wissen zu wollen, die vor meiner Zeit passiert waren. »Ja, ich denke schon«, sagte ich daher.

Der Druck auf meinen Arm verstärkte sich etwas, als er mich an sich zog. »Danke.«

Eine Weile lagen wir nur da, seine Finger fuhren leicht über meinen Arm, ich streichelte ihm über die Brust. Wir waren uns so nahe, und doch so weit voneinander entfernt. Auch ich würde Zeit brauchen. Zeit, um zu erkennen, ob ich so weit war, mich auf jemanden – auf Scott – einzulassen. Mir fiel es genauso schwer, Nähe zuzulassen, wie ihm. Aber wenn er es versuchen wollte – warum sollte ich es dann nicht auch? Es lag auf der Hand, dass wir uns zueinander hingezogen fühlten. Das war doch schon mal ein Anfang.

Scott drehte sich auf die Seite, ohne mich loszulassen. Jetzt waren unsere Gesichter sich ganz nahe. Die Nachttischlampe spendete nur wenig Licht und ließ seine Züge weich erscheinen.

»Ich mag dich ungeschminkt.«

Ich verzog mein Gesicht. »Wirklich?« Ich hatte mich abgeschminkt, weil ich es merkwürdig gefunden hätte, mit Make-up ins Bett zu gehen.

Sein Finger berührte meine Lippen. »Du bist wunderschön ohne die Maske, hinter der du dich gerne versteckst.«

Ich senkte verlegen die Lider, fühlte mich nackt unter seinem Blick und durch seine Worte ertappt. »Eine Maske schützt«, gab ich leise zurück.

»Du brauchst dich nicht zu verstecken. Nicht vor mir.«

Ich sah ihn an. Seine Augen waren voller Wärme, die mein Herz berührte. »Du dich vor mir auch nicht«, wagte ich zu erwidern.

Kurz legte sich Zweifel wie ein dunkler Schatten auf sein Gesicht. Ich berührte seine Wange, fühlte seinen weichen Bart unter meinen Fingerspitzen und strich sanft darüber. Er schloss die Augen und küsste meine Finger. Als er sie wieder öffnete und mich ansah, war sein Blick offen.

»Frag mich was.«

Ich hielt den Atem an. »Was?«

»Was du willst.« *Du darfst mich alles fragen. Aber ich kann dir vielleicht nicht auf jede Frage eine Antwort geben.*

»Okay«, sagte ich schließlich und atmete dabei aus. »Wie bist du aufgewachsen?« Das erschien mir eines der unverfänglichsten Themen, vor dem er sich hoffentlich nicht verschließen würde.

»Keine wirklich schöne Geschichte.« Scott hielt meinem Blick stand, dann strich er mir über die Wange. »Ich bin in Russian Hill aufgewachsen, mein Vater machte sein Geld an der Börse, meine Mutter war zu Hause, aber hat sich nicht wirklich um mich gekümmert. Sie war viel mehr damit beschäftigt, sich in der Gesellschaft angemessen zu präsentieren. Ich war nur schmückendes Beiwerk, wenn es darum ging, Gelder für ein weiteres wohltätiges Projekt einzufahren. Um mich ging es ihr dabei nie, nur um ihr Ansehen. Mein Vater war nicht besser. Er war kaum daheim, finanzierte uns mit seinem Geld ein Haus in der Lombard Street mit Blick über die Stadt und auf die Bucht. Ich besuchte die vermutlich teuerste Privatschule der Gegend und hatte nur Freunde, deren Eltern den gleichen finanziellen Stand hatten wie meine.« Kurz legte sich ein verbitterter Zug um seinen Mund, dann sprach er weiter. »Als ich sechzehn war, versuchte ich, die Aufmerksamkeit meiner Eltern auf anderem Weg zu bekommen als durch gute Noten. Es fing mit kleinen Diebstählen aus Langeweile an, ich hätte es bei Gott wirklich nicht nötig gehabt zu stehlen, aber wenn meine Eltern mich danach bei den Cops abholen mussten, hatte ich ihre volle Aufmerksamkeit. Wenigstens für ein paar Stunden. Da die Macht schon immer den Reichsten vorbehalten war, kam ich jedes Mal nur mit einer Verwarnung davon. Mein Vater zahlte Schweigegeld. Er hatte ja genug davon …«, schloss er spöttisch.

Ich wagte kaum, mich zu bewegen, weil ich seinen Redefluss nicht unterbrechen wollte. Aber ich merkte auch, dass es ihm nicht so leichtfiel, über seine Jugend zu sprechen. Vielleicht war es ein Fehler gewesen, ihn zu bitten, mir – ausgerechnet mir – davon zu erzählen. Diebstahl war kein Kavaliersdelikt. Was hatte er sonst noch getan?

Ich legte meine Hand auf seine, die zwischen uns lag, und drückte sie, als er nicht weitersprach. »Was ist dann passiert?«

»Mit achtzehn zog ich aus. Ich hatte mittlerweile begriffen, dass nichts, was ich tat oder tun würde, gut genug war. Also beschloss ich, meinen eigenen Weg zu gehen. Ich brach mit meinen Eltern, verließ San Francisco und suchte mir einen Job und eine eigene Wohnung in Stockton, da, wo Wohnraum bezahlbar war. Dann ließ ich mir mein erstes Tattoo stechen. Vielleicht, weil ich mich aufbäumen wollte oder auch einfach meine wahre Persönlichkeit rauskitzeln. Ich war vom ersten Moment an fasziniert und hatte mich dann schnell nach einem Shop umgesehen, in dem ich das Tätowieren lernen konnte. Ich habe schon immer gern gezeichnet, und Arch hat mir eine Chance gegeben. Seitdem tätowiere ich.«

»Und du bist bei Jake gelandet.«

Ich meinte, ein winziges Zögern zu hören, als er mir antwortete. »Ja, das bin ich.«

Ich ging nicht weiter darauf ein, viel mehr interessierte mich, wie er seitdem klargekommen war. Er wirkte immer so stark, aber seine Geschichte bestätigte mir, dass er verletzlich war. »Du hast recht, das ist keine sonderlich schöne Geschichte. Aber du hast deinen Weg gemacht, hast dich gefangen und hast dir etwas aufgebaut.«

»Aber zu welchem Preis …«

»Hast du noch Kontakt zu deinen Eltern?«

»Nein.« Das hörte sich so endgültig an, dass ich nicht weiter nachfragte, denn darauf würde ich keine Antwort bekommen.

»Meine Mom mag schwierig sein, aber die Vorstellung, mit ihr keinen Kontakt zu haben …« Ich schüttelte langsam den Kopf.

»Wie ist euer Verhältnis?«

»Gut. Wie gesagt, sie ist schwierig. Sie klammert sich an mich, seit mein Vater gestorben ist.«

»Wann ist er gestorben? Woran?«

Ich zögerte einen Moment. Es tat noch immer weh, darüber zu sprechen. »COPD. Chronic Obstructive Pulmonary Disease. Eine Lungenerkrankung. Er … war starker Raucher, und es kam erst raus, nachdem meine Mutter ihn nach monatelangem Husten zum Arzt geschleift hatte. Es war ziemlich unschön. Er ist gestorben, als ich zehn war.« Ich würde nie vergessen, wie er gelitten hatte.

Scotts Blick wurde weich. »Das tut mir leid.«

»Das muss es nicht«, sagte ich und ließ zu, dass er seine Arme um mich legte und mich näher zu sich zog. Ich fühlte mich unglaublich wohl in seinem Arm, fühlte mich sicher und beschützt. Und das verwirrte mich total. Hätte mir vor ein paar Tagen jemand diese Situation prophezeit, ich hätte ihn ausgelacht. Aber jetzt kam es mir vor wie das Normalste der Welt, hier neben ihm zu liegen, mit ihm zu reden, ihn kennenzulernen, ihm von mir zu erzählen. Dinge, die sonst kaum jemand von mir wusste.

»Du bist eine starke Frau, Liv.«

»Nein, das bin ich nicht.«

»Ich meine das ernst«, widersprach er.

»Nein. Sonst würde ich nicht hier liegen. Mit dir …«, gab ich zurück und hob den Kopf, um ihn anzusehen.

Er runzelte die Stirn. »Ich weiß, ich bin nicht immer ganz einfach.« Das hatte er mir schon mal gesagt.

»Die Untertreibung des Jahres«, gab ich zurück. »Ich habe schon ein Schleudertrauma von deinen Launen.« Scotts Verhalten mir gegenüber wechselte fast so schnell, wie eine Ballmaschine Bälle abschießt. Und niemand wusste, wann alle verschossen waren. Schon gar nicht ich.

»Hey, du bist auch nicht besser.«

»Ich bin eigentlich sogar ziemlich einfach«, protestierte ich sofort, obwohl ich wusste, dass er recht hatte.

Er lachte rau, sein Blick war eindringlich. Unmerklich kam sein Gesicht meinem näher. »Ich werde einfach nicht schlau aus dir.«

»Das sagt der Richtige.«

Nachdenklich sah er mich an. »Aber du weißt, was du willst, richtig?«

»Im Moment weiß ich gar nichts mehr«, flüsterte ich zurück. Seine Finger strichen über meinen Arm, dann drehte er sich so, dass er halb auf mir lag.

»Dann sollten wir das schleunigst ändern …« Seine Lippen kamen meinen so nahe, dass es nur eine winzige Bewegung gebraucht hätte, um sie mit meinen zu berühren. Aber etwas in seinem Blick hielt mich zurück. *Ich küsse nicht!* Das hatte er mir in unserer ersten Nacht deutlich zu verstehen gegeben. Würde ich weiterhin damit zurechtkommen?

Er ließ mir keine Zeit, darüber nachzudenken. Und als sein Mund über meinen Hals fuhr und er mit der Zunge über mein Dekolleté leckte, war es sowieso zu spät. Ich konnte mich nicht mehr wehren, selbst wenn ich gewollt hätte. Diese sanften Berührungen reichten, um ein Feuer in mir zu entfachen, das nur noch durch ihn gelöscht werden konnte …

Als ich zu mir kam, wusste ich im ersten Moment nicht, wo ich war. Ich öffnete die Augen und sah direkt in Scotts schlafendes Gesicht. Mein Puls beschleunigte sich, und mir fiel alles wieder ein.

In der letzten Nacht hatte nur unsere Lust gesprochen. Er hatte mich bis an den Rand der Erschöpfung gebracht, erst im Morgengrauen war ich völlig fertig in seinem Arm eingeschlafen. Und jetzt, nach wenigen Stunden Schlaf, in derselben Position dort aufgewacht. Ja, nicht verwunderlich, wenn man bedachte, dass es im ganzen Haus kein freies Bett gab, in das er hätte verschwinden können. Aber ich klammerte mich an die Hoffnung, dass es nicht nur daran lag.

Nichtsdestotrotz hatte ich höllische Angst vor seiner Reaktion. Davor, wie der Morgen danach verlaufen würde. Ich wagte nicht, mich zu bewegen, lauschte seinem ruhigen Atem, fühlte das Heben und Senken seiner Brust unter meinen Fingern und beobachtete sein schlafendes Gesicht. Er sah so friedlich aus, so mit sich im Reinen. Seine Augen waren geschlossen, erst jetzt konnte ich sehen, wie lang seine dichten Wimpern wirklich waren. Seine Lippen waren leicht geöffnet, und ich wünschte mir wieder einmal nichts so sehr, wie sie zu küssen. Aber … ich tat es nicht. So weit, diese Regel zu brechen, würde ich nicht gehen.

»Guten Morgen«, murmelte er, ohne die Augen zu öffnen.

Ich hatte nicht bemerkt, dass er wach war. »Guten Morgen«, flüsterte ich zurück.

Er grinste, zog mich enger an sich und küsste mich auf die Stirn. »Hm, du riechst gut …« Er schnupperte an meinem Haar, meinem Ohr, meinem Hals … Seine Hände fuhren über meinen nackten Körper, ich spürte, wie sein Schwanz sich aufrichtete und gegen meinen Bauch drückte. Mit glasigem Blick tastete er auf dem Nachttisch nach der Packung Kondome, riss eines auf und zog es sich über.

»Komm her«, bat er mich und ich setzte mich auf ihn. Und dann drang er langsam in mich ein. Wir sahen uns in die Augen, während ich ihn ritt, verschränkten unsere Finger ineinander, waren uns näher als je zuvor. Und als wir gemeinsam unaufhaltsam auf den Orgasmus zusteuerten, wusste ich, was anders war als sonst: Wir fickten nicht, sondern wir schliefen miteinander.

Eine halbe Stunde später stand ich unter der Dusche und fragte mich wiederholt, warum er mich immer noch nicht auf den Mund geküsst hatte. Ich hätte ihn fragen können, aber darauf hätte er mir keine Antwort gegeben. Ja, vielleicht war ich feige, aber ich wollte nicht riskieren, dass er sich gänzlich zurückzog und mich wieder mir selbst überließ. Ich mochte seine liebevolle Art und hatte Angst, dass dann schlagartig alles vorbei wäre. Und das würde ich nicht ertragen. Dafür war es zu spät.

Ich sehnte mich mit jeder Faser meines Körpers, mit meiner Seele nach ihm. Ich hatte gedacht, mein Herz sei schon längst tot, aber mit Scott war Leben zurückgekehrt. Ich hatte es lange nicht wahrhaben wollen, mich geweigert, es zuzulassen, aber ich konnte nicht mehr dagegen ankämpfen, hatte keine Kraft mehr. Es war zu spät. Ich verliebte mich bereits in ihn, trieb wie ein verlassenes Boot auf dem Ozean. Jede Minute ein bisschen weiter. Und die Hoffnung, an die ich mich klammerte, war, dass er mir irgendwann aus freien Stücken ein Seil zuwerfen würde, um mich zu retten.

Nach der Dusche gingen wir runter zum Frühstück. Der Tisch war schon gedeckt, und alle saßen bereits beim Frühstück, als wir dazustießen. Gleich spürte ich Jolies Blick auf mir, bemerkte, wie sie mich mit eiskalten Augen musterte, dann Scott ansah und fast unmerklich den Kopf schüttelte. Was war nur los? Warum ließ sie mich ihre Feindseligkeit so deutlich spüren? Welches Geheimnis teilte sie mit Scott, das beide vor mir verbargen? Ich hatte alle Mühe, mich zusammenzureißen und sie nicht vor versammelter Mannschaft nach dem Grund dafür zu fragen. Nur Scotts Hand auf meinem Oberschenkel, die mich beruhigend streichelte, hielt mich davon ab zu explodieren.

Nach zwei Bechern Kaffee war ich einigermaßen fit, sodass wir uns in unsere Skiklamotten warfen und auf die Bretter stellten. Das Schöne an der Lage der Hütte war nämlich, dass wir hinter dem Haus über eine Wiese auf Ski und Snowboard direkt zum Lift runterfahren konnten. Und von der letzten Abfahrt konnte man, so Scott, auch ohne Umweg zurück zum Haus fahren. Wie praktisch.

Die erste Hälfte des Tages verbrachte ich mit Sam auf der Anfängerpiste. Sie hatte mir verraten, erst einmal auf den Brettern gestanden zu haben, nämlich im letzten Jahr, als sie mit Brad hier in der Hütte gewesen war. Und da ich selbst schon lange nicht mehr gefahren war, hielt ich es für keine schlechte Idee, sich erstmal wieder warmzulaufen und wieder mit den Skiern vertraut zu machen. Außerdem hoffte ich, ihr doch noch mehr über Scott aus der Nase ziehen zu können.

Aber keine Chance. Sie war verschwiegen wie ein Grab. Dennoch hatten wir einen Mordsspaß miteinander und rasten schon bald die erste einfache Abfahrt hinunter. Der Muskelkater morgen würde höllisch sein.

Die Jungs und Jolie hatte ich seit der ersten Abfahrt nicht mehr gesehen, aber wir wollten uns gleich zum Mittagessen in einem der Restaurants treffen. Gerade hüpfte ich mit Sam aus dem Lift, da hörte ich Scott hinter mir.

»Hey, ihr Skihasen!«

Ich hielt an und drehte mich um, da bremste er schon vor mir ab. In seiner Brille spiegelte sich die Sonne, und er strahlte mit dem glitzernden Schnee um die Wette. Sein Lachen war ansteckend.

»Wie sieht's aus?«, fragte er mich und legte seine Hand auf meinen Rücken.

»Läuft.« Sam strahlte übers ganze Gesicht. »Liv ist zwar zehnmal besser als ich, aber es macht richtig Spaß.«

Ich knuffte sie in die Seite. »Nicht mehr lange, dann überholst du mich.«

»Wollt ihr jetzt zum Essen?«, fragte Scott.

Sam grinste. »Hast du etwa noch keinen Hunger?«

»Ich dachte, ich nehme mit Liv noch eine Abfahrt. Wo du ihr Talent gerade so angepriesen hast.« Er grinste und zwinkerte mir zu. Er wirkte so entspannt. »Was meinst du? Kannst du noch?«

Bevor ich antworten konnte, hatte Sam schon für mich entschieden. »Viel Spaß! Ich sag den anderen Bescheid. Wir sehen uns später, ihr Turteltauben.«

Scott lachte auf. »Okay, wir kommen dann nach. Also?« Scott deutete auf die schwarze Piste vor uns und sah mich herausfordernd an. Diese Abfahrt war zwei Schwierigkeitsgrade höher als die blauen Pisten, die ich den Morgen über mit Sam gefahren war, und es juckte mich in den Beinen, endlich Gas zu geben. Keine zwei Minuten später waren Scott und ich auf dem Weg zur Abfahrt.

Als ich von oben hinunter sah, musste ich schlucken. Es war unglaublich steil, und ich hoffte nur, dass ich mich nicht blamierte. Aber dann rief ich mir ins Gedächtnis, dass ich schon fast so lange Ski fuhr, wie ich laufen konnte, und wurde ruhiger.

»Was ist? Traust du dich nicht?«

Ich lachte auf. »Traust du dich?«, fragte ich und setzte meine Brille auf. »Wir sehen uns unten!«, rief ich und rammte meine Stöcke in den Schnee, um Schwung zu holen.

Das Knirschen des Schnees unter den Carving Ski war Musik in meinen Ohren. Ich beugte mich tiefer, ging in die Knie und brachte den ersten Schwung hinter mich. Die Piste war um die Mittagszeit herrlich leer, und ich nutzte den Platz, um mich ganz und gar auszutoben. Ich stellte meine Ski auf die Kanten, dass der Schnee nur so aufspritzte, raste um die Kurven und sprang über die Buckel, die ab und an auf der Piste zu finden waren. Ich befand mich wie im Rausch und vergaß alles um mich herum. Dachte nicht mehr an die Arbeit im Büro, die nach meiner Rückkehr auf mich wartete. Nicht an Jolie, die mir feindselig begegnete. Nicht daran, dass Scott mich nicht küssen wollte. Verdrängte sogar Scott selbst für die wenigen Minuten aus meinem Kopf und fühlte mich frei wie schon lange nicht mehr. Und als die Piste breiter und flacher wurde und die Liftstation in Sichtweite kam, war ich mehr als enttäuscht. Die Strecke war viel zu kurz gewesen.

Ich ließ auslaufen und stellte meine Ski quer, um abzubremsen. Und im selben Augenblick spritzte neben mir der Schnee auf. Scott war da und bremste direkt neben mir ab.

Er nahm seine Brille hoch und sah mich erstaunt an. »Du hast nicht erzählt, dass du so eine Pistensau bist.«

»Aber ich habe auch nie das Gegenteil behauptet«, gab ich glücklich zurück.

Er kam näher, setzte seine Ski zwischen meine, sodass er jetzt direkt vor mir stand. »Hast du noch mehr verborgene

Talente, von denen ich nichts weiß?«, raunte er mir zu, sein Gesicht nahe an meinem. Ich war versucht, meine Hand auf seine Wange zu legen, die kleinen Schneeflocken aus seinem Bart zu streichen, die sich darin verfangen hatten. Über seine wundervollen Lippen zu fahren, von denen ich mir wünschte, sie endlich auf den meinen spüren zu können. Aber ich stand nur zitternd da und sah zu ihm auf.

»Finde es doch heraus«, brachte ich schließlich hervor.

Ich glaubte, Überraschung in seinen Augen aufflackern zu sehen, dann legte sich ein Ausdruck auf sein Gesicht, den ich noch nie zuvor gesehen hatte. Weicher, aber auch ernster als sonst.

»Das werde ich. Verlass dich drauf.«

Olivia

Nach der Abfahrt gingen Scott und ich zu den anderen ins Restaurant. Nach einem halben Tag auf Skiern hatte ich einen Bärenhunger. Zu meiner Erleichterung waren Jolie und Paul bereits wieder auf der Piste, sodass wir mit Sam und Brad allein am Tisch saßen, von dem wir einen tollen Ausblick auf die schneebedeckten Berge hatten. Um uns herum herrschte geschäftiges Treiben. Familien mit Kindern, Frauen, Männer, ganze Cliquen füllten das gemütlich eingerichtete Restaurant mit Leben. Überall war gute Laune zu spüren, und sie war ansteckend. So viel gelacht wie in dieser Stunde hatte ich schon lange nicht mehr.

Scott war genauso ausgelassen. Immer wieder berührte er mich, wenn er mit mir sprach, lächelte mich an, zwinkerte mir zu, ging total entspannt mit mir um. Es war fast so, als wären wir ein Paar.

»Wir machen Schluss für heute und fahren noch mal in den Ort. Kommt ihr mit?«, fragte Brad, als wir aufbrechen wollten. Sam grinste, als würde sie die Antwort schon kennen.

»Nein, wir fahren noch ein bisschen«, erwiderte Scott.

Den ganzen Nachmittag rasten wir zu zweit die Abfahrten hinunter. Er blieb immer an meiner Seite, ließ mich nicht aus den Augen. In der Schlange vor dem Lift nahm er meine Hand, in der Gondel legte er den Arm um mich, benahm sich wie mein Freund. Fast so, als würde ich ihm gehören. Dieser Gedanke steckte mein Herz in Flammen. Ich war glücklich und wünschte mir, dass dieses Gefühl für ewig halten würde.

Als es dunkel wurde, nahmen wir mit etwas Wehmut die letzte Abfahrt, die uns direkt zur Hütte bringen sollte. Wir stoppten bei dem Wäldchen hinter unserer Unterkunft und lösten die Bindungen der Ski.

»Soll ich sie nehmen?«, fragte Scott mich und streckte die Hand nach meinen Skiern aus.

»Ich schaff das schon«, erwiderte ich.

»Ich weiß, aber lass mich doch mal ein Gentleman sein«, gab er augenzwinkernd zurück. Ich blieb stehen und drehte mich zu ihm herum. Sein Lächeln brachte mein Herz zum Stolpern. »Ich bestehe drauf.«

»Wenn das so ist …« Ich reichte ihm die Carvs. Unsere Finger berührten sich dabei nur kurz, und wir trugen Handschuhe, aber trotzdem ging mir dieser flüchtige Kontakt sofort durch alle Hautschichten.

Scott setzte seinen Weg mit je einem Paar Ski auf den Schultern fort. Ich folgte ihm, konnte schon die Lichter der Hütte durch die Bäume schimmern sehen. Nur noch wenige Schritte, dann wäre unsere traute Zweisamkeit vorbei. Wollte ich das? Nein. Auf Jolie würde ich noch früh genug treffen. Ich blieb stehen, griff mir eine Handvoll Schnee von einem Baumstumpf, formte einen Schneeball und warf ihn Scott gegen den Rücken.

»Hey, was …?« Er drehte sich um, und ich knetete bereits grinsend die nächste Kugel. »Du kleines Biest …« Er legte unsere Skier ab, schnappte sich ebenfalls eine Ladung Schnee und lief auf mich zu. »Na warte, du …«

Ich quiekte auf und stolperte zurück in den Wald, was mit den Skistiefeln echt anstrengend war. Dann versteckte ich mich hinter einem Baum und zielte. »Treffer versenkt!«, jubelte ich, als der Schneeball gegen Scotts Schulter prallte. Aber ich hatte mich zu früh gefreut, denn im nächsten Moment erwischte mich sein Geschoss an meiner Mütze.

Wir liefen lachend wie zwei Kinder durch den Wald, immer auf der Flucht vor erneuten Schneebomben des anderen, und als ich am Waldrand über eine Baumwurzel stolperte und im weichen Schnee landete, warf er sich auf mich.

»Jetzt entkommst du mir nicht mehr.« Er lag halb auf, halb neben mir, seine Ellenbogen rechts und links von meinem Kopf abgestützt, mit einem breiten Grinsen im Gesicht. Schnee hing ihm im Bart.

»Will ich ja vielleicht auch gar nicht«, gab ich atemlos zurück. Und erschrak im nächsten Moment über die Worte, die so schnell aus meinem Mund gepurzelt waren, als wären sie das Selbstverständlichste auf der Welt.

Es dauerte ein paar Herzschläge, bis er etwas erwiderte. »Nicht?« Seine Augen wurden dunkler, sein Blick intensiver, sein Gesicht war meinem näher als je zuvor. Ich war versucht, ihm zu sagen, dass ich nicht mehr davonlaufen wollte, mir wünschte, bei ihm bleiben zu können, wenn er mich ließ. Aber irgendwas sagte mir, dass es dafür zu früh war, und hielt mich zurück. Stattdessen begann ich, mich unter ihm herauszuwinden. Doch anstatt mich loszulassen, zog er seine Handschuhe aus und legte mir eine Hand auf die Wange. Dann sah er mich lange an.

»Solltest du aber …«, raunte er mit belegter Stimme.

Ich erwiderte nichts. Mein Bauchgefühl war richtig. Es war zu früh, um ihm nahezukommen. Der Schritt musste von ihm ausgehen. Ich würde warten und ihm die Zeit geben, die er brauchte. Trotzdem erwärmte sein Blick mein Herz.

»Als Kind habe ich den Schnee geliebt«, wechselte ich ohne Vorwarnung das Thema. »Ich liebte es, Schneeengel zu machen.«

Scott stutzte kurz, dann schien er zu verstehen. Er rollte sich von mir runter, legte sich ein Stück entfernt neben mich und begann, mit Armen und Beinen gleichzeitig zu rudern. »So?«, fragte er und sah mich spitzbübisch an. Ich liebte es, wenn er lachte. Seine Augen leuchteten dann, und er sah aus, als würde die Last – welche es auch immer war, die er auf seinen breiten Schultern trug – nicht existieren.

»Genau so.« Ich stieg mit ein, und als er mir nach einer Weile aufhalf, konnten wir auf zwei sich fast berührende Engel im Schnee hinunterblicken.

Scott nahm meine Hand in seine und drückte sie. »Sie sehen gut aus, so dicht nebeneinander.«

»Ja, das tun sie«, erwiderte ich. Wir lächelten uns an, mehr Worte brauchte es nicht. Wir waren uns einig und hatten wieder einmal ein stummes Abkommen miteinander geschlossen.

Nachdem er die Skier geschultert hatte, machten wir uns auf den Weg ins Haus. Und erst, als wir uns die Skischuhe ausgezogen hatten und zurück in die Hütte kamen, wandelte sich die Stimmung schlagartig.

Paul und Jolie stritten miteinander, ich hörte sie keifen, kaum, dass wir die Tür geöffnet hatten.

»Was ist denn hier los?« Scott ging vor, langsam und abwartend, ich hielt mich hinter ihm und sah an ihm vorbei in den Raum. Jolie saß heulend auf dem Sofa, während Paul jetzt mit hochrotem Kopf seine Jacke vom Haken riss und an uns vorbei raus aus dem Haus stapfte.

»Paul!« Scott versuchte, ihn aufzuhalten, aber er schüttelte ihn ab. »Scheiße.«

Ich fühlte mich mehr als unbehaglich, Zeuge dieses Streits geworden zu sein. Und so wie Jolie mich ansah, aus ihren verheulten Augen, ging es ihr nicht anders.

Scott wollte sich an mir vorbeischieben, ich hielt ihn am Arm fest. »Kann ich helfen?« Mir war klar, dass er sich jetzt um sie kümmern würde. Dabei war ich überflüssig. Aber ich wollte wenigstens gefragt haben. Er sah nur Jolie an, presste die Lippen aufeinander und schüttelte stumm den Kopf. Ich nickte. »Okay. Ich bin oben.« Ich drückte seinen Arm, dann ging ich mit gesenktem Kopf an ihm vorbei, vorbei an Jolie, deren eisiger Blick mir folgte, und die Treppe hoch in unser Zimmer.

Ich setzte mich aufs Bett und war froh, einen Moment für mich allein zu haben. Nach über vierundzwanzig Stunden auf engstem Raum mit Scott brauchte ich eine Verschnaufpause und beschloss, eine lange heiße Dusche zu nehmen. Das würde meinen überbeanspruchten Muskeln guttun. Ich schlüpfte gerade aus meiner Skiunterwäsche, als ich laute Stimmen im Haus hörte. Ich erstarrte, als ich Jolie zetern hörte: »Warum hast du sie mitgebracht? Das hätte Lea niemals gewollt!« *Lea?* Wer war Lea?

Ich lauschte, atmete nicht, verstand aber das Gemurmel von Scott nicht. Eine Weile herrschte Ruhe, dann polterte es. Und dann brüllte Scott los.

»Sag du mir nicht, was Lea gewollt hätte. *Du* hast kein Recht, mich zu bevormunden. Halte dich gefälligst aus meinen Angelegenheiten raus!« Danach krachte eine Tür mit einem erschütternden Knall ins Schloss.

Ich trat zum Fenster, das nach hinten zum Garten hinausging, versteckte mich hinter der Gardine und sah Scott durch den Schnee bis an den Waldrand stampfen. Sein Gesicht konnte ich nicht erkennen, aber die Anspannung in seinem Körper war nicht zu übersehen. Seine Schultern waren hochgezogen, der Kopf gesenkt, seine Hände zu Fäusten geballt. Er ging auf den Holzhaufen zu, blieb stehen, atmete durch. Ein paarmal hoben und senkten sich seine Schultern, bevor er sich die Axt schnappte und begann, wie wild auf das Holz einzuhacken.

Verdammt! Was war hier los? Warum stritten Jolie und Paul? Was hatte Jolie gegen mich? Was hatte sie gesagt, dass Scott so ausgerastet war?

Wer war Lea?

Fragen über Fragen, die ich nicht beantworten konnte. Derjenige, von dem ich darauf gerne eine Antwort gehabt hätte, stand draußen im Garten und hackte wie ein Irrer auf die Holzscheite ein. Dieser Anblick machte mir Angst. Ich wusste nicht, was los war, hatte Angst davor, wie es sich auf unser Verhältnis auswirken würde. Wie würde er mit mir umgehen, wenn ich vielleicht der Grund für seinen Ausraster war?

Ich beobachtete Scott fast eine halbe Stunde lang, wie er mit der Hingabe eines Geisteskranken das Holz bearbeitete. Dann hielt er inne, ließ die Axt im Scheit stecken, und seine Schultern fielen in sich zusammen. Einen Moment später drehte er sich um und hob den Kopf. Und sah mir direkt in die Augen.

So als hätte er gewusst, dass ich am Fenster stand und ihn beobachtete.

Ich erstarrte, als unsere Blicke sich trafen und ineinander verhakten. Ein Kribbeln durchlief mich. Ich sah selbst auf die Entfernung, dass seine Augen noch dunkler waren als sonst, der Ausdruck in seinen Augen noch ernster, und obwohl er sich abreagiert hatte, stand ihm der Zorn noch immer ins Gesicht geschrieben. Ich spürte ihn fast körperlich, und das machte mir Angst. Ich riss mich von seinem Blick los, drehte mich vom Fenster weg und lief ins Bad. Mit rasendem Herzschlag lehnte ich mich an die Tür und versuchte zu verstehen, was hier vor sich ging. Scott würde mir nichts erzählen. Nicht von sich aus. Hatte ich den Mut, ihn darauf anzusprechen? Ich konnte ihn alles fragen – nur würde ich vielleicht nicht auf alles eine Antwort bekommen.

Ich schälte mich aus meinen Klamotten, stellte mich unter die Dusche und ließ das heiße Wasser auf meine verspannten Schultern prasseln, senkte den Kopf und stützte mich mit den Händen an den Fliesen vor mir ab. Dabei schloss ich die Augen und versuchte, nicht mehr nachzudenken. Ich wünschte mir, dass das Wasser alles fortspülen würde, den Namen Lea aus meinem Kopf waschen würde. Ich merkte erst, dass ich nicht mehr allein war, als die Duschtür hinter mir geöffnet wurde.

Scott stellte sich hinter mich, ganz nah, stützte seine Hände neben meine und kesselte mich ein. Er sagte kein Wort, legte seine Stirn auf meine Schulter, atmete ruhig ein und aus. Dann küsste er meine nasse Haut, drückte seinen harten Schwanz an meinen Po, schob mit dem Knie meine Beine auseinander und rutschte wie von selbst in mich hinein.

»Was …?«

»Nicht jetzt«, knurrte er leise in mein Ohr.

Nicht *jetzt?* Nicht jetzt *was?* Ich hatte tausend Fragen, wollte tausend Antworten. Ich konnte nicht so tun, als wäre nichts passiert, als wäre ich nicht Grund seiner Verärgerung, Auslöser des Streits zwischen ihm und Jolie. Und wer zum Teufel war Lea?

»Scott …«, setzte ich an.

»Nein. Ich brauche dich jetzt«, flüsterte er und küsste meine Schulter, strich über meinen Bauch, knetete meine Brüste. Und ab da war ich Wachs in seinen Händen. Er bewegte sich, hart und einnehmend, schlang seine Arme um meine Mitte, brauchte mich. Benutzte mich. Und das war der Moment, in dem mir die Tränen in die Augen stiegen und ich begriff – wir brauchten einander. Jetzt.

Ich schloss die Augen, senkte den Kopf und gab mich ihm hin. Den Zeitpunkt, mich zu wehren, hatte ich längst verpasst. Ich grub die Zähne in meine Unterlippe, öffnete meine Beine noch weiter, drückte ihm meinen Hintern entgegen und nahm ihn so tief in mir auf, wie ich konnte. Seine Finger krallten sich in meine Hüften, sein Schwanz stieß fester in mich, in seinem eigenen Rhythmus, roh, wild und unbeherrscht. Ich gab ihm alles, was ich hatte. Nahm, was er mir geben konnte. Meine Hände drückten sich gegen die nassen Kacheln, Haut klatschte auf Haut. Lauter. Schneller. Er keuchte heftig in mein Ohr, jeder Stoß ein Ächzen.

Ich öffnete mich weiter, ließ los und explodierte mit einem stummen Schrei, während Scott gleichzeitig zum letzten Stoß ansetzte. Dann kam auch er mit einem lauten Stöhnen. Ich kam nur langsam wieder zu Atem, während das Wasser der Dusche weiter auf uns niederprasselte. Als Scott sich aus mir herauszog, bemühte ich mich, Halt zu finden. Ich zitterte, so sehr hatte mich die Welle des Orgasmus mit sich gezogen.

Er stand immer noch ganz nah bei mir, sodass sich unsere Körper berührten, ich seine Brust an meinem Rücken fühlte. Er griff an mir vorbei nach dem Duschgel und begann schweigend, mich einzuseifen. Er wusch mich, während ich versuchte zu begreifen, was gerade geschehen war. Oder was immer noch geschah. Ich dachte an die Worte, die zwischen ihm und Jolie gefallen waren, sah die Wut, mit der er das Holz kleingehackt hatte. Ich drehte mich um, wollte ihn zur Rede stellen, aber als wir uns ansahen, erkannte ich, dass er noch lange nicht fertig war mit mir. Ich sah das nackte Verlangen in seinen Augen. Aber da war noch etwas anderes. Ich sah genauer hin und stieß auf … Schmerz.

Stumm drehte er das Wasser ab, griff meinen Po und hob mich hoch. Ich wehrte mich nicht, sondern schlang meine Arme und Beine um ihn, als er mich aus der Dusche trug. Scott machte sich nicht die Mühe, nach einem Handtuch zu greifen und sich oder mich abzutrocknen. Nass, wie wir waren, legte er sich mit mir zusammen aufs Bett.

Er lag auf mir, stützte sich mit den Ellenbogen ab und strich mit den Fingern über meine Wange. Ich erzitterte unter seiner Berührung, die nicht mehr war als ein Flügelschlag. War gefangen darin, gefangen unter seinem nackten Körper, der so schwer und sogleich federleicht auf mir lag. Seine Hände umfassten sanft mein Gesicht, ich drehte es, hauchte ihm einen Kuss auf die Innenseite seiner Hand.

»Du nimmst doch die Pille, oder?«, fragte er mich. Erst jetzt registrierte ich, dass er mich eben ohne Schutz gevögelt hatte. Für einen winzigen Moment fühlte ich Beklemmung in mir aufsteigen. Ich hatte erst mit einem einzigen Mann ohne

Gummi geschlafen. Das war schon sehr lange her. Danach nie wieder. Und ich hatte nicht gedacht, dass ich es je wieder tun würde. Ich hätte sauer sein müssen. Entrüstet, dass er einfach über mich hergefallen und mich – uns – einem unkalkulierbaren Risiko ausgesetzt hatte. Aber das war ich nicht. Ich war bereit, meine Hüllen fallenzulassen und Scott pur und ganz in mir aufzunehmen.

Ich zögerte einen winzigen Moment, dann nickte ich. »Und ich lasse mich auch regelmäßig testen«, setzte ich hinzu.

»Ich auch. Ich bin sauber.« Ich wusste, dass er als Tätowierer sehr auf seine Gesundheit achten musste.

»Ich will dich spüren. In mir«, flüsterte ich und küsste nun seine Finger. Einen nach dem anderen. Sie waren lang und stark, aber unendlich weich. Und ich wusste, was sie für unglaubliche Dinge mit mir anstellen konnten. Wenn er mich berührte, dann setzte mein Gehirn aus, und meine Sinne übernahmen die Führung. Nie zuvor hatte ich mich einem Mann so hingegeben, ihm vertraut, obwohl er mich verletzen konnte. Aber bei Scott war alles anders. Ich vertraute ihm. Ich wusste, dass er mir nie wehtun würde. Alles, was er brauchte, war Zeit. Und ich war bereit, sie ihm zu geben. Er rief Gefühle in mir wach, die ich seit Jahren geglaubt hatte, hoffnungslos verloren zu haben.

»Oh, Liv …« Seine Stimme war nicht mehr als ein Flüstern, so sanft und doch so voller Kraft. Alle meine Härchen richteten sich auf, Schauer über Schauer rann über meinen gesamten Körper, als er meinen Namen hauchte, mir dabei tief in die Augen sah und unmerklich noch näher kam. Ich spürte die Hitze, die sein Blick zwischen uns entfachte, das Feuer war noch nicht erloschen, und es hätte nicht viel gebraucht, um mich erneut über die Klippen zu stürzen. Nur einen Kuss. Einen einzigen Kuss. Das war alles, was ich mir wünschte. Sehnlichst wünschte.

Sein Gesicht war meinem so nahe, seine Lippen nur noch millimeterweit von meinen entfernt. Ich wimmerte, sehnte mich so sehr nach ihm. Sehnte mich nach seinen Lippen auf meinen. Verzehrte mich danach, wünschte mir nichts mehr, als dass er mich nahm – mit Haut und Haar.

»Ich brauche dich jetzt«, flüsterte ich, und meine Beine öffneten sich wie von allein. Seine Augen weiteten sich kurz, als wäre er erschrocken über meine Worte. Doch schon in der nächsten Sekunde tauchte er in mich ein. Sanft und unendlich langsam, fast zärtlich. So ganz anders als noch vor ein paar Minuten unter der Dusche, wo er mich genommen hatte wie ein Tier.

Seine ganze Härte rutschte in mich hinein, füllte mich aus, als wäre sie nur dafür gemacht. Ich keuchte auf, biss mir auf die Lippen, fühlte seinen heißen Atem direkt über mir. Ich strich über seine Arme hoch bis hin zu seinen Schultern, über seinen Nacken, weiter in sein Haar. Es fühlte sich so gut an, ihm so nahe zu sein, so unendlich nahe. Er bewegte sich fast unmerklich in mir, und doch mit einer Kraft, die mich bereits an die Schwelle trieb. Ich krallte meine Finger in sein Haar, als ich spürte, wie der Orgasmus näher kam, mich unwiderruflich zu sich rief. Scott atmete schwerer, keuchte und stöhnte leise. Die Erregung übermannte auch ihn, seine Augen wurden immer dunkler, seine Hände hielten meine Hüften fester an sich gedrückt, und ich hob meine Beine höher, öffnete mich ihm ganz und gar. Sein hartes Glied trieb sich noch tiefer in mich, wieder und wieder und wieder. Unsere nassen Leiber rieben aneinander, schürten das Feuer, das in uns brannte, und in diesem Moment wurden wir eins, verschmolzen miteinander, ohne den Blick voneinander zu lösen. Versanken jeweils im anderen, tief und immer tiefer.

Ich wünschte mir nichts mehr, als ihn in diesem innigen Moment ganz in mir aufnehmen zu können. Mit allem, was ich besaß. Mit meinem Körper und mit meinem Herzen. Ich legte all mein Gefühl in diese stumme Bitte, als der Sturm in uns zu einem Orkan aufdrehte, der das Blut in meinen Adern zum Tosen brachte. Sein Blick veränderte sich. Ich sah, wie er mit sich rang, wie er für eine Sekunde die Augen schloss. Und dann, als ich mich endlich völlig in ihm verlor und unaufhaltsam und mit aller Kraft von ihm über die Klippen getrieben wurde, erkannte ich den Schmerz in seinem Blick. Und begriff in dieser Sekunde, dass er mich nicht küssen würde.

Niemals.

Scott

Die Fahrt zurück war die reinste Hölle.

Sam und Brad hatten den Stimmungswechsel zwischen Liv und mir bemerkt und angeboten, mit Jolie und Paul zurückzufahren. Dankbar hatte ich sie umarmt. Ich hatte wirklich gehofft, alles zwischen uns wieder geradebiegen zu können, aber Liv schwieg die meiste Zeit, und wenn ich mal das Wort ergriff, dann antwortete sie einsilbig oder gar nicht. Irgendwann gab ich es auf, und eisiges Schweigen herrschte im Wagen. Selbst die Musik konnte die Leere nicht füllen, die Entfernung zwischen uns nicht überbrücken.

My Songs Know What You Did In The Dark von Fall Out Boy lief und konnte nicht besser wiedergeben, was ich gerade durchmachte. *Be careful making wishes in the dark, dark. Can't be sure when they've hit their mark, mark …*

Ich hatte mir gewünscht, über meinen Schatten springen zu können. Hatte es versucht. Wirklich versucht, wie ich es ihr gesagt hatte. Liv war die Erste, die mir so nahe gekommen war, dass ich diesen Wunsch überhaupt verspürt hatte. Selbst mir war klar, dass das etwas zu bedeuten hatte. Aber ich hatte im letzten Moment gekniffen. Angst hatte mich überrollt. Panik davor, mich der Vergangenheit stellen zu müssen und von ihr verschlungen zu werden. Wieder abzustürzen, tiefer in dieses dunkle Loch zu fallen, aus dem ich mich noch immer nicht ganz befreit hatte und – wie ich letzte Nacht hatte erleben müssen – vermutlich nie befreien würde.

Ich spürte, dass Liv dichtgemacht hatte, mich nicht noch einmal so nahe an sich ranlassen wollte, und ich konnte es ihr nicht verübeln. Ich hatte ihr gesagt, dass ich kein einfacher

Mensch war. Ich hatte meine Ecken und meine Kanten. Und eine Vergangenheit, die ich einfach nicht hinter mir lassen konnte. Sie hatte es in meinen Augen gesehen. In dem Augenblick, in dem wir gemeinsam explodiert waren, hatte sie es gefühlt. Sie hatte verstanden, dass sie mich nicht würde ändern können. Und den Rückzug angetreten.

Bisher hatte ich ihr nichts erklärt. Nachdem sie unter mir gekommen war, ich in ihr gekommen war, hatten wir schweigend dagelegen. Ich hatte keine Worte gefunden, ihr zu erklären, was passiert war. Keine Entschuldigung gefunden für das, was ich ihr in dem Moment angetan hatte. Und so hatte ich geschwiegen. Irgendwann hatte sie sich umgedreht, so viel Abstand zwischen uns gebracht, wie es nur ging, und war neben mir eingeschlafen.

Ich hatte die halbe Nacht wachgelegen und den Wunsch unterdrückt, sie an mich zu ziehen, sie festzuhalten und bei mir zu haben. Sie zu spüren, zu fühlen. Ich hätte es getan! Ich hätte es getan, wenn ich mir sicher gewesen wäre, dass es genug war. Aber das war es nicht. Liv hatte mehr verdient. Mehr, als ich ihr geben konnte.

Als wir wieder in San Francisco waren und ich vor ihrem Haus am South Beach anhielt, hatte ich die schlimmsten sechs Stunden Fahrt meines Lebens hinter mich gebracht. Ich war froh, dass sie jetzt vorbei waren, aber auch unschlüssig, ob es richtig war, sie einfach so gehen zu lassen.

Liv stieg schneller aus, als ich den Motor abstellen konnte. Sie flüchtete aus meiner Nähe. Ich verstand sie.

Ich half ihr mit ihrem Gepäck, doch sie blockte mich gleich ab. »Danke, ich schaff das allein.« Die Schärfe in ihrer Stimme traf mich wie eine Ohrfeige.

»Liv, ich weiß, du bist sauer, aber -«

»Ich bin nicht sauer«, fiel sie mir heftig ins Wort. Ihre graublauen Augen wurden dunkler, die Farben vermischten sich miteinander, als sie mir fest, ohne jegliche Gefühlsregung, in die Augen sah. »Ich bin verletzt. Und das, Scott, ist schlimmer, als sauer zu sein. Das tut weh. Hier drin.« Sie zeigte auf ihr Herz.

»Liv, ich …« Ich fuhr mir durch den Bart, suchte nach den richtigen Worten. »Ich habe das nicht gewollt. Ich habe dir nie etwas versprochen. Ich -«

»Doch! Das hast du! Du wolltest das mit mir. Deine Worte.«

»Ich hab's versucht, Liv. Aber … Ich bin wohl zu kaputt.«

»Du machst es dir schön einfach, nicht wahr?« Ihre Augen verengten sich und sprühten vor Verachtung. »Ich habe es genauso versucht, mich auf uns einzulassen. Ich habe mich dir geöffnet und dich so nah an mich rangelassen, dass ich mich mehr als einmal gefragt habe, ob ich das Richtige tue. Aber da war immer diese kleine Stimme in mir. *Er braucht Zeit, alles wird gut.* Ich habe darauf vertraut, habe keine Fragen gestellt, habe Jolies Feindseligkeiten über mich ergehen lassen. Für dich. Weil ich geahnt habe, dass irgendwas nicht stimmt, und ich gesehen habe, dass du dich schon genug quälst. Ich wollte für dich da sein, aber du hast mich weggestoßen.«

»Das mit Jolie hat nichts mit uns zu tun.«

»Womit dann, wenn nicht mit mir?«

Ich presste die Kiefer aufeinander, überlegte, dachte nach. Dann schüttelte ich den Kopf. »Ich kann nicht.«

»Du willst nicht.«

»Ich kann nicht!«, fuhr ich auf.

Sie sah auf den Boden, dann hoch zu mir. »Ich würde dir gerne helfen, aber das funktioniert nicht, wenn du mich nicht lässt, wenn du dich mir gegenüber immer wieder verschließt. Ich habe keine Ahnung, was dir passiert ist, was mal gewesen ist. Oder …« Sie machte eine kleine Pause. »Oder wer Lea ist. Ich weiß auch nicht, ob ich es überhaupt noch wissen will.«

Mir wich das Blut aus dem Gesicht. »Woher weißt du von Lea?«

Sie schnaubte, ich bemerkte den Schmerz in ihren Augen, konnte ihn fühlen. »Ich weiß gar nichts, Scott. Das ist es ja, was mich fertigmacht. Du sagst, du willst es versuchen, aber schließt mich aus, schiebst mich weg. Ich habe dich gehört. Dich und Jolie. In der Hütte. Bevor du über mich hergefallen bist wie ein Tier. Da ist mir klar geworden, dass diese Lea dich unglaublich verletzt haben muss. Ich habe begriffen, dass Jolie mich hasst, weil du mich mitgebracht hast. Ich habe verstanden, dass es jede beliebige Frau an meiner Stelle hätte treffen können. Die Vergangenheit hat dich fest im Griff, dein Leben im Griff. Nein, Scott … Es geht nicht um mich. Es geht um dich. Es ging immer nur um dich. Und Lea.«

Ich hörte die Worte, ohne sie zu verstehen. Ich sah Liv an, ohne sie richtig wahrzunehmen. Bilder rauschten an mir vorbei, die hier keinen Platz hatten, aber sie drängten sich einfach dazwischen und vergrößerten die Kluft, die sich zwischen uns aufgetan hatte. Plötzlich war er wieder da, der Schmerz. Er war mit der vertrauten, bekannten Wucht zurückgekommen, packte mich am Kragen und schleuderte mich mit voller Kraft aus der Bahn.

»Sei still«, warnte ich sie leise. »Du weißt überhaupt nicht, wovon du sprichst.«

Livs Miene verdunkelte sich. »Ganz genau. Und warum? Weil du nicht aus deiner beschissenen Haut rauswillst«, spuckte sie mir entgegen. Ihr hübsches Gesicht war von Verletzung gezeichnet.

Ich ballte die Hände zu Fäusten. *Atme, Scott, atme!* »Ich kann nicht«, presste ich hervor.

»Nein. Du *willst* nicht. Und weißt du was? Es ist mir egal. Mittlerweile ist es mir egal. Ich habe es versucht. Habe mich von dir benutzen lassen, habe dir mein Herz geöffnet. Ein Fehler, für den ich selbst verantwortlich bin, das ist mir klar. Und glaub mir, das passiert mir nicht wieder. Ich habe verstanden, dass du lieber den Märtyrer spielst, dich in der Vergangenheit verkriechst, anstatt in die Zukunft zu sehen. Das alles hätte ich eine Weile ertragen können, aber letzte Nacht ist mir klar geworden, dass ›eine Weile‹ bei dir eine Ewigkeit bedeutet.«

»Es tut mir leid. Ich hätte es niemals so weit kommen lassen dürfen.«

»*Ich* hätte es nie so weit kommen lassen dürfen. Und das werde ich auch nie wieder.«

»Nein!« Ich packte sie am Arm, als sie sich von mir abwenden wollte. Sie sah auf meine Hand.

»Du hast mir versprochen, mir nicht wehzutun. Mir geschworen, dass ich mich nicht verbrennen werde. Aber das hier …«, sie löste sich ruckartig aus meinem Griff, »das fühlt sich verdammt nach einer Verbrennung an. Und das, Scott – das warst du.« Sie schüttelte traurig den Kopf. »Ich kann das nicht mehr.«

Sie zog sich von mir zurück, und ich spürte, wie sie zerbrach. Ich hatte sie verletzt. Und genau das hatte ich nicht gewollt.

»Du hast unrecht. Ich will aus meiner Haut, über meinen Schatten springen. Ich habe mich angestrengt, es wirklich versucht. Aber … es hat nicht funktioniert. Und das wird es auch niemals «, schloss ich leise.

Sie starrte mich an. Sekunden, Minuten, Stunden … In ihrem Blick spiegelte sich meine Verzweiflung. Sie schnappte nach Luft, ich sah, wie sie ihre zarten Hände zu Fäusten ballte. Unschlüssig, ob sie gehen oder mir eine knallen sollte. Ich hatte es verdient. Doch dann griff sie nach ihrer Tasche und schulterte ihre Ski. »Ich bin fertig mit dir, Scott. Ich will dich nie wiedersehen.«

Meine Worte hatten sie getroffen, mehr, als ich es gewollt hatte. Aber es war besser, sie mit Wut auf mich zurückzulassen als mit Schmerz, von dem sie nicht verstehen würde, warum er da war. Ich verabscheute mich dafür, aber darauf konnte ich keine Rücksicht nehmen.

»Fick dich, Scott Cunningham.« Mit diesen Worten ließ sie mich stehen. Und ich konnte nichts tun, außer ihr stumm hinterherzusehen. Ich hätte es leugnen können, hätte versuchen können, die Kluft zwischen uns irgendwie zu überbrücken. Aber das alles hätte nichts genützt. Nicht, wenn ich es nicht ehrlich meinte, mich nicht wirklich anstrengte. Und genau das konnte ich nicht. Liv hatte es erkannt.

Also stieg ich ins Auto, gab Gas und machte mich auf dem Weg aus ihrem Leben.

In meiner Wohnung erwartete mich die übliche Stille. Das Tropfen des defekten Wasserhahns, das Ticken der Uhr waren die einzigen Geräusche, die mich empfingen.

Ich ließ meine Tasche im Flur fallen, um dreckige Wäsche würde ich mich später kümmern. Irgendwann. Oder nie. Egal. Wen interessierte das schon?

Ich hatte Mist gebaut. Großen Mist. Aber ich hatte nicht anders handeln können. Ich durfte nicht glücklich sein, während Lea tot war. Ich hatte es nicht verdient. Es wäre falsch.

Den Rest des Abends verbrachte ich damit, eine Flasche Whisky zu vernichten, drehte die Musik auf, bis Breaking Benjamins *Angels Fall* mich mit sich riss und ich mir schwor, mir Liv ein für alle Mal aus dem Kopf zu schlagen.

When angels fall with broken wings,
I can't give up, I can't give in.
When all is lost and daylight ends,
I'll carry you and we will live forever.

Scott

Die Glocke über der Tür bimmelte, als ich nach vorne in den Shop kam, und ich zuckte wie so oft in den letzten Wochen bei diesem Geräusch zusammen. Fuck! Am liebsten hätte ich sie abgerissen, zertrampelt und in den Müll geschmissen, aber dann hätte ich wohl Ärger mit Jake bekommen, den ich nicht gebrauchen konnte. Ich hatte schon genug Stress, weil ich nicht auf der Höhe war. Die letzten Wochen waren die Hölle gewesen, und Besserung war nicht in Sicht. Ich sah mich kurz um, aber nur ein Kunde, den ich nicht kannte, betrat in diesem Moment den Laden und wurde von Joyce in Empfang genommen.

»Was ist mit dir?« Carrie saß hinter dem Tresen und musterte mich aufmerksam.

»Nichts«, brummte ich. Eigentlich hatte ich sie holen wollen, weil wir jetzt eine Verabredung miteinander hatten. Sie sollte heute endlich ihr Tattoo bekommen.

»Glaub ich nicht.«

»Glaub, was du willst«, gab ich unwirsch zurück. Ich hatte wenig Bock, mich auch noch von ihr blöde anmachen zu lassen. Das hatte Sam schon zur Genüge getan. Sie könne nicht verstehen, wie ich eine Frau wie Liv einfach gehen lassen würde. Genau wie Carrie jetzt hatte sie mich angesehen, als wäre ich nicht ganz bei Trost.

»Wenn Frauen ›nichts‹ sagen, dann lässt das bei euch Männern die Alarmglocken schrillen. Warum sollte das bei uns Frauen anders sein?«

»Wenn du mir was zu sagen hast, sag es. Oder lass es einfach, ja?« Ich mochte Carrie, wirklich. Aber gerade nervte sie nur.

Sie hob die Hände. »Ich habe nichts zu sagen, aber du vielleicht?«

Ich schnaubte, dann warf ich einen kurzen Blick nach hinten. Niemand hörte zu, alle waren beschäftigt. Peg und Eric tätowierten, und Joyce kümmerte sich um den neuen Kunden. Jake war seit gestern bei Hank in L.A. und würde erst am Abend zurückkommen. Es gingen Gerüchte unter den Kollegen rum, dass Hank sich zurückziehen wollte und der Laden verkauft werden sollte. Aber was genau da nun dran war, wusste niemand. Und auch nicht, was Jake damit zu tun hatte. Jake sprach nicht darüber, und mich ging es letztlich auch nichts an. Nur noch wenige Wochen, dann war ich weg hier.

Carrie saß auf einem Hocker und musste so zu mir aufsehen. Obwohl ich sie wirklich böse ansah, grinste sie herausfordernd, als ich mich vor ihr aufbaute. »Ich höre?«

»Was soll das?«, wollte ich wissen.

»Du läufst schon, seit ihr aus eurem Winterwonderland zurückgekommen seid, mit einer echt miesen Laune rum. Zudem lässt du dich wirklich gehen. Wann warst du das letzte Mal beim Friseur? Und deine zerknitterten Klamotten, dein Bart … du siehst aus, als würdest du seit Wochen unter einer Brücke schlafen. Hast du keinen Spiegel zu Hause? Du gehst mittlerweile nicht nur mir mit deiner Laune auf den Keks, sondern auch Jake. Gut, ich weiß, du bist es bald weg hier, aber das gibt dir noch lange nicht das Recht, dich wie ein Vollidiot aufzuführen. Ich habe dich wirklich lange genug vor Jake in Schutz genommen, aber ich glaube, wenn du dich nicht bald zusammenreißt, dann flippt er aus. Von Eric, Peg, Joyce und mir mal abgesehen. So.« Sie atmete aus, als wäre mit ihren Worten auch die Energie aus ihr entwichen, die sie für ihre Moralpredigt gebraucht hatte.

Ich verschränkte die Arme vor der Brust und sah sie nachdenklich an. »Bin ich wirklich so ein Arsch?«

»Ja. Zumindest in den letzten Wochen«, schob sie hinterher.

»Du bist direkt, das muss ich dir lassen.«

»Und du bist ein Idiot.«

»Okay, ich reiß mich zusammen. Tut mir leid, okay? Ihr könnt ja nichts dafür.«

»Eben. Und genau das ist der springende Punkt.«

»Ich sagte doch, es tut mir leid.«

»Entschuldige dich nicht bei mir.«

»Sondern bei Jake?« Klar, er war schließlich der Chef. »Ich red nachher mit ihm.«

Carrie verdrehte die Augen. »Du bist echt schwer von Begriff, oder? Wie kann man nur so ignorant sein?«

»Was? Was hab ich denn jetzt wieder falsch gemacht? Verstehe einer die Frauen. Egal was man sagt, es ist immer falsch. Klärst du mich bitte auf?«

Carries Kopf vollführte ein theatralisches Kreisen auf ihren Schultern, gepaart mit einem Stoßseufzer. »*Falsch.* Genau das richtige Stichwort. Okay, ich erkläre es dir. Ganz langsam zum Mitschreiben: Geh und rede mit Olivia!«

Was zur Hölle …? »Nein.« Ich wollte mich abwenden, aber Carrie hielt mich am Arm zurück.

»Gott, du bist ja genauso stur wie sie! Da haben sich echt die Richtigen gefunden.«

»Carrie, ich will dir ja nicht zu nahe treten, aber – halte dich bitte da raus.«

»Kann ich nicht. Ich kann nicht einfach zusehen, wie meine Freundin sich kaputtmacht.«

Ich horchte auf. »Was meinst du?«

»Sie isst nichts mehr, ernährt sich nur noch von Kaffee, arbeitet rund um die Uhr und geht nicht mal mehr mit anderen Typen aus, um sich abzulenken. Mann, Scott! Sie ist fertig wegen dir. Und wenn ich nicht wüsste, dass du eigentlich ein echt netter Kerl bist, würde ich dich zum Teufel schicken. Aber mal ernsthaft – du bedeutest ihr was. Und wenn ich mich nicht irre, sie dir auch. Oder?«

Nichts essen und nur Kaffee war Mist, da gab ich Carrie insgeheim recht. Aber keine anderen Typen? Ich kratzte mir mit der Hand über den Bart. »Versuche, sie zum Essen zu überreden. Alles andere geht mich nichts an.«

Carrie öffnete gerade den Mund, um zu widersprechen, aber wurde von Joyce unterbrochen. »Streitet ihr etwa?« Ihre grünen Augen leuchteten hinter ihrer großen Nerdbrille, und auf ihrem Gesicht lag ein überraschter Ausdruck.

»Nein«, sagte Carrie. »Scott nervt nur.«

»Das ist ja nichts Neues«, gab Joyce zurück und kicherte, als ich nach Luft schnappte.

»Na klar. Immer drauf auf den armen Kerl.«

»Welchen armen Kerl? Ich sehe hier nur einen Sturkopf, der sich nicht traut, den ersten Schritt zu machen. Zeig mal Eier, Scott Cunningham!«, fluchte Carrie.

»Welchen ersten Schritt?«, fragte Joyce.

»Er und -«

»Stopp! Es reicht«, fuhr ich schärfer als gewollt dazwischen. Es fehlte mir gerade noch, dass die Beziehung – oder besser Nicht-Beziehung – zwischen Liv und mir Shopgespräch wurde. »Diskussion hiermit beendet. Wenn du dein Tattoo willst, dann komm mit nach hinten. Wenn nicht, dann lass es.« Ich war echt angepisst, drehte mich weg und verschwand in mein Abteil. Ich hörte kein Wort mehr von den beiden. Entweder ließen sie sich im Flüsterton über mich aus, oder Carrie hatte begriffen, dass sie eine Grenze überschritten hatte.

Seit ich Liv nach unserem Wochenende im Schnee nach Hause gebracht und mich wie ein Arsch benommen hatte, hatte ich sie nicht mehr gesehen. Sie war nicht mehr ins *Skinneedles* gekommen, obwohl sie davor fast täglich hier gewesen war, um sich einen Kaffee abzuholen oder mit Carrie zu quatschen. Seit nunmehr fast vier Wochen hatten wir keinerlei Kontakt mehr. Auch mein Handy blieb stumm. Ich hatte es oft genug in der Hand gehabt und mich gefragt, ob ich sie anrufen sollte. Aber das würde nichts ändern. Weil ich mich nicht ändern würde.

Seit fast vier Wochen fand ich kaum in den Schlaf, weil ich ständig ihren schmerzlichen Ausdruck vor meinem inneren Auge hatte und das schlechte Gewissen mich zerfraß. Seit fast vier Wochen war ich zu meinen Kollegen unausstehlich, weil ich mich selbst nicht mehr ausstehen konnte. In diesen vier Wochen hatte ich mich mit einer Regelmäßigkeit betrunken, die mich selbst erschreckte. Seit vier verfuckten Wochen zuckte ich jedes Mal zusammen, wenn diese verfuckte Türglocke bimmelte, weil ich verfuckt noch mal die Hoffnung hatte, Liv käme zur Tür hereinspaziert. Aber sie kam nicht.

Ich war fies zu ihr gewesen, hatte sie verletzt und von mir geschoben. Das war nicht fair gewesen, aber besser für sie. Ich litt schon seit vier Jahren, konnte eine enorme Last tragen, da kam es nun darauf auch nicht mehr an. Jetzt, wo ich gehört hatte, dass es Liv so mies ging, kroch in mir das schlechte Gewissen hoch. Nicht, weil ich mich gegen sie entschieden hatte, sondern weil sie anscheinend nicht so gut damit klarkam, wie ich gehofft hatte.

Ich dachte an die Sternenkinder auf dem Friedhof, dachte an Luna, an Livs Tattoo. Fragte mich wiederholt, was es damit auf sich hatte, aber das würde ich wohl nie erfahren. Schon bald würde ich weg sein, am anderen Ende der Staaten, und dann würde es Liv auch bald besser gehen. Aus den Augen, aus dem Sinn.

»Kann ich reinkommen?« Carrie lugte über die Schwingtür in mein Abteil.

»Wechseln wir das Thema?«

»Wenn es sein muss?«

Ich trat zu ihr an die Tür. »Ich will nicht über Liv sprechen, okay?«

Sie biss sich auf die Lippe, senkte den Kopf und nickte. »Okay. Zumindest in deinem Abteil machst du die Ansagen.«

Ich atmete durch. »So ist es. Und ich möchte Arbeit und Privatleben gerne trennen. Schaffst du das?«

»Schaff ich.«

»Gut. Dann komm.« Ich öffnete ihr die Tür und ließ sie rein. »Ich hab dein Bild schon übertragen und alles vorbereitet. Wir können gleich anfangen.«

»Oh, cool.«

»Angst?«

»Nein.« Ich beugte mich etwas zu ihr und sah sie mit gerunzelter Stirn an. Sie lachte. »Ja. Ich hab verdammten Schiss.«

»Wusste ich's doch.« Ich grinste, dann zog ich mir ein paar frische Gummihandschuhe aus der Box und bat sie, ihren Oberkörper frei zu machen. »Weiß Jake mittlerweile davon?«

»Nein! Es ist und bleibt eine Überraschung.«

»Das wird ja ein nettes Willkommensgeschenk, wenn er heute Abend zurückkommt.«

»Ich wollte es ihm eigentlich nicht gleich heute Abend zeigen«, gab sie zögernd zurück.

»Babe, du glaubst doch nicht wirklich, dass du *ihm* sowas verheimlichen kannst? Der riecht die Tinte, noch bevor er die Wohnungstür aufgeschlossen hat. Abgesehen davon: So gut wie du mit Dingen hinterm Berg halten kannst, hat er den Braten wahrscheinlich eh schon gerochen.«

»Meinst du?«

»Ich sag dir jetzt mal was, Carrie.« Ich nahm mir den Hocker und setzte mich vor sie. Sie saß auf der Liege, ihre Beine baumelten herunter. »Jake und du, da ist diese Chemie. Und wenn es dir nicht gut geht, spürt er das. Wenn es dir gut geht, spürt er das. Und wenn du seit zwei Wochen durchdrehst, weil du ein Geheimnis vor ihm hast, spürt er das sowieso.«

Ich lachte und klopfte ihr aufs Knie. »Er ahnt es. Also entspann dich und freu dich darauf, ihn heute Abend reich zu beschenken. Aber – da gibt es etwas, das du vielleicht vorher noch wissen solltest …«, setzte ich mit ernster Miene hinterher.

Carrie schluckte und sah mich mit großen Augen an. »Was?«

»Beim Sex in nächster Zeit nicht auf der Seite liegen.«

»Ach du …!« Ich konnte nicht so schnell mit dem Hocker zurückrollen, wie sie mich gegen die Brust geboxt hatte.

»Für ›n Mädchen gar nicht schlecht …«

Ich brauchte gute drei Stunden mit Pause, um Carries Bild auf ihre linke Flanke zu übertragen. Die größte Herausforderung dabei war, die Lebendigkeit der Tänzerin darzustellen. Ihre Eleganz, die Ruhe, aber auch die Dynamik ihres Tanzes in den Linien auf Carries Haut zu verewigen. Aufzuzeigen, was hinter der Figur steckte, die Carrie sich ausgesucht hatte.

Als Jake, Eric und ich in L.A. gewesen waren, hatte ich mich eine Weile mit Jake unterhalten. Wie auch immer war das Gespräch auf Carrie gekommen, auf seine Beziehung zu ihr und darauf, dass sie früher getanzt hatte. Er hatte mir von dem Vortanzen erzählt, bei dem Carrie sich einen Dreck um die Meinung der Juroren geschert und den Tanz ihrem verstorbenen Ziehvater Phil gewidmet hatte. »Die Kraft, die sie in diesen Tanz gelegt hat, war so unglaublich stark gewesen. Sinnlich und traurig zugleich war ihre Darbietung gewesen, sodass ich nicht nur ihre Liebe zu Phil und zum Tanzen gespürt habe, sondern auch ihre Liebe zum Leben«, hatte er gesagt. Und genau mit diesem Satz im Hinterkopf hatte ich mich an ihr Tattoo gewagt. Ich wollte, dass Jake auch darin Carries Liebe zum Leben sah. Und als ich die letzte Linie gezogen und das Tattoo saubergewischt hatte, lehnte ich mich kurz zurück, um es kritisch zu beäugen. Und ich musste zugeben: Es war mir gelungen.

Ich hatte extra so lange mit dem Termin für Carrie gewartet, denn es war mir wichtig gewesen, dass sie ganz sicher war, dieses Tattoo auch wirklich zu wollen. Nicht für Jake oder weil sie die Einzige in diesem Shop war, die noch immer jungfräuliche Haut besaß. Sie sollte es für sich wollen. Und als ich es fertiggestellt hatte, wusste ich, dass es perfekt für sie war.

»Bist du fertig?«, stöhnte Carrie, als die Maschine endlich verstummt war.

»Willst du auf den letzten Metern noch anfangen zu jammern?«, neckte ich sie. Sie hatte erstaunlich gut durchgehalten. Am Anfang war sie nervös gewesen und zusammengezuckt, als ich die ersten Linien gezogen hatte, aber das hatte sich schnell gegeben. Ich glaubte, dass der Gedanke an Jake sie hatte durchhalten lassen. Ich sollte sie endlich erlösen.

»Ich jammere nicht, ich will nur wissen, ob wir durch sind oder ich noch weiter wie eine Statue hier sitzen muss.«

»Ich glaube, wir sind fertig.«

»Du glaubst?«

»Schau es dir an und sag mir, ob noch was fehlt.«

Sie stand auf und sah mich argwöhnisch an. »Na, du machst mir ja Mut.«

Ich grinste, hielt ihr einen Handspiegel entgegen und schob sie raus zum Spiegel. Joyce kam neugierig auf uns zu. Carries Tattoo war in den letzten Tagen Gesprächsthema Nummer eins im Shop gewesen. Zumindest wussten alle davon, außer Jake. Ich war echt gespannt, wie es ihr gefallen würde.

Carrie stellte sich mit dem Rücken zum Spiegel und besah sich ihr neues Tattoo. Ich sah, wie ihre Unterlippe zu zittern begann und ihre Augen anfingen zu glänzen. »Scheiße …«

Scheiße? Ich hoffte, das hieß nicht, was ich dachte, dass es hieß. Jake würde mir den Kopf abreißen, wenn ich seine Lady unglücklich gemacht hätte. Starr wartete ich auf eine weitere

Regung von ihr, darauf, dass sie etwas sagte. Aber sie nahm nur den Handspiegel runter, drehte sich halb und warf noch einen Blick über die Schulter in den Spiegel.

»Heilige Scheiße!«

Heilige Scheiße?

Sie sagte nichts mehr. Sie drückte Joyce den Spiegel in die Hand und kam auf mich zu. Dann fiel sie mir um den Hals.

»Du bist vielleicht ein Vollidiot, aber einer, der es draufhat. Danke, Scott. Ich liebe es! Ich liebe es wirklich.«

Olivia

Carrie wartete bereits auf mich, als ich im Hafenviertel im Nordosten der Stadt am Pier 43 ankam. Nachdem wir uns zur Begrüßung umarmt hatten, hakte sie sich bei mir unter.

»Hummer oder Clam Chowder?«, fragte sie, und ich schüttelte mich.

»Du weißt genau, wie ich zu dieser Fischsuppe stehe.«

Carrie lachte. »Dann also Hummer.«

»Damit kann ich leben.«

Wir gingen auf das Restaurant direkt am Wasser zu, das mich durch die Bullaugenfenster jedes Mal wieder an ein Schiff erinnerte, das hier vor Anker lag.

»Ich freu mich, dass du Zeit hast«, meinte Carrie und drückte meinen Arm.

»Es wurde mal wieder Zeit für ein Treffen«, antwortete ich und sah aufs Wasser raus. Ganz weit draußen konnte man die Insel Alcatraz erkennen, und rechts erhob sich die Golden Gate Bridge. Die Möwen flogen kreischend über das Meer, durchbrachen die dünne Nebeldecke, die noch immer über der Küste hing. Ich fröstelte, hier am Wasser war es um einige Grad kälter als in Downtown, und ich war froh um meinen Mantel, den ich jetzt enger um mich zog. Ich atmete tief die salzige, frische Luft ein, genoss sie und freute mich auf einen Tag mit meiner besten Freundin.

Das letzte Mal hatte ich sie an dem Abend gesehen, als ich vom Skiwochenende zurückgekommen war. Strahlend und erwartungsvoll hatte sie vor meiner Tür gestanden. Als ich in ihr Gesicht geblickt hatte, das so hoffnungsvoll ausgesehen hatte, war meine ganze Verzweiflung und Enttäuschung aus mir herausgebrochen. Ich erzählte ihr alles. Angefangen bei der Hinfahrt, dem Kuss auf die Wange, während unserer Rast. Von den Anfeindungen von Jolie. Der ersten Nacht, dem Tag im Schnee. Von seinem Streit mit Jolie über diese Lea, Scotts Überfall unter der Dusche bis hin zu dem Moment, in dem er mir mein Herz gebrochen hatte. Und sie hörte wortlos zu und hielt mich dabei fest im Arm.

Doch dann wollte ich meine Ruhe. Ich stürzte mich in die Arbeit, ackerte jeden Tag – auch am Wochenende – bis spät in den Abend rein und machte um das *Skinneedles* einen riesen Bogen. Ich wollte nicht, dass Carrie Salz in meine Wunde streute, indem sie mir von Scott erzählte oder womöglich versuchte, mich in irgendeiner Weise zu überzeugen, mit ihm zu reden. Ich hatte Zeit und Ruhe gebraucht, um mich innerlich von ihm zu lösen, bevor ich das Risiko eingehen konnte, ihm zu begegnen. Wenn das überhaupt jemals möglich war.

Zehn Minuten später saßen wir uns im oberen Geschoss des Restaurants in einer Nische am Fenster gegenüber. Das rote Kunstleder der Bänke war durch die vielen Besucher, die auf ihnen gesessen hatten, schon matt geworden, dafür glänzte die weiße Tischplatte wie blank poliert. Eine Kellnerin mit roten Locken in einer türkisen Uniform nahm unsere Bestellung auf und brachte uns wenige Minuten später eine Flasche Wasser und etwas Brot mit Butter.

Carrie streckte die Hände über den Tisch nach mir aus und ergriff meine. »Wie geht's dir, Liv?«

»Beschissen«, antwortete ich geradeheraus und zog meine Hände zurück. Ich nahm den Salzstreuer und untersuchte ihn, als wäre es ein besonderes Ausstellungsstück. Warum sollte ich lügen? Carrie wusste, was in Mammoth Mountain geschehen war. Zudem sah ich scheiße aus, hatte Augenringe bis unters Kinn und den Appetit und dadurch ein paar Kilo verloren, sodass meine Kleidung an meinem Körper herunterhing wie ein Kartoffelsack. Ich schlief schlecht, schaffte es nicht, vor Mitternacht einzuschlafen, und wachte noch vor dem Morgengrauen wieder auf. Vier oder fünf Stunden am Stück, mehr war nicht möglich. Jedes Mal, wenn ich gerade eingeschlafen war, schreckte ich aus einem Traum hoch, in dem Scott die verdammte Hauptrolle spielte. Und in dem er mich fallen ließ. Noch bevor er mich geküsst hatte.

»Ich habe mit ihm gesprochen.«

Ruckartig hob ich meinen Kopf und sah sie an. Fast rutschte mir der Salzstreuer aus den Händen. »Das hast du nicht wirklich?«

»Ich hab's versucht, aber …« Sie schüttelte traurig den Kopf. »Er hat abgeblockt.«

Ich schnaubte. »Na klar. Was hast du erwartet?«

»Es geht ihm schlecht, Liv.«

»Blödsinn.«

»Er wandelt seit vier Wochen wie ein Zombie durch den Shop, benimmt sich wie das letzte Arschloch, lacht nicht mehr, macht keine Späße mehr mit, geschweige denn, dass er welche versteht. Er war seit Wochen nicht mehr beim Friseur, sein Bart wuchert vor sich hin … Er scheint weder einen Spiegel noch ein Bügeleisen mehr zu Hause zu haben. So kenne ich ihn nicht.«

Nein, so kannte ich ihn auch nicht, da musste ich ihr recht geben. Ich hatte Scott als sehr gepflegten, auf sein Äußeres bedachten, in sich gekehrten Mann kennengelernt, aber in den Tagen, in denen wir viel Zeit miteinander verbracht hatten, war er aufgetaut. Ich hatte eine andere Seite von ihm entdeckt. Er war charmant, witzig, zuvorkommend und unglaublich zärtlich gewesen. Und diese Eigenschaften hatten mich meine Bedenken über Bord werfen und mich in ihn verlieben lassen. Schöne Scheiße!

»Weißt du … Je mehr Männer ich kennenlerne, umso toller finde ich Hunde …« Ich musste an Steve und seine Coco Chanel denken und tatsächlich grinsen. »Hunde lieben dich, egal wie du aussiehst oder wie du dich benimmst. Egal was du in deinem Leben schon durchgemacht hast, sie lieben dich. Gib ihnen täglich Auslauf und was zu fressen – sie vergöttern dich. Und – der springende Punkt – sie laufen nicht weg, wenn du mal nicht gut drauf bist, sondern bleiben bei dir, sabbern dir deine Klamotten voll und trösten dich. Ich sollte mir einen Hund zulegen.«

»Ach, Liv …«

»Ich war so blöd. Ich habe ihm geglaubt, dass er es versuchen will. Habe mich ihm gegenüber geöffnet, mich auf ihn eingelassen. Habe zugelassen, dass er mein Herz berührt. Und zum Dank …« Ich schüttelte den Kopf. Das Brennen in meinen Augen ignorierte ich. Ich würde nicht weinen. Nicht wegen diesem Mistkerl. Er hatte mich verletzt, hatte mein sowieso schon gebrandmarktes Herz in Stücke gerissen und vor meinen Augen darauf rumgetrampelt. Aber ich würde ihm nicht die Genugtuung verschaffen, daran zu zerbrechen. Ich hatte es schon einmal überlebt. Vielleicht dauerte es etwas, aber auch dieses Mal würde ich mich wieder aufrappeln. Und die Idee mit dem Hund wurde immer verlockender.

»Ich glaube nicht, dass er dich vorsätzlich verletzen wollte«, sinnierte Carrie in meine Gedanken hinein.

»Vorsätzlich oder nicht. Er hat es getan. Das allein könnte ich verzeihen, aber nicht, dass er mich einfach nur benutzt hat.«

Carrie sah mich lange an, bevor sie sprach. »Nachdem Alvin mich damals angefasst hatte, war der Ekel vor Männern so groß gewesen, dass ich mir nicht vorstellen konnte, jemals mit einem zusammen zu sein. Irgendwann kam der Zeitpunkt, an dem ich dachte: Hey, alles gut, Carrie. Versuch es doch einfach. Und das hab ich. Ich bin ausgegangen, hab mit Männern geschlafen, hatte eine Beziehung … aber all das war nie die Erfüllung gewesen. Ich dachte wirklich, dass Alvin mich kaputt gemacht hätte. Aber dann …«

»Kam Jake«, beendete ich ihren Satz.

In ihre Augen kehrte das Leuchten zurück, das immer aufflackerte, wenn sie an Jake dachte. »Ja, dann kam Jake. Und Liv, wenn es der Richtige ist, dann spürst du es. Mit jeder Faser deines Herzens. Du willst nicht mehr ohne ihn sein, fühlst dich wie halbiert, wenn er nicht bei dir ist, und gibst alles, was du hast, diesem einen Mann. Deinen Körper, dein Herz, dein Leben.«

Ich dachte einige Sekunden über ihre Worte nach. Scott hatte mich dazu gebracht, ihm zu vertrauen und ihm mein Herz zu öffnen. Wenn er bei mir war, dann fühlte ich mich so voller Energie und hatte das Gefühl, dass endlich wieder Leben in mir war. Jetzt, wo er weg war, hatte mein Herz sich aufgebäumt, war wieder einmal in tausend kleine Scherben zersprungen, und das Leben war aus mir herausgewichen wie aus einem kaputten Reifen. Ich fühlte mich wie lebendig begraben. Und das alles nur, weil ich diesen Mistkerl liebte. Jetzt konnte ich es nicht verhindern, dass mir die Tränen in die Augen schossen. Hastig schniefte ich sie weg.

»Ich bin schwanger, Carrie«, ließ ich die Bombe platzen, bevor ich es mir anders überlegen konnte. Ich hatte lange mit mir gerungen, ob ich es ihr erzählen sollte. Aber das war etwas, das ich nicht alleine durchstehen konnte. Ich brauchte jetzt eine Freundin an meiner Seite.

Carries Augen wurden groß. Ihr Mund öffnete sich, schloss sich unverrichteter Dinge wieder. Dann schüttelte sie den Kopf, als würde sie nicht glauben, was sie gehört hatte. Kein Wunder, ich glaubte es ja selbst kaum.

»Ich habe meine Tage nicht bekommen, und irgendwie wusste ich sofort, dass mit mir etwas nicht stimmte. Also habe ich mir einen Test geholt. Stundenlang habe ich auf dem Klodeckel gehockt und dieses Stäbchen angestarrt. Ich konnte es nicht begreifen, kann es immer noch nicht. Wie kann das angehen? Es ist wie ein böser Traum, und ich wache einfach nicht auf. Er war positiv, Carrie. Ich bin schwanger.«

»Aber … wie … Warst du beim Arzt? Tests sind nicht hundertprozentig sicher …«

»Ich war beim Arzt, ja. Am Freitag. Nachdem ich noch drei weitere Tests zu Hause gemacht habe – alle mit demselben Ergebnis –, bin ich zum Arzt gegangen. Es ist, wie es ist. Ich bin schwanger, und mit dem Baby ist alles in Ordnung. Es muss an dem Wochenende am Mammoth Mountain passiert sein. Wir haben kein Kondom benutzt. Gott, er ist sauber, ich bin sauber, und er hat mich gefragt, ob ich die Pille nehme.«

»Aber du nimmst keine Pille?«

»Die Ärzte haben mir damals nach der Ausschabung gesagt, ich könne keine Kinder mehr bekommen«, stieß ich verzweifelt aus. »Ich begreife nicht, wie sie sich dermaßen irren konnten!«

»Oh Gott, Liv …« Carrie sah mich erschrocken an. Davon hatte sie nichts gewusst. Und eigentlich hatte ich es ihr auch nicht erzählen wollen. Warum auch? Aber jetzt war es einfach so aus mir herausgeplatzt. »Aber sie haben sich geirrt …«

»So sieht's aus.«

»Und Scott? Er weiß es nicht?«

»Dass ich nicht verhütet habe? Oder dass ich dachte, keine Kinder mehr kriegen zu können? Oder dass sein Kind in meinem Bauch wächst? Was genau meinst du?« Ich konnte mir den Sarkasmus nicht verkneifen.

»Also nicht.« Carrie atmete tief durch. »Und was willst du jetzt tun?«

Ich zuckte mit den Schultern. »Ich weiß es nicht, Carrie. Das ist ja das Schlimme. Eine Abtreibung kommt nicht infrage. Ich …« Ich schüttelte den Kopf. »Ich will dieses Baby. Es ist eine zweite Chance. Aber warum ausgerechnet … Ich meine, das mit Scott und mir war schon vorbei, bevor es überhaupt eine Chance gehabt hat. Ich habe es nur nicht wahrhaben wollen. Aber in mir wächst sein Kind heran. Ironie des Schicksals, dass ich ausgerechnet jetzt so ein Glück habe. Ein Glück, das mich mein Leben lang an den Mann erinnern wird, den ich verloren habe.«

»Rede mit ihm, Liv. Sag es ihm. Er hat ein Recht, es zu wissen. Das hält ihn dann vielleicht davon ab, nach New York zu gehen.«

Ich sah sie erstaunt an. »New York?«

»Du weißt nichts davon? Scheiße!«

Ich schüttelte den Kopf. »Wovon?«

»Das *Skinneedles* war nur eine Übergangslösung. Er hat ein Jobangebot in New York. Er fliegt Freitag an die Ostküste.«

Für mich brach eine Welt zusammen. Ja, ich hatte gesagt, ich wolle ihn nicht wiedersehen. Ja, er hatte mich verletzt und ich hielt ihn für den größten Arsch auf dem Planeten. Aber irgendwo war immer noch die Hoffnung gewesen, dass er mich nicht einfach gehen lassen würde. Und dieser kleine Funke wurde gerade erstickt. Er würde nicht zu mir zurückkommen. Er hatte es ernst gemeint, als er gesagt hatte, es würde nicht funktionieren. Er würde weggehen. Für immer.

Ich schluckte und atmete tief ein, um Carrie nicht zu zeigen, was diese Nachricht für mich bedeutete. Und dann überwog die Wut. »Er hat überhaupt kein Recht auf irgendwas. Er will mich nicht. Und daran wird auch ein Kind nichts ändern. Es ändert nichts daran, dass Scott und ich keine Zukunft haben. Weil er nicht mich, sondern Lea liebt. Wer auch immer das ist.«

»Aber es ist nicht Lea, die ein Kind von ihm bekommt. Wenn er wüsste, dass -«

»Nein! Vergiss es, Carrie. Nein.« Ich massierte mir die Nasenwurzel, als die ersten Anzeichen einer Migräne sich ankündigten. Dann hob ich den Kopf und sah sie ernst an. »Vielleicht würde er zu mir zurückkommen, wenn er wüsste, dass er Vater wird. Aber der Grund dafür wäre nicht ich. Der Grund dafür wäre das Baby. Und nur das Baby. Und damit könnte ich nicht leben, Carrie. Versteh das. Für ihn wird sich nichts ändern, wenn er es nicht erfährt. Er muss es nicht wissen. Bitte sag ihm nichts.«

Carrie versprach es mir schweren Herzens, aber nicht, ohne noch einen letzten Versuch zu starten. »Du liebst ihn wirklich, oder?«

»Ja, aber das ist völlig egal. Ich bin ihm nicht wichtig genug, dass er über seinen Schatten springt. Und dann bin ich nicht die Richtige für ihn, verstehst du? Da kann ich kämpfen, so viel ich will, ich habe keine Chance. Ich habe in meinem Leben schon genug gekämpft. Ich bin es leid. Ich will und kann keinen Krieg mehr führen, keine Schlacht mehr schlagen, wenn ich genau weiß, dass es aussichtslos ist.«

Scott

»Danke, Alter. Es ist perfekt geworden.«

Morten war mein letzter Kunde für heute. Er war mittags zu mir in den Shop gekommen, damit wir sein Tattoo fertigstellen konnten, das wir bereits vor fast vier Wochen angefangen hatten. Als er mit Riley zusammen ins *Skinneedles* gekommen war, hatte er mich am Abend noch kurz beiseitegenommen und um ein Tattoo gebeten. Die Skizze hatte er dabeigehabt, und ich war mehr als heiß darauf gewesen, seinen kompletten Arm mit Farbe zu beziehen.

Wir hatten nur vier Wochen Zeit dafür gehabt, da ich bald nicht mehr hier sein würde. Die Sitzung hatten wir splitten müssen, für einen Tag war es einfach zu viel Haut, die bedeckt werden sollte. Zwischen dem letzten Termin und heute waren gerade mal drei Wochen vergangen, und jetzt war das Bild komplett.

Auf seinem rechten Arm zog sich nun vom Handgelenk bis zur Schulter ein Kunstwerk aus der Welt der Musik, in dem jedes Bild seine Bedeutung hatte. Über dem Puls begann es mit einer roten Rose, aus der Noten entsprangen, was seine Liebe zur Musik darstellte. Weiter ging es auf dem Unterarm mit einem Plattenspieler, so richtig oldschool, der an seine Zeiten als DJ erinnerte. Hinter dem Plattenteller zogen sich vom Ellenbogen bis über den Bizeps die Tasten eines Keyboards, die für seine Anfänge in der Musik standen. Und dahinter folgte bis über das Schultergelenk eine Bassgitarre, seine jetzige Position in der Band, darüber hinaus symbolisierte sie einen Wendepunkt in seinem Leben. Ich war sofort begeistert gewesen, dieses Tattoo stechen zu dürfen, und das obwohl er es statt im Watercolourstil nur in Black-and-Grey, mit einem leichten Hauch von Rot haben wollte. Ich war sogar froh um diese Herausforderung, denn es verlangte meine ganze Konzentration, und ich hatte die letzten vier Stunden weder an Liv noch an Lea oder sonst wen gedacht.

Ich war froh, dass Morten zufrieden war. Er versprach, mich in New York zu besuchen, sollte die Band dort mal wieder einen Gig haben. Nachdem ich seinen Arm versorgt und ihn noch mal über die Nachbehandlung aufgeklärt hatte, ging er zu Carrie an den Tresen. Er bezahlte, und wir verabschiedeten uns.

»Hammer Tattoo.« Ich hatte nicht gemerkt, wie Jake zu uns getreten war.

»Danke.«

»Und ich danke dir für Carries Tattoo«, sagte er. »Es ist wundervoll.«

Carrie trug die Tänzerin nun bereits seit einigen Tagen auf ihrer Haut, hatte mir auch gestanden, wie überrascht, aber auch wie glücklich Jake darüber war. Nur hatte er mich bisher nicht darauf angesprochen. Dementsprechend verblüfft war ich, dass er es jetzt tat.

»Gerne, Mann.«

»Bist du dir mit New York wirklich sicher?«, fragte er mich. Ich bemerkte, dass auch Carrie mich neugierig ansah. Ich hatte ihm, nachdem wir aus Mammoth Mountain zurückgekommen waren, eine Absage für sein Angebot erteilt. Ich würde nicht hierbleiben. Und auch, wenn ich das Team mittlerweile als meine Familie betrachtete, war es das Beste, mir so weit weg wie möglich von hier ein neues Leben aufzubauen.

»Bin ich«, antwortete ich daher mit fester Stimme.

Jake nickte langsam. Dann drehte er sich um und ging zurück nach hinten. Obwohl ich ihm von Anfang an signalisiert hatte, dass sein Angebot zwar nett war, aber ich es wohl nicht annehmen würde, fühlte ich mich jetzt schlecht. Ich hatte Jake angesehen, dass er enttäuscht war. Und das tat mir echt leid. Carrie hatte nur ein Kopfschütteln, begleitet von einem leisen Schnauben für mich übrig.

Ich ging in meine Nische zurück, räumte meinen Platz auf und packte meine Sachen zusammen.

»Schönen Feierabend«, wünschte ich Carrie, als ich zur Tür ging.

»Dito«, murmelte sie eisig, ohne mich anzusehen. Ich widerstand dem Wunsch, ihr alles zu erklären, ihr zu sagen, warum ich nicht bleiben konnte. Aber ich ließ es. Es würde nichts ändern.

Ich trat raus in die kühle Luft des frühen Abends und schwang mich auf meine Harley, die vor der Tür stand. Es war gerade mal kurz nach sieben, der Abend war noch jung, und ich hatte wenig Lust darauf, einen weiteren Abend in meiner leeren Wohnung mit meinem Freund Whisky zu verbringen. Daher lenkte ich mein Bike raus aus Haight-Ashbury, fuhr an den Autoschlangen vorbei und war schon bald auf freier Strecke Richtung Süden. Ich ließ mir den Wind um die Nase wehen und fuhr an der Bucht entlang nach San José. Von dort aus weiter am Pleasaton National Park vorbei und wieder hoch in den Norden, Richtung Walnut Creek. Ich mochte die Strecke, weil sie so schön kurvig war und meine Konzentration forderte. Doch auch die Kurven verhinderten nicht, dass immer wieder Livs Gesicht vor meinem inneren Auge aufflackerte. Carries Worte hatten mich tiefer getroffen, als ich zugegeben hatte.

In den ersten Tagen hatte ich versucht, mich zu betäuben, hatte Alkohol in mich reingeschüttet, um nicht nachdenken zu müssen. Aber nach ein paar Tagen war mir der Whisky aus den Ohren rausgekommen, und ich hatte meinen Boxsack aus dem Keller geholt. Aber auch das war sinnlos gewesen. Das Boxen hatte weder meine Wut auf mich selbst noch auf das Leben in Luft auflösen können. Die letzten Wochen hatte ich mich nur noch an das Datum des Tages geklammert, an dem ich aus dieser beschissenen Stadt verschwinden würde. In vier Tagen war es so weit. In vier Tagen ging mein Flug nach New York. Der Nachmieter für mein Apartment wartete nur auf den Schlüssel, mein Pick-up hatte bereits einen neuen Besitzer, er würde ihn in vier Tagen abholen. Alles, was ich mitnehmen würde, waren ein paar Klamotten und mein Bike. Ich hatte bereits alles mit einer Spedition geklärt, die meine Maschine für mich transportfertig machen und sich auch um den Flug kümmern würde. Übermorgen würde ich sie bei ihr abgeben. In New York sollte sie dann ziemlich zeitgleich mit mir ankommen. Um eine Unterkunft hatte ich mich noch nicht gekümmert, das wollte ich vor Ort erledigen. So lange würde ich irgendwo im Hotel übernachten. Und dann würde ich in New York von vorn anfangen.

Aber ich merkte, dass ich mir die Zeit dort schönreden musste. Die Vorfreude, die ich noch vor wenigen Wochen empfunden hatte, war wie weggeblasen. Seit Liv …

Ich sah sie vor mir, während ich Kurve um Kurve nahm. Ihr Gesicht tauchte hinter jedem Hügel auf, sie sah mich mit ihren graublauen Augen an, ihre roten Lippen waren leicht geöffnet, ein winziges Lächeln lag auf ihnen. Ich spürte ihre Finger auf meiner Haut, wie sie leicht wie eine Feder über meine Tattoos strichen oder mit sanfter Gewalt in meine Brustwarzen kniffen. Spürte ihre Schenkel um meine Hüften gewunden, ihre Nägel in meine Schultern gekrallt, spürte ihr heißes Inneres um meinen Schwanz zucken, ihre Nässe, ihre Leidenschaft, mit der sie mich in sich aufgenommen hatte.

In den letzten Jahren hatte ich nie ungeschützten Verkehr gehabt. Liv war die Erste seit Lea, mit der ich geschlafen hatte, ohne ein Kondom zu benutzen. Und ich hatte es genossen. Bis zu meinem dummen Fehler. Ich wünschte mir, die Zeit zurückdrehen zu können, um alles ungeschehen machen zu können. Alles. Leas Tod und Livs Verletzung. Für beides war ich verantwortlich. In den letzten Jahren war kein Tag vergangen, an dem ich mir nicht gewünscht hatte, ich hätte nicht getrunken. Aber so sehr ich es mir auch wünschte – es ließ sich nicht mehr ungeschehen machen.

Ich schloss die Augen für einen Wimpernschlag, ein Spruch von Buddha kam mir in den Sinn: *Verweile nicht in der Vergangenheit, träume nicht von der Zukunft. Konzentriere dich auf den gegenwärtigen Moment.*

Wie sehr ich mir wünschte, genau das zu können! Aber ich glaubte, ich wäre es nicht wert, jemals wieder glücklich zu sein.

Als ich die Gedanken an Liv beiseiteschob und mich wieder auf die Straße konzentrierte, wurde ich wie aus dem Nichts geblendet. Grelles Licht schoss auf mich zu. Ich hörte das Quietschen, hörte einen Motor aufjaulen, und dann sah ich diese Lichter wie in Zeitlupe auf mich zukommen und begriff, dass ich an einem Scheideweg stand. Leben oder Tod? War es nicht genau das, was ich verdiente? Dann wäre all der Schmerz mit einem Schlag vorbei. Ich war es so leid, ständig zu kämpfen. Um alles zu kämpfen und dann doch zu verlieren. Und dann raste mein Leben wie im Schnelldurchlauf an mir vorbei.

Mom, die mich nachts allein gelassen hatte, um sich auf irgendwelchen Wohltätigkeitspartys zu amüsieren, anstatt sich um mich zu kümmern. Hatte sie mich je in den Arm genommen und mir gesagt, dass sie mich liebte? Ich erinnerte mich nicht. Ich sah meinen Vater, der sich mit strenger Miene vor mir aufbaute und mich zum wiederholten Mal anschrie, dass ich nicht genug gegeben hatte und ja nicht schlappmachen sollte. Sah mich in der Schule, in der ich die falschen Freunde zur falschen Zeit gefunden hatte. Und dann kam Lea. Die süße Lea, die mich gefunden und aus dem ganzen Sumpf gezogen hatte. Die mir unvoreingenommen ihre Liebe geschenkt und aus mir einen anderen Menschen gemacht hatte.

Diese Liebe würde niemals sterben. Egal wie viele Frauen ich in den letzten vier Jahren gefickt hatte. Gesichtslos zogen sie an mir vorbei, immer schneller, immer lauter. Doch dann stoppte das Gedankenkarussell und ich sah … Liv.

Liv!

»Nein!«

In dieser Sekunde begriff ich, dass ich sie liebte. So sehr, dass ich nicht zulassen durfte, auf diese Weise aus ihrem Leben zu verschwinden. Ich durfte nicht gehen, ohne ihr zu sagen, was ich empfand. Sie musste es wissen.

Ich riss in letzter Sekunde den Lenker herum, nahm wahr, wie meine Harley sich unter mir aufbäumte, nicht einverstanden war mit der ruckartigen Bewegung, mich abwerfen wollte wie ein wildes Pferd. Aber ich redete ihr gut zu, beruhigte sie und wich den Lichtern aus, die mir in hoher Geschwindigkeit auf meiner Fahrbahn entgegenrasten.

What the fuck!

Die Harley kam ins Schleudern, als der Luftsog eines Autos mich erwischte. Ich bekam Schieflage, spürte den Asphalt der Straße nahe an meinem Knie. Scheiße! Ich packte den Lenker fester, steuerte dagegen, verlagerte das Gewicht und riss das Motorrad mit meiner ganzen Körperkraft auf die andere Seite. Aber es war zu spät. Ich schlitterte mit dem Gewicht der Maschine auf mir über den Teer und dann die Böschung hinunter. *Fuck! Fuck! Fuck!*

Glücklicherweise stoppte ein Baum die Rutschpartie, und mit einem knirschenden Geräusch kam die Harley zum Halten. Ich lag unter ihr und versuchte, zu Atem zu kommen, versuchte zu erfassen, ob ich irgendwelche Verletzungen hatte. Aber mit dem Gewicht des Bikes auf mir war das unmöglich. Ich sammelte alle Kraft und stemmte die Maschine so weit hoch, dass ich mich unter ihr rausziehen konnte. Ich ließ mich auf den Rücken fallen und sah nach oben, sah die Äste über mir. Mein Puls raste, Adrenalin jagte durch meine Adern und ließ das Blut in meinen Ohren rauschen. Ich zitterte, aber nahm mich zusammen. *Ganz ruhig, Scott. Es ist nichts passiert. Du lebst.* Und das war alles, was zählte.

Nur kurz, nur für den Bruchteil einer Sekunde waren meine Augen geschlossen gewesen, und ich hatte diesen Wagen, der um die Kurve geschossen war, nicht gesehen. Und beinahe wäre ich dabei draufgegangen.

Ich machte die Augen zu und atmete einfach.

Liv.

Sie war es, die mich gerettet hatte. Nicht meine Mom oder mein Dad, nicht das Leben, dass ich führte und aus dem ich ausbrechen wollte. Nicht Lea, die ich einfach nicht loslassen konnte. Nein. Es war Liv gewesen. Liv, in die ich mich verliebt hatte.

Ich brauchte noch ein paar Minuten, um wieder halbwegs klarzukommen. Bis auf eine Fleischwunde am Oberschenkel, einige Schürfwunden vom Asphalt und ein paar Kratzer schien ich unverletzt. Aber mein Bike war hinüber. Damit würde ich keinen Meter weit mehr kommen. Ich sah hoch zur Straße, aber dort stand kein Auto. Der Fahrer, der mich geschnitten hatte, war einfach weitergefahren. Wichser! Ich hätte tot sein können!

Ich zog mein Handy raus und rief Brad an.

Und als ich am Straßenrand saß und auf Brad wartete, der Verkehr um mich herum weiterlief, als wäre nichts gewesen, begriff ich, was für ein kleines Licht ich auf dieser Welt war und wie schnell das Leben vorbei sein konnte …

Brad war mit einem Abschleppwagen der Werkstatt gekommen, in der er arbeitete, hatte meine Harley die Böschung hochgezogen und mich, ohne viele Fragen zu stellen, nach Hause gebracht. Er hatte zwar noch versucht, mich zu überreden, ins Krankenhaus zu fahren, aber schnell hatte er gemerkt, dass er damit keinen Erfolg haben würde. Ich hatte keine Zeit, ins Krankenhaus zu fahren, ich musste so schnell wie möglich zu ihr. Ich schnappte mir den Pick-up, der Gott sei Dank noch in meiner Garage stand, und als das vertraute Motorengeräusch die Stille der Nacht zerriss, wusste ich, dass alles gut werden würde. Musste es einfach. Ich fuhr aus der Garage, und die Scheibenwischer quietschten, während sie den Regen wegschoben, also stellte ich das Radio an. *What about us* von Pink erfüllte das Wageninnere.

»Sticks and stones, they may break these bones. But then I'll be ready, are you ready? It's the start of us, waking up, come on. Are you ready? I'll be ready …«

Ja, ich war bereit. Bereit, aus dem Dunkel herauszutreten und wieder Licht in mein Leben zu lassen.

Ich raste durch die Straßen der Stadt, flog förmlich durch den nächtlichen Verkehr, so leicht fühlte ich mich ohne das Gewicht der Schuld auf meinen Schultern. Die Verletzungen durch den Unfall spürte ich kaum mehr. Ich war dem Fahrer des Wagens sogar dankbar, dass er mich von der Straße gedrängt hatte. Verrückt, aber ohne diesen Unfall hätte ich vielleicht nicht begriffen, was ich wirklich wollte. Und jetzt, wo ich wusste, dass Liv alles war, was ich wollte und brauchte, wusste ich auch, dass mir nichts mehr passieren konnte. Verrückt. Wirklich verrückt.

Ich parkte den Pick-up vor Livs Haus. Sie musste einfach zu Hause sein. Mein Herz schlug schneller, als ich die Tür öffnete und auf den Fahrstuhl wartete. Ich war nervös, versuchte, die Worte zu ordnen, die in meinem Kopf wie wild durcheinanderflogen, sie zu sinnvollen Sätzen aneinanderzureihen. Aber das Einzige, an das ich denken konnte, war, Liv in meine Arme zu ziehen und zu küssen. Endlich ihre Lippen auf meinen zu spüren.

Der Fahrstuhl brauchte für meinen Geschmack viel zu lange, um mich nach oben in den zehnten Stock zu bringen. Ungeduldig verfolgte ich die digitale Anzeige. Endlich ertönte das erlösende *Pling*, der Aufzug ging auf, und ich brauchte nur noch wenige Schritte bis zu ihrer Tür. Ich lief durch den langen Flur, und bevor ich es mir anders überlegen und wieder einen Rückzieher machen konnte, hob ich meine Hand und hämmerte gegen das dunkle Holz.

»Liv! Liv, ich bin's. Mach auf!«, rief ich.

Unendlich lange Sekunden später wurde die Tür aufgerissen und Liv sah mich mit großen Augen an, zeigte auf mein Gesicht, blickte auf die klaffende Wunde an meinem Oberschenkel.

»Scott? Was ist mit dir -«

»Nein, lass mich reden. Ich muss dir etwas Wichtiges sagen«, unterbrach ich sie sofort. Ich machte einen Schritt vorwärts, legte meine Hände auf ihre Schultern. Ich sah, dass sie blutig waren. Kein Wunder, dass sie mich so anstarrte. Aber Gott, es fühlte sich so gut an, sie zu berühren. Sie sah zu mir hoch, ihre Augen waren geweitet, erschrocken, verwirrt, aber auch neugierig. »Aber vorher …« Ich brachte mein Gesicht näher an ihres. Ihre Lippen waren ungeschminkt, und es war, als würden sie nur darauf warten, dass ich sie mit meinen bedeckte. Langsam, ganz langsam, um diesen Moment auszukosten, senkte ich mein Gesicht noch weiter. Es trennten uns nur noch wenige Millimeter. Unsere Blicke verhakten sich ineinander, verankerten sich, hielten sich fest, und ich erkannte das stumme Flehen in ihren Augen.

Und dann überbrückte ich die letzte Kluft zwischen uns und -

»Liv, das Eis ist leer. Oh …«

Ich schreckte zurück und hob den Kopf, richtete meinen Blick über Livs Schulter. Und da stand er – ein Mann, in Anzughose, mit geöffnetem Hemdkragen und gelöster Krawatte. Sein Haar wirkte zerwühlt. Wer zur Hölle hatte das getan? War Liv tatsächlich schon mit dem Nächsten zusammen? Hatte sie mich so schnell aus ihrem Leben gestrichen? Wie einen flüchtigen Bekannten? Ich konnte es nicht glauben. Wollte es nicht wahrhaben.

Ich blickte Liv an. Was soll das?, wollte ich fragen, aber brachte kein Wort raus. Sie steckten in meiner Kehle fest, rau und schmerzhaft, und nahmen mir die Luft zum Atmen. Ich spürte, wie meine Brust enger wurde, mein Herz einquetschte, das hilflos darin gefangen war. In ihren Augen spiegelte sich mein Schmerz, der so urplötzlich gekommen war und mir weismachen wollte, dass ich zu spät kam.

Scott

»Scott, was machst du hier? Was ist mit dir passiert?«

Livs Stimme holte mich in die Gegenwart zurück. Sie stand noch immer in der Tür, die eine Hand gegen den Rahmen gestützt, mit der anderen die Tür umklammernd. Erst jetzt bemerkte ich, dass sie verändert aussah. Sie hatte abgenommen. Ihre Wangenknochen traten deutlich hervor, ihre Augen lagen in tiefen Höhlen, untermalt von dunklen Schatten. Ihre sonst immer so akkurat frisierten Haare waren länger geworden und unachtsam zu einem Zopf zusammengebunden. Sie trug keines ihrer Businesskostüme, sondern stand in Leggins und einem übergroßen T-Shirt vor mir. Wem gehörte das? Etwa ihm?

Ich spürte, wie Wut in mir aufwallte. Sollte ich sie wirklich an diesen Schnösel verlieren, der immer noch einige Meter hinter ihr stand und uns neugierig anglotzte? Jetzt, wo ich endlich begriffen hatte? Nein! Ich würde nicht kampflos aufgeben. Nicht, bevor sie mich nicht angehört hatte.

»Schick ihn weg«, knurrte ich, ohne meinen Blick von dem Kerl zu lösen.

»Was? Scott, du -«

»Wirf ihn raus, hab ich gesagt«, wiederholte ich und sah sie an.

»Nein! Für wen hältst du dich? Ich werde hier niemanden rauswerfen. Und schon gar nicht für dich. Was willst du hier?«, zischte sie und funkelte mich aus ihren graublauen Augen an.

»Ich muss mit dir reden.«

»Es gibt nichts zu reden, Scott. Du hattest deine Chance. Bitte, geh jetzt.« Sie umschloss das Türblatt fester, und ich merkte, dass sie kurz davor war, sie mir vor der Nase zuzuknallen. Schnell stellte ich meinen Fuß in die Tür.

»Ich gehe nirgends hin, bevor du mir nicht sagst, was dieser Kerl in deiner Wohnung macht.«

»Das geht dich einen Scheißdreck an. Und jetzt nimm deinen Fuß weg.«

»Gibt es ein Problem?« Der Anzugträger kam auf uns zu und baute sich hinter Liv auf. Er war größer als sie, aber kleiner als ich. Mit dieser halben Portion würde ich schon fertigwerden, wenn es sein musste. Aber ich beachtete ihn nicht, sondern fixierte Liv.

»Wer ist das, und was macht er hier? Bist du etwa mit ihm zusammen?«

Sie zögerte, ich merkte es genau. Es dauerte den Bruchteil einer Sekunde zu lange, bis sie mir mit unsicherer Stimme antwortete. »Mit wem ich zusammen bin, geht dich nichts an.«

»Ich glaube, es wäre besser, wenn du jetzt gehst. Vielleicht solltest du lieber zu einem Arzt gehen, als Olivia zu belästigen«, mischte der Typ sich ein.

Ich ignorierte ihn. »Liv, ich weiß, ich habe Mist gebaut. Aber …« Ich senkte den Kopf, fuhr mir mit der Hand durch die Haare, ordnete kurz das Chaos in meinem Inneren. Dann sah ich ihr in die Augen. Und erkannte die Chance, die ihr Blick mir gab. Ich musste sie nutzen.

»Liv, bitte lass uns reden, lass mich dir alles erklären«, flüsterte ich, so leise, dass ich mir nicht sicher war, ob ich es überhaupt ausgesprochen hatte oder die Worte nur in meinem Kopf existierten. »Gib mir nur diese eine Chance.«

Ich erkannte, wie sie mit sich rang, doch bevor sie den Mund zu einer Antwort öffnen konnte, mischte sich der Anzugträger ein.

»Hast du mich nicht verstanden?« Der Kerl zog Liv an der Schulter von der Tür weg und stellte sich vor sie. Ich fing ihren Blick auf, verständnislos und unsicher wanderte er zwischen ihm und mir hin und her. Und dann machte der Kerl einen fatalen Fehler. Er fasste mich an. Er griff nach meiner Schulter und wollte mich wegdrücken. Aber dazu kam er nicht mehr. Ich riss mich los, schubste ihn zurück.

»Scott, nicht!« Liv drückte mir ihre Hand gegen die Brust, hielt mich davon ab, diesem Kerl die Fresse zu polieren.

»Fass mich nicht an«, herrschte ich ihn an.

»Sean, ich glaube, es ist besser, wenn du jetzt gehst«, hörte ich Liv sagen.

»Aber -«

»Ich komme klar. Ich … ich muss mit Scott reden. Lass uns bitte allein, ja?«

Sean sah sie verstört an, aber wenn er sie auch nur halb so gut kannte wie ich, dann würde er in ihrem Blick ihre Entschlossenheit sehen können. »Er wird mir nichts tun, Sean«, beschwichtigte sie ihn.

Ich lachte rau auf. »Nein, ihr würde ich niemals etwas tun. Aber dir, wenn du dich nicht gleich verpisst!«

Er zögerte, aber als sie ihm ihre Hand auf den Arm legte und ihn bittend ansah, nickte er schließlich. Er drehte sich um, ging durch den Flur und kam nach ein paar Sekunden mit seiner Jacke im Arm zurück.

»Ruf mich an, ja?«

»Mach ich, Sean. Danke.«

Er beugte sich zu ihr runter und küsste sie auf die Wange. In mir brodelte es. Ich hielt den Atem an, riss mich zusammen, um ihm keine reinzuhauen, weil er sie anfasste. Aber mir war klar, dass ich damit die Chance vertun würde, die sie mir gab. Ich verfolgte ihn nur mit meinem starren Blick, als er an mir vorbeiging. Seine Schritte wurden leiser, je weiter er sich entfernte.

Liv trat näher und sah zu mir auf. Als die Fahrstuhltüren sich hinter Sean schlossen, öffnete sie die Tür. »Komm rein.«

Ich folgte ihr durch den Flur, vorbei an der Wand, an der sie vor dem Spiegel auf meiner Zunge gekommen war. Vorbei auch am Schlafzimmer, dessen Tür offenstand, und ich warf einen neugierigen Blick hinein. Statt zerwühlter Laken sah ich ein gemachtes, unberührtes Bett. Erleichterung durchströmte mich. Sie war mit dem Typen nicht im Bett gewesen. Zumindest nicht heute Abend.

«Willst du dir vielleicht … die Hände waschen?«

Ich stutzte. Wie kam sie denn jetzt auf sowas Banales? Dann sah ich an mir hinunter und beschloss, dass sie recht hatte. Ich nickte stumm und bog kurz ins Bad ab, um mir das Blut von den aufgeschürften Fingern zu waschen.

«Im Schrank findest du Verbandszeug«, rief sie mir hinterher. Als ich mich im Spiegel sah, erschrak ich. Ein kleiner Riss klaffte auf meiner Wange, an der ebenfalls getrocknetes Blut klebte. Ich verschwendete keine Zeit mit dem Versorgen meiner Wunden, sondern wusch mir nur hastig das Gesicht und die Hände und folgte ihr dann in den offenen Wohn- und Essbereich. Sie hatte sich bereits auf das helle Ledersofa gesetzt, mit vor der Brust verschränkten Armen. Im Hintergrund lief leise Musik, auf dem Tisch standen ein halb volles Wein– und ein leeres Longdrinkglas, das vermutlich diesem Sean gehört hatte. Wer war das gewesen? Was hatte dieser Kerl in ihrer Wohnung gemacht?

Ich stand etwas verloren da, wusste nicht, wohin ich mich setzen sollte. Neben sie? Oder besser an das andere Ende vom Sofa? Ich zog den Hocker heran, der irgendwo mittig stand, und setzte mich vor sie. Ihre Miene war verschlossen, ich konnte nicht erkennen, was sie dachte. Sie hatte eine Maske aufgesetzt, die es jetzt galt, ihr abzunehmen.

»Du bist schmal geworden«, hörte ich mich sagen. Sie sah müde aus und blass.

»Nicht weiter tragisch. Aber was ist mit dir passiert? Du siehst … schrecklich aus.«

»Nur ein kleiner Unfall.«

»Du musst zu einem Arzt.«

»Später.« Sie runzelte die Stirn. »Erst … Es tut mir leid, Liv. Ich war ein Idiot. Ich wollte dir nicht wehtun.«

»Hast du aber.«

»Ich weiß.«

»Also, warum bist du hier?«

Ich schluckte. Es fiel mir nicht leicht, aber wenn ich jetzt nicht ehrlich war, wann dann? »Ich liebe dich, Liv.«

Sie sah mich mit großen Augen an, keine Faser ihres Körpers bewegte sich. Sie saß immer noch mit verschränkten Armen da. »Warum bist du hier?«, fragte sie noch mal, ohne auf mein Geständnis überhaupt einzugehen.

»Weil ich dich liebe, verdammt!«, presste ich hervor. Warum glaubte sie mir nicht?

»Das habe ich gehört. Aber ich kann es nicht glauben, solange ich nicht weiß, was dich dazu gebracht hat, deine Meinung zu ändern«, antwortete sie in einem Ton, der einer Ohrfeige gleichkam. »Hast du wirklich geglaubt, du kannst mich benutzen, wegwerfen, dann hier hereinspazieren und so tun, als wäre nichts passiert?« Scharf sah sie mich an und ich begriff, dass ich das tatsächlich geglaubt hatte. Sie schüttelte den Kopf. »Du sagst, du liebst mich? Wie kann ich das glauben, nach all dem, was gewesen ist? Du hast mich fallen lassen, als ich mich dir geöffnet habe. Das kann ich nicht einfach so vergessen.«

»Ich wollte das nicht, glaub mir, ich …« Scheiße! Den ganzen Weg hierher hatte ich die Worte in meinem Kopf gehabt, die ich ihr sagen wollte. Worte, die das ausdrückten, was ich fühlte. Was ich wollte. Im Auto hatte es sich leicht angefühlt, einfach. Warum war es jetzt so schwer? »Liv, ich -«

»Ich bin schwanger.«

Ich stoppte mitten im Satz und starrte sie an. Was hatte sie gesagt? »Du bist …? Sag das noch mal.«

»Schwanger«, wiederholte sie tonlos. In mir wurde es dunkel, meine Brust verengte sich, ich rang nach Luft, verlor den Boden unter den Füßen.

»Von wem?«, presste ich hervor.

Liv riss die Augen auf. »Das fragst du nicht wirklich? Bitte sag, dass das nicht dein Ernst ist!« Sie sprang auf, sah mich fassungslos an und nahm so viel Abstand von mir, wie der Raum es zuließ. Als würde sie meine Nähe nicht mehr ertragen.

»Ich … Wir waren nicht zusammen, weiß ich, was du in der Zeit …«

Sie schüttelte den Kopf und trat noch einen Schritt zurück. »Wag es nicht, das auszusprechen«, zischte sie.

»Wer war der Kerl von eben? Dein Date?« Ich sprang ebenfalls auf und spuckte das Wort Date aus, als wäre es giftig.

»Das war mein Kollege, verdammt! Wir haben gearbeitet.« Sie schrie fast und zeigte auf den Esstisch neben ihr, auf dem noch ein geöffneter Laptop stand und dessen Tischplatte sich unter Aktenordnern und Papieren bog.

Ich folgte ihrem Blick. »Scheiße …«

»Ja, Scheiße, genau. Ich bin schwanger von dir, du Idiot!«

Langsam, zäh wie Kaugummi, kam die Botschaft bei mir an. Ich konnte sie nur fassungslos anstarren. Sie war schwanger? Von mir?

»Aber wir … die Pille … Du hast gesagt, du nimmst die Pille?«

Sie atmete tief durch. »Aber nur, weil ich dachte, dass ich nicht schwanger werden kann.«

»Du kannst nicht …?« Meine Augenbrauen zogen sich zusammen. »Dieses winzige Detail hast du mir verschwiegen.« Sie wurde blass, ich sah förmlich das Blut aus ihrem Gesicht weichen.

»Ja, das habe ich dir verschwiegen«, gab sie schließlich zu, knetete dabei unsicher ihre Hände.

»Du hast mich angelogen. Vorsätzlich?«

»Nein! Es war ein Fehler, dir nichts zu sagen, aber …«

Ich hob die Hand, um sie zu stoppen. Ein Kloß bildete sich in meinem Hals, ich hatte das Gefühl, keine Luft mehr zu bekommen. »Ich brauche … Luft …« Ich drehte mich um und stürzte zur Tür. Ich musste hier raus. Raus und atmen. Ich rannte in den dunklen Flur, auf die Lichter am Fahrstuhl zu. Wie ein Geisteskranker drosch ich auf die Taste ein, aber nichts tat sich. Ich riss die Tür zum Treppenhaus auf und hastete nach unten, den Schmerz ignorierend, während Livs Worte durch meinen Kopf hallten. *Ich bin schwanger … Ich bin schwanger von dir, du Idiot … weil ich dachte, dass ich nicht schwanger werden kann …* Moment!

Ich hatte sie geschwängert. Auf der Hütte. Sie hatte mich angelogen. Hatte mit mir geschlafen, obwohl sie die Pille nicht nahm. Wieso hatte sie gedacht, nicht schwanger werden zu können? Was habe ich nicht mitbekommen? Was war mit ihr los? Ich schaffte es nicht, meine Gedanken zu ordnen, schaffte es nicht, wütend zu sein. Auch nicht, als ich unten im Erdgeschoss angekommen war. Zehn Stockwerke Zeit, um zu begreifen, was sie mir an den Kopf geworfen hatte: Liv bekam ein Baby. Mein Baby. *Ich werde Vater …*

Ich stoppte, hielt mich am Geländer fest. Die Welt drehte sich um mich. Schneller und schneller, ich fühlte mich wie in einem Karussell, das einfach nicht aufhörte, sich zu drehen.

Ich parkte vor dem Tor und verließ den Wagen. Es war dunkel, aber ich kannte den Weg. Ich war ihn schon so unzählige Male gegangen, dass ich ihn blind finden würde. Ich humpelte durch das Tor des Friedhofs und hielt mich links. Als ich an dem weißen Bogen des kleinen, eingefassten Gartens der Sternenkinder vorbeikam, blieb ich stehen.

Luna.

Was hatte Liv so verletzt? Wer hatte ihr so wehgetan? Wer war Luna?

Ich zog mein Handy aus der Jackentasche und schaltete die Taschenlampe ein. Dann suchte ich im Dunkeln nach einem Stein mit ihrem Namen. Ganz hinten rechts, unter der Trauerweide, die ihre Zweige beschützend über die Stelle hängen ließ, fand ich ihn. Eine kleine Säule mit einem Mond darauf, in dem ihr Name eingraviert war. Luna. Vorsichtig ging ich in die Knie, ignorierte den brennenden Schmerz in meinem Bein, und fuhr mit den Fingern über die Inschrift: *Flieg, kleiner Schmetterling*. Ich rang nach Luft, als ich begriff, wofür Livs Tattoo stand, und mir vorstellte, welche Schmerzen sie erlitten hatte, brachte mich das fast um.

Und jetzt war sie wieder schwanger. Von mir. Wieder wuchs in ihrem Bauch ein Kind heran. Und ich war einfach abgehauen. Weil mich die Nachricht geschockt hatte. Weil ich nicht wusste, wie ich damit umgehen sollte. Ich hatte doch gerade erst begriffen, dass ich sie liebte. Dass ich um sie kämpfen musste, um ihre Liebe kämpfen musste. Aber jetzt war da ein weiteres Wesen, das ihre Liebe brauchte. Uneingeschränkt.

Ich starrte auf den Stein, fuhr mit den Fingern über die Inschrift. »Ich werde auf deine Mommy aufpassen, kleine Luna.« Ich strich noch einmal über den Mond, dann stand ich auf und ging den Weg zurück, den ich gekommen war.

Ich verließ die Sternenkinder, hielt mich links, bog noch zweimal ab und stand dann vor dem schlichten weißen Grabstein, den ich schon seit vier Jahren regelmäßig besuchte. Obwohl es mittlerweile dunkel war, schien der Stein zu leuchten. Ich strich über seine raue Oberfläche, fuhr mit den Fingern den eingemeißelten Schriftzug nach.

Lea.
Die Liebe ist stärker als der Tod.

Als ich die Worte zum ersten Mal gelesen hatte, hatte ich mir geschworen, nie aufzuhören, sie zu lieben. Ich hatte so sehr an der Liebe zu Lea festgehalten, weil ich nicht hatte zulassen wollen, dass sie tot war. Ich hatte geglaubt, die Liebe würde sie zu mir zurückbringen, ihren Tod ungeschehen machen. Wie die Inschrift auf ihrem Grabstein es sagte. Aber dem war nicht so. Nichts und niemand würde Lea zu mir zurückbringen. Ich musste aufhören, mich an sie zu klammern. Musste zulassen zu verstehen, was dieser Spruch in Wirklichkeit bedeutete.

Ich setzte mich an ihr Grab, lehnte mich mit der Schulter gegen den kalten Marmor und schloss die Augen.

»Danke«, flüsterte ich in die Stille der Nacht hinein. »Das war verdammt knapp, aber vielleicht musste das so sein, damit ich endlich aufwache.« Ich räusperte mich, meine Kehle fühlte sich ganz rau an. »Danke, dass du mein Schutzengel warst.« Ich sah hoch in den dunklen, wolkenverhangenen Himmel, in dem nur wenige Lücken den Blick auf die Sterne freigaben. Einer davon blickte vielleicht gerade auf mich runter. Und lächelte. Sie hatte immer gelächelt, selbst wenn es ihr mal schlecht gegangen war.

»Du weißt, dass ich dich geliebt habe, Lea. Und du weißt auch, dass ich mit diesem Mädchen nie etwas hatte. Ich hatte doch dich. Du warst alles, was ich je gebraucht habe.« Ich erinnerte mich an ihre roten Locken, mit denen sie so unglücklich war, weil sie sie nicht hatte bändigen können. Ich aber hatte sie geliebt. Genau wie ihre vorwitzigen Sommersprossen, die sie anfangs immer mit Make-up abgedeckt hatte, bis ich sie gebeten hatte, das zu lassen. Und sie hatte auf mich gehört. Ich sah ihre braunen Augen, die ausgesehen hatten wie die dunkle Schokolade, die sie immer so gerne gegessen hatte. Und dann … auf einmal war alles weg gewesen. Sie war weg gewesen.

Ich zog meine Knie an und legte meinen Kopf darauf. »In den letzten vier Jahren hat es nicht einen Tag gegeben, an dem ich nicht an dich gedacht habe. Nicht eine Stunde, in der ich mir nicht die Schuld dafür gegeben habe. Nicht eine Sekunde, in der ich mich nicht mit dem Gedanken gequält habe, was gewesen wäre, wenn …« Ich schluckte, achtete nicht auf das Brennen in meinen Augen, biss die Kiefer aufeinander, bis es knirschte und wehtat. »Und dabei habe ich vergessen, wie es ist zu leben. Als du gestorben bist, bin ich mit dir gestorben.«

Ich wusste nicht, wie lange ich an ihrem Grab gesessen hatte, aber als ich mich erhob, waren meine Glieder steif. Meine Haare, meine Jacke, meine Jeans waren nass vom Regen, die Wunde an meinem Oberschenkel brannte wie Feuer, aber das ignorierte ich. Ich trat näher an Leas Grabstein. Es wurde Zeit.

»Ich liebe dich, Lea. Die Liebe ist stärker als der Tod, und ich werde niemals aufhören, dich zu lieben. Du warst schon immer stark, stärker, als ich es je war. Aber jetzt … jetzt kann ich stark sein, Lea. Es gibt da jemanden, der mich jetzt mehr braucht als du. Sehr viel mehr.« Ich zog den Ring von meiner Hand und legte ihn auf dem Grabstein ab. »Du darfst gehen, Lea. Geh und warte auf mich. Bis wir uns wiedersehen …«

Als ich wieder im Auto saß und das Radio anstellte und *With Arms Wide Open* von Creed erklang, wusste ich, dass ich auf dem richtigen Weg war.

»With Arms wide open, under the sunlight.
Welcome to this place, I'll show you everything.
With arms wide open …«

Ich rannte auch die letzten Meter den Flur entlang und hämmerte mit der Faust gegen ihre Tür, wie schon zwei Stunden zuvor.

»Geh weg!«, rief sie von drinnen.

»Nein.«

»Geh!«

»Vergiss es! Wenn es sein muss, campiere ich vor deiner Tür. Aber ich werde nicht gehen. Nicht noch einmal.«

Ich wartete, hörte nichts. Doch dann öffnete sie nach ein paar Minuten die Tür. Sie hatte geweint. Ich sah die Tränenspuren auf ihrem Gesicht.

»Warum hast du mir nichts davon gesagt?«, stieß ich außer Atem hervor.

»Es gibt eben Dinge, über die man nicht zwingend reden muss.«

Ich machte drei Schritte auf sie zu, schob sie in die Wohnung und schmiss die Tür hinter mir ins Schloss. »So wie über Luna?«, presste ich heraus. Den Schmerz über Leas Verlust hatte ich auf dem Friedhof zurückgelassen. Ich war mir sicher, jetzt endlich ein neues Leben anfangen zu können. Aber vorher … Vorher brauchte ich Antworten.

Sie versteifte sich sofort und wollte zurückweichen, doch ich ließ das nicht zu. Ich war schneller und hatte sie schon im Arm, bevor sie sich wegdrehen konnte. »Lauf nicht wieder weg, Liv.«

»Du bist doch abgehauen! Ich laufe nicht -«

»Doch, das tust du. Und du weißt es.« Meine Stimme hatte einen härteren Ton angenommen. Ich war nicht wütend, ich wollte einfach nur verstehen. Sie verstehen. Verstehen, was hier passierte.

Lange sah sie mich an. Dann öffnete sie den Mund. »Luna ist … Sie war meine Tochter. Sie starb, bevor sie geboren wurde. Ihr habe ich das Tattoo gewidmet.« Ich hörte die Worte, sie rauschten an mir vorbei wie ein Güterzug auf freier Strecke. »Ich habe bis vor Kurzem nie irgendjemandem davon erzählt, nicht mal meine Mutter weiß es. Und vor ihr ist eigentlich kein Geheimnis sicher«, versuchte sie zu witzeln, aber ich ging nicht darauf ein.

»Ich habe dich gesehen. Auf dem Friedhof, vor ein paar Wochen«, flüsterte ich.

Livs Wangen wurden blass. »Spionierst du mir nach?« Ihre Worte trafen mich bis ins Mark.

»Nein, Liv. Ich spioniere dir nicht nach. Ich … habe auch jemanden besucht. Und beim Rausgehen habe ich dich gesehen. Was ist passiert, Liv? Bitte sprich mit mir.«

»Was willst du wissen?«, fragte sie kraftlos.

»Was du bereit bist, mir zu erzählen.«

»Okay …« Sie nickte, dann nahm ich sie am Arm und führte sie durch den Flur zum Sofa. Widerstandslos ließ sie sich in die Polster drücken. Ich setzte mich neben sie und nahm ihre Hände in meine. Sie waren eiskalt. Und zitterten. Wie meine. Der Lauf durchs Treppenhaus hatte meinen Puls hochgepuscht. Meine Finger streichelten wie von selbst über ihre.

»Erzähl mir, was passiert ist«, bat ich.

»Ich war sechzehn, als ich mit Cory zusammenkam«, begann sie nach einer Weile mit leiser Stimme. Ich musste mich konzentrieren, sie zu verstehen, so laut rauschte das Blut in meinen Ohren. »Er war der typische Highschool-Liebling, alle Mädels flogen auf ihn, und ich konnte überhaupt nicht glauben, dass er sich für mich interessierte. Aber das tat er. Es dauerte fast ein halbes Jahr, bis ich ihm glaubte, dass er es ernst meinte, und bereit war, mit ihm auszugehen. Wir wurden ein Paar, schafften gemeinsam die Highschool, gingen aufs College und zogen zusammen. Ich war glücklich, mehr als glücklich. Ich war neunzehn, als ich bemerkte, dass ich schwanger war.« Sie stockte kurz, sammelte sich. »Ich hatte mir einen Schwangerschaftstest aus der Apotheke geholt. Er war positiv. Ich hatte Schiss, dass Cory wütend sein würde oder so, aber er freute sich. Verdammt, ja, wir freuten uns. Wir waren noch jung, aber so verliebt. Er nannte mich seine Prinzessin und trug mich auf Händen, erfüllte mir jeden Wunsch. Und ein Kind, so hatte er gesagt, sei die Krönung des Ganzen. Aber dann … In der zwölften Woche bekam ich plötzlich Schmerzen. Ich fuhr ins Krankenhaus, weil ich ein ganz übles Gefühl hatte. Da habe ich das Kind verloren. Die Ärzte sagten mir, dass sie bei der Ausschabung etwas bei mir verletzt hätten. Sie sagten mir …« Sie brach ab und atmete einmal tief durch. »Sie sagten mir, dass ich nie mehr Kinder bekommen könne. Aber da hatten sie sich wohl getäuscht.«

Einen Wimpernschlag lang stoppte ich die Bewegung meiner Finger auf ihren Händen. Ich konnte mir nicht ausmalen, was sie durchgemacht hatte. Allein die Vorstellung ihres Schmerzes zerfraß mich. »Es … ich …« Ich wusste nicht, was ich sagen sollte, fand keine Worte für das, was sie hatte ertragen müssen.

»Ich hatte lange damit zu kämpfen. Jeden beschissenen Tag fragte ich mich: Warum ich? Das fragte Cory sich wohl auch … Er hat mich keine zwei Monate danach verlassen. Heute ist er verheiratet und hat Zwillinge. Das zum Thema große Liebe. Es war schrecklich. Es ist schon sechs Jahre her, aber ich habe jetzt erst begriffen, dass ich loslassen muss. Die ganzen Jahre habe ich mich gequält, habe mir die Schuld daran gegeben, habe mich gefragt, womit ich das … alles verdient habe«, schloss sie ermattet.

Es hatte sie viel Kraft gekostet, mir davon zu erzählen, in ihren Augen brannten Tränen, aber sie blinzelte sie weg. Und ich spürte, wie in mir Wut auf diesen Scheißkerl aufkeimte, der sie geschwängert und dann hatte sitzen lassen. Dieser Mistkerl! Ich durfte nicht zulassen, dass sie das noch mal durchmachte.

»Gib dir nicht die Schuld, Liv«, brachte ich heraus. »Dieser Kerl hat es nicht verdient, dass du -«

»Es geht nicht um ihn, Scott!«, fuhr sie auf und entzog sich mir. »Du weißt doch gar nicht, was dazu führte, dass er mich verlassen hat. Ich war so in meiner Trauer gefangen, dass ich nichts anderes mehr fühlen konnte. Ich habe mich immer mehr zurückgezogen. Habe alles kaputtgemacht. Wir hatten keine Chance.«

»Nein, Liv! Quäl dich nicht so. Dich trifft keine Schuld. Mach dich nicht damit kaputt«, bat ich mit gepresster Stimme. Meine Finger hatten sich mittlerweile zu Fäusten geballt. Ich spürte die Kluft zwischen uns, die sie aufriss.

»Ich bin bereits kaputt, Scott! Ich bin so kaputt, dass ich nicht mehr in der Lage bin, Gefühle zuzulassen. Lunas Tod hat mir mein Herz rausgerissen und ein Loch in meiner Brust hinterlassen. Als ich mein Baby verloren habe, ist in mir alles zerbrochen. Aber als ich dann alleine war, mit dem Schmerz und der Schuld … Zu wissen, nie wieder ein Kind bekommen zu können. Und jetzt das … Dasselbe noch mal? Kann noch mehr in einem kaputtgehen? Sag es mir!«

Wut überkam mich. Nein, sie überrannte mich. Wut darüber, dass sie sich selbst die Schuld an allem gab, was geschehen war. Dass sie dachte, sie sei kaputt, es nicht wert, geliebt zu werden. Aber das war sie. Ich liebte sie. Und ich würde sie nicht allein lassen. Niemals!

»Du bist nicht kaputt, Liv. Du bist verletzt. Du hast das Schlimmste mitgemacht, was einem Menschen passieren kann. Aber deswegen bist du noch lange nicht kaputt. Lass dir das nicht einreden. Wir können alles reparieren, wenn -«

»Wenn?«, fiel sie mir ins Wort. »Hast du mir nicht zugehört? Ich bin tot. Emotional tot. Was glaubst du, warum ich mit so vielen Männern geschlafen habe? Warum schleppe ich jede Woche einen Neuen ab? Ganz bestimmt nicht, weil es mir gefällt. Nein! Weil ich meine Gefühle suche. Aber ich kann sie nicht finden, verdammt! Ich kann sie nicht finden …«

Olivia

Seine Miene veränderte sich, Zorn huschte über sein Gesicht, dann schloss er die Augen. Seine Kiefer knackten, seine Fäuste waren geballt. Es war vorbei. Ich hatte ihm die Wahrheit gesagt, offen und schonungslos, und hatte ihn damit vertrieben. Aber was hatte ich erwartet?

Doch als er mich endlich wieder ansah, hatte sich sein Gesichtsausdruck verändert. Ich erkannte wieder diese Wärme darin, die ich schon einmal gesehen hatte.

»Aber in dir wächst ein Baby, Liv. Auch das hat sich geändert. Du veränderst dich. Dein Leben verändert sich. Und meins auch …«, setzte er hinterher.

Ich schluckte, als er mich damit konfrontierte. »Es war nie meine Absicht, dich zu hintergehen oder dich auf diesem Weg an mich zu binden, falls du das glaubst.«

Er schüttelte den Kopf. »Daran habe ich nie gedacht.«

Ich atmete aus. »Du brauchst keine Angst zu haben, ich werde dich nicht in die Pflicht nehmen. Du kannst ruhig nach New York gehen.«

»Du glaubst, ich kneife?«, fragte er mich gefährlich leise und sah mich aus verengten Augen bitter an. Ich hatte diesen Blick schon einmal gesehen. Kurz darauf hatte er mich gevögelt. Und mich geschwängert.

»Keine Ahnung. Sag du es mir«, forderte ich. »Du bist eben abgehauen, nicht ich …«

»Fuck, ja! Ich war überfordert. Du hast es mir ja nicht gerade schonend beigebracht. Ich werde nicht nach New York gehen. Ich werde dich nicht damit alleinlassen. Liv … Ich liebe dich.«

Ich erstarrte, meine Atmung setzte aus, und die Worte rauschten durch meinen Kopf. Nein, nein, das stimmte nicht.

»Nein, Scott, tust du nicht. Du willst mich doch gar nicht. Du willst Lea«, platzte es aus mir heraus. Und ich sah im selben Moment, dass ich zu weit gegangen war.

»Sag das nicht. Sag das nicht, Liv!« Er knurrte die Worte mehr, als dass er sie sprach.

»Vielleicht ist es besser, wenn du und ich nicht … wenn …«, stammelte ich. Ich brachte es nicht übers Herz auszusprechen, dass er mich wieder verlassen würde.

Mit verschlossener Miene schüttelte er den Kopf. »Hast du nicht verstanden, was ich gerade gesagt habe?«

»Was genau meinst du?«, presste ich hervor.

»Dass ich dich liebe, Liv.« Scott rückte zu mir rüber, wollte mich berühren, aber ich stieß ihn mit aller Kraft von mir und funkelte ihn an.

»Was zum Teufel willst du von mir, Scott?«

»Weißt du das wirklich nicht?« Traurig sah er mich an.

Ich lachte hart auf. Dieses Gespräch steuerte auf ein Desaster zu. »Ich weiß nicht mehr, was ich denken soll. Du bist so launisch, mal Prinz Charming, mal König Arschloch. Ich habe keine Ahnung, woran ich bei dir bin. Du kommst hierher, sagst, du liebst mich, und erwartest, dass ich dasselbe für dich empfinde, nur weil du mich geschwängert hast. Wie kannst du dir nur so sicher sein, dass es funktionieren wird?«

»Weil ich es weiß «, sagte er schlicht.

»Woher?« Ich begriff nicht, woher er diese Sicherheit nahm.

»Liebst du mich?«

Ich hielt wie versteinert inne. Hatte er mich das gerade wirklich gefragt? Wusste er nicht, was ich für ihn empfand? Spürte er nicht, wie sehr ich ihn liebte, ihn brauchte? Ich wollte den Kopf senken, ihn nicht mehr ansehen. Aber sein Blick hielt meinen gefangen.

»Okay. Aber dann sag mir wenigstens: Was bin ich für dich, Liv? Bin ich nur einer der Männer, die du gefickt hast, oder bin ich mehr?«, hakte er nach, hielt unerbittlich den Blickkontakt aufrecht. »Was, Liv?«

»Wenn du das nicht weißt, kann ich dir auch nicht mehr helfen!«, schrie ich ihn an.

Scotts Gesichtsausdruck veränderte sich, doch ich war zu wütend, um es rechtzeitig zu bemerken. Erst als er mich an den Armen packte, herumriss und mit dem Rücken auf das Sofa presste, realisierte ich, dass ich eine weitere Grenze überschritten hatte. Ich sah es in seinen Augen. Und da sah ich noch etwas anderes.

Er drückte sich auf mich, umfasste meine Handgelenke und hielt mich unter sich gefangen. Dann brachte er sein Gesicht so nahe an meins, dass ich seinen Atem spüren konnte.

»Was bin ich für dich, Liv?«, fragte er nun ein viertes Mal. Ich merkte, wie mir die Tränen in die Augen traten, schluckte und drehte den Kopf zur Seite. Verzweifelt bemüht, ihm nicht zu zeigen, wie verletzt ich war.

Er sagte nichts mehr, sah mich nur an, ich spürte seinen Blick auf mir. In mir. Er durchbohrte mich. Und als ich meinen Kopf wieder drehte und ihm in die Augen sah, traf er mich mitten ins Herz.

Im Hintergrund lief die Musik weiter, *Walk on Water* von 30 Seconds to Mars, leise, unaufdringlich, aber laut genug, um mich verstehen zu lassen.

»Do you believe that you can walk on water?
Do you believe that you can win this fight tonight?«

Nein. Ich konnte weder übers Wasser gehen, noch würde ich diesen Kampf gewinnen. Ich würde verlieren. Genau genommen hatte ich schon verloren. Ich hatte mich in *ihm* verloren. Ich hatte vor Scott mein Innerstes nach außen gekehrt und mich ihm ganz und gar geöffnet. Und die letzten Worte, die tief in mir schlummerten und schon so lange an die Oberfläche wollten, mussten nun raus. Viel zu lange hatte ich mich verschlossen. Ich konnte nicht mehr, hatte keine Kraft mehr. Ich war bereits nackt, hatte mich entblößt, und das unwiderruflich. Ich hatte mich in Scott verliebt. Ich gehörte ihm. Mit allem, was ich noch besaß.

»Alles. Du bist alles für mich«, stieß ich aus, und dann brach ich unter ihm zusammen.

Ich zitterte, während all die Tränen aus mir herausdrängten, die ich jahrelang heruntergeschluckt hatte. Ich schluchzte all meinen Schmerz und gleichzeitig die Erleichterung in sein T-Shirt. Scott umschlang mich mit seinem ganzen Körper, hielt mich, genau so, wie ich es in diesem Moment brauchte. Und er ließ mich weinen, bis keine Tränen mehr kamen. Als ich endlich verstummte, sah ich ihn entschuldigend an. Er hob den Kopf und strich mir die Haarsträhnen aus dem Gesicht, die sich aus meinem Zopf gelöst hatten.

»Und du bist alles für mich, Liv. Ich liebe dich«, sagte er und sah mir dabei tief in die Augen. »Ich liebe dich so sehr, dass ich nicht mehr ohne dich sein will. Ohne dich sein kann … Und daran wird sich nichts ändern. Und ein Kind … verdammt! Ich habe damit nicht gerechnet, aber … Ich will es! Ich will dich und … und das Baby. Unser Baby. Wir schaffen das.« Er wandte den Blick ab, sah an mir herunter und legte eine Hand auf meinen Bauch, dann blickte er wieder mich an. »Wir schaffen das.«

Ich wusste nicht, was ich sagen sollte. Seine Worte echoten in meinem Kopf. *Ich liebe dich. Wir schaffen das. Ich liebe dich. Wir schaffen das. Ich liebe dich.* Verdammt! Er glaubte wirklich, dass es funktionieren würde.

»Ich bin zu dir gekommen, um dich davon zu überzeugen, dass es eine gute Idee ist, dass du dich auf mich einlässt. Weil meine Liebe zu dir ein guter Grund ist. Aber jetzt hast du gleich zwei gute Gründe. Ich liebe den kleinen Stöpsel da drinnen nämlich jetzt schon.«

Mein Herz drohte, aus seiner Verankerung zu springen, so tief berührten mich seine Worte. Ich war so erleichtert, als ich begriff, dass er mich nicht verlassen wollte. Dass er bei mir bleiben wollte.

»Aber es gibt so vieles, was zwischen uns steht und von dem ich nichts weiß. Ich weiß nicht, wer du bist, was du willst, woher du kommst und wo du hinwillst. Wer bist du wirklich, Scott? Und wer verdammt noch mal ist Lea?«

Er rutschte von mir herunter und legte sich neben mich. Er griff nach meiner Hand und hielt sie fest. »Okay, ich hoffe, du hast heute nichts mehr vor. Es könnte länger dauern, dir alle Fragen zu beantworten.«

»Mein *Date* hast du ja bereits rausgeworfen. Ich bin also ganz Ohr.«

Sein Blick wurde ganz weich. »Du hast mich gefragt, wer Lea ist.«

Ich nickte stumm. Auf einmal bekam ich Angst. Angst vor dem, was ich zu hören bekommen würde. Wie es aussah, hatte Lea in Scotts Leben einen wichtigen Platz eingenommen, und ich wusste nicht, ob ich wirklich mit ihr konkurrieren wollte. Doch Scott schien meine Unsicherheit zu spüren, schlang seine Finger fest um meine. Er war bei mir.

»Lea war meine Freundin. Wir haben uns bei der Arbeit kennengelernt. Sie kam eines Tages zu Arch in den Shop und wollte ein Tattoo. Es sollte ihr erstes Tattoo werden, wie sie mir anvertraut hatte. Ein kleiner Engel, der als Andenken an ihre Großmutter auf ihrer Schulter sitzen sollte.« Er verharrte kurz, tief versunken in die Erinnerung an ihre erste Begegnung. »Lea war gerade zwanzig geworden und hatte am selben Tag ihre Großmutter verloren. Wie sie mir später erzählte, hatten die beiden sich sehr nahegestanden. Das Bild auf ihrer Haut sollte ein Andenken an sie werden.

Ich habe den Schmerz über ihren Verlust in ihren Augen gesehen und mich in diesem Augenblick in sie verliebt. Sie war so hilflos, hatte Angst. Angst vor dem Tod, Angst vor dem Leben. Ich wollte sie nur noch beschützen vor allem Bösen dieser Welt. Ich habe ihr das Tattoo gestochen, und kurze Zeit später ist aus uns ein Paar geworden.« Er hob den Kopf und sah mich an. »Ich habe sie geliebt. Sehr geliebt. Und dann habe ich den größten Fehler meines Lebens begangen.« Er stockte. Was hatte er getan?

»Was ist passiert?«, fragte ich leise nach.

Er sah mich nicht an, starrte auf seine Hände, die meine so fest umklammert hielten, dass ich wusste – er suchte nach Halt, um nicht in dem Schmerz unterzugehen, der gerade nach ihm griff. Ich drückte seine Finger, als Zeichen dafür, dass ich bei ihm war.

»Wir waren auf einer Party. Irgendein Geburtstag eines Freundes von Lea. Ich hatte wenig Bock darauf gehabt. Mit ihren Leuten war ich nie gut klargekommen, aber sie hatte mich darum gebeten mitzugehen. Also hab ich ihr den Gefallen getan. Um den Abend irgendwie hinter mich zu bringen, hab ich mich betrunken. Ziemlich sogar …« Er brach ab, legte den Kopf auf meine Brust. Ich strich über sein Haar. »Hätte ich das nur nicht getan …« Meine Kehle wurde eng, als er weitersprach. »Dann war da dieses Mädchen. Sie lungerte auch die meiste Zeit in der Küche rum, wo die Getränke zu finden waren. Wir zogen über die anderen Leute her und hatten einfach Spaß miteinander. Aber Lea fand das wohl nicht so gut. Sie war sauer und wollte nach Hause. Das hielt ich für einen Spitzenplan, aber als sie begann, mir wegen dieses Mädchens eine Szene zu machen, gab es Streit. Und dabei kannte ich nicht mal ihren Namen. Sie warf mir vor, dass ich mit ihr geflirtet und sie, Lea, vernachlässigt hätte. Aber das stimmte nicht! Ich hatte nur keinen Bock auf diese langweiligen Spießer. Aber Lea war immer sehr unsicher, hatte Angst, nichts wert zu sein, fühlte sich klein und unbedeutend. Das war es, was sie so verletzlich machte, was in mir den Wunsch weckte, sie vor allem zu beschützen, sie zu bestärken. Aber das habe ich nie wirklich geschafft. Sie war eifersüchtig, obwohl es überhaupt keinen Grund dazu gab. Ich sehe sie vor mir, wie sie ins Auto springt, die Tür zuknallt und den Motor anwirft, noch bevor ich im Wagen war. Wäre ich nur nicht in dieses beschissene Auto eingestiegen.«

Wieder stockte er, ich hörte den Schmerz in seiner Stimme. Wie gerne hätte ich ihn an mich gezogen, ihm die Qual genommen, ihm gesagt, dass alles gut werden würde. Aber das konnte ich nicht. Das war seine Last, er ganz allein hatte sie zu tragen. Ich konnte nur für ihn da sein.

»Sie fuhr uns nach Hause, ich hatte ja zu viel getrunken, war gar nicht mehr in der Lage zu fahren. Aber sie war wütend. Sie schrie mich an, ich lachte sie aus. Egal, was ich in dem Moment noch gesagt hätte – sie hätte mir sowieso nicht geglaubt. Ich hatte schließlich nichts getan. Sie boxte mich gegen die Schulter, sie … Es war dunkel, und es hatte geregnet. Und dann war da diese Kurve …« Meine Augen wurden feucht, aber ich hatte keine Hand frei, um mir die Tränen wegzuwischen. Ich wollte Scott auf keinen Fall loslassen. »Sie verlor die Kontrolle über den Wagen, wir kamen ins Schleudern, und das Nächste, was ich sah, war dieser Baum. Sie konnte nicht mehr ausweichen. Wir prallten frontal dagegen. Als ich wieder zu mir kam, hing Lea bewusstlos im Gurt, die Windschutzscheibe war zersplittert, Scherben und Blut klebten in ihrem Gesicht. Ich befreite mich irgendwie und holte sie aus dem Auto, zog sie raus. Sie war schwer verletzt, hatte Schmerzen und weinte. Der Regen verwischte das Blut auf ihrem Gesicht, ihr Atem war flach. Aber sie lebte. Ich rief einen Rettungswagen und zog sie an mich, hielt sie im Arm und weinte. Und dann öffnete sie die Augen. Sie … sie sah mich an und bat mich, sie zu küssen. Und das tat ich. Und dann, noch bevor der Rettungswagen kam, noch bevor irgendjemand ihr helfen konnte, schloss sie für immer die Augen. Sie starb einfach in meinen Armen, während ich sie küsste ...« Er hob den Kopf und sah mich mit Tränen in den Augen an. »Seitdem habe ich keine Frau mehr auf den Mund geküsst.«

Ich hatte nur zugehört, dabei den Mann beobachtet, dem mein Herz gehörte. Ich teilte seinen Schmerz, trauerte mit ihm gemeinsam um Lea, die Liebe seines Lebens, die er verloren hatte.

»Es tut mir so leid, Scott«, flüsterte ich, während ich meine Arme um ihn legte, ihn mit meinem Körper umschlang. Ich musste jetzt bei ihm sein. Für ihn da sein, ihn fühlen lassen, dass er nicht allein war. So lagen wir eine ganze Zeit eng umschlungen, während unsere Tränen sich miteinander vermischten. Er tat mir so unendlich leid. Diese schwere Last auf seinen Schultern – kein Wunder, dass er sich von mir abgewandt hatte. Wie viel Leid konnte ein Mensch ertragen?

»Was hat Jolie damit zu tun?«, fragte ich ihn, nachdem wir gefühlte Stunden stumm beieinandergelegen hatten. Diese Sache hatte ich bis jetzt nicht verstanden, aber mir war klar geworden, dass diese Scott-Lea-Geschichte der Grund für ihr Verhalten sein musste.

»Jolie war Leas beste Freundin. Sie ist eine der Wenigen, die mir nie die Schuld an Leas Tod gegeben haben. Leas Familie hat sich von mir abgewendet, ihre Freunde haben mich verachtet. Jolie nicht. Sie war sogar diejenige, die mir immer wieder Mut zugesprochen hat, wenn es mir dreckig ging. Und es ging mir oft dreckig. Jolie war auch auf der Party gewesen, hat alles mitbekommen. Sie kannte Lea, wusste, wie eifersüchtig sie war und dass ihr Ausbruch unbegründet war. Als ich dich mit in die Hütte gebracht habe ...« Er atmete tief durch, sah mich fest an. »Das hat alles wieder aufgewühlt. Jolie hat Leas Tod nur verdrängt, nie verarbeitet. So wie ich auch. Sie hat nicht verstanden, warum ich ... Warum ich plötzlich eine andere Frau an meiner Seite hatte.«

Ich nickte nachdenklich. »Das kann ich verstehen. Hätte ich das vorher gewusst -«

»Ich konnte es dir nicht sagen, Liv. Ich hatte Angst, dir von Lea zu erzählen, das ging einfach zu tief. Dazu war ich damals noch nicht bereit. Aber ich bin es jetzt. Jetzt bin ich bereit, sie hinter mir zu lassen und nach vorne zu sehen. Dich zu sehen.« Ich zog ihn zu mir und umarmte ihn fest. Es tat mir so weh, das alles zu hören. Hätten wir doch nur viel früher über das alles gesprochen. Wir hätten uns so viel Leid erspart.

»Ich weiß jetzt, dass ich Lea gehen lassen muss«, murmelte er an meiner Brust. »Ich habe jetzt erst verstanden, dass es nichts bringt, an der Vergangenheit festzuhalten. Ich hatte einen Unfall mit dem Bike.« Er hob den Kopf und sah mich an, mir rutschte das Herz in die Hose. »Aber es geht mir gut. Ich … ich war auf dem Friedhof. Ich habe Luna besucht.«

»Du hast …? Woher wusstest du …?«

»Ich wusste es nicht genau. Ich wollte Lea besuchen, als ich an dem Platz der Sternenkinder vorbeigegangen bin. Und da habe ich sie besucht. Unter der Weide.« Meine Augen füllten sich mit Tränen, als ich begriff, wie sehr er unter meiner Verschwiegenheit, meiner Abwehr ihm gegenüber gelitten haben musste. Seine Augen waren rot vom Weinen, ich strich ihm die Tränenspuren von den Wangen. »Und ich habe ihr versprochen, mich um dich zu kümmern. Und um ihr Geschwisterchen.«

Ich schluchzte auf. Jetzt konnte ich die Tränen nicht mehr unterdrücken, haltlos liefen sie mir die Wangen herunter, während Scott weitersprach. »Danach war ich bei Lea. Ich habe mich von ihr verabschiedet.« Er hob seine Hand, und ich sah, dass der Ring fehlte. Der, den er am kleinen Finger getragen hatte.

»War das ihrer?«

Er nickte. »Ich habe ihn an mich genommen, als der Rettungswagen eingetroffen ist. Er war das Einzige, was mir von ihr geblieben ist.«

»Warum hast du ihn …?«

»Ich habe sie gehen lassen«, sagte er leise. »Er liegt jetzt auf ihrem Grabstein. Sie soll endlich in Frieden ruhen.«

»Aber warum hast du … Ich meine …« Ich wusste nicht, wie ich meine Frage in Worte fassen sollte. Aber es schien, als bräuchten Scott und ich nicht viele Worte.

»Du. Du hast mich dazu gebracht, über mein Leben nachzudenken. Liv, du bist mir wichtig. Wichtiger, als mir in den letzten vier Jahren irgendjemand gewesen ist. Seit Leas Tod habe ich alles ausgeblendet, habe niemanden an mich herangelassen, weil ich nicht wollte, nicht erlauben konnte, dass ich vergesse. Der Schmerz hielt mich am Leben. Jeden beschissenen Tag. Aber seit … Anfangs wollte ich das nicht zulassen. Es sollte wirklich bei einer Nacht bleiben. Es war nicht geplant, dich wiederzusehen. Aber dann … Ich war wütend, weil du mir ständig über den Weg gelaufen bist und ich irgendwann nicht mehr aufhören konnte, an dich zu denken. Aber wütend auf mich. Weil ich verwirrt war, diese Gefühle nicht verstanden habe, die du in mir wachgerufen hast.«

Ich erinnerte mich an das erste Wiedersehen im *Skinneedles*, an das Zusammensitzen im Innenhof, die Blicke, die er mir damals zugeworfen hatte. Wie wir vor der Toilette ineinander gerannt waren, kurz davor, uns zu küssen. Ja, jetzt konnte ich ihn verstehen.

»Scott, ich möchte nicht, dass du Lea vergisst«, sagte ich.

»Das werde ich auch nicht. Niemals. Sie ist ein Teil von mir, von meinem Leben. Erinnerst du dich an das Tattoo auf meinem Arm? Den Engel?«

»Ich liebe es. Es ist wunderschön«, sagte ich und wusste im selben Augenblick, dass es Lea gehörte.

»Es ist für Lea. Es steht dafür, dass sie ihren Weg geht, und ich meinen. Ich muss loslassen. Muss aufhören, mir die Schuld an dem Unfall zu geben. Ich muss mich davon lösen, sonst gehe ich irgendwann kaputt. Das Tattoo war ein Anfang, der Ring ist der Abschluss. Ich will endlich wieder leben.« Er stützte sich auf, seine Hände wanderten hoch zu meinem Gesicht und umfassten es liebevoll. »Ich habe begriffen, dass ich das Leben verpasse, wenn ich weiter an ihr festhalte und mir weiterhin die Schuld gebe. Und …« Er brachte sein Gesicht näher an meines, sein Atem strich über meine Haut, seine Lippen waren meinen so nahe wie nie. »Und dass es hier jemanden gibt, der mich jetzt mehr braucht als Lea.« Ich nahm meinen Kopf ein Stück weit zurück. Scott zog die Augenbrauen zusammen. »Was ist los?«

»Du hast gesagt, es gibt zwei gute Gründe, warum du hergekommen bist.«

»Ja, das stimmt«, sagte er.

Ich lächelte. Auf einmal fühlte sich alles so leicht an. Die Last, die über Jahre auf meinen Schultern gelegen hatte, weil ich mir sie von niemandem hatte nehmen lassen wollen, war weg. Die Last, die Scott jahrelang mit sich herumgeschleppt hatte, war weg. Ich war ihm so dankbar, dass er gekommen war. So verdammt froh, dass er über seinen Schatten gesprungen war, um mich zu retten, indem er mir den Anker hingeworfen hatte, nach dem ich schon so viele Jahre die Hände ausgestreckt, ihn aber nie erreicht hatte.

»Das stimmt nicht. Es gibt sogar drei gute Gründe«, hauchte ich mit einem kleinen Lächeln.

»Zwillinge?«, rief er erschrocken aus. Ich lachte auf, kicherte hysterisch und wischte mir die Lachtränen aus dem Gesicht.

»Gott, nein! Aber …« Jetzt war ich es, die seine Wangen zwischen meine Finger nahm. »Der dritte Grund ist … Ich liebe dich.«

Sein Blick wurde weicher, seine Augen leuchteten. »Sag das noch mal«, bat er mich.

»Ich liebe dich«, sagte ich, diesmal laut und deutlich. Nachdem die Worte erstmal raus waren, war es einfach, sie zu wiederholen. »Ich liebe, liebe, liebe dich. Und ich will bei dir sein. Ich will -«

Weiter kam ich nicht. Er legte mir einen Finger auf den Mund und brachte mich damit zum Schweigen.

»Ich glaube dir jedes einzelne Wort. Und ich möchte es wieder und wieder und wieder von dir hören. Aber jetzt, Honey, jetzt muss ich etwas anderes tun, bevor ich mich vergesse.«

»Und das wäre?«, flüsterte ich atemlos.

»Ich möchte endlich neu anfangen. Mit dir. Mit unserem Baby. Aber dafür muss … Ich möchte dich endlich küssen.«

Wir sahen uns in die Augen, während unsere Gesichter einander immer näherkamen. Und ich schloss meine Augen erst, als ich schließlich seine Lippen auf meinen spürte. Und in diesem Moment war auch ich mir sicher, dass es funktionieren würde.

Olivia

Seit unserer ersten Begegnung war ich fasziniert von diesen Lippen. Seitdem er mir sie verwehrt hatte, war ich gepeinigt von dem Verlangen, ihn zu küssen. Seit ich wusste, was es mit dieser einen Regel auf sich hatte, warum er mich nicht küsste – keine andere Frau nach Lea jemals geküsst hatte –, hatte ich Angst davor. Ich erzitterte, als sich sein Mund so unglaublich sanft und vorsichtig auf meinen senkte, als hätte er Sorge, mich zu zerbrechen. Aber daran lag es nicht. Ich ahnte – nein, ich wusste tief in mir drin –, dass dieser Kuss für Scott das Schließen einer Tür bedeutete, von der er nie gedacht hatte, sie irgendwann zu durchschreiten und hinter sich zu lassen. Und zu wissen, dass er sich traute, sich auf mich einließ und nicht zurückblickte, sondern nach vorne sah, bedeutete mir alles.

Ich liebte diesen Mann mit jeder Faser meines Herzens, mit jeder Pore meiner Haut, mit jeder Silbe meiner unausgesprochenen Worte. Es gab noch so viel zu entdecken, so viel zu erforschen, so viele Hürden zu nehmen. Ich konnte nur beten, dass wir es schaffen würden. Alles, was noch vor uns lag. Und all das begann mit einem Kuss.

Ich öffnete meine Lippen und strich mit meiner Zunge sanft über seine, forderte Einlass, den er mir gewährte. Scott stöhnte auf. Unsere Zungenspitzen berührten sich, leicht und zart wie die Flügelschläge eines Schmetterlings. Ich schmeckte Salz, und mir wurde bewusst, dass es kein Aufstöhnen gewesen war, sondern ein Schluchzen. Ich umfasste sein Gesicht, öffnete meine Augen und zog mich ein kleines Stück zurück. Als er mich ansah, erkannte ich, dass er weinte. Mein Herz schmolz, und auch die letzte Mauer brach ein.

»Ich liebe dich so sehr«, flüsterte ich tonlos.

»Ich liebe dich mehr, Honey.«

Ich versank in seinen Augen, tiefer und tiefer ließ ich mich fallen und wusste, er war da, um mich aufzufangen. Nie wieder würde ich schmerzhaft aufschlagen. Und als unsere Zungen ihren ersten Tanz miteinander tanzten, verlor ich mich darin. Meine Gefühle überwältigten mich, und als sich seine Hände unter mein Sweatshirt schoben, war ich kurz davor, den Verstand zu verlieren.

»Schlaf mit mir, Scott. Bitte, schlaf mit mir«, flehte ich in seinen Mund. Ich hatte ihn so lange nicht gespürt, er fehlte mir so entsetzlich.

Scott zog sich ein wenig von mir zurück und sah mich ernst an. »Tut das dem Baby nicht weh?«

Ich lachte und schüttelte den Kopf. »Nein. Es wird es lieben. So wie ich.«

»Sicher? Ich möchte nichts tun, was dir oder dem Baby … unserem Baby schadet.«

Ich zog sein Gesicht wieder zu mir, legte meine Stirn an seine und sah ihn an. »Wenn ich glücklich bin, ist auch unser Baby glücklich. Und glaub mir – nichts würde mich jetzt glücklicher machen, als dich in mir zu spüren. Es sei denn natürlich, du möchtest es gar nicht …«

»Gott, ich liebe dich, Honey. Ich bin verrückt nach dir und ja! Ja, ich will mit dir schlafen. Jetzt. Auf der Stelle.«

»Ich habe auch ein großes bequemes Bett«, erinnerte ich ihn.

Irritiert sah er mich an, dann grinste er. »Aber nur wegen dem Baby …«

»Spinner.«

Er hob mich sachte hoch, dann brachte er mich ins Schlafzimmer. Auf dem Bett setzte er mich so vorsichtig ab, als wäre ich aus Glas. Dann legte er sich neben mich und strich mit dem Finger über meine Lippen. »Ich liebe diesen Mund. Und ich liebe es, ihn zu küssen.«

»Dann tu es doch endlich«, forderte ich.

Er grinste und wackelte mit den Augenbrauen. »Und was, wenn ich dann nie wieder damit aufhören kann?«

»Das Risiko gehe ich ein.«

Er kam näher, griff mir in den Nacken und zog mich zu sich. Dann legten sich seine Lippen auf meine.

»Du schmeckst so gut.«

»Du auch.« Ich schlang meine Arme um seinen Hals, wollte ihn nie wieder loslassen. »Deine Küsse machen süchtig«, murmelte ich in seinen Mund.

»Ich liebe dich, Honey. Gott, ich liebe dich.« Bevor ich etwas erwidern konnte, verschloss er meinen Mund mit seinem und küsste mich, dass mir die Luft wegblieb. Seine Hände wanderten über meine Brüste, über meinen Bauch zu dem Saum meines Sweaters. Ich half ihm dabei, ihn mir auszuziehen, indem ich mich aufsetzte. Er öffnete mir den BH, zog ihn mir von den Schultern und ließ ihn fallen. »Wie ich euch vermisst habe …«, raunte er, während er meine Brüste mit Millionen kleiner Küsse bedeckte. Ich erzitterte unter seinen Berührungen, ließ mich von ihm ausziehen und half ihm dabei, sich selbst auszuziehen.

»Du trägst ja schon wieder zwei verschiedene Socken«, rief ich erstaunt aus. »Ist das Absicht?« Ich hatte damals angenommen, es wäre ein Versehen gewesen.

»Ein blöder Tick von mir«, gab er schulterzuckend zu. »Soll ich es lassen?«

»Nein. Ich liebe es.«

Während er aus den Socken schlüpfte, stellte ich meine Playlist an. Ich liebte es, wenn leise Musik im Hintergrund lief.

Als wir nackt beieinanderlagen, schob er sich auf mich und umfasste mein Gesicht mit beiden Händen. Seine jetzt etwas längeren Haare fielen ihm in die Stirn, und ich strich sie ihm aus dem Gesicht, fuhr über seinen ungestutzten Bart, berührte seine weichen Lippen, und als sein harter Schwanz gegen meinen Hügel drückte, öffnete ich meine Beine für ihn.

»Ich kann es kaum erwarten, dich endlich wieder in mir zu spüren«, flüsterte ich.

In seinen Augen funkelte das pure Verlangen. »Ich würde ja sagen, ich ficke dich gleich, bis du nicht mehr laufen kannst, aber das wäre gelogen.«

»Wäre es?«

»Ja, wäre es. Erinnerst du dich an meine Regeln?«

»Regel Nummer eins: Du küsst nicht auf den Mund.«

»Schnee von gestern.« Bestätigend küsste er mich.

»Regel Nummer zwei: keine Missionarsstellung.« Ich sah an uns hinunter und kicherte.

Er knurrte, dann schob er sich in mich hinein. »Vergiss sie.« Ich keuchte auf, als ich ihn endlich wieder in mir spürte, und drückte mich ihm entgegen. »Regel Nummer drei?«

»Mindestens ein Blowjob«, keuchte ich atemlos, weil er sich immer weiter in mir bewegte.

»Die sollten wir stehen lassen.«

»Jetzt oder später?«

»Später.« Er stieß weiter in mich, aber so sanft und rücksichtsvoll, dass ich ihn nur noch am Hintern packen und in mich hineinziehen wollte. Aber er hielt meine Hände über meinem Kopf zusammen. Ich wimmerte vor Erregung. »Nächste Regel?«

»Regel Nummer vier: Hast du Spielzeug, dann benutzen wir es.«

»Eine gute Regel. Ich freue mich schon darauf, dich mit deinem Spielzeug zu quälen«, raunte er mir ins Ohr und knabberte an meinem Ohrläppchen. »Und die letzte Regel? Weißt du sie noch?«

»Wir schlafen nicht miteinander, sondern wir ficken«, brachte ich stoßweise hervor.

»Vergiss sie.«

»Nein«, bäumte ich mich auf. »Ich will, dass du mich fickst. Bitte …«, flehte ich. Ich brauchte ihn jetzt so sehr.

Scott schüttelte den Kopf, leckte mir über die Lippen, stieß immer schneller in mich. Seine Augen wurden dunkler, ich sah die Erregung darin, und das heizte mich nur noch mehr an. »Ich ficke dich nicht. Nie wieder. Ich liebe dich, Liv. Und wenn du es wild möchtest, dann werde ich dich wild lieben. Wenn du es schnell willst, dann werde ich dich schnell lieben. Und wenn du es hart brauchst, dann werde ich dich hart lieben. Aber ich werde dich niemals wieder ficken. Ich werde für dich da sein, wann immer du mich brauchst. Ich werde dir geben, was immer du brauchst. Aber ich werde dich niemals wieder ficken.« Er sagte das mit einer solchen Bestimmtheit, dass ich erst jetzt verstand, was ficken für eine Bedeutung in seinem Leben gehabt hatte. Er hatte viele Frauen gefickt, aber keine davon hatte er geliebt. Er hatte sie benutzt, um sich von dem Schmerz abzulenken, in dem er seit Leas Tod gefangen war. Aber das war jetzt vorbei.

»Dann liebe mich hart, Scott. Ich brauche es jetzt hart. Ich brauche dich.«

»Aber das Baby …«

»Dem geht es gut, glaub mir. Bitte, liebe mich hart.«

Und er tat, worum ich ihn bat. Er hielt meine Hände weiter über meinem Kopf zusammen, ließ nicht zu, dass unsere Blicke sich voneinander lösten, und stieß hart in mich. So, wie ich es jetzt brauchte. Ich spreizte meine Schenkel weiter, nahm ihn mit jedem Stoß tiefer in mir auf. Und während im Hintergrund ZAYN ft. Sia *Dusk Till Dawn* sangen, jagten wir gemeinsam unaufhaltsam auf einen Orgasmus zu, der uns in unser neues Leben tragen würde. In unser gemeinsames Leben. Zu dritt.

»But you'll never be alone,
I'll be with you from dusk till dawn …«

Epilog – Acht Monate später Scott

»Gehen Sie bitte, Mr Cunningham.«

»Einen Scheiß werde ich. Ich lasse meine Frau nicht alleine!«, fuhr ich die Schwester an und schüttelte ihre Hand ab.

»Aber -«

»Lass ihn«, mischte sich die Hebamme streng ein und warf mir einen aufmunternden Blick zu.

»Bleib bei mir«, bat Liv und sah mich aus ihrem blassen Gesicht an. Ihre Lippen waren aufgesprungen, ihre Augen rot gerändert. Sie hatte Schmerzen und war bereits an ihre Grenze gebracht worden. Und plötzlich wurde der Griff ihrer Finger um meine schwächer.

»Sauerstoffsättigung fällt!«, rief die Schwester aus, und ich zuckte unter ihren Worten zusammen. Fuck, was war hier los? Sie beachtete mich nicht, sondern setzte Liv eine Sauerstoffmaske auf. In mir kroch Panik hoch.

Die Entbindung war nicht einfach, man hatte die Geburt einleiten müssen, und Liv lag schon seit Stunden in den Wehen, die sie nicht spürte, weil ihr Unterleib durch eine Anästhesie schmerzfrei gespritzt worden war. Aber jetzt flaute die Narkose ab, und die immer stärker werdenden Wehen fegten in immer kürzeren Abständen über sie hinweg. Ich drückte ihre Hand, mehr konnte ich nicht tun. Die Schwester wollte mich aus dem Kreißsaal werfen, weil es Komplikationen gab, aber auf keinen Fall würde ich Liv das hier allein durchstehen lassen. Ich hielt weiter Livs Hand, als sie ihr und dem Baby Sauerstoff gaben, weil seine Herzfrequenz abfiel. Ich hielt ihre Hand, als sie nach einem Kaiserschnitt schrie. Ich hielt ihre Hand, als sie die Saugglocke ansetzten, weil das Baby im Geburtskanal feststeckte. Ich hielt ihre Hand, als die Ärzte sie anspornten, nicht aufzugeben.

»Pressen, Olivia.«

»Ich kann nicht …« Sie war erschöpft.

»Doch, du kannst«, forderte ich. »Du kannst!« Ich sah sie an, strich ihr die Haare aus dem verschwitzten Gesicht und gab ihr einen Kuss auf die Stirn. »Du bist stark. Stark genug für euch beide.« Zusehen zu müssen, wie sie litt, brachte mich fast um.

Ich hörte die Hebamme wie aus weiter Ferne. »Ja, so ist es gut. Ich kann das Köpfchen jetzt sehen. Noch einmal. Geben Sie alles, gleich ist es geschafft …«

Liv stöhnte schmerzerfüllt auf, und die Finger meiner Hand knackten, als sie fest zudrückte; man konnte sehen, wie sie die Zähne fest aufeinanderbiss. Die nächste Wehe rollte an, und ich hörte auf zu atmen. Ich hatte höllische Angst davor, dass das Baby es nicht schaffen würde. Aber mit noch mehr Panik erfüllte mich die Vorstellung, dass zum zweiten Mal die Frau, die ich liebte, in meinen Armen sterben könnte.

Zehn Tage später

Lunea Cunningham 3080 g, 50 cm

Sie war so wunderschön. Diese kleinen Finger, die jetzt schon so viel Kraft hatten und meine umklammerten. Diese zarte rosa Haut, die so weich war und so unglaublich gut roch. Diese kleinen Lippen, die sich so süß kräuselten. Diese blauen Augen, die mich so neugierig ansahen. Ich liebte sie so sehr.

»Muss ich eifersüchtig werden?« Liv stellte sich hinter mich und legte ihre Arme um meinen Bauch. Ich griff nach ihrer Hand, führte sie an meinen Mund und küsste ihre Finger. Dann drehte ich mich zu ihr herum. »Nein. Du stehst außer Konkurrenz.«

Liv sah zu mir auf. Sie war noch blass, die Geburt war nicht spurlos an ihr vorübergegangen. Vor zehn Tagen hatte sie unter großer Anstrengung ein kleines, gesundes Mädchen zur Welt gebracht. Die Entbindung war die Hölle gewesen, aber sie hatte es geschafft. Ich hatte ihre Hand gehalten, als sie ihre letzten Kräfte mobilisiert und sich die Seele aus dem Leib gepresst hatte, um das Kind auf die Welt zu bringen. Und die ganze Zeit über hatte ich eine Scheißangst gehabt, dass sie es nicht schaffen könnte. Aber sie hatte es geschafft. Liv war stark gewesen. Stark genug für zwei.

Ich hatte mir nicht vorstellen können, wie es wäre, unser Baby im Arm zu halten. Aber als sie dann endlich da war, war ich von der ersten Sekunde an von ihr verzaubert.

Ich hatte lange Zeit gedacht, dass die Liebe, die ich für Lea empfand, das Maß aller Dinge war. Und dann kam Liv und zeigte mir, dass noch so viel mehr Platz in meinem Herzen war. Und ich hatte geglaubt, in ihr die Erfüllung gefunden zu haben. Aber als Lunea ihren ersten Schrei getan hatte, da hatte ich gewusst, dass die Liebe, die ich für sie empfand, stärker war als alles, was ich je gefühlt hatte. Diese Liebe würde niemals enden. Es war die Liebe zu meinem Kind.

»Ich liebe dich, Mr Cunningham«, flüsterte Liv und sah zu mir auf.

»Ich liebe dich, Mrs Cunningham.« Ich küsste Liv und umarmte sie fest.

Es fühlte sich noch immer so unwirklich an, sie mit meinem Nachnamen anzusprechen. Schließlich waren wir gerade mal drei Wochen verheiratet. Heimlich und unter Ausschluss unserer Freunde hatten wir uns kurz vor der Entbindung das Ja-Wort gegeben. Nur Livs Mom Angie war dabei gewesen und hatte freudestrahlend ein paar Tränen verdrückt. Meine Eltern hatte ich nicht benachrichtigt, obwohl Liv mich darum gebeten hatte. Auch wenn ich ihr sonst keinen Wunsch abschlagen konnte – nicht mal Erdbeerjoghurt mit Bierschinken während der Schwangerschaft –, diesen musste ich ihr verwehren. Ich hatte mit meinen Eltern aus gutem Grund gebrochen und kein Interesse daran, sie wieder in mein Leben zu lassen. In unser Leben. Liv hatte es letztendlich akzeptiert.

Wir wollten beide, dass unser Kind in geordneten Verhältnissen aufwuchs. Das mochte altmodisch sein, aber für uns gehörte dazu, dass wir heirateten, bevor es auf die Welt kam. Da Liv aber eine große Party wollte, diese aber wegen der Schwangerschaft nicht möglich gewesen war, hatten wir vorerst heimlich geheiratet. Die Feier würden wir dann irgendwann im nächsten Jahr nachholen. Wie unsere Freunde darauf reagieren würden? Keine Ahnung, wir würden es sicher bald erfahren. Wir konnten es ja nicht ewig geheim halten.

»Bist du startklar?« Heute war der Tag, an dem ich meine beiden Mädels nach Hause holen durfte. Mittlerweile war es früher Abend, wir hatten noch auf das Abschlussgespräch mit der Ärztin warten müssen. Alle Untersuchungen waren abgeschlossen, Lunea war gesund, und Liv ging es auch wieder besser.

Sie sah zu mir auf und lächelte. »Bring uns nach Hause, Scott.«

»Mit dem größten Vergnügen, Mrs Cunningham.« Ich küsste sie noch einmal, nahm dann die Babyschale in die eine Hand und legte den anderen Arm um Livs Schultern. Wir verabschiedeten uns von den Schwestern, gingen über den riesigen Parkplatz und stiegen dann in den Pick-up, dessen Verkauf ich rückgängig gemacht hatte. Solange Lunea noch so klein war, war der Wagen okay. Aber ich konnte es kaum erwarten, mich auf die Suche nach einer angemessenen Familienkutsche zu machen. Wer hätte das gedacht?

Ich startete den Motor und fuhr los. Wir hatten vor zwei Monaten ein kleines Haus in Ocean Beach bezogen, das wir über Kyles Vater bekommen hatten, der Immobilienmakler war. Nahe dem Golden Gate Park, mit einer Dachterrasse, von der aus man aufs Meer blicken konnte, das Liv so liebte. Mir war es egal gewesen, wohin wir zogen. In Stockton hatte mich nichts gehalten. Mir war nur wichtig, dass wir in ein Viertel zogen, in dem wir unbedenklich ein Kind aufziehen konnten und von dem wir es nicht weit ins Grüne oder zum Wasser hatten. Der Sunset District war ideal dafür.

Tommy war nicht begeistert gewesen, dass ich den Job bei ihm so kurzfristig abgesagt hatte. »Ich hätte es wissen müssen«, hatte er geflucht und mich mit Jake verglichen, der ihn ebenfalls hatte sitzen lassen. Es tat mir schon weh, meinen Traumjob nicht antreten zu können, und ich wusste, dass ich mir damit eine echt große Chance verbaute – aber Liv und Lunea waren mir wichtiger als alle Jobs der Welt. Wie sich die Zeiten änderten …

Jake hatte nichts weiter dazu gesagt, ich hatte ihn nicht mal um einen Job bitten müssen. Er hatte mir ohne Zögern im *Skinneedles* einen festen Platz und mit dem Team eine zweite Familie dazu gegeben.

Und eben diese Familie bereitete uns nun einen Willkommensgruß.

Liv sah mit staunenden Augen auf die großen Lettern des Banners, das über der Tür angebracht war: *Willkommen zu Hause, Lunea.*

»Warst du das?«, fragte sie, ohne den Blick davon abzuwenden. Ihre Wangen hatten wieder etwas Farbe, und ihre Augen leuchteten aufgeregt.

Ich lachte. »Als wäre *ich* für solchen Kitsch zu haben.«

Sie grinste, küsste mich auf die Wange und stieg aus. Vorsichtig trug ich die Babyschale mit Lunea und folgte Liv die wenigen Stufen zur Haustür hoch. Unschlüssig blieb Liv vor der Tür stehen.

»Wenn du es nicht warst … Wer dann?«

»Mach auf und sieh nach«, forderte ich sie mit einem Augenzwinkern auf.

Liv ahnte nicht, dass all unsere Freunde sich bereits in unserem Haus aufhielten. Und als sie nach kurzem Zögern die Tür öffnete und ihr ein lautes Gejubel entgegenschallte, schlug sie die Hände vor das Gesicht. Aber ich sah die Freudentränen trotzdem.

Sie waren alle gekommen. Jake und Carrie, Eric und Joyce, Kyle und Peg, Nolan, Brian und Sam und sogar Paul und Jolie waren da, worüber ich mich wirklich freute. Und Angie, Livs Mutter, strahlte über das ganze Gesicht.

Die Crew hatte das ganze Haus verschönert. Von der Decke hingen mit Helium gefüllte Luftballons und Girlanden in allen erdenklichen Rosatönen. Das Bier war kalt gestellt, und wie es aussah, hatte jeder etwas zu einem Buffet beigesteuert, das auf dem großen Esstisch aufgebaut war. Ich merkte erst jetzt, was für einen Hunger ich hatte. Auf dem Tisch vor der Couch stapelten sich bunt eingepackte Kartons und Päckchen. Geschenke zur Geburt unserer Tochter, die den ganzen Trubel selig verschlief.

Wir wurden mit großem Hallo empfangen. Carrie fiel mir um den Hals und drückte mir einen dicken Kuss auf die Wange.

»Wofür war der denn?«

»Dafür, dass du nicht gekniffen, sondern das Ganze voll durchgezogen hast«, sagte sie und küsste mich gleich darauf ein zweites Mal. »Und der dafür, dass du gar kein Vollidiot bist.«

»Bin ich nicht?« Jetzt musste ich doch grinsen.

»Nein. Du bist jetzt ein Daddy. Herzlichen Glückwunsch.« Sie grinste, guckte Lunea verliebt an und küsste mich ein drittes Mal.

»Hey, habe ich Grund zur Eifersucht?« Jake trat hinter Carrie und legte ihr die Hand auf die Schulter.

»Niemals«, rief sie aus und schlang ihre Arme um seinen Hals. »Du kriegst auch einen.« Sie küsste ihn ebenfalls. »Ich hol euch einen Drink.« Dann war sie weg und verschwand in die Küche, wobei sie kurz bei Liv stehenblieb. Ich sah ihr nach, mein Blick blieb an der Frau hängen, die ich liebte. Sie spürte, dass ich sie ansah, und wandte den Kopf zu mir. Dann lächelte sie und schickte mir einen Luftkuss, den ich erwiderte.

»Scheiße, bist du jetzt unter die Romantiker gegangen?« Jakes Augenbraue zuckte.

Ich lachte. »Hey, ich darf das. Ich bin jetzt ein Daddy.«

»Und dazu gratuliere ich. Alles Gute, Mann.«

»Danke, Jake.«

»Ist dein Bike eigentlich wieder fit?«, fragte er nach einer Weile.

»Ja, so gut wie.«

»Wenn du Hilfe brauchst, sag Bescheid, okay?«

»Und wenn du Hilfe brauchst in Sachen ›meine Freundin hat den Brautstrauß gefangen und ich weiß nicht, wie ich's angehen soll …‹, dann lass es mich wissen«, revanchierte ich mich grinsend.

Jakes Mundwinkel zuckten, dann schlug er mir auf den Rücken. »Du bist der Erste, an den ich mich wende, wenn ich Hilfe brauche.« Dann umarmten wir uns freundschaftlich, und ich wusste, dass ich in Jake einen Freund gefunden hatte, auf den ich zählen konnte.

Carrie kam mit drei Bieren wieder, reichte zwei an uns weiter und hob dann ihres für einen Toast. »Auf Lunea. Das erste *Skinneedles*-Baby!«, rief sie laut in die Runde.

»Und auf Scolivia«, warf Eric lachend ein.

»Nee, wenn schon, dann Scolivinea«, korrigierte Peg ihn.

»Scoliviwas? Was ist das? Eine Alieninvasion?« Ich legte fragend die Stirn in Falten, während alle anderen lachten. Liv sah ebenfalls planlos in die Runde und zuckte die Schultern, als ich sie ansah.

»So in etwa«, bestätigte Eric lachend. »Erst war Olivia da. Dann kamst du. Und jetzt seid ihr schon zu dritt. Sco-Livi-Nea. Das hört sich echt schwer nach einer Invasion an.« Er breitete die Arme aus und wackelte wie ein Zombie durchs Haus. »Scolivinea ist bereit, die Weltherrschaft zu übernehmen. Muuuuhhahaaaaaa …«

Alle lachten, kriegten sich kaum mehr ein, während Eric und Peg wie Aliens durch den Raum schlichen. Eric blieb vor mir stehen und hob entschuldigend die Hände. »Hey – ich habe doch gesagt: Erinnere dich an meine Worte.« Er grinste breit und hob den Daumen. Und dann tranken wir auf Lunea und auf *Scolivinea.*

Nolan trat an meine Seite und legte mir die Hand auf die Schulter. Dann grinste er. »Nur Bekannte …«

Ich lachte laut auf, dann umarmte ich ihn freundschaftlich. »Schön, dass du da bist, Nolan.«

Nacheinander begrüßte ich alle Gäste, die gekommen waren, Lunea willkommen zu heißen. Peg umarmte mich eine ganze Weile.

»Liv ist eine tolle Frau. Und Lunea ist ein Goldstück. Ich freu mich so für dich«, sagte sie, und ich spürte, wie ehrlich sie das meinte. »Und Scolivia … echt geil.« Den Spitznamen hatten wir jetzt wohl weg.

Zuletzt blieb ich bei Paul und Jolie stehen. »Danke, dass ihr gekommen seid«, sagte ich. »Das bedeutet mir viel.«

Paul umarmte mich. Jolie biss sich auf die Lippen, sah zu Liv rüber, die uns besorgt beobachtete. Auf ein Zeichen von mir kam sie zu uns. Ich legte den Arm um sie und signalisierte ihr so, dass ich bei ihr war. Sofort entspannte sie sich. Es reichte sogar für ein Lächeln.

»Hey, Paul. Jolie.«

Paul umarmte Liv und gratulierte auch ihr. Nur Jolie hielt sich zurück. Ich sah, wie sie mit sich kämpfte.

»Hey, Liv …«, murmelte sie.

»Lunea ist echt ein seltener Name, oder?«, bemühte Paul sich, eine Unterhaltung in Gang zu bringen. »Hat er eine besondere Bedeutung?«

Liv sah mich fragend an, ich nickte ihr zu.

»Lunea ist eine Mischung aus Luna – dem Namen des Babys, das ich vor vielen Jahren verloren habe – und Lea.«

Jolie hob ruckartig ihren Kopf, sie wurde blass. Weiß wie eine Wand traf es eher. »Lea?«, hauchte sie fast tonlos.

»Ja. Lea«, bestätigte ich mit einem sanften Lächeln.

»Aber …«

»Liv weiß über Lea Bescheid, Jolie. Und ich würde mir wünschen, dass wir jetzt einen Schlussstrich unter die Vergangenheit setzen. Ich habe es auch getan. Ich werde Lea nie vergessen, aber ich habe mich genug gequält. Bitte«, setzte ich noch hinterher.

Jolie rang sichtbar mit sich, ihre Augen wurden feucht. Aber dann gab sie sich einen Ruck und trat auf Liv zu. »Es tut mir leid, Liv. Ich war eine echt miese Bitch. Herzlichen Glückwunsch zum Baby.«

Wenn Liv überrascht war, so ließ sie es sich nicht anmerken. Sie ging einen Schritt auf Jolie zu und nahm sie in den Arm. Und überbrückte somit auch den letzten Abstand zwischen ihnen beiden. »Willkommen in der Familie, Jolie«, hörte ich sie ihr zuflüstern.

Paul und ich sahen uns an, und ich spürte, wie meine Augen feucht wurden. Ich hätte lügen müssen, wenn ich gesagt hätte, dass mir das nicht nahe ging. Liv hatte echte Größe gezeigt. Seitdem sie wusste, was damals mit Lea passiert war und wie Jolie darin involviert gewesen war, hatte sie ihr verziehen. Dafür liebte ich sie noch mehr, als ich es sowieso schon tat.

Es war weit nach Mitternacht, als wir endlich ins Bett fielen. Nachdem Carrie mitbekommen hatte, dass wir heimlich geheiratet hatten, war die Party erst richtig losgegangen. Die Jungs hatten noch mehr Bier besorgt und unsere Hochzeit so richtig begossen. Angie hatte es sich nicht nehmen lassen, Lunea nach oben in ihr Bettchen zu bringen und dort auf sie aufzupassen. Vor einer halben Stunde hatten Jake und Carrie sie mitgenommen, um sie nach Hause zu fahren. Wir hatten noch mal nach Lunea gesehen. Sie schlief selig wie ein Engel.

»Endlich allein.« Liv kuschelte sich in meinen Arm und legte ihren Kopf auf meine Brust.

»Hättest du Carrie nicht gesteckt, dass wir geheiratet haben, hätten wir schon viel länger allein sein können«, neckte ich sie.

»Ja, ich habe mich verplappert. Sie hatte gemeint, ich solle dich unbedingt bald heiraten, und wieder diesen Visitenkartenwitz gerissen.«

»Welchen Visitenkartenwitz?«

»Dass ich nicht mal meine Initialen ändern müsse, wenn wir heiraten würden.«

Ich lachte los. »Das stimmt allerdings. So habe ich das noch nie gesehen.« Dann stutzte ich. »Und weißt du, was noch schön ist?«

»Was?«

Ich hob meinen Arm, sodass wir beide das Tattoo sehen konnten, das sich von meinem Handgelenk bis zur Schulter hochzog. Ich zeigte mit der anderen Hand auf das L in der Baumwurzel. »Ursprünglich stand es mal für Lea. Aber jetzt steht es auch für Liv. Und für Lunea.«

»Das ist schön. Die drei L.« Sie umfasste mein Handgelenk und hauchte mir einen Kuss darauf. »Ich liebe es.«

»Und ich liebe dich. Endlich bist du wieder bei mir. Die letzten Tage und Nächte ohne dich waren kaum auszuhalten.«

»Als hättest du mich vermisst«, stichelte sie lachend.

»Hey, ich habe dich sogar sehr vermisst. Und außerdem habe ich noch eine Überraschung für dich.«

Liv richtete sich auf, stützte sich auf die Ellenbogen und sah mich neugierig an. »Was ist es?«

»Rate doch mal.«

»Och, komm schon, Scott. Spann mich nicht so auf die Folter.« Sie boxte mir gegen die Brust.

Ich grinste, dann zog ich sie an mich und küsste sie lange und leidenschaftlich. »Dafür muss ich dich aber loslassen«, murmelte ich atemlos, als unsere Lippen sich voneinander lösten.

»Ungern«, gab sie leise zurück und biss mir leicht in die Unterlippe.

»Ab wann darf ich dich eigentlich wieder …?«

Sie runzelte die Stirn. »Hm, ich glaube, die Hebamme sagte etwas von sechs bis acht Wochen.«

Ich seufzte. »Wie soll ich das noch so lange aushalten?«

»Wie wäre es in der Zeit mit Regel Nummer drei?«

Ich überlegte kurz. »Hört sich nach einem guten Deal an.«

»Aber vorher will ich wissen, was die Überraschung ist«, quengelte sie.

Ich stöhnte auf, doch dann grinste ich. »Okay, Honey.« Ich befreite mich aus ihrem Arm und setzte mich auf. Dann drehte ich ihr den Rücken zu und zog mein Shirt aus. Eine ganze Weile sagte sie nichts, dann hörte ich sie schluchzen. Hastig drehte ich mich um. Sie weinte.

»Hey, Honey, was ist los?« Scheiße! Ist das doch keine so gute Idee gewesen?

Ihre Unterlippe zitterte. »Es ist wunderschön …« Sie schniefte und bedeutete mir, mich wieder umzudrehen. Kurz darauf fühlte ich ihre Finger zwischen meinen Schulterblättern.

»Wer hat es gemacht?«, wollte sie wissen.

»Peg.« Ich hatte Peg um ein Tattoo gebeten, als Liv im Krankenhaus gewesen war. Und seit zwei Tagen saß ein kleiner Schmetterling zwischen meinen Schulterblättern, die Flügel aus Fußabdrücken und Luneas Namen dazwischen. Es war der Zwilling zu Livs Tattoo.

»Es ist wunderschön …«

Ich drehte mich erneut zu ihr um und nahm sie in den Arm. »Ich liebe dich, Honey. Und ich liebe Lunea. Ihr seid jetzt meine Familie. Und so habe ich euch immer bei mir. Die drei L.«

»Das ist ein schöner Gedanke.«

»Und weißt du, was noch ein schöner Gedanke ist?«

»Welcher?«

»Fängt auch fast mit L an.« Ich leckte mir über die Lippen.

Liv lachte laut auf. »Lowjob?«

»Low wäre schön.«

»Ich werde so low machen, dass du mich anbettelst, schneller zu machen«, drohte sie mir, kniete sich vor mich und griff in meine Shorts.

»Niemals werde ich dich anbetteln.«

»Oh doch, das wirst du«, versprach sie mir, bevor sie ihre wundervollen Lippen ganz sanft um meinen Schwanz legte.

Ich keuchte auf, als sie an mir saugte und ihre Finger fest über meinen Schaft gleiten ließ. Sie saugte und blies, knabberte und lutschte, knetete meine Eier, bis ich mich nicht mehr zurückhalten konnte. Viel zu lange hatte ich sie nicht mehr gehabt, ich war so auf Entzug, dass ich nicht mehr an mich halten konnte und sie tatsächlich anbettelte. »Gott, ist das geil, ich komm gleich. Ja, weiter Baby, weiter, schneller«, krächzte ich, fickte ihren Mund fester und krallte meine Finger in ihr Haar. Und als ich so kurz davor war, in ihrem Mund zu explodieren …

… weinte Lunea.

»Scheiße!«

Livs Lippen ließen von meinem Schwanz ab, sie hob ihren Kopf und horchte. Als Lunea noch einmal schrie, sah sie mich entschuldigend an. »Sorry, Babe, aber da braucht mich jemand mehr als du.« Sie stand auf und lief aus dem Schlafzimmer raus.

»Fuck«, fluchte ich und fiel rücklings ins Bett. Dann zog ich mir die Shorts hoch und zwang mich, nicht selbst zu Ende zu bringen, was Liv angefangen hatte. Ich rang nach Atem und biss mir auf die Lippen, um der Erregung Herr zu werden.

Als Liv aber mit Lunea auf dem Arm wieder zurückkam, sich ins Bett legte und das kleine Wunder zwischen uns platzierte, war alles vergessen.

»Sie hat sich wohl allein gefühlt, lassen wir sie hier einschlafen«, flüsterte Liv und unterdrückte ein Gähnen.

Es war ein langer Tag, eine echt harte Woche. Ein paar verdammt harte Monate. Von jetzt an würde es einfacher werden. Ich blickte auf Lunea, die mich mitten in der Nacht mit wachen Augen ansah. Na ja, vielleicht nicht einfacher, aber schöner.

»Ja, lassen wir sie hier einschlafen.« Ich rückte näher an meine beiden Mädels heran, legte den Arm so, dass ich beide darin einschließen konnte, und gab erst Liv, dann meiner Tochter einen Kuss. »Schlaf, Honey. Ich bin da.«

Und als ich in ihre müden und dann in Luneas wache Augen blickte, diese Ähnlichkeit in ihnen erkannte, Livs ruhigen Atem und Luneas leises Glucksen hörte, wusste ich, dass kein Orgasmus der Welt es wert war, auf diesen Anblick zu verzichten. Meine Familie.

»Ich liebe euch.«

ENDE

Danke

Bereits zum fünften Mal darf ich mich bei so vielen lieben Menschen bedanken, die mir während des Schreibens am fünften Teil der *San Francisco Ink*-Reihe zur Seite gestanden haben. Und es werden irgendwie immer mehr …

Aber vorab … möchte ich das erste *Skinneedles*-Baby gerne folgenden Personen widmen:

Zum einen meiner Lektorin Eileen. Ich erinnere mich noch gut daran, dass du Olivia vom ersten Moment an skeptisch gegenübergestanden und dich über ihr bitchiges Verhalten so manches Mal aufgeregt hast. Deswegen bin ich sehr gespannt, ob es ihr gelungen ist, dich mit ihrer Geschichte doch noch zu überzeugen. Lunea ist ein Teil von Olivia und somit auch ein Teil von dir. Dafür danke ich dir.

Und dann noch dem kleinen Elias, der als jüngstes Teammitglied des *Skinneedles* schon eine meiner Lesungen besucht hat. Früh übt sich, wer ein Groupie werden will …

Der erste große Dank gilt auch meinen Mädels vom Team *Skinneedles.* Ohne euch würde es die Bezeichnung ‚Scolivia' gar nicht geben. Ich liebe das Brainstorming mit euch, die Gespräche im Chat, bei WhatsApp oder bei Skype, in denen wir unzählige Stunden verbringen können, ohne uns zu langweilen. Eure Worte halten so manches Mal als Ideengeber für Szenen in der nächsten Geschichte her. Ich würde euch gerne alle beim Namen nennen, aber ich fürchte, das sprengt den Rahmen. Nichtsdestotrotz ist dieser Dank aufrichtig und an euch alle gerichtet. Eure Unterstützung bedeutet mir so viel, ich wüsste nicht, was ich ohne euch machen würde. Vermutlich ein dummes Gesicht. Danke für alles! Ich bin froh, dass ich EUCH an meiner Seite habe.

Ein riesiger Dank gilt meiner Lektorin Diana. Von Anfang an hast du an diese Geschichte geglaubt und mich unterstützt. Hast mich zu einer starken Szene inspiriert und mich mit deinem Feedback bestärkt. Ich bin wirklich dankbar, dich an meiner Seite zu haben und zu wissen, mit jeder noch so schrägen Idee zu dir kommen zu können. Ich freue mich schon sehr auf das nächste Projekt mit dir.

1000 Dank auch an Clarissa. Du hast mein Manuskript so lange auf links gedreht, bis auch die letzten Löcher gestopft, die letzten Wortfindungsschwierigkeiten beseitigt und das viele Hochziehen der Augenbrauen ausgemerzt waren. Ich gelobe Besserung, danke dir für deine unermüdliche Geduld und hoffe, dass wir auch beim nächsten Buch wieder so gut miteinander harmonieren.

Ohne das großartige Team von be-ebooks würde niemand dieses Buch in den Händen halten können. Ich bin wieder einmal in das Cover verliebt, das so wunderbar zu Scott und Olivia passt, und so glücklich, dass meine Geschichten rund um das *Skinneedles* in eurem Verlag ein so schönes Zuhause gefunden haben. Ich danke jedem Einzelnen für die tolle Betreuung, die großartige Unterstützung und das familiäre Miteinander. Mit euch ist es wirklich wie in einer großen Familie, in der man sich einfach nur wohlfühlen kann.

Apropos Familie: Ohne meine Familie, die mir alles bedeutet, wäre ich niemals in der Lage, den Input in meinem Kopf in diesem Tempo rauszulassen. Auch wenn ich manchmal geistig abwesend bin, liebe ich euch mehr als alles andere auf der Welt!

Meinen Mädels Sina, Tanja, Pea und Karina danke ich ebenfalls für das Ertragen meiner geistigen Abwesenheit und meiner Launen während der Schreibphase. Ich hab euch lieb!

Und auch in diesem Buch durfte ich wieder auf das Insiderwissen von Daniel und Judith zurückgreifen, das mir bei einigen Szenen sehr geholfen hat. Danke dafür.

Und das Beste kommt zum Schluss! Ein großer Dank geht an dieser Stelle an euch, meine Leser. Danke, dass ihr meine Bücher kauft, sie lest, rezensiert und weiterempfehlt. Danke für all eure Mails, eure Nachrichten, eure liebevollen Geschenke und Basteleien, die mir zeigen, dass ihr an mich denkt und euch gefällt, was ich schreibe. Ich freue mich wirklich über jedes einzelne Wort, das mich erreicht. Das bedeutet mir so viel, und ohne euch würde ich nicht hier sitzen und diese Danksagung schreiben. Danke für eure Unterstützung!